Schuld währt ewig

Das Buch

»Dieses Gefühl ging tiefer als Worte. Viel tiefer. Schuld und Reue. Scham und Demut. Ein brennendes Gefühl von Versagen brannte seit Jahren in ihrem Innersten. Hätte sie doch nur besser aufgepasst …« Warum wird eine junge Frau in einem See ertränkt? Warum ein Mann vor seinem Haus überfahren? Hängen die beiden Fälle zusammen? Kommissar Dühnfort und sein Team sind davon überzeugt. Die Ermittlungen führen sie in eine Welt, in der die Grenzen zwischen Opfer und Täter fließend sind. Denn niemand ist ohne Schuld …

Die Autorin

Inge Löhnig machte sich nach einer Karriere als Art-Directorin in verschiedenen Werbeagenturen mit einem Designstudio selbständig. Heute lebt sie als Autorin mit ihrer Familie und einem betagten Kater in der Nähe von München. *Schuld währt ewig* ist der vierte Fall ihrer erfolgreichen Kommissar-Dühnfort-Reihe.
Besuchen Sie Inge Löhnig auf ihrer Website: www.inge-loehnig.de

Inge Löhnig

SCHULD WÄHRT EWIG

Kriminalroman

List Taschenbuch

Besuchen Sie uns im Internet:
www.ullstein.de

Wir verpflichten uns zu Nachhaltigkeit
- Papiere aus nachhaltiger Waldwirtschaft und anderen kontrollierten Quellen
- ullstein.de/nachhaltigkeit

MIX
Papier | Fördert
gute Waldnutzung
FSC® C021394
www.fsc.org

Neuausgabe im List Taschenbuch
List ist ein Verlag der Ullstein Buchverlage GmbH, Berlin.
1. Auflage Juni 2017
3. Auflage 2024
© Ullstein Buchverlage GmbH, Berlin 2011
Wir behalten uns die Nutzung unserer Inhalte für Text und
Data Mining im Sinne von § 44b UrhG ausdrücklich vor.
Umschlaggestaltung: bürosüd° GmbH, München
Titelabbildung: © Getty Images /Kollektion Corbis /
Artic Images (Landschaft)
Satz: Pinkuin Satz und Datentechnik, Berlin
Gesetzt aus der Sabon
Druck und Bindearbeiten: ScandBook, Litauen
ISBN 978-3-548-61360-4

1

Über Nacht war der Frost gekommen. Die Ackerfurchen trugen Ränder wie Salzkrusten. Der Staketenzaun vor Susannes Haus glitzerte in der Morgensonne. Haarfeine Frostnadeln überzogen den verwilderten Garten. Der erste Raureif des Jahres.

Die vertrockneten Stauden, die kahlen Äste des Flieders, die verwitterte Bank unter der Kastanie, die Chrysanthemen, die in einem täglich dunkler werdenden Rot in ihrem Topf neben dem Wassertrog verblühten – alles war weiß bestäubt. Eine verzauberte Welt, die für einen Augenblick die Illusion erweckte, frei von Schmerz und Leid zu sein.

Auf dem umgepflügten Feld jenseits des Zauns nahm Susanne eine Bewegung wahr. Es war der graue Kater, der sie gelegentlich besuchte. Da er weder ein Halsband trug noch eine Tätowierung im Ohr hatte, vermutete sie, dass er ganz auf sich gestellt war.

Seit er sie ab und zu auf ihren Morgenspaziergängen begleitete, nannte sie ihn *Herr Kater*. Er hatte etwas an sich, das auf Sanne würdevoll und stolz wirkte und einen niedlichen Namen verbot.

Vor einigen Tagen war er das erste Mal mit ins Haus gekommen. Interessiert hatte er verfolgt, wie sie Frühstück machte und Tee kochte. Sicher war er hungrig. Katzenfutter gab es in ihrem Haushalt nicht. Also stellte sie ihm ein Schälchen Wasser mit einem Schuss Milch hin. Er würdigte es eines kurzen Blickes und wandte sich ab. Seine ganze Haltung drückte Missbilligung aus. *Was, keine Maus im Haus?*

Sanne musste lachen. Ob tatsächlich keine Maus in diesem

über hundert Jahre alten Gebäude lebte, wusste sie nicht. Beim nächsten Einkauf würde sie jedenfalls Katzenfutter besorgen.

Während sie ein Marmeladenbrot aß, schlief Herr Kater zusammengerollt auf einem Stuhl. Erst als sie den Deckel von einem Becher Bulgara-Joghurt zog, kam wieder Bewegung in ihn. Er stellte die Ohren auf und sprang auf den Tisch.

»Willst du etwa Joghurt?«

Ein dunkles Maunzen war die Antwort.

»Wirklich?«

Wieder ein Maunzen. Knapp, wie ein Befehl.

Sanne stand auf und füllte etwas vom Joghurt in das Schälchen. Mit einem Satz sprang der Kater vom Tisch und schleckte es im Handumdrehen leer. Erwartungsvoll blickte er zu ihr auf. *Für den Anfang war das nicht schlecht. Ich bin allerdings ein ausgewachsener Kater und kein Kätzchen. Also bitte keine Kinderportionen*, schien er damit zu sagen.

Sanne lachte. »Okay. Wenn du meinst. Aber ein wenig extravagant ist das schon. Oder?«

Herr Kater hatte an jenem Morgen tatsächlich einen ganzen Becher Joghurt gefressen. Seither hatte Sanne immer einen Vorrat für ihn daheim.

Zielstrebig eilte er nun auf das ehemalige Waschhaus des Gutshofs zu, in dem sie wohnte und ihre Werkstatt hatte. Seit das Novemberwetter täglich grauer und kälter wurde, zog er es vor, seine Vormittage hier zu verbringen. Meist kam er, wenn sie mit ihrer Arbeit begann. So wie heute.

Mit einem eleganten Sprung setzte er über den Zaun und blieb für einen Augenblick unter der Kastanie stehen, in der zwei aufgeplusterte Amseln saßen. Begehrlich sah er nach oben. Doch diese süßen Trauben hingen zu hoch. Als

Sanne die Hintertür öffnete, kam mit dem Kater ein Schwall prickelnd kalter Luft herein und ließ sie erschauern. Rasch schloss sie die Tür.

»Lausig kalt, gell?«

Wie zur Antwort drückte er sich gegen ihre Beine und stupste mit dem Kopf gegen ihre Wade. Sanne setzte sich. Herr Kater sprang auf ihren Schoß und ließ sich das Fell kraulen, bis er genug hatte und mit einem Satz auf den Schemel neben dem Kaminofen umzog.

Das Feuer war über Nacht bis auf einen Rest Glut heruntergebrannt. Sanne öffnete die Ofentür und warf zwei Briketts hinein. Nicht nur die Werkstatt, sondern auch Wohnzimmer, Schlafzimmer und Bad wurden mit Öfen beheizt. Sie wohnte eben im ehemaligen Waschhaus des Guts Paschkofen und nicht in einer komfortablen Wohnung in München-Neuhausen. Und das war gut so. Luxus und Komfort war für andere bestimmt. Nicht für sie.

Schon kurz nach neun. Sie rieb die kalten Hände aneinander. Eines der Briketts fing bereits Feuer. Bald würde es warm werden. Wie jeden Morgen zündete sie als Erstes den Spiritusbrenner an, der auf der Werkbank stand, und drehte die Flamme kleiner. Dabei warf sie einen Blick aus dem Fenster. Langsam stieg die Sonne höher. Das fahle Gelb wurde kräftiger, wärmer. Innerhalb der nächsten Stunde würde der Raureif verschwunden sein.

Alles war vergänglich.

Mit diesem Gedanken legte sich wieder das Gefühl nahenden Unheils als diffuse Angst in ihren Magen.

Wie jedes Jahr um diese Zeit.

Sanne schloss die Augen. Der Geruch ihrer Werkstatt nach Fernambuk- und Brasilholz, nach Kolophonium und Leim, gemischt mit einem flüchtigen Hauch asiatischer Steppe, ließ sie heute nicht entspannen und vertrieb diese undefinierbare

Angst nicht. Mit jeder Faser ihres Körpers ahnte Sanne Bedrohung, wie ein Tier, das instinktiv Gefahr wittert.

Ludwigs Todestag nahte. Der sechste schon.

Vom Haken an der Tür nahm sie die Schürze und band sie um. Sie liebte ihre Arbeit, die Ruhe in ihrer Werkstatt, den Blick aus dem großen Fenster über Wiesen und Felder, die Schrunden im Holz der Werkbank, den Geruch der verschiedenen Materialien, das Knistern des Feuers im Ofen.

Eigentlich ging es ihr doch gut.

Zwei Geigen-, ein Cello- und zwei Schülerbögen waren bis Mittag zu behaaren. Die alten Bezüge hatte sie schon gestern entfernt. Nun wirkten die Bögen seltsam nackt, wie sie so auf der Werkbank nebeneinanderlagen, ordentlich ausgerichtet, neben jedem ein Auftragszettel ihres ehemaligen Meisters und Lehrherren Frederick Lüchow, sowie Frosch, Beinchen und Ring.

Die gewaschenen und vorsortierten Haare hingen zu Bündeln gefasst am Regal neben der Tür. Mongolisches, chinesisches und kanadisches Pferdehaar. Vom mongolischen nahm sie für die Schülerbögen mit der Fühlleere die passende Anzahl ab und setzte sich an die Werkbank. Mit kritischem Blick zog sie einige Haare aus dem Bund, die zu dick oder geknickt waren, und legte sie beiseite. Dann griff sie zum Abbindegarn und machte einen festen Knoten um ein Ende des Bündels, das sie anschließend mit Garn umwickelte, bis kein Haar herausrutschen konnte. Über der Spiritusflamme brannte sie die Haarenden ab und griff nach dem Stück Kolophonium.

Es rutschte ihr aus der Hand und fiel zu Boden.

Sie sah es fallen und erstarrte. Es fiel wie in Zeitlupe. Dieses Bild wurde von anderen überlagert. Sie rissen Sanne aus Zeit und Raum und katapultierten sie in die Vergangenheit. Wieder einmal.

Plötzlich stand sie im Kinderzimmer. Die Abenddämmerung kroch zum Fenster herein. Das Deckenlicht warf einen hellen Kreis auf Duplo-Legosteine, die auf dem Boden verstreut waren. Das Bilderbuch vom Maulwurf Grabowski lag aufgeschlagen auf dem Tisch. Ludwig sprang auf seinem Hochbett wie auf einem Trampolin. Mit hochrotem Kopf schrie er: »Ich will nicht schlafen! Ich will nicht schlafen! Ich will nicht schlafen!« Das Bett wackelte. Der Lattenrost ächzte. Schweißperlen standen auf Ludwigs kleiner Stirn. Seine blonden Locken flogen. Der Pirat auf seinem Schlafanzugshirt grinste. Sanne war fix und fertig und ebenso am Ende ihrer Kräfte angelangt wie am Ende ihrer Geduld. Seit über einer Stunde ging das so.

Sie bat ihn, sich endlich hinzulegen. Doch er sprang weiter, wie ein Schachtelteufelchen. Und genau so kam er ihr in diesem Augenblick vor. Wie ein kleiner Teufel.

»Du bist keine Befehlerin. Du bist keine Befehlerin! Du bist keine Befehlerin!«, rief er im Takt seiner Sprünge.

Eine Mischung aus Erschöpfung und Ärger ließ sie nach Ludwigs Fußknöchel greifen. Er verlor das Gleichgewicht und plumpste in die Kissen.

»Noch mal!« Begeistert wollte er aufstehen.

»Morgen. Versprochen. Morgen toben wir. Jetzt musst du schlafen.« Mit einem Ruck zog sie die Decke über ihn. Und dann … flimmerndes Rauschen … Leere … Sekunden verschwanden in einem schwarzen Loch … Plötzlich ein dumpfer Schlag, ein Ächzen und gleichzeitig ein leises Knirschen. Sie fuhr herum. Ihr Verstand weigerte sich sekundenlang, zu akzeptieren, was sie sah.

Ludwig lag auf dem bunten Flickenteppich. Sein Körper verdreht. Aus einer Wunde im Nacken sickerte ein fadendünnes Rinnsal Blut. Etwas Helles stand daraus hervor. Ein Wirbel. Sannes Beine gaben nach. Plötzlich saß sie auf dem

Teppich. Totenstille. Dann ein Wimmern. Mit einem Satz sprang sie auf, beugte sich über das Kind.

Die Wangen waren noch gerötet, das Haar schweißverklebt. Vor Sekunden noch hatte Ludwig gelebt. Doch nun war aus seinen Augen das Leben gewichen.

Das Wimmern schwoll an, wurde lauter und lauter, bis ein Schrei emporstieg, sich löste wie glühendes Gestein aus den Tiefen und alles unter sich begrub.

Herr Kater sprang fauchend vom Schemel, rannte zur Tür und holte Sanne so in die Realität zurück. Der Nachhall ihres Schreis hing noch im Raum. Sie ging zur Tür, schob mit zitternden Fingern den Riegel zurück und ließ den verstörten Kater hinaus.

Frostkalte Luft strömte in die Werkstatt. Sie sank auf den Schemel und dachte minutenlang nichts. Gar nichts, bis das Mantra der ewig selben Fragen in ihr aufstieg. Was war geschehen? Was, um Gottes willen, war nur geschehen, in diesen Sekunden, die ihr fehlten?

2

Es war kurz nach fünf und bereits dämmrig. Eugen Voigt sah aus dem Fenster. Er mochte weder Herbst noch Winter. Zu kalt, zu matschig. Selbst frisch gefallenem Schnee konnte er nichts abgewinnen. Rasend schnell wurde er zu einer dreckig-grauen Pampe, die niemand wegräumte und Gehwege in tödliche Fallen verwandelte. Im Winter vor zwei Jahren war er schlimm gestürzt und hatte sich das Becken gebrochen. Seither litt er unter Schmerzen. Egal ob er saß, stand, ging oder lag, seine Knochen quälten ihn in jeder Lebenslage, vor allem bei nasskaltem Wetter. Er mochte die kalte Jahreszeit nicht. Genau genommen mochte er auch den Frühling nicht. Zu unbeständig. Und der Sommer … Na ja, in Griechenland oder Spanien könnte man ihn sicher gut ertragen. Wärme würde den Schmerz vertreiben. Da war sich Eugen Voigt sicher. Doch für eine derartige Reise fehlte ihm das Geld. Als Folge des Sturzes war er seit einigen Wochen Frührentner und konnte derartige Träume vergessen. Er war verurteilt zum Urlaub in München bis ans Ende seiner Tage. Und wem hatte er das zu verdanken? Jemandem, der seiner Räumpflicht nicht nachgekommen war. Der Prozess mit der Versicherung lief und lief und würde wohl bis zum Sankt-Nimmerleins-Tag währen. Der Anwalt hatte wenig Hoffnung, ein ordentliches Schmerzensgeld herauszuschlagen. Die Schuldfrage war noch immer ungeklärt.

Wenn wenigstens Margot noch bei ihm wäre. Doch sie hatte ihn verlassen. Schon vor vier Jahren, nach über zwanzig Jahren wilder Ehe. Warum? Das hatte er bis heute nicht verstanden.

Was blieb ihm also noch vom Leben?

Seine Schefflera, ein bis an die Decke reichender Ficus Benjamini, eine üppige Dieffenbachia und sein ganzer Stolz, ein mannshoher Kaffeestrauch. Diese Pflanzen umsorgte und pflegte er wie Kinder. Kinder, die ihm nie widersprachen und ihn für seine Fürsorge belohnten, indem sie gut gediehen. Der Mensch brauchte eben eine Aufgabe. Oder zwei. Mit Wässern, Düngen, Beschneiden und Umtopfen war Eugen nicht ausgelastet.

Ächzend verlagerte er das Gewicht aufs andere Bein und stützte sich dabei mit den Armen auf dem Fensterbrett ab. Ein Kissen sorgte dort für ein wenig Komfort.

Seit er Frührentner war, hatte er mehr Zeit für ein Hobby, mit dem er schon vor Margots Auszug begonnen hatte. Block, Stift und die Kamera lagen bereit. Zwölf Megapixel, Spiegelreflex mit einem Teleobjektiv von 300 mm Brennweite. Das hatte er schon vor Jahren gekauft. In den guten Zeiten. Heute, mit seiner gekürzten Rente, wäre ein solcher Luxus nicht drin.

Eugen blickte aus dem Schlafzimmerfenster seiner Wohnung, die sich im Erdgeschoss eines Nachkriegsbaus befand, auf die Straße.

Einer noch, und er hatte die Tausend voll. Zur Feier des Tages hatte er bereits eine Flasche Wein aus dem Supermarkt kalt gestellt. Dazu gab es Kassler und Sauerkraut.

Zehn Minuten, vielleicht auch eine Viertelstunde würde es noch hell genug sein, um eine gute Aufnahme zu machen. Irgendein Depp würde sich doch heute noch finden, der glaubte, dass Regeln nur für andere galten. So wie Nummer 999, ein dunkelblauer SUV, der schon seit fünfzehn Minuten in der Feuerwehranfahrtszone ein Stück weiter unten in der Straße parkte. Mit dem Teleobjektiv hatte Eugen ihn erwischt. Kennzeichen, Datum und Uhrzeit waren in den dafür vorgesehenen Spalten auf dem Block notiert.

Im Haus gegenüber brannten bereits seit einer Stunde alle Lichter in den Erdgeschossräumen. Was für eine Energieverschwendung. Dieser Architekt, der dort sein Büro hatte, schien keine Geldsorgen zu haben. Schicke Anzüge, tolle Frau, dickes Auto. 22-mal hatte Eugen ihn schon angezeigt. Parken auf dem Gehweg, im absoluten Halteverbot, in der Feuerwehranfahrtszone und natürlich wegen Fahrens durch eine Einbahnstraße in verkehrter Richtung. Diese Abkürzung nahmen viele. Fünfzig Meter durch eine einspurige Gasse, die ein Stück weiter oben abzweigte, und man ersparte sich einen Umweg von mehreren hundert Metern. Seit Eugen aufpasste, trauten sich die Anwohner allerdings nur noch selten, diesen Weg zu nutzen. Nummer 1000 würde der Architekt Jens Flade daher vermutlich nicht werden.

Langsam wurde Eugen ungeduldig. Er hatte sich darauf eingestellt, heute zu feiern, und wollte es nicht auf morgen verschieben. Sicherheitshalber drehte er mit der ISO-Einstellung die Lichtempfindlichkeit der Kamera höher. So konnte er auch bei wenig Licht gute Aufnahmen machen.

Kaum war er damit fertig, rührte sich im Haus gegenüber etwas. Die Lichter im Architekturbüro verlöschten. Einen Augenblick später wurde weiter unten in der Straße der SUV gestartet. Wenn er Glück hatte, würde der Fahrer die Abkürzung nehmen. Wer rücksichtslos parkte, fuhr auch so.

Eugen öffnete das Fenster, griff nach der Kamera und machte sich bereit. Kälte drang ins Zimmer. Die Tür im Haus gegenüber wurde geöffnet. Flade trat heraus. Er hielt sein Handy ans Ohr gepresst und blieb einen Moment telefonierend auf dem Gehweg stehen.

Der SUV blinkte und parkte aus. Eugen konzentrierte sich auf das Fahrzeug, fokussierte es im Sucher und folgte ihm. Im Gegensatz zu Flade war der Halter ein Energiesparer. Die Scheinwerfer blieben aus. Dunkel war es ja noch nicht. Bei Zwielicht war Beleuchtung nicht zwingend vorgeschrieben.

Der Wagen fuhr am Fenster vorbei. Inzwischen überquerte Flade die Straße. Mit der einen Hand noch immer das Handy am Ohr, mit der anderen zog er die Wagenschlüssel aus der Manteltasche. Das Auto fuhr auf den Mann zu. So langsam sollte der mal vom Gas gehen, dachte Eugen. Instinktiv drückte er den Auslöser, da hörte er schon den dumpfen Aufprall. Adrenalin schoss durch seinen Körper. Der Zeigefinger blieb auf dem kleinen Knopf. In rascher Folge klickte es. Flade wurde auf die Straße geschleudert und Sekundenbruchteile später überrollt. Bremslichter leuchteten auf. Der SUV hielt an. Niemand stieg aus. Eugen fotografierte noch immer. Das Fahrzeug fuhr an, als sei nichts geschehen, und verschwand durch die Einbahnstraße. Stimmen wurden laut. Aus der Bäckerei kam eine Frau gelaufen. Ein Radfahrer stoppte. Jemand schrie, man solle einen Notarzt rufen. Eugen schloss das Fenster und zog die Gardinen vor. Nummer 1000 hatte er im Kasten. Seine Hände zitterten.

Aus dem Kühlschrank holte er die Flasche Wein und schob das Kassler in die Mikrowelle.

Was genau war eigentlich passiert?

Während sein Essen aufgewärmt wurde, trank Eugen auf den Schreck einen Obstbrand und sah sich dann auf dem Display die Aufnahmen an.

Der Wagen war nicht schnell gefahren. Seiner Schätzung nach etwa vierzig, vielleicht etwas mehr. So brachte man niemanden absichtlich um. Da gab man richtig Gas, wollte sicher sein, dass es auch klappte, und vor allem verschwand man schnellstens und machte am besten vorher die Nummernschilder unkenntlich.

Flade hatte telefoniert, war also abgelenkt gewesen, und außerdem hatte er dunkle Kleidung getragen. Vermutlich hatte der Fahrer des SUV ihn in der Dämmerung übersehen und Flade hatte das Fahrzeug nicht bemerkt.

Tragisch. Schrecklich. Ein furchtbares Unglück. Eugen trank noch einen Obstler.

3

Gemeinsam mit Gina verließ Dühnfort das Polizeipräsidium. »Sollen wir erst zu Marcello gehen, oder willst du dich gleich ins Gewühl stürzen?«

»Erst die Arbeit, dann das Vergnügen.« Gina schmunzelte. »Ein Espresso ist doch ein gutes Ziel beim Marathon durch die Möbelhäuser.«

»Ich dachte eher an Doping vor dem Start.«

Gina erklärte sich kurzentschlossen zur Anti-Doping-Beauftragten, versprach aber, bei akuten Entzugserscheinungen seinerseits Milde walten zu lassen. »Neuerdings gibt es ja an jeder Straßenecke drei Coffeeshops.«

Als sie die Fußgängerzone erreichten und aus dem Blickfeld ihres Arbeitsplatzes verschwanden, glitt seine Hand für einen Moment in ihre.

Gina, die eigentlich Regina hieß, wie sie ihm neulich nach Abnehmen eines Schweigegelöbnisses anvertraut hatte, war nicht nur seine Kollegin, gute Freundin und vor allem seine Lebensretterin, die ihn aus dem eiskalten Starnberger See gezogen hatte. Seit beinahe vier Monaten waren sie auch ein Paar. Ein heimliches, dessen Beziehung außerdem keinen leichten Start gehabt hatte.

Während einer Ermittlung im Sommer hatte Dühnfort bemerkt, dass er sich nach mehr sehnte als nur Ginas Freundschaft. Doch er hatte seinen Gefühlen nicht getraut und sich zurückgezogen, obwohl er wusste, was sie für ihn empfand. *Ich wäre lieber mit dir gestorben, als ohne dich zu leben. So, nun weißt du das!* Zornig hatte sie ihm diese Worte an den Kopf geworfen. Bei dieser Erinnerung musste er lächeln. Sicher die ungewöhnlichste Liebeserklärung, die er je erhalten hatte. Nun ja, viele waren es ohnehin nicht gewesen. Und das war gut so. Er war keiner, der *Kerben in seine Bettpfosten schnitzte*, wie Gina das mal in Bezug auf ihren Kollegen Alois Fünfanger genannt hatte.

Obwohl er seinen Gefühlen nicht traute, waren Gina und er dennoch eines Nachts im Bett gelandet. Danach hatte sie so getan, als wäre nichts gewesen. Selbstschutz, wie er vermutete. Denn sie glaubte, dass er sich noch immer zu Agnes hingezogen fühlte, zu der Frau, die sich ein Jahr zuvor von ihm getrennt hatte. Kurz und gut: Es war kompliziert gewesen. Bei einer Flasche Merlot mit seinem Freund Schorsch war ihm jedoch klar geworden, dass eigentlich alles ganz einfach war. Er hatte sich in Gina verliebt.

»Wo ist das Problem, Tino?«, hatte der Schorsch gesagt. »Lad sie ein. Koch was Leckeres, und der Rest ergibt sich von ganz allein.«

Gina hakte sich bei ihm ein. »Wollen wir mit dem Möbelladen im Tal anfangen?«

»Warum nicht? Er liegt am nächsten.«

Sie hatten sich den Nachmittag freigenommen und bauten so einige ihrer unzähligen Überstunden ab, um endlich ein neues Bett für ihn zu kaufen. Denn seines war mit einem Meter zwanzig auf Dauer zu schmal für zwei. Einer lag meist absturzbedroht an der Kante, und das war nicht nur unbequem, sondern sorgte mittelfristig für ein Schlafdefizit, das in seinem Alter zu Gereiztheit führte. Es war also höchste Zeit, diesen Zustand zu ändern.

Die Suche entwickelte sich allerdings schwieriger als gedacht. Es gab kaum Betten, die ihm gefielen. Und die, die ihm zusagten, passten entweder nicht zu seiner Schlafzimmereinrichtung oder waren zu teure Designerstücke. Nach über drei Stunden hatten sie alle Möbelgeschäfte der Innenstadt durch und landeten, einem Tipp von Ginas Mutter folgend, nun bei Radspieler.

Als der Verkäufer sie durch die Ausstellungsräume führte, sah Dühnfort es sofort. Das Bett, nachdem er unbewusst gesucht hatte. Eines von Lloyd Loom aus einem Geflecht, das wie Rattan aussah, aber aus gedrehten Papierketten bestand, die einen Metalldraht als Kern enthielten. Zu Beginn des vorigen Jahrhunderts hatte man Salons und Decks von Ozeandampfern mit Stühlen und Sesseln aus diesem Material ausgestattet. Hohe Qualität und zeitloses Design, das zu seinen Möbeln passte. »Warum sind wir nicht gleich hierhergegangen?«

Gina hob die Hände. »Wir könnten schon längst bei einem Cappuccino sitzen.« Mit einem schelmischen Funkeln in den Augen wandte sie sich an den Verkäufer. »Wir nehmen es. Packen Sie es ein.«

»Unsere Tüten sind leider nicht passend für dieses Format«, entgegnete der Mann. »Wir könnten es liefern.«

Dühnfort liebte Gina, und in diesem Augenblick spürte er es intensiver als je zuvor. Sie machte sein Leben leichter, fröhlicher, unbeschwerter, und vor allem hatte sie die Einsamkeit daraus vertrieben. Fasziniert folgte er dem Dialog, der noch ein Weilchen auf demselben Niveau weiterging, bis der Kauf abgeschlossen und ein Liefertermin vereinbart war.

Als sie auf die Straße traten, nahm er sie in den Arm, küsste sie und dachte nicht daran, dass man sie dabei beobachten und sie auffliegen könnten.

»He, hallo!« Ein wenig atemlos löste Gina sich von ihm. »Das Bett wird erst in ein paar Tagen geliefert, und irgendwie sind wir hier so öffentlich.« Rasch zog sie ihn in einen Hauseingang und erwiderte seinen Kuss.

Dühnfort fühlte sich, als wäre er siebzehn und müsste sich beim Knutschen vor seinem Vater verstecken. Aber es war nicht der Vater, sondern die Kollegen und Vorgesetzen, die nicht wissen durften, dass Gina und er ein Paar waren. Jedenfalls, wenn es nach ihr ging. Er hätte es gerne offiziell gemacht. Doch das würde eine Entscheidung nach sich ziehen, die Gina noch hinauszögern wollte. Es ging allerdings schon zu lange gut. Irgendwann würde jemand eine der vertraulichen Gesten bemerken, die zwischen ihnen so selbstverständlich geworden waren, dass sie immer häufiger vergaßen, auf das Umfeld zu achten. Über kurz oder lang würden sie sich beruflich trennen müssen, denn er war ihr Chef.

Als seine Partnerin hatte sie ein Aussageverweigerungsrecht, falls es wegen eines Einsatzes zu Ermittlungen gegen ihn kommen sollte, und umgekehrt. Außerdem musste Dühnfort als Vorgesetzter nicht nur Beurteilungen über seine Mitarbeiter schreiben, sondern auch über Urlaubsanträge entscheiden, ebenso über Einsätze und Weiterbildungskurse, und dabei konnte er seine Partnerin bevorzugen. Auch wenn er das nicht tat und objektiv blieb, konnte der Eindruck von Parteilichkeit entstehen und Unruhe ins Team tragen. Also musste einer von ihnen in eine andere Kommission oder Abteilung wechseln. Und wer das war, sah der Dienstherr ebenfalls vor. Nicht der Vorgesetzte.

Gina war mit Leib und Seele Mordermittlerin und seit Jahren unersetzliche Kollegin in Dühnforts Team. Sie grub sich regelrecht in die Fälle ein und zog regelmäßig mit erstaunlicher Hartnäckigkeit neue Fakten ans Tageslicht. Sie war einfach gut. Eigentlich wollte er sie in seinem Team nicht missen. Und sie wollte nicht gehen. Doch es ließ sich nicht verhindern, und deshalb drängte Dühnfort in letzter Zeit darauf, das Versteckspiel zu beenden.

»Du grübelst wieder.« Gina strich über eine Falte an seiner Nasenwurzel. »Helmbichler? Oder lässt dich das kalt?«

Dühnfort schob das eine Problem beiseite und besann sich

auf das andere. »Nein. Das nicht. Aber man sollte es auch nicht überbewerten. Es ist beinahe sieben Jahre her, dass er Rache geschworen hat, und in der letzten Zeit hat er es nicht wiederholt.«

»Vielleicht Taktik. Jetzt ist er raus. Jetzt hat er die Möglichkeit. Vorher, den Umständen entsprechend, nicht.« Ein halbherziges Lächeln erschien auf Ginas Gesicht.

Dühnfort nahm die Warnung nicht auf die leichte Schulter, die sein Chef, Kriminaloberrat Leonhard Heigl, ihm vor einigen Tagen hatte zukommen lassen, aber er sah auch keinen Grund, in Panik oder übertriebene Vorsicht zu verfallen. Helmbichler war letzte Woche entlassen worden und in Passau bei Verwandten untergekommen.

»Komm, lass uns zu Marcello gehen.« Er legte seinen Arm um ihre Schultern, in der Erwartung, dass sie ihn gleich wieder abschütteln würde. Er liebte Gina und wollte das auch zeigen. Andererseits … Er verstand sie ja. Also ließ er den Arm wieder sinken. Schweigend gingen sie die Hackenstraße entlang. Ihr Atem kondensierte in der kalten Luft. Die Sonne verschwand hinter den Dächern der Stadt und ließ die kahlen Bäume, flanierenden Menschen und dichtstehenden Häuser lange Schatten werfen. Marcellos kleine Espressobar am Rindermarkt war überfüllt. Sie schlenderten weiter über den Viktualienmarkt zum Stadtcafé.

»Passau ist nicht aus der Welt. Ich hab kein gutes Gefühl bei der Sache.« Gina schob die Hände fröstelnd in die Manteltaschen. »Ich habe mich mal umgehört. Helmbichlers Frau hat sich scheiden lassen, während er saß. Das Geschäft ist in Konkurs gegangen, und das Haus wurde versteigert. Er hat alles verloren. Und er fühlt sich von dir geleimt. Er wird dir die Schuld an seinem Untergang geben.«

Eine Messerstecherei vor sieben Jahren war Dühnforts erster Fall in München gewesen. Es gab Zeugen und es gab

Sachbeweise. Unauffindbar blieb allerdings die Tatwaffe, laut Aussagen ein Butterflymesser. Helmbichler rückte schnell in den Fokus der Ermittlungen, die Beweislage war erdrückend. Was fehlte, um den Fall rundum abzuschließen, waren die Waffe und ein Geständnis. Und das hatte Dühnfort ihm in einer langen Nacht ebenso entlockt wie den Hinweis, wo das Messer zu finden war. Am nächsten Tag hatte Helmbichler das Geständnis widerrufen. Trotzdem wurde er aufgrund einer lückenlosen Indizienkette wegen Totschlags zu sieben Jahren Haft verurteilt und hatte damals geschworen, an Dühnfort Rache zu nehmen, dem Mistkerl, der ihn gelinkt hatte.

»Schuld hat alleine er.« Ein Stein lag auf dem Pflaster. Dühnfort kickte ihn beiseite. »Die Verantwortung für sein Handeln trägt jeder selbst. Helmbichler hat seine Strafe verbüßt und kann neu beginnen. Diese Chance sollte er nutzen.« So weit die Theorie, fügte er in Gedanken hinzu. Einfacher war es natürlich, die Schuld von sich zu weisen und anderen unterzujubeln. So wurde man zum bemitleidenswerten Opfer. »Mach dir keine Sorgen. Ich passe schon auf mich auf.« Er strich ihr eine der dunklen Haarsträhnen hinters Ohr, die ihr immer wieder ins Gesicht fielen.

»Jedenfalls solltest du deine Dienstwaffe in nächster Zeit immer bei dir tragen. Versprich mir das, ja?« In ihren dunklen Augen lag Sorge, die von einem Lächeln vertrieben wurde. »Auch wenn du im Ernstfall vermutlich danebenschießt. Es würde mich trotzdem beruhigen.«

Er stimmte in ihr Lachen ein. Beim letzten Schießtraining hatte er keinen guten Tag gehabt. Ganz im Gegensatz zu Alois. Der hatte wieder einmal die volle Punktzahl abgeräumt, was Gina zu der Vermutung veranlasst hatte, er verwende ferngesteuerte Projektile.

Sie erreichten das Stadtcafé. Gina rieb sich die Hände.

»Saukalt heute. Jetzt freue ich mich richtig auf einen heißen Cappuccino mit ganz viel Milchschaum.«

Das Handy in Dühnforts Manteltasche begann zu vibrieren. Er zog es hervor, während er Gina die Tür aufhielt. Staatsanwalt Christoph Leyenfels meldete sich. »Hallo, Tino, tut mir leid, dich zu stören. Wir haben hier einen etwas seltsamen Verkehrsunfall mit einem Toten. Ich würde mich wohler fühlen, wenn ihr das übernehmt.«

4

Gina stoppte den Wagen an der Polizeiabsperrung. »Sind wir jetzt Leyenfels' Wellnessteam, oder was? *Er würde sich wohler fühlen ...*« Sie verdrehte die Augen.

Inzwischen war es dunkel geworden. Rotierende Blaulichter und die Scheinwerfer der Einsatzfahrzeuge erhellten den gesperrten Straßenabschnitt. Ein Notarztwagen verließ den Unfallort. Gina wies sich aus. Die Kollegen winkten sie durch. Nach fünfzig Metern stoppte sie neben dem Bus des Unfallkommandos. Weiter vorne leuchtete eine Abdeckplane hell in die Dunkelheit. Darunter lag der Tote. Hinter der Absperrung hatten sich Schaulustige versammelt. Immer wieder flammten Blitzlichter auf. Was machten die Leute nur mit diesen Bildern?

»Wir schauen uns das jetzt an und dann sehen wir weiter, Frau Kollegin.« Dühnfort zwinkerte Gina zu und stieg aus.

»Aber sicher doch, Boss.« Mit einem leisen Plong ließ sie die Tür zufallen.

Die Luft war beißend kalt. Stimmengewirr drang von der Absperrung herüber. Etliche Fenster der angrenzenden Häuser waren trotz der Kälte geöffnet. Neugierige blickten auf die Straße. Heute blieben die Flachbildschirme dunkel. Heute gab es die Show live vor der Haustür. Dühnfort schlug den Kragen hoch, steckte die Hände in die Manteltaschen und sah sich nach dem Staatsanwalt um.

Ein Leichenwagen des städtischen Bestattungsinstituts fuhr vor. Leyenfels hatte die Obduktion also schon angeordnet. Dühnfort entdeckte ihn auf der anderen Straßenseite in einer

Bäckerei. Er stand an einem Stehtisch und besprach sich mit dem Leiter des Unfallkommandos.

»Ich höre mich mal ein bisschen um.« Gina wandte sich ab und stapfte auf den Bus zu, in dem ein Zeuge seine Aussage zu Protokoll gab.

Dühnfort sah ihr einen Moment nach, bevor er die Bäckerei betrat. Wärme umfing ihn. Der würzige Duft nach Bauernbrot stieg ihm in die Nase und ließ ihm das Wasser im Mund zusammenlaufen. Hinter dem Tresen stand eine Verkäuferin und polierte die Ablagefläche.

Der Staatsanwalt war ein Mann mit über eins neunzig Körpergröße, dem ein leicht gebückter Gang zu eigen war. Schlürfend beugte er sich über eine Tasse Kaffee, die er abstellte, als er Dühnfort entdeckte. »Hallo, Tino. Lausiges Wetter heute.«

Dühnfort begrüßte Leyenfels und dann den Leiter des Unfallkommandos. Volker Schellenberg, ein drahtiger Mittfünfziger mit Bürstenhaarschnitt, reichte Dühnfort die Hand. »Schön, dass Sie da sind. Ich denke, der Fall gehört der Kripo.«

Das beteiligte Unfallfahrzeug hatte Dühnfort nicht entdeckt. Sachbeweise, die Schellenbergs Einschätzung stützten, gab es also nicht. Wenn er statt Unfallflucht einen Mordanschlag vermutete, konnte das nur einen Grund haben.

»Ich hoffe, es gibt mehr als einen Zeugen.« In der Bäckerei war es warm. Dühnfort knöpfte den Mantel auf.

»Zwei. Sie haben das Geschehen aus unterschiedlichen Perspektiven beobachtet, und ihre Aussagen decken sich.« Der Stehtisch wackelte, als Schellenberg sich aufstützte.

Zeugenaussagen waren eine Sache für sich. Das Gedächtnis war nur allzu gern bereit, fehlende Kausalzusammenhänge selbst herzustellen und dann für bare Münze zu nehmen. Dühnfort war skeptisch. »Aufzeichnungen einer Überwachungskamera wären mir ehrlich gesagt lieber.«

»Gibt es leider nicht. Ich schätze die Zeugen als zuverlässig ein. Sie sind keine sehbehinderten und Hörgeräte tragenden Rentner.« Ein verärgertes Lächeln erschien für einen Augenblick auf Schellenbergs Gesicht. »Jens Flade, so heißt der Tote, wurde ohne zu zögern überfahren und der beteiligte Wagen erst fünfundzwanzig Meter hinter der Unfallstelle abgebremst, als der Fahrer kurz hielt. Selbst wenn der Fahrer Flade in der Dämmerung nicht gesehen haben sollte, ist der Tritt auf die Bremse bei einem Unfall ein Reflex. Es sei denn, man hat nicht vor, auf die Bremse zu treten.«

Das zu späte Aufleuchten von Bremslichtern war also alles, was für ein Tötungsdelikt sprach. Dühnfort war von seiner Zuständigkeit nicht überzeugt. »Ich würde gerne mit den Zeugen reden. Sind sie noch hier?«

»Ihr übernehmt das also.« Leyenfels legte zwei Münzen auf den Tisch und zog den Reißverschluss seiner Daunenjacke zu. »Und halt mich auf dem Laufenden.« Er nickte Dühnfort zu, dann Schellenberg, und verließ die Bäckerei.

»Sie warten in unserem Bus«, beantwortete Schellenberg die noch offene Frage.

Na prima, dachte Dühnfort. Sicher unterhalten sie sich seit einer halben Stunde über nichts anderes als den Unfall. Da gleichen sich die Aussagen ganz von selbst an.

Doch diese Vermutung musste er revidieren. Die Zeugen waren getrennt untergebracht. Oberstleutnant Phillip Büttner saß auf dem Beifahrersitz und las in einem Buch. Die Studentin Marie Sittler wartete im hinteren Teil des Busses, der mit Tisch, Bank und Laptop für die Befragung von Zeugen ausgestattet war. Die junge Frau starrte in die Dunkelheit. Handy und MP3-Player lagen vor ihr auf dem Tisch.

Schellenberg stellte sie einander vor. Dühnfort setzte sich. Er sah Marie Sittler den Schrecken an. Ihr Teint war fahl, die

Haltung verspannt. »Wie geht es Ihnen? Kann ich ein paar Fragen stellen?«

Sie nickte. »Geht schon.«

»Prima. Können Sie mir möglichst genau schildern, was Sie beobachtet haben?«

»Ja. Klar. Also, ich bin von der Bushaltestelle gekommen. Dahinten.« Sie deutete in die Dunkelheit. »Als ich kurz vor der Bäckerei war, habe ich den Mann gesehen. Er ging vom Gehweg auf die Straße und telefonierte. Gleichzeitig hat mich ein Auto überholt, ein dunkler Geländewagen. Er war erst langsam, hat dann aber beschleunigt. Ich habe mir noch gedacht, dass der jetzt doch bremsen muss, da hat es schon gekracht ... Obwohl, gekracht ist falsch. Das war ein dumpfes Geräusch, eher leise ... Was mit dem Mann genau geschehen ist ... ob er auf die Motorhaube geschleudert wurde ... oder so ... Also, das habe ich nicht gesehen ... Es war ja ein Geländewagen, ziemlich hoch. Der fuhr einfach weiter ... und dann ruckelte der so komisch ... als ob er über eine Bodenschwelle fährt ... aber da war ja keine Schwelle.« Die Augen der jungen Frau bekamen einen feuchten Schimmer. »Dann habe ich den Mann wieder gesehen. Er lag auf der Straße. Also, der Wagen hat nicht gebremst. Der hat ihn einfach überrollt und ist weitergefahren, als ob nichts passiert wäre. Erst ein ganzes Stück weiter hinten hat er kurz gehalten. Dort, bei dem gelben Briefkasten.« Wieder wies sie hinaus in die Dunkelheit. »Da habe ich die Bremslichter gesehen, und in dem Moment ist mir klargeworden, dass der Kerl vorher überhaupt nicht gebremst hat. Ich meine, das tut man doch ganz automatisch. Zack, auf die Bremse, ohne nachzudenken. Ich habe aber nur einmal Bremslichter aufleuchten sehen. Ganz sicher.«

Dühnfort, der bisher seine Zweifel gehabt hatte, ob es sich nicht doch um einen Unfall mit Fahrerflucht handelte, beschlich ein ungutes Gefühl. Diese Zeugenaussage war sehr präzise. Fehlende Informationen schien Marie Sittler nicht durch Phantasie ergänzt zu haben. Die meisten Zeugen hätten ausgesagt, dass sie gesehen hatten, wie der Mann überfahren wurde. Marie Sittler nicht.

»Haben Sie die Farbe des Fahrzeugs erkennen können oder das Modell?«

»Das Modell? Nein. Mit Autos kenne ich mich nicht aus. Und die Farbe war einfach dunkel. Es war ja schon dämmrig. Vielleicht Dunkelblau oder Anthrazit. Könnte auch Schwarz gewesen sein.«

»Sie haben von einem Kerl gesprochen. Haben Sie den Fahrer gesehen?«

Die Studentin hatte ihn nicht gesehen und entschuldigte sich, dass sie *Kerl* gesagt hatte. Natürlich könnte auch eine Frau am Steuer gesessen sein. Der Wagen war nicht gerast, sondern ganz normal gefahren, vielleicht fünfzig, nachdem er beschleunigt hatte. Es hatten keine Reifen gequalmt oder gequietscht, wie in einem Actionfilm. »Es war so ... wie soll ich sagen? Es war ganz unspektakulär. Und nun ist der Mann tot.«

Auf das Kennzeichen hatte sie nicht geachtet. Erst als der Fahrer nicht ausstieg und einfach weiterfuhr, hatte sie aufs Nummernschild geblickt. Doch das Auto war zu weit entfernt gewesen. Sie konnte nicht einmal sagen, ob es ein Münchner Kennzeichen gewesen war.

Anschließend befragte Dühnfort den Oberstleutnant Phillip Büttner. Er war auf der anderen Seite der Straße gegangen, ein Stück vor Marie Sittler. Er war also näher am Unfallort gewesen. Mit anderen Worten erzählte er präzise und militärisch knapp dasselbe wie die Studentin. Ihm war allerdings aufgefallen, dass das Fahrzeug unbeleuchtet fuhr. Das wurde von einer weiteren Zeugin bestätigt, die das Geschehen aus der anderen Richtung und mit deutlich größerer Entfernung beobachtet hatte, erklärte Schellenberg. Büttner hatte den Fahrer nicht gesehen und auch das Kennzeichen nicht erkannt. Beim Fahrzeugtyp war er sich nicht sicher. Nissan, Toyota, Honda? Vermutlich etwas Asiatisches. Es war alles sehr schnell gegangen, und die hereinbrechende Dunkelheit hatte Beobachtungen nicht erleichtert.

Dühnfort bedankte sich und verließ den Bus. Inzwischen hatte ein leichter Nieselregen eingesetzt. Gina kam auf ihn zu. »Eine Frau aus dem Haus gegenüber hat beobachtet, dass der Unfallwagen zehn bis fünfzehn Minuten lang ein Stück weiter unten in der Straße parkte und genau in dem Moment losfuhr, als Flade das Haus verließ. Sieht so aus, als würden wir nicht grundlos auf unseren freien Abend verzichten.«

5

Seit Herr Kater sie gelegentlich auf ihrem Morgenspaziergang begleitete, fühlte Sanne sich paradoxerweise allein. Denn durch seine Anwesenheit betonte er die Einsamkeit, in die sie in den letzten Jahren langsam geschliddert war. Ganz unbeabsichtigt. Es war einfach geschehen.

Zuerst hatte sie das Studium abgebrochen. Im sechsten Semester Kunstgeschichte. Es erschien ihr sinnlos, und sie konnte sich auch nicht mehr konzentrieren. Dann hatte sie Manuel vertrieben. Drei Jahre waren sie zusammen gewesen. Doch nach Ludwigs Tod war sie zu einer Frau geworden, in der Manuel seine Sanne nicht mehr erkannte. Die Sanne, die lieber Party machte, als für Klausuren zu lernen, die spontan zu einem Wochenendtrip irgendwohin aufbrach und immer dort sein wollte, wo etwas los war, aus Angst, etwas zu versäumen. Immer mittendrin, immer Halligalli. Und nun?

Menschenansammlungen wurden ihr zuwider, und schließlich bekam sie in einer überfüllten U-Bahn ihre erste Panikattacke und dachte, sie müsste sterben. Kino, Theater, Konzerte begann sie ebenso zu meiden wie volle Läden am Wochenende und S- und U-Bahnen zur Rushhour. Manuel wollte seine alte Sanne wiederhaben. Es ging nicht.

Ludwigs Tod veränderte alles.

Der Einzige, der das verstand, war Thorsten. Der Mitarbeiter des Kriseninterventionsteams, der sich an jenem schrecklichen Abend um sie gekümmert hatte, während seine Kollegen Ludwigs Eltern, Evelyn und Nils, beistanden.

Neun Monate nach dem schrecklichen Unfall hatte Manuel sich von ihr getrennt.

Das war lange her. Sanne schritt aus. Steine knirschten unter den Sohlen der Stiefel. Das Geräusch durchbrach die Stille, die über Feldern und Wiesen lag. Mit jedem Schritt wurde der beginnende Tag heller, verstärkte sich das fahlgelbe Band am Horizont. Aus der eben noch dunklen Silhouette des Dorfs, die vor ihr im Morgendunst lag, schälten sich allmählich Dächer und Gebäude, Bäume und Mauern. Herr Kater verließ den Weg und schnürte in die Wiese.

Nach der Trennung von Manuel war sie erst einmal bei ihren Eltern untergekrochen. Ihr Vater betrieb einen Handel mit Edelhölzern, die für die Innenausstattungen von Yachten ebenso Verwendung fanden wie für die von Fahrzeugen und Luxusboutiquen, und gelegentlich auch von Instrumentenbauern gekauft wurden. Daher kannte er Frederick Lüchow, einen Geigenbauer, der seine Werkstatt in Haidhausen betrieb.

Eines Tages schnappte Sanne ein Gespräch zwischen den beiden auf. Frederick suchte einen Lehrling für Bogenbau, doch es war schwierig, diese Lehrstelle zu besetzen. Was er über die Ausbildung erzählte, klang verlockend. Eine ruhige Werkstatt. Ein weiterer Rückzugsort und vor allem die Möglichkeit, eine Ausbildung zu machen. Sie war dreiundzwanzig. Es war höchste Zeit.

Eine Woche schnupperte sie bei Frederick in den Beruf hinein und spürte, dass er zu ihr passte. Keine Hektik, kein Stress. Mit ihren Händen zu arbeiten, aus unterschiedlichen Materialien und in verschiedenen Techniken einen Bogen zu erschaffen, bereitete ihr Freude und gab ihr das Gefühl, etwas zu erreichen.

Vor zwei Jahren hatte sie ihre Lehre beendet und sich selbständig gemacht. München war ihr zu laut geworden, zu lärmend, zu schrill, zu hektisch. Deshalb war sie in den Landkreis umgezogen, nach Paschkofen.

Beim Umzug hatte Thorsten ihr geholfen. Natürlich. Inzwischen war er zu einem guten Freund geworden. Eigentlich zu ihrem einzigen. Obwohl er den Umzug nicht guthieß, hatte er Kisten und Möbel geschleppt. *Warum ziehst du dich derart aus dem Leben zurück? Ich verstehe es einfach nicht. Bestrafst du dich etwa selbst? Mir kommt es jedenfalls so vor. Als ob du dir nicht erlaubst, glücklich zu sein. Das ist doch unsinnig. Du musst Ludwigs Tod nicht sühnen. Magst du nicht doch endlich eine Therapie machen?*

Sich selbst zu bestrafen, für Ludwigs Tod zu sühnen. Sie hatte Thorstens Überlegungen brüsk von sich gewiesen. Doch wenn sie ehrlich zu sich war, dann steckte ein Funken Wahrheit darin. Vielleicht sogar mehr als nur ein Funken.

Die Umrisse eines Joggers tauchten aus dem Dunst auf. Sanne gähnte. Die Müdigkeit saß ihr in den Knochen. Wieder hatte sie schlecht geschlafen. Es lag am Jahrestag. Wenn er vorüber war, würde es besser werden. Wie jedes Jahr. Alpträume und Erinnerungen würden für einige Zeit verschwinden. Diese Erinnerungen. Sie waren so erschreckend lebendig. Flashbacks. So nannte Thorsten sie. *Ganz normal. Jedenfalls bei einer Posttraumatischen Belastungsstörung.* Doch sie hatte keine psychische Störung. Sie führte das Leben, das ihr guttat. Es war doch ganz normal, dass man eine derartige Katastrophe nicht vergaß, nicht einfach wegsteckte und weiterlebte, als sei nichts geschehen.

Ihr Atem stieg in weißen Wölkchen in den heller werdenden Morgen. Der Jogger kam näher. Es war der Buchhändler. Im Vorüberlaufen grüßte er und war vorbei, ehe sie antworten konnte.

Zwei Jahre lebte sie schon in Paschkofen und fühlte sich hier wohl. Auch wenn sie sich am Dorfleben nicht beteiligte, man kannte und grüßte sie. Irgendwie gehörte sie dazu. Genau wie die anderen Künstler und Handwerker, die im umgebauten Haupthaus und den zahlreichen Nebengebäuden des ehemaligen Guts lebten und ihre Werkstätten hatten. Bis auf den ehemaligen Schweinestall waren alle belegt.

Laura, die mit ihrem Mann Kachelöfen entwarf und fertigte, hatte Sanne vor ein paar Tagen erzählt, dass nun auch dieses letzte Häuschen vermietet war. Wer dort allerdings einzog, hatte der Dorffunk ihr noch nicht zugetragen. Die Gerüchte schwankten zwischen Schreiner, Bildhauer und Restaurator.

Die Kirchturmuhr schlug acht, als sie auf den Kiesweg einbog, der zu ihrem Haus führte. Herr Kater tauchte plötzlich neben ihr auf. Er sah zufrieden und satt aus. Sannes Magen knurrte. Zeit fürs Frühstück.

»Hattest du schon eine Maus, oder magst du einen Joghurt?«

Herr Kater verstand dieses Wort. Sie hatte es getestet. Auch wenn sie es beiläufig erwähnte, spitzte er die Ohren, so wie jetzt. Er blieb stehen und sah erwartungsvoll zu ihr hoch. Sie lachte. »Nicht hier, sondern daheim.«

Auch das verstand er, denn er lief schnurstracks aufs Haus zu. Doch plötzlich blieb er stehen und machte einen Buckel. Das Fell sträubte sich entlang der Wirbelsäule zu einem Kamm. So hatte sie ihn noch nie gesehen. Was war los? Suchend sah sie sich um und entdeckte vor dem ehemaligen Schweinestall einen Umzugswagen und davor einen Hund. Ein großes und zotteliges Vieh, das wie eine Mischung aus Bobtail und Golden Retriever aussah und nun seinerseits Herrn Kater bemerkte. Bellend rannte er los. Der Kater floh mit einem Satz über den Zaun. Der Hund sprang hinterher, jagte durch das Dickicht abgestorbener Stängel des Staudenbeets, sprang über den Wassertrog, warf den Topf mit den erfrorenen Chrysanthemen um und blieb kläffend unter der Kastanie stehen, in deren kahle Äste sich Herr Kater geflüchtet hatte. Triumphierend blickte er herunter.

»Hamlet! Bei Fuß!«

Sanne fuhr herum. Vor ihr stand ein Mann vom Typ Highlander. Lange braune Locken, riesengroß und breitschultrig. Allerdings trug der Recke weder Kilt noch Fellumhang, sondern schmuddlige Jeans und ein versifftes Holzfällerhemd. Seine Augen sprühten vor Zorn. »Bei Fuß!« Mit der Hand schlug er gegen seinen Oberschenkel. Hamlet kehrte mit einem Satz über den Zaun zurück. Immerhin folgte das Vieh seinem Herrn.

Alles, was Sanne an einem Mann verabscheute, vereinigte sich in ihm. Fehlte nur das Breitschwert, um sein überbordendes Selbstbewusstsein und seinen Machtanspruch zu unterstreichen. Ihr Herz raste vor Angst und Wut. »Können Sie Ihren Köter nicht an die Leine nehmen!«

Einen Augenblick starrte er sie an. Dann zog ein Lächeln über sein Gesicht. »Ebenfalls auf gute Nachbarschaft.«

Was? Er war das, der den Schweinestall gemietet hatte? Dieser Highlander? Sie wollte ihn nicht als Nachbarn, und schon gar nicht seinen Hund! Sie hatte Angst vor Hunden. Und sie hatte Grund dazu. Als Kind war sie von einem in den Arm gebissen worden. Die Narben sah man heute noch.

»Niklas Domegall.« Er bot ihr die Hand.

Sie ergriff sie nicht. »Susanne Möbus«, erwiderte sie widerwillig. »Hamlet scheint ja der passende Name zu sein. Völlig wahnsinnig.«

Er ließ die Hand sinken. »Er folgt seinen Instinkten. Das ist ganz normal.« Domegall kraulte den Hund am Hals. »Und er folgt mir. Stimmt's, Hamlet?«

Ein Macho. Ein echter Macho. Und ausgerechnet der wurde ihr neuer Nachbar. Es war nicht zu fassen. Wortlos ließ sie Domegall stehen. Herr Kater saß noch in der Kastanie.

6

Dühnfort trat aus dem Haus in der Pestalozzistraße, in dem er wohnte, und vermisste Gina an seiner Seite. Sie hatte die Nacht in ihrer WG verbracht.

Kurz nach sieben. Es war noch dämmrig. Nebel hing zwischen den Häusern. Einen Augenblick überlegte er, dann entschied er sich, den Weg zum Präsidium mit einem kleinen Umweg zu beginnen. Wie so häufig. Durch den nur wenige Schritte entfernten Eingang betrat er den Alten Südfriedhof. Das Tor aus Schmiedeeisen quietschte. Den Klang seiner Schritte dämpfte ein Teppich aus nassem, welkem Laub. Er genoss die Ruhe zwischen den efeuumrankten Grabsteinen, atmete feuchte Kühle ein und wurde dabei wach und klar im Kopf.

Die Ermittlungen waren gestern Nacht mit der üblichen Routine aufgenommen worden. Beim Morgenmeeting in einer Stunde, wenn die Fakten auf dem Tisch lagen, würde es sich zeigen, ob der Fall wirklich einer für die Mordkommission war. Noch hatte Dühnfort Zweifel.

Eine Krähe flog über den Weg und landete auf einem verwitterten Grabstein. Von irgendwoher drangen das Quietschen einer Straßenbahn und gedämpfter Verkehrslärm. Am Stephansplatz verließ Dühnfort den Friedhof und erreichte eine Viertelstunde später sein Büro.

Mit einer Hand schaltete er die Espressomaschine an, mit der anderen schloss er die Bürotür hinter sich. Den Mantel hängte er auf den Bügel und öffnete dann das Fenster, um die stickige Luft zu vertreiben.

Unter ihm lag der Frauenplatz. Die Bäume, die im Sommer

so üppig Laub getragen hatten, reckten ihre kahlen Äste ins Grau. Der linke der Zwillingstürme der Frauenkirche verbarg seine schlanke Form hinter weißen Planen. Das Gerüst reichte bis zur Patina tragenden Haube. Auf der Baustelle rechter Hand dröhnten bereits die Maschinen. *Münchens Innenstadt wird attraktiver.* Das stand auf dem Bauschild für die neue Geschäftsstelle einer Bank. Eine Aussage, über die sich durchaus streiten ließ. Doch die Krönung des Ganzen war ein haushohes Werbeplakat, das die Baustelle verhüllte. Seit Wochen sah Dühnfort darauf. Ein Kerl vom Typ Latinlover im schwarzen Anzug mit schwarzer Krawatte beugte sich über eine dunkelhaarige Schönheit im pinken Abendkleid, die ihren Arm lasziv um seinen Nacken gelegt hatte. Keine Werbung für Trauerkleidung, sondern für Kapselespresso. Und das war nichts anderes als eine etwas bessere Plörre, als sie der Kaffeeautomat im Flur vor Dühnforts Büro ausspuckte. Fünf Gramm Kaffee enthielten diese Dinger. Wie sollte man damit einen ordentlichen Espresso hinbekommen? Was auf diesem Plakat betrauert und zu Grabe getragen wurde, war die traditionelle Espressokultur.

Ohne ihn. Dühnfort schloss das Fenster. Die Maschine in seinem Büro war inzwischen aufgeheizt. Er schaltete das Mahlwerk ein und braute sich einen ordentlichen Espresso aus neun Gramm Pulver. So, wie sich das gehörte. Die Crema war perfekt. Braun und dicht. Ein Löffel Dark Muscovado Sugar hineingerührt, und Dühnfort war fit für den Tag.

Bis zum Morgenmeeting erledigte er Schreibkram. Darunter auch die Anträge von Gina und Alois. Beide wollten an einem Seminar der Gruppe F, Führung und Einsatz, im September teilnehmen. Doch seiner Kommission war nur ein Platz zugeteilt worden. Dühnfort versuchte die Entscheidung objektiv zu treffen. Gina war länger im Team und leistete die bessere Arbeit. Eigentlich war es keine Frage, wer an der Weiterbildung teilnehmen sollte. Dennoch fühlte er sich unwohl mit diesem Entschluss, als er sich um acht auf den Weg zum Morgenmeeting machte.

Vor dem Besprechungsraum traf er mit Schellenberg zusammen, der Uniform trug und unter dem Arm eine Mappe.

»Wir sind so weit durch. Die Akte gehört euch.«

»Gut. Dann sehen wir uns das mal an.«

Am ovalen Konferenztisch hatten sich bereits Gina, Alois und Frank Buchholz von der KTU versammelt. Alois schenkte sich eine Tasse grünen Tee ein. Er war jünger als Dühnfort, wesentlich besser in Form, und seine Art, sich zu kleiden, führte hin und wieder zu dem Missverständnis, er sei der Leiter der Ermittlungen. Heute trug er einen Anzug mit Weste, dazu ein weißes Hemd und Krawatte.

Dühnfort warf Gina einen Blick zu und fing ihren auf. Ein Lächeln, das er erwiderte. *Guten Morgen, Liebling.* Der grob gestrickte Pullover aus zweierlei Brauntönen stand ihr gut. Vor allem im Zusammenspiel mit ihren Schokoladenaugen, dem dunklen Haar und der hellen Haut, die ihn gelegentlich an Milchschaum mit einer Prise Zimt denken ließ.

Stühle wurden gerückt. Alle setzten sich. Dühnfort gab das Wort gleich an Schellenberg, der aus seinen Unterlagen großformatige Fotos holte, die er an der Magnetwand befestigte. Sie zeigten den Unfallort, auf dem die Unfallspuren mit Linien und Symbolen gekennzeichnet waren. Normalerweise waren derartige Aufnahmen übersät mit Markierungen und Spurennummern. Doch bei diesen Bildern waren sie äußerst spärlich.

»Markieren, vermessen, skizzieren, fotografieren und dann daraus Schlüsse ziehen. Das ist unsere Arbeit.« Mit diesen Worten begann Schellenberg seine Analyse. »Hier war nicht viel zu tun. Wie man sieht, gibt es an diesem Unfallort weder Fahr- noch Bremsspuren, auch keine Kratz- oder Schlagspuren auf der Fahrbahn. Die einzigen Spuren auf dem Asphalt stammen vom Opfer. Radierspuren der Schuhsohlen.« Schellenberg wies auf eine Aufnahme, die dunklen Abrieb auf grauem Asphalt zeigte. »Bei den Situationsspuren haben wir nur die Endlage des Opfers. Das Unfallfahrzeug fehlt uns bekanntlich. Für die biologischen Spuren am Opfer und die Verletzungen ist die Rechtsmedizin zuständig. Ich tippe auf inneres Verbluten. Der Mann wurde von einem tonnenschweren Fahrzeug überrollt.«

Frank Buchholz fuhr sich mit der Linken über die Glatze, als wollte er sie polieren. Unterhalb des Doppelkinns lag der Rollkragen in Falten und ließ den Leiter der Kriminaltechnik halslos wirken. »Glasscherben wird es doch geben. Blinker? Scheinwerfer? Was ist mit Lackpartikeln?«

Schellenberg entnahm seinen Unterlagen einen Spurenbeutel und übergab ihn Buchholz. »Ein paar Scherben vom Scheinwerfer. Das ist alles. Lackpartikel haben wir am Unfallort keine sichern können. Vielleicht findet die Rechtsmedizin an der Kleidung des Opfers etwas. Das halte ich allerdings nicht für wahrscheinlich. Zwei Zeugen haben angegeben, dass der SUV mit einem verchromten Bullenfänger aufgemotzt war.«

Buchholz drehte das Tütchen zwischen den Fingern. »Gefühlt gibt es 48 000 verschiedene Scheinwerfergläser. Ob die paar Krümel ausreichen, um ein Modell zu identifizieren?« Er zog die Schultern hoch. »Glaube ich nicht.«

Alois wandte sich an Schellenberg. »Dass es keine Bremsspuren gibt, bedeutet aber nicht automatisch einen Tötungsvorsatz. Beinahe jedes Fahrzeug hat doch heute ABS.«

»Bei Unfällen mit ABS fehlen die *Blockierspuren*. Bremsspuren gibt es schon. Allerdings machen sie uns das Leben schwer, was die Berechnung von Geschwindigkeit, Geschwindigkeitsabbau und Fahrtrichtung angeht. Hier in diesem Fall haben wir aber nichts. Außerdem haben Zeugen gesehen, dass der Wagen erst fünfundzwanzig Meter hinter der Kollisionsstelle gebremst hat. Diese Aussagen und die Spurenlage ergänzen sich und sind für mich eindeutig. Der Unfall wurde absichtlich herbeigeführt.«

Doch das schien Alois nicht zu überzeugen. Er hakte nach. »Der Fahrer hat ausgeparkt und den Wagen ganz normal beschleunigt. So tötet man doch niemanden absichtlich. Wenn man das vorhat, dann gibt man richtig Gas. Ich tippe darauf, dass der Lenker unter Alkohol- oder Drogeneinfluss stand und gar nicht gepeilt hat, was passierte. Deshalb gibt es keine Bremsspuren. Ich denke, es handelt sich um Unfallflucht und wir sind nicht zuständig.«

Dühnfort war anderer Ansicht. »Es gibt einige Auffälligkeiten, die für ein Tötungsdelikt sprechen. Am offensichtlichsten ist das Fehlen jeglicher Bremsspuren. Außerdem parkte der Wagen etwa fünfzehn Minuten in der Nähe der Unfallstelle. In dem Moment, als Flade sein Büro verlässt, wird er gestartet und die Scheinwerfer bleiben aus. Das sind keine Zufälle. Jemand hat auf den Mann gewartet.«

»Zeugenaussagen. Du weißt doch, was die wert sind«, konterte Alois.

Mit einer Hand massierte Dühnfort die verspannte Nackenmuskulatur. Wieder einmal wollte Alois es sich leichtmachen. Er hatte einfach nicht den richtigen Biss. Seit anderthalb Jahren gehörte er zum Team, und noch immer hatte er sich nicht die Arbeitsweise angewöhnt, die Dühnfort von seinen Mitarbeitern erwartete. Einmal etwas zu übersehen und so einen Mörder ungeschoren davonkommen zu lassen, war seine größte Sorge. Sie war die Kraft, die ihn antrieb, sich für Gerechtigkeit, Strafe und Sühne einzusetzen. Es ging um Schicksale, um Menschen, und nicht um Fälle, die man abhakte.

Gina blätterte in ihrem Block. »Wer weiß. Vielleicht lässt

sich das ganz einfach klären. Mit etwas Glück gibt es Fotos vom Unfall.«

»Fotos?« Alois gab seine angespannte Haltung auf und lehnte sich im Stuhl zurück.

»Wer hat sie gemacht?« Auch Dühnfort war überrascht.

»Einer der Anwohner hat ein Hobby. Nicht umsonst nennen ihn seine Nachbarn *Knöllchen-Eugen*. Eugen Voigt, 59, Verwaltungsangestellter im Frühruhestand, wohnt in einer Erdgeschosswohnung direkt an der Unfallstelle. Er verfügt über eine Profi-Fotoausrüstung und viel Zeit. Und die nutzt er, um Sheriff zu spielen. Er fotografiert die Anwohner beim Falschparken und zeigt sie an. Leider war er gestern Abend nicht da, als die Kollegen die Nachbarschaftsbefragung durchgeführt haben. Ich habe aber die Hoffnung, dass das zum Zeitpunkt des Unfalls nicht so war. Wenn wir Glück haben, hat er ihn fotografiert.«

7

Erst mittags ließ Herr Kater sich wieder blicken und begehrte Einlass. Sanne ging mit ihm in die Küche. Für ihn gab es verdünnten Joghurt und für sich schob sie den Rest Lasagne von gestern in die Mikrowelle. Dabei sah sie aus dem Fenster. Der Möbelwagen stand noch vor dem Nachbarhaus und wurde von zwei Männern entladen. Von Hamlet war weit und breit nichts zu sehen, ebenso von Domegall. Ein merkwürdiger Mann. Irgendwie unheimlich. Und ausgerechnet er war nun ihr neuer Nachbar. Bei diesem Gedanken fühlte sie sich nicht wohl.

Im Augenwinkel nahm sie eine Bewegung wahr. Domegall war doch da. Er stand vor ihrem Haus und betrachtete den Porsche eingehend von allen Seiten. Wie kam er dazu! Sie wollte, dass er ging. Doch sie traute sich nicht, das Fenster zu öffnen und ihm zuzurufen, er solle verschwinden.

Der Porsche. Ihre Rennsemmel, ihr Adrenalinkick. Er war das Einzige, das von ihrem alten Leben und von der alten Sanne geblieben war.

Im Sommer ihrer Geburt, vor 28 Jahren, hatte ihr Vater den Wagen gekauft, und 19 Jahre später, zum bestandenen Abi, hatte er ihn ihr geschenkt. Allerdings war er noch immer auf seine Firma zugelassen. Und das hatte zur Folge, dass die Knöllchen bei ihm landeten, wenn sie wieder einmal geblitzt worden war. Lange konnte es nicht mehr dauern, bis das aktuelle bei ihm aufschlug. Vor drei Wochen war sie in eine Radarfalle gerast. So richtig gerast. Das würde teuer werden.

Manchmal brauchte sie das eben. Wenn sie nicht schlafen konnte, wenn sie nicht denken wollte. Dann stieg sie in den

Porsche, gab Gas, jagte über die Autobahn, bis Adrenalin jede Zelle ihres Körpers flutete und alle Gedanken an Ludwig vertrieb.

Ihr Mittagessen war warm. Sie setzte sich an den wackligen Tisch, den sie auf dem Flohmarkt gekauft hatte. Vielleicht sollte sie sich doch mal richtige Möbel zulegen. Geld hatte sie genug. Sie gab ja so gut wie nichts von dem aus, was sie verdiente. Miete, Strom, Wasser, Briketts für die Öfen, ein paar Lebensmittel und ab und zu eine Tankfüllung.

Schöne Klamotten, neue Möbel, Reisen, Kino, Theater, all das reizte sie nicht. Vielleicht hatte Thorsten ja recht und sie erlaubte sich nichts davon. Sein Vorwurf, sie würde sich nicht gestatten, glücklich zu sein, war nicht so ganz von der Hand zu weisen. Wobei neue Möbel und schöne Kleidung nichts mit Glücklichsein zu tun hatten. Eher mit Zufriedenheit. Doch wie konnte sie es sich behaglich und schön machen, während Ludwig ... Es klang so albern, wenn sie das in Worte zu fassen versuchte. Doch dieses Gefühl ging tiefer als Worte. Viel tiefer. Schuld und Reue. Scham und Demut. Ein brennendes Gefühl von Versagen brannte seit Jahren in ihrem Innersten. Hätte sie doch nur besser aufgepasst. Wenn sie noch eine Geschichte vorgelesen hätte, oder ...

Das Klingeln des Telefons riss Sanne aus ihren Gedanken. Sie war dankbar dafür. Die Lasagne war kalt geworden. Sie schob den Teller weg und ging ins Wohnzimmer, wo das Telefon stand.

Ihr Vater meldete sich. »Diesmal hast du es aber übertrieben, Sanne.«

Sie ahnte, was er meinte. Der Bußgeldbescheid war gekommen. »So schlimm?«

»Beinahe zweihundert, in einem Abschnitt, in dem man hundertdreißig fahren darf. Sechshundert Euro Strafe, vier Punkte und drei Monate Führerscheinentzug. Ist dir das klar?« Seine Stimme klang verärgert. Doch sie hörte einen Unterton heraus. Sorge.

»Aber nur, wenn man den Fahrer identifizieren kann. Ich habe sicherheitshalber ein Basecap aufgesetzt ...«

»Sicherheitshalber?«

»Du kannst doch sagen, dass jeder deiner Mitarbeiter den Wagen nehmen kann und du nicht weißt, wer ihn an diesem Tag gefahren hat. Oder?«

»Es war Nacht, Sanne. Nachts um drei. Was machst du um diese Zeit auf der Nürnberger Autobahn?«

»Heimfahren. Irgendjemand aus der Firma könnte doch den Wagen genommen haben. Theoretisch.« Wie sollte sie drei Monate ohne Auto auskommen?

»Ach, Sanne. Einmal kann ich das versuchen. Vielleicht komme ich damit durch. Allerdings werde ich dann ein Fahrtenbuch für den Wagen führen müssen. Noch mal geht das also nicht. Warum machst du das? Warum rast du so? Willst du dich umbringen?«

»Mensch, Paps. Das ist ein Porsche Carrera, den kann man gar nicht langsam fahren. Und die sechshundert Euro bezahle ich natürlich.«

»Na, das möchte ich auch hoffen. Aber darum geht es nicht. Pass auf dich auf, ja? Übertreibe es nicht. Ich mache mir Sorgen, und deine Mutter übrigens auch. Wie geht es dir sonst? Hast du genügend Aufträge?«

Sie beruhigte ihn auch in diesem Punkt und lenkte das Gespräch langsam weniger heiklen Themen zu.

Als sie sich schon verabschiedet hatten, stellte er noch eine Frage. »Sanne, Mädchen. Bist du eigentlich glücklich?«

»Natürlich. Auf meine Weise eben. Grüß Mama.« Sie legte auf und sah aus dem Fenster in den Garten.

Ob sie glücklich war? Was war denn das für eine Frage? Natürlich war sie das. Glück musste ja nichts Lautes, Buntes,

Lärmendes sein. Kein dickes Bankkonto, kein Haus, kein Auto, kein Pferd.

Kein Vorzeigemann, keine wohlgeratene Kinderschar. Auch wenn sich bei diesem Gedanken etwas in ihr zusammenzog und einen dumpfen Schmerz hinterließ.

Du willst einfach nicht glücklich sein.

Das hatte Thorsten am letzten Sonntagmorgen gesagt, als sie neben ihm aufgewacht war und in total verliebte Augen geblickt hatte. Diese Nacht war ein Fehler gewesen. Ein ganz dummer Fehler.

Sie kehrte in die Küche zurück, stellte die Lasagne in den Kühlschrank und bemerkte bei einem Blick aus dem Fenster Hamlet, der den Weg entlanglief und zwei Enten aufscheuchte.

Was war schon Glück?

Es konnte ein grauer Kater sein, der hin und wieder zu Besuch kam, ein weit reichender Blick über Wiesen und Felder, und ein Duft nach Holz und Harz, vermischt mit einem Anflug mongolischer Steppe.

8

Dühnfort parkte vor einem Neubau mit hohen Glasfronten, der eine Baulücke im Stadtteil Schwabing schloss. Moderne meets Jugendstil. Der Kontrast gefiel ihm. Den Namen Flade fand er am Klingelbord der fünften Etage. Wieder einmal überlegte er, mehr für seine Fitness zu tun und die Treppe zu nehmen. Dennoch stieg er in den Lift. Bequemlichkeit, aber auch die unangenehme Vorstellung, atemlos und verschwitzt vor Flades Witwe zu treten, waren ausschlaggebend für diese Entscheidung.

Die Frau, die ihm öffnete, trug einen grauen Hosenanzug mit weißer Bluse und einer schmalen Silberkette. Sie war deutlich jenseits der sechzig und stellte sich als Gabriele Traut vor. »Ich bin Jens' Schwiegermutter.« Ihre Augen waren gerötet. In der Hand hielt sie ein zerknülltes Papiertaschentuch. Sie führte ihn durch einen hellen Flur ins Wohnzimmer. »Bettina, der Mann von der Polizei ist da. Ich habe Kaffee vorbereitet. Oder mögen Sie lieber Tee?« Diese Frage galt ihm.

»Eine Tasse Kaffee wäre wunderbar.«

Gabriele Traut verschwand Richtung Küche. Dühnfort durchquerte den Raum. Die Südwand bestand aus einer einzigen Glasfront, die das Zimmer an diesem diesigen Tag in weiches Licht hüllte. Moderne Möbel in Weiß und Grau, heller Parkettboden, exklusive Musikanlage, Flachbildfernseher. Arm war Flade nicht gewesen.

Bettina Flade erhob sich von der Ledercouch. Sie war eine kleine Frau mit lebhaften Augen und einer blonden Kurzhaarfrisur. Vom Weinen hatte sie rote Flecken im Gesicht. Und sie war schwanger. Kugelrund wölbte sich der Bauch unter einem schwarzen Rippenstrickpulli. Siebter oder achter Monat. Er musste behutsam vorgehen.

»Dühnfort.« Er reichte ihr die Hand. »Wie geht es Ihnen? Fühlen Sie sich einem Gespräch gewachsen?«

»Wie es mir geht?« Sie starrte ihn an. »Ich kann es einfach nicht glauben.« Als ob eine unsichtbare Kraft an ihr zog, sank sie zurück aufs Sofa. Mit einem Taschentuch fuhr sie sich über die Augen. »Haben Sie den Kerl gefunden? Diese feige Sau, die einfach abgehauen ist.« Sie sah hoch. »Entschuldigung. Normalerweise drücke ich mich nicht so aus ... Es ist so unfair. So schrecklich unfair.«

Natürlich ging sie von einem Unfall aus. Das machte es für ihn nicht leichter. »Wir arbeiten daran, und wir werden ihn finden. Ganz sicher.«

Ihr Blick ging zu einem Sideboard, auf dem gerahmte Fotografien standen. Darunter auch ein Hochzeitsbild. Die Braut trug ein weißes Kostüm und einen Strauß apricotfarbener Rosen, Jens Flade einen dunklen Anzug mit einer Rose im Knopfloch. Ein schönes Paar. »Übermorgen ist unser Hochzeitstag ... Ich meine wäre. Es wäre unser Hochzeitstag. Der erste. Paul wird ohne Vater aufwachsen ...« Mit einer Hand strich sie über den Bauch. »Weil so ein Idiot nicht aufpasst, das Licht nicht einschaltet und meinen Mann übersieht. Wie kann man das? Einen Menschen übersehen.« Lautlos liefen Tränen über ihre Wangen.

Gabriele Traut kehrte mit dem Kaffee zurück. Sie reichte ihrer Tochter eine Tasse, dann Dühnfort, und setzte sich. Nun erhielt Dühnfort Antworten auf Fragen, die er gar nicht gestellt hatte. Bettina Flade war gut versorgt. Es gab eine Lebensversicherung zu ihren Gunsten. Gemeinsam mit ihrem Mann hatte sie das Architekturbüro mit fünf Mitarbeitern geleitet, das sie nun alleine weiterführen musste. Ein großer Auftrag war zu bewältigen. Flade & Flade hatten vor einigen

Wochen den Wettbewerb eines Versicherungskonzerns für den Bau des neuen Verwaltungsgebäudes gewonnen. »Das ganze Projekt ... wie soll das gehen ... ohne Jens?«

»Du wirst Sven zurückholen müssen«, meinte Bettinas Mutter. »Er hat noch nichts Neues. Sonst schaffst du das nicht.«

»Sven? Du bist gut.« Sie fing Dühnforts Blick auf. »Wir reden später darüber. Herr Dühnfort ist nicht hier, um sich über meine Arbeit zu unterhalten.« Mit einem Mal sah sie ihn irritiert an. »Weshalb sind Sie eigentlich da? Es gibt doch noch keine neuen Erkenntnisse.«

»Wir haben das Fahrzeug bisher nicht ausfindig machen können. Das ist richtig. Aber wir haben mit Zeugen gesprochen und die Spuren am Unfallort ausgewertet.«

»Ja«, sagte sie gedehnt. »Und was hat sich daraus ergeben?«

Wie bringt man Derartiges schonend bei? Dühnfort wusste es nicht. Er konnte ihr unmöglich den Unfallablauf schildern, ebenso wenig die Beobachtungen der Zeugen. Und schon gar nicht konnte er die Spurenlage erwähnen. Radierspuren der Schuhsohlen! Es blieb nur die nackte Wahrheit. »Wir müssen davon ausgehen, dass der Unfall absichtlich herbeigeführt wurde.«

»Was?« Bettina Flades Hände umfassten instinktiv den Bauch, als wollte sie ihr ungeborenes Kind vor dieser Wahrheit schützen.

Ihre Mutter schluckte. »Sie meinen, Jens wurde ermordet?«

»Es sieht danach aus. Gibt es jemanden, der ein Motiv haben könnte?«

»Einen Grund, Jens zu töten?« Mit einem Ruck setzte Bettina Flade sich auf. »Sie kannten ihn nicht. Jens war freundlich und liebevoll. Entgegenkommend zu Kunden und fair zu

Mitarbeitern. Er war großzügig und hatte immer ein offenes Ohr für jeden. Er war weder hinterhältig noch gemein, und er hat nie jemanden gelinkt oder jemandem etwas zuleide getan.«

»Gab es nie Streit mit Kunden oder Mitarbeitern, oder in der Familie?«

»Nein. Eigentlich nicht.« Diese Antwort klang etwas unentschieden. Bevor Dühnfort nachfragen konnte, mischte Bettinas Mutter sich ein. »Na ja. Also weißt du, die Sache mit Sven … Das nicht als Streit zu bezeichnen …« Ein Kopfschütteln folgte.

»Ist das derselbe Sven, der *noch nichts Neues* gefunden hat?«, hakte Dühnfort nach.

Sie nickte. »Sven Lautenschläger. Wir haben uns vor einem halben Jahr von ihm getrennt. Ein fähiger Architekt, aber im persönlichen Umgang ein wenig schwierig. Er neigt dazu, völlig unzensiert das zu sagen, was er denkt. Diplomatie ist nicht seine Stärke. Das kommt bei Kunden nicht gut an und auch nicht beim Team. Es ging einfach nicht mehr.«

»Sie haben ihn also entlassen, und nun sieht er sich als Opfer?«

»Das glaube ich nicht. Er genießt seine Freiheit. Geld ist ihm nicht so wichtig. Er stammt aus einem vermögenden Elternhaus. Aber vor zwei Wochen, als unser Entwurf für das Verwaltungsgebäude ausgezeichnet wurde, tauchte er im Büro auf. Er hat Jens vorgeworfen, eine seiner Ideen geklaut zu haben. Was natürlich Quatsch ist. Er wollte als Urheber genannt werden.«

»Und Ihr Mann hat das abgelehnt.«

»Natürlich. Der Entwurf stammt von Jens. Er hat Sven gebeten, den Unsinn sein zu lassen und zu gehen.«

»Wissen Sie, was für ein Auto Lautenschläger fährt?«

»Einen BMW X5.«

»Und die Farbe?«

»Schwarz. Aber Sven war das nicht. Ganz sicher nicht. Er ist einfach nicht der Typ dafür.«

Er bat Bettina Flade um Lautenschlägers Adresse. Sie gab sie ihm und brachte ihn zur Tür. Als er sich verabschiedete, zuckte sie plötzlich zusammen und umfasste mit beiden Händen den Bauch. »Puh!« Sie atmete durch. »Paul ist heute unruhig.« Ein schmerzverzerrtes Lächeln glitt über ihr Gesicht.

Mit einem Mal fühlte er sich hilflos. Er hatte keine Ahnung, was er sagen sollte. *Geht es wieder? Kann ich irgendwie helfen? Sie sollten sich schonen.*

»Kann ich etwas für Sie tun?«

Sie schüttelte den Kopf. »Das ist ganz normal. Paul strampelt, und der Platz da drinnen ist begrenzt.« Nun lachte sie. Doch im nächsten Moment legte sich wieder der Schatten der Trauer über ihr Gesicht. »Sie werden denjenigen finden, der dafür verantwortlich ist, dass Paul ohne Vater aufwachsen muss?«

»Ja.«

»Gut.«

9

Er sah ihre hellen Augen noch vor sich, als er bereits im Auto saß und sein Handy zu klingeln begann. Dr. Ursula Weidenbach meldete sich. »Wir fangen jetzt mit der Sektion des Architekten an. Leyenfels ist schon unterwegs. Wer kommt von der Kripo?«

»Ich bin in zwanzig Minuten da.«

Er steckte das Mobiltelefon in die Freisprechanlage und fuhr los.

Eine Frau mit Kinderwagen überquerte die Straße. Eine Schwangere wartete an der Bushaltestelle. Ein Mann betrat ein Spielwarengeschäft. An jeder Hand ein Kind. Neuerdings sah er überall Kinder, Familien. Der Wunsch, selbst eine zu gründen, drängte immer mehr ins Rampenlicht.

Ein Jahr war es schon wieder her, dass er in Hamburg gewesen war, zur Taufe seiner Nichte Elisabeth Sophie. Sein Bruder Julius, der Strebsame, hatte den Wunsch ihres Vaters nach einem Enkelkind erfüllt, so wie er immer alle Erwartungen erfüllte. Ganz im Gegensatz zu ihm, Tino, der zur Enttäuschung seines alten Herrn die Fronten gewechselt hatte und zur Polizei gegangen war, anstatt in die Fußstapfen des Patriarchen zu treten und Strafverteidiger zu werden. Seit sie im vergangenen Jahr die Scherben dieser enttäuschten Erwartungen weggeräumt hatten, verstand sich Dühnfort mit seinem Vater wesentlich besser als in den zwanzig Jahren davor.

Ich sollte ihn mal wieder besuchen, dachte er. Ein paar Tage gemeinsam im Wochenendhaus auf Sylt. Das wäre schön, und Gina könnte mitkommen. Vater wird sie mögen.

Als er die Schranke passierte, mit der die Zufahrt zu den Innenstadtkliniken geregelt wurde, begann es zu regnen. Bis er einen Parkplatz gefunden hatte, war aus dem leichten Schauer ein Wolkenbruch geworden. Im Schutz der Mauern eilte er auf das Gebäude zu, in dem das Institut für Rechtsmedizin untergebracht war, und betrat das Reich von Dr. Ursula Weidenbach, einen Sektionssaal mit drei Tischen. An jedem arbeitete ein mehrköpfiges Team aus Rechtsmedizinern und Sektionsgehilfen. Dieser Saal war kein Ort der Stille und Andacht. Oszillationssägen sirrten, Befunde wurden auf Band gesprochen, Organe landeten klatschend in Stahlgefäßen, Rippen knackten beim Y-Schnitt, mit dem Körperhöhlen von den Schlüsselbeinen bis zum Schambein eröffnet wurden. Professor Dr. Dr. Claudius Herzog hob das Schädeldach einer weiblichen Leiche an und summte dabei eine Melodie, die Dühnfort bekannt vorkam. *Sag beim Abschied leise Servus.*

Heute war der Geruch nach Pharmazie und Verwesung schlimmer als sonst. Auf dem mittleren Tisch lag ein Toter im fortgeschrittenen Stadium der Fäulnis. Sicher der Rentner, dessen Leiche gestern, geschätzte drei Wochen nach Eintritt des Todes, vom Gerichtsvollzieher gefunden worden war, als er die Wohnung räumen lassen wollte.

Dühnfort versuchte flach zu atmen und sah sich um. Er entdeckte Leyenfels' alle überragende Gestalt und durchquerte den Saal. Dr. Ursula Weidenbach nickte ihm zu, als er an den Tisch trat. Mit Kittel, Haube, Mundschutz, Brille, Handschuhen und Gummigaloschen war sie von Kopf bis Fuß vermummt. Leyenfels hielt ein Taschentuch vor Mund und Nase gepresst. Die Leiche von Jens Flade lag entkleidet auf dem Stahltisch.

Hämatome, Profileindruckspuren, Ablederungen und flächenhafte Abschürfungen entstellten den Körper. Gut, dass Bettina Flade ihren Mann so nicht zu Gesicht bekam.

Ursula Weidenbach beendete die Aufnahme der Befunde und steckte das Diktiergerät ein. »Mit der äußeren Schau sind wir fertig. Keine Überraschungen. Das Muster der Blutunterlaufung am Oberschenkel passt zu einem Bullenfänger.« Sie deutete auf ein flächiges Hämatom. »Wir haben keine Lackpartikel an der Kleidung gefunden. Das bestätigt die Zeugenaussage, der Bullenfänger sei verchromt gewesen. Die Höhe der Verletzungen an den Beinen passt ebenfalls zu einem SUV. Ebenso der Unfallablauf. Der Mann wurde vom Fahrzeug weg auf die Straße geschleudert und nicht, wie bei PKW-Unfällen typisch, auf die Motorhaube geschaufelt. Die Kopfverletzungen stammen nicht vom Anprall, sondern von einer Überrollung. Hier können Sie ein lehrbuchhaftes Ohrzeichen sehen.« Mit einer Pinzette wies Ursula Weidenbach auf eine Risswunde, die zwischen Jochbein und Ohr parallel zur Ohrmuschel von oben nach unten verlief. »Das entsteht bei einer Überrollung des Kopfes, wenn die Drehrichtung des Rades vom Gesicht zum Hinterkopf verläuft.«

Leyenfels ließ das Taschentuch sinken. »Todesursache ist also ein schweres Schädel-Hirn-Trauma?«

Ursula Weidenbach nahm die Brille ab. »Nein. Sehen Sie hier.« Sie ging zur Leuchtwand hinter dem Sektionstisch, an der die Röntgenaufnahmen hingen. »Sein Gott war ihm gnädig. Eine Fraktur der Halswirbel zwischen Atlas und Axis, mit kompletter Durchtrennung des Rückenmarks. Das hat die Zerstörung der Nervenzentren für Atmung und Kreislauf zur Folge. Er war sofort tot.«

Dühnfort atmete durch. Seine Lunge füllte sich mit Leichengeruch, der darin kleben blieb. Aus der Jackentasche zog er ein Döschen Pfefferminzbonbons und bot Leyenfels, als er dessen begehrlichen Blick bemerkte, eines an.

»Haben Sie an der Kleidung Spuren sichern können?«

Weidenbach kehrte an den Tisch zurück. »Keine, die

Schlüsse auf das Fahrzeug zulassen. Wie schon gesagt, es gibt keine Lackpartikel und auch keine Spuren von Glas oder Kunststoff. Tut mir leid. Die Abriebspuren an den Schuhsohlen zeigen, dass das Opfer von schräg hinten erfasst wurde. Etwa in einem Fünfundvierzig-Grad-Winkel. Sehen konnte der Mann das Fahrzeug also nicht. Und vermutlich auch nicht hören, wenn er tatsächlich telefoniert hat.«

»Und sonst gibt es keine Besonderheiten? Irgendetwas, das uns weiterhilft?«

»Die toxikologischen Untersuchungen laufen noch. Ob Alkohol oder Drogen bei diesem Unfall eine Rolle spielen und der Mann so eine Mitschuld an seinem Tod trägt, werden wir in den nächsten Tagen wissen.«

Die Spurenlage war einfach Mist. Ein dunkler SUV mit verchromtem Bullenfänger. Die Suche nach diesem Fahrzeug war so gut wie aussichtslos. Vielleicht gelang es Buchholz trotz seiner pessimistischen Prognose, anhand der Scheinwerferscherben Fahrzeugtyp und Baujahr herauszufinden.

10

Mord! Ging es nicht eine Nummer kleiner? Eugen Voigt schloss die Tür hinter sich, stellte die Einkaufstasche ab und schlüpfte aus dem Mantel. Natürlich war der Unfall Tagesgespräch unter den Hausbewohnern und auch im Supermarkt vorne an der Ecke.

Alle dachten, es sei ein Mord geschehen! Welch grandiose Übertreibung. Schließlich wusste er, was er gesehen hatte. Und vor allem, was er fotografiert hatte. Allerdings nicht wen. Auf den Bildern war der Fahrer nur undeutlich zu erkennen. Wie so häufig. Die Scheiben spiegelten. Und diesen Umstand machten manche Halter sich zunutze und behaupteten, nicht selbst gefahren zu sein und sich nicht erinnern zu können, wer das Auto zum fraglichen Zeitpunkt gehabt hatte.

Trotzdem. Ein Mord war das nicht gewesen. Dieser Oberstleutnant Büttner war ein Wichtigtuer. Seit einigen Wochen besaß er eine Brille. Am Unfallabend hatte er keine getragen. Auf Eugens Aufnahmen war das zu erkennen. Und die Obermeier, die den Unfall aus hundert Metern Entfernung gesehen hatte, war eine Aufschneiderin. Eine von der Sorte, die aus einem Regenschauer ein Unwetter machte und aus einem Sonnentag eine Hitzewelle. Eine, die in einem Mann mit wulstigen Lippen einen potenziellen Kinderschänder sah und in jedem freizügig gekleideten Mädchen eine mögliche Prostituierte. Im ganzen Haus posaunte sie herum, Flade sei absichtlich überfahren worden. *Ich habe es genau gesehen. Ohne Licht ist der auf den armen Mann zugerast. Schrecklich ist das. So schrecklich. In was für einer Welt leben wir denn! Die arme Frau. Sie ist schwanger, habe ich gehört.*

Zugegeben: Die Scheinwerfer waren nicht eingeschaltet gewesen. Das war aber schon das Einzige, das stimmte.

Eugen ging in die Küche und verstaute die Einkäufe im Kühlschrank.

Weshalb hatte er sich nicht in das Gespräch gemischt? Er wusste es doch besser. Besser als seine Nachbarn, besser als die Polizei. Die ironischen Fragen der Hausbewohner, ob denn sein Fotoapparat kaputt sei, hatte er ignoriert.

Etwas war mit ihm geschehen, als er Sekunden nach dem Unfall vom Fenster zurückgetreten war und die Vorhänge zugezogen hatte. Warum hatte er das getan? Er wusste es nicht genau.

Eugen hatte eine Theorie, warum der Fahrer erst so spät gebremst hatte. Er war besoffen gewesen und daher in seiner Reaktionsfähigkeit verlangsamt. Deshalb hatte er erst gut zwanzig Meter nach dem Zusammenstoß angehalten. Suff war auch der Grund, weshalb er so langsam gefahren war. Höchstens vierzig. Entweder rasten sie, die Besoffenen, oder sie schlichen. Der Mann war kein Killer, wie alle im Haus behaupteten. Der war ein Biedermann, der im Rausch einen dämlichen Fehler gemacht hatte und dafür nicht geradestehen wollte. So war das. Da war sich Eugen sicher. Doch er wollte Gewissheit. Weshalb? Auch diese Frage blieb unbeantwortet.

Jedenfalls würde er jetzt einen kleinen Ausflug machen. Das mit dem Biedermann hatte er nämlich schon herausgefunden. Er war ja erst seit einigen Wochen Frührentner. Noch hatte er Freunde. Und darunter auch einen, der ihm einen Gefallen schuldete. Diese Schuld hatte er heute eingefordert, und sie war – wenn auch widerwillig – beglichen worden.

Mit einem Blick auf die Uhr vergewisserte er sich, dass der arbeitende Teil der Bevölkerung allmählich Feierabend machte. Er prägte sich die Adresse ein und studierte nochmals die Verkehrsverbindung.

Eine halbe Stunde später verließ er das Haus. Der alte Mantel schützte ihn vor Kälte, ebenso wie Schirmmütze, Schal und Handschuhe. Seine Hüfte schmerzte bei jedem Schritt. Das Lederetui mit dem Fernglas trug er am Riemen um die Schulter. Früher hatte er mit Margot oft Wanderungen unternommen und Vögel beobachtet. Margot. Sie fehlte ihm. Doch diesen sentimentalen Anflug schob Eugen flugs beiseite. Er fühlte sich seltsam beschwingt.

Der Bus kam pünktlich. Alle Plätze waren besetzt, niemand bot ihm einen an. Doch heute zückte er nicht den Schwerbehindertenausweis und forderte sein Recht ein. Es waren ja nur zwei Stationen. Die anschließende Fahrt mit der U-Bahn dauerte allerdings bedeutend länger. Der Zug war voller Pendler. Nach zehn Minuten im Gedränge scheuchte Eugen doch einen jungen Mann auf. Der Schmerz in der Hüfte hatte sich festgebissen und wollte das beinahe heitere Gefühl vertreiben, dieses Gefühl von Freude, das er so lange nicht gespürt hatte. Gleichzeitig irritierte es ihn. Weshalb freute er sich? Ein schrecklicher Unfall war geschehen. Ein Mensch war gestorben. Eine Frau hatte ihren Mann verloren, ein ungeborenes Kind seinen Vater. Und es lag in seiner Macht, diesen drei Menschen Gerechtigkeit zuteilwerden zu lassen.

Weshalb saß er in dieser U-Bahn? Aus Langeweile oder Neugier? Weil er Gewissheit erlangen wollte?

Beinahe hätte er die Station verpasst. Er schaffte es gerade noch auszusteigen, da schloss sich schon die Tür hinter ihm. Er folgte dem Strom der Pendler und erreichte eine Reihenhaussiedlung.

Dicht an dicht standen die Häuser. Autos auf Garagenvorplätzen. Bälle, Roller und Trampolins in den Gärten. Es war dunkel geworden. Laternen erhellten Straßen und Gehwege. In den meisten Häusern brannte Licht. Frauen standen in Küchen und bereiteten das Abendessen zu, während die

Kinder vor Fernsehern saßen oder an den Schreibtischen in ihren Zimmern und Hausaufgaben machten. In Eugen zog sich etwas schmerzhaft zusammen. Neid, wie er überrascht feststellte.

Irgendwo musste er falsch abgebogen sein, denn er fand die Adresse nicht, nach der er suchte. Ein Mann mit Hund kam ihm entgegen. Doch etwas hielt Eugen ab, nach dem Weg zu fragen. Stattdessen zog er die Schirmmütze tiefer in die Stirn und senkte den Blick. Er ging so zurück, wie er gekommen war, entdeckte die Abzweigung, die er zuvor übersehen hatte, und fand auch die Hausnummer, nach der er suchte. Ein Reiheneckhaus. Der Vorgarten von Koniferen gesäumt. Auf dem Briefkasten stand der Name, den er in Erfahrung gebracht hatte.

Die Garage war fensterlos und geschlossen. Ob der SUV darin war? Im Haus war es dunkel. Lange konnte er hier nicht herumlungern. Eugen sah sich um und entdeckte einen Spielplatz schräg gegenüber. Eine Bank stand am Rande eines flachen Beckens, das im Sommer sicher mit Wasser gefüllt war. Der Wind trieb trocknes Laub darin zusammen. Wirbelnd sammelte es sich in einer Ecke, knisterte, raschelte, tat geheimnisvoll.

Die Kälte des Holzes drang durch den Mantel, als er sich setzte. Diese Kälte. Noch Monate würde sie München im Griff haben. Vielleicht sollte er sich einen Stock kaufen, auf den er sich stützen könnte, wie ein alter Mann. Dabei war er noch keine sechzig, sah passabel aus und erhoffte sich noch etwas vom Leben.

Seufzend verlagerte er das Gewicht und verschaffte sich so für einen Moment Erleichterung.

Schritte näherten sich. Eilig stöckelte eine Frau im Schein der Straßenbeleuchtung vorbei. Die Handtasche unter den Arm geklemmt, den Mantelkragen hochgeschlagen. Was sie wohl denken würde, wenn sie ihn hier sah? *Ein Perverser, der Kindern auflauert.* Oder: *Ein alter Knacker, der verschnauft.* Ich sollte gehen, dachte Eugen. Doch etwas ließ ihn verharren. Seine Ohren wurden kalt und auch die Nase.

Das Haus schräg gegenüber war gepflegt und sicher teuer. Egal ob Eigentum oder Miete, der Mann hatte einen Beruf mit einem geregelten Einkommen. Ein Biedermann. Kein eiskalter Killer.

Motorengebrumm erklang. Ein Bewegungsmelder schaltete die Außenbeleuchtung an. Ein schwarzer Kombi fuhr auf den Garagenvorplatz.

Das war ja schnell gegangen. Oder war das der Zweitwagen der Frau?

Der Motor erstarb. Ein Mann stieg aus, öffnete die Heckklappe und legte eine pralle Supermarkttüte auf einen Bierkasten. Dieses wackelige Konstrukt schleppte er zur Haustür, stellte es ab und kehrte zurück. Bevor er die Heckklappe schloss, sah er sich um.

Eugen wartete, bis der Mann im Haus verschwunden war und im Erdgeschoss die Lichter angingen. Ein paar Minuten blieb er noch sitzen. Keine Frau tauchte auf. Offenbar lebte der Mann allein. Allein in einem Haus, das für eine Familie Platz bot. Hatte seine Frau die Koffer gepackt und ihn verlassen, so wie er von Margot verlassen worden war? Auch er hatte damals seinen Kummer mit Bier und Wein bekämpft. Es half nicht. Das würde der Kerl auch noch feststellen.

Eugen stand auf und griff nach dem Fernglas, das er nicht gebraucht hatte. Der wohlbekannte dumpfe Schmerz fuhr durch die Hüfte. Eugen biss die Zähne aufeinander. Diese verdammte Kälte! Wie er sie hasste!

Als er wieder in der U-Bahn saß, stellte sich ein Gefühl von Zufriedenheit ein. Er hatte recht. Der Mann soff sich die Welt schön und hatte im Rausch einen Unfall verursacht, für den er die Verantwortung nicht übernehmen wollte. Ein Feigling. Eine arme Sau, der der Arsch auf Grundeis ging. Das Unfallauto war er ja schnell losgeworden. Was er wohl damit gemacht hatte?

Im Wagon war es warm, der Schmerz ließ nach. Mit sich zufrieden stieg Eugen in den Bus um und fuhr nach Hause.

Im Hausflur schaltete er das Licht ein und zog den Wohnnungsschlüssel aus der Manteltasche. Als er ihn ins Schloss steckte, nahm er hinter sich eine Bewegung wahr und fuhr herum. Auf der untersten Treppenstufe saß eine Frau, die nun aufstand. Herrgott, hatte die ihn erschreckt!

»Herr Voigt?«

Sicher eine, die ihm ein Zeitschriftenabo andrehen wollte, oder die Mitgliedschaft in einer karitativen Organisation. »Ja. Warum?«

»Gina Angelucci. Kripo München. Kann ich Sie kurz sprechen?«

Diesem Gespräch war er bisher ausgewichen. Weshalb? In Gedanken zuckte Eugen die Schultern. Am Unfallabend hatte er einfach das Licht ausgelassen und so getan, als sei er nicht da. Denn er wusste, dass alle im Haus die Polizei zu ihm schicken würden. *Knöllchen-Eugen hat sicher mit seinem Tele bewaffnet hinter der Gardine gelauert.* Knöllchen-Eugen. So nannten sie ihn. Man machte sich eben keine Freunde, wenn man auf Recht und Ordnung achtete und Wert darauf legte, dass man nicht der Einzige war, der Regeln einhielt. *Knöllchen-Eugen.* Es lag so viel Verachtung darin.

»Kommen Sie rein.« Hinter der Polizistin schloss er die Tür. *Kripo München.* Es klang beeindruckend. Dabei war sie nur eine Frau. Eine pummelige kleine Frau mit Sommersprossen auf der Nase und einem frechen Blick.

»Ich komme wegen des Unfalls. Den haben Sie doch mitbekommen.«

Eugen zog die Schultern hoch und hob bedauernd die Hände. »An dem Abend war ich krank.«

»Wirklich?«

Er sah ihr die Enttäuschung an. »Durchfall. Die meiste Zeit war ich auf der Toilette und sonst mit der Wärmeflasche im Bett.«

Nun legte sie den Kopf zur Seite und zog die Brauen hoch. »Zwei ihrer Nachbarn haben Sie am Fenster gesehen.«

»Schon möglich. Mein Schlafzimmer geht zur Straße raus. Ich habe das ganze Spektakel mitbekommen mit Krankenwagen, Polizei und Verkehrsunfallaufnahme, und einen Blick aus dem Fenster geworfen.«

»Aber den Unfall selbst haben Sie nicht gesehen?«

»Wenn ich ihn beobachtet hätte, dann hätte ich mich doch sofort als Zeuge zur Verfügung gestellt. Es tut mir leid, aber ich kann Ihnen nicht weiterhelfen.«

Ihre Stirn legte sich in Falten, die Lippen kräuselten sich. Nun zuckte sie die Schultern. »Wäre ja auch zu schön gewesen. Schade. Echt schade.« Sie verabschiedete sich. Eugen schloss die Tür hinter ihr und starrte auf die Sicherheitskette. Warum tat er das? Warum verhielt er sich so, wie er sich sonst nie verhielt? Wie ein trotziger Junge.

Während er weiter auf die Kette blickte, deren metallische Glieder studierte, stieg eine Erkenntnis in ihm auf.

Die Verachtung, die man ihm entgegenbrachte, weil er ein ordentlicher Bürger war. Die Schmerzen in seiner Hüfte, die er einem verdankte, der seiner Pflicht nicht nachgekommen war. Die Ungerechtigkeit, dafür nicht entschädigt, sondern sogar in Frührente geschickt worden zu sein. Dass man sich über ihn lustig machte, ihn verspottete und nicht ernst nahm. Er hatte das alles satt. So satt!

11

In Lautenschlägers Loft in München-Freimann roch es nach schwarzem Afghanen. Im Aschenbecher entdeckte Dühnfort die Reste einer Tüte, die Pupillen des Mannes waren groß wie Fünfcentstücke. »Ein wenig Entspannung nach einem anstrengenden Tag«, meinte Sven Lautenschläger, als er Dühnforts Blick bemerkte. Andere tranken Alkohol, er kiffte hin und wieder. So what?

Das folgende Gespräch brachte die Ermittlungen nur insofern voran, als Lautenschläger als Verdächtiger ausschied. Gestern war er zu einem Vorstellungstermin in Berlin gewesen und erst heute Mittag zurückgekehrt. Er legte Flugticket und Hotelrechnung vor und zeigte sich erschüttert von Jens Flades Tod. Dühnfort ließ sich noch den BMW vorführen – er war unbeschädigt – und verabschiedete sich.

Es war bereits dunkel und es nieselte, als Dühnfort in seinen Wagen stieg. Zeit, Schluss zu machen. Er rief Gina an. »Bei mir oder bei dir? Oder sollen wir essen gehen?«

»Meine Mutter hat einen Topf Gulasch gekocht, der für eine Hundertschaft reicht. Und, stell dir vor, es ist nicht angebrannt, sondern riecht lecker.«

Dühnfort lachte. Dorothee war eine grandios unbegabte Köchin. Doch er war bereit, sich von einer überraschenden Entwicklung ihrer Kochkünste überzeugen zu lassen.

Der Berufsverkehr war dicht. Von Freimann bis zu Ginas WG am Bordeauxplatz benötigte Dühnfort eine halbe Stunde, und dann fand er natürlich keinen Parkplatz. Er suchte alle Seitenstraßen ab. Erst als er den Platz bereits zum dritten Mal umkreiste, hatte er Glück. Jemand fuhr weg.

Es nieselte noch immer. Sein Mantel war klamm, als er an Ginas Tür im fünften Stock eines Hinterhofaltbaus klingelte. Theo öffnete ihm. Er war Finanzbeamter und spielte in seiner Freizeit Trompete in einer Bigband. Seit ein paar Monaten war er mit Rebecca, der Sängerin, liiert. »Hallo, Tino. Mistwetter heute, nicht?«

»Kann man wohl sagen.« Im Flur roch es nach geschmortem Fleisch. Erst jetzt bemerkte Dühnfort, wie hungrig er war. Als er aus dem Mantel schlüpfte, kam Gina aus der Küche. Sie legte die Arme um seine Schultern, gab ihm einen Kuss und schnupperte dann an seinen Haaren. »Wie riechst du denn? Sag bloß, du kiffst heimlich?«

»Früher mal. In meiner Rebellenphase.«

»Was, echt? Du stoned? Das würde ich gerne mal erleben!«

Er strich ihr die Haare aus dem Gesicht. »Wirklich?«

»Klar. Mister Allesunterkontrolle außer Kontrolle ...« Das schelmische Grinsen, das er so mochte, erschien auf ihrem Gesicht. »Hätte ich dir gar nicht zugetraut.«

Wirkte er tatsächlich so spießig? Musste er immer alles im Griff haben? Er schob die aufsteigende Gedankenflut beiseite. Gina hatte recht. Er grübelte zu viel.

»Essen ist fertig«, rief Dorothee aus der Küche.

Kurz darauf saß er mit Gina, ihrer Mutter Dorothee, Xenia, einer Studentin der Filmhochschule, und Theo am Tisch wie eine Familie, und wie immer genoss Dühnfort das Gefühl, dazuzugehören. Es fehlten nur Ferdinand und Bodo, um die Runde komplett zu machen. Ferdinand, Restaurator bei den Bayerischen Staatsgemäldesammlungen, besuchte einen Vortrag. Und Bodo, Ginas Vater, war S-Bahn-Fahrer. Er arbeitete im Schichtdienst und würde heute erst spät heimkommen.

Ginas Eltern waren nach einem Wasserrohrbruch in ihrer Wohnung eigentlich nur vorübergehend in die WG gezogen.

Und nun waren sie noch immer hier, da sich alle mit diesem Arrangement wohl fühlten. Vor allem Dorothee, die arbeitslos war und in der Haushaltsführung ein neues Betätigungsfeld gefunden hatte.

Nach dem Essen halfen alle den Tisch abzuräumen. Als sie fertig waren, schlug Gina Dühnfort vor, auf ein Bier ins Outland zu gehen. Sie schlüpften in Jacke und Mantel und traten vor das Haus.

Es hatte aufgehört zu regnen. Die Lichter der Laternen spiegelten sich im feuchten Asphalt. Der Geruch nach Schnee lag in der Luft. In sechs Wochen war Weihnachten, und er wusste noch nicht, wie er die Feiertage dieses Jahr verbringen wollte. Vielleicht auf Sylt mit seinem Vater? Oder bei seiner Mutter im Elsass? Ob Gina mitkommen würde?

Sie hakte sich bei ihm ein. »Sag mal, wie schaut es eigentlich mit dem Seminar aus? Die Frist für die Anmeldung läuft demnächst ab.«

Diese Entscheidung lag ihm ein wenig im Magen, obwohl er sie so objektiv wie möglich getroffen hatte. »Alois ist noch nicht lang genug dabei. Außerdem fehlt ihm der richtige Biss und etwas von deiner Hartnäckigkeit. Du wirst also daran teilnehmen.«

Gina blieb vor einem Schaufenster stehen. Er mochte ihre Augen. Sie waren so dunkel wie die schwarze Schokolade, die er so gerne aß. »Alois wird das in den falschen Hals bekommen. Das ist dir doch klar, oder? Noch ein Grund, dass wir uns vorerst nicht als Paar outen sollten.«

»Das Seminar findet erst im September statt. So lange können wir das nicht verheimlichen.«

»Aber wenn wir jetzt damit rausrücken, kann ich mir den Kurs abschminken. Lass uns bis Anfang des neuen Jahres warten. Okay?«

Ob es noch so lange gutgehen würde? Dühnfort hatte

Zweifel. Er legte seinen Arm um Ginas Schultern. »In Ordnung.«

Der kurze Spaziergang durch das Viertel entspannte ihn. Die prickelnde Luft, die erleuchteten Läden, in denen Bio-Lebensmittel, selbstgefertigte Kleidung und Fairtrade-Produkte ebenso angeboten wurden wie Artikel aus der Massenproduktion. Aldi neben Biokost. In Haidhausen hatte alles Platz.

Im Outland war es voll. Sie ergatterten zwei freie Plätze vor dem riesigen Aquarium, in dem tropische Fische träge ihre Runden zogen. Forever summer. Gesprächsfetzen und Loungemusik drangen herüber. Der Geruch von gebratenem Fleisch und Kaffee und ein wenig nach klammen Wollmützen und feuchten Schuhen lag in der Luft. Dühnfort nahm Gina die Jacke ab und hängte sie mit seinem Mantel an die Garderobe. Als er zurückkam, bestellte sie bereits zwei Lager.

Beim zweiten Bier erzählte Gina, dass Theo im Februar ausziehen würde. »Rebecca und er haben schon eine Wohnung gefunden. Drei Zimmer in Neuhausen.«

»Schön. Das freut mich für die beiden.«

Gina drehte ihr Glas in der Hand. »Es wird also ein Zimmer bei mir frei.«

Sie suchte einen neuen Mieter. Oder erwartete sie, dass er nun sagte, er würde das Zimmer nehmen? Warum fragte sie ihn nicht direkt? Der Gedanke, aus seiner Wohnung auszuziehen, wollte sich nicht denken lassen. Er lebte gerne darin, mochte seine Küche mit dem kleinen Balkon und dem Blick, den er von dort auf den Alten Südfriedhof hatte, auf das Grab des Musikers und den bröselnden Marmorengel, der es seit über hundert Jahren bewachte. Darauf zu verzichten, um in eine Wohngemeinschaft zu ziehen … wenn auch in Ginas … Es erschien ihm unmöglich. Erst als er bei dieser Überlegung angelangt war, wurde ihm die eigentliche Botschaft klar. Gina wollte mit ihm zusammenleben. Ein freudiger Schreck durchfuhr ihn.

Aber nicht in ihrer WG, dachte er. Und meine Wohnung ist zu klein für uns beide.

Mit dem Zeigefinger fuhr sie über die Falte an seiner Nasenwurzel. »Du grübelst einfach zu viel.«

12

Gegen Mittag kehrte Sanne aus München zurück. Sie hatte bei Frederick die Bögen abgegeben und neue Aufträge mitgenommen. Darunter ein echtes Schmuckstück, das sie restaurieren sollte: einen Cellobogen aus dem 18. Jahrhundert. Der Frosch war aus Schildpatt und mit einer französischen Lilie verziert. Ein wunderbarer Bogen, allerdings in einem desolaten Zustand.

Am Dorfplatz bog sie ab. Der Auspuff röhrte. Das Hardtop des Porsche war nicht dicht. Kalte Luft zog ihr in den Nacken. Die Federung war ebenso hart wie der Fahrersitz. Jedes Schlagloch und jede Bodenunebenheit spürte sie, und das war gut so. Einen solchen Wagen fuhr man eben auch mit dem Hintern.

Sie parkte vor dem Haus und sah sich nach Herrn Kater um. Heute Morgen war er nicht gekommen. Auch jetzt konnte sie ihn nicht entdecken. Kein Wunder. Hamlet streunte auf dem Weg herum.

Als sie ausstieg, kam er angelaufen und blieb leise knurrend vor ihr stehen. Sanne erstarrte. Ihr Herz schlug wie wild, unwillkürlich hob sie die Hände auf Taillenhöhe. Sicher bot sie den Anblick einer hysterischen Frau. Denn der Hund tat ja nichts. Außer leise zu knurren. Sie wusste nicht, wie lange sie so dastanden. Vermutlich nur Sekunden, die ihr allerdings wie eine Ewigkeit erschienen. Eine Krähe landete auf dem Zaun gegenüber. Endlich wandte der Hund sich ab. Bellend verscheuchte er den Vogel. Sanne stürmte ins Haus, knallte die Tür hinter sich zu, startete den PC, noch bevor sie das Paket mit den Bögen ablegte und aus der Jacke schlüpfte.

Als der Rechner hochgefahren war, googelte sie Niklas Domegall. Gut, dass der Highlander nicht Hans Müller hieß. Sie fand ihn sofort. Er hatte eine eigene Homepage. Der Kerl restaurierte Möbel. Deshalb also der vollgestopfte Möbelwagen. Sanne klickte auf Kontakt und schrieb eine Mail.

Werter Herr Nachbar! Es ist Ihrer Aufmerksamkeit ja nicht verborgen geblieben, dass in Ihrer Nachbarschaft nicht nur ein Kater wohnt, der naturgemäß von Hunden als Feind betrachtet wird und sich nun nicht mehr blicken lässt, sondern auch eine Nachbarin – mit der Sie laut eigenem Bekunden eine gute Nachbarschaft pflegen wollen (wobei dies ein einseitiger Wunsch ist, wie ich gleich betonen möchte) –, die Angst vor Hunden hat. Sie können Hamlet also nicht frei herumlaufen lassen. Gruß von der Nachbarin.

Sie klickte auf Senden und trug das Päckchen mit den Bögen in die Werkstatt. Für die Arbeit fehlte ihr jetzt die nötige Ruhe. Es war ohnehin Zeit für die Mittagspause.

Sanne taute die Kürbissuppe auf, die Laura vor ein paar Tagen gebracht hatte. Laura betrieb mit ihrem Mann Klaus die Kachelofenwerkstatt in der alten Molkerei. Sie entwarf die Öfen und fertigte die Kacheln, er lieferte aus und baute auf. Ein perfektes Paar. Sowohl beruflich wie auch privat.

Laura hatte eine gemütliche Figur und ein herzliches Wesen. Gelegentlich kam sie auf ein Glas Wein oder brachte selbstgebackenen Kuchen vorbei oder auch etwas anderes zu essen, wenn sie zu viel gekocht hatte. Manchmal besuchte auch Sisco, Lauras schwarzweiße Katze, Sanne. Sie war ein kugelrundes Unikum. Im Sommer lag sie oft völlig entspannt im Hier und Jetzt auf dem Weg vor Sannes Haus, reckte alle viere der Sonne entgegen und entlockte Spaziergängern damit ein entrücktes Lächeln. »Eigentlich ist sie keine Katze, sondern eine Huntze«, hatte Laura einmal gesagt. Denn Sisco ging mit Laura nicht nur spazieren, sie apportierte auch Stöckchen.

Während Sanne die Suppe aß, sah sie aus dem Fenster. Ein Wagen der Seniorenresidenz Mozart kam den Weg heruntergefahren. Thorsten arbeitete dort als stellvertretender Pflegedienstleiter. Wie fast immer, kam er unangemeldet. So sehr sie das sonst mochte, im Augenblick fühlte Sanne sich nicht wohl in ihrer Haut. Seit jenem Sonntagmorgen, als sie neben ihm aufgewacht war, hatten sie nur einmal telefoniert.

Natürlich sehnte auch sie sich nach Nähe und Zärtlichkeit, nach Liebe, Sex und Vertrautheit. Manchmal so sehr, dass es schmerzte. Dennoch war es falsch gewesen, mit Thorsten ins Bett zu gehen. Sie waren gute Freunde. Mehr nicht. Jedenfalls wenn es nach ihr ging.

Doch seit Lydia Thorsten vor vier Monaten verlassen hatte, sah er Sanne mit anderen Augen. Plötzlich häuften sich zufällige Berührungen, schenkte er ihr mehr Aufmerksamkeit, kam häufiger zu Besuch. Und dann war es passiert, als Abschluss eines schönen Tages, nach einem Spaziergang am Wörthsee, einem guten Essen in einer Bauernwirtschaft, einem Glas Wein bei ihm und dann noch einem. Sie hatte ihrer Stimmung nachgegeben und sich von Thorsten verführen lassen.

Sosehr sie Thorsten mochte, etwas fehlte, das aus Freundschaft Verliebtheit oder gar Liebe werden ließ. Er war nicht der Mann, den Sanne sich als Partner vorstellen konnte. Überhaupt fiel es ihr schwer, sich eine Beziehung vorzustellen. Seit Manuel hatte es außer zwei kleinen Affären keinen Mann in ihrem Leben gegeben. Es war eigentlich nicht zu fassen. Beinahe sechs Jahre!

Vielleicht steckte ein Funken Wahrheit in Thorstens Ansicht, dass sie sich verbot, glücklich zu sein.

Denn das hatte er ihr vorgeworfen, als sie an jenem vermaledeiten Morgen neben ihm aufgewacht war und er sie so verliebt angesehen hatte, dass sie seinem Blick auswich. Doch er beugte sich über sie. »Guten Morgen, Schatz. Gut geschlafen?« Seine Lippen suchten ihre. Völlig überrumpelt erwiderte sie seinen Kuss. Doch als seine Hände unter die Bettdecke glitten, über ihren Bauch und dann hinauf zu ihren Brüsten, löste sie sich von ihm und setzte sich auf. Zu abrupt. Irritiert sah er sie an.

»Es tut mir leid. Ich glaube, wir haben einen Fehler gemacht.«

Er lächelte. »Einen schönen Fehler.« Seine Hand suchte nach einem Zugang unter die Decke, die sie über die Brust gezogen hatte. »Du wolltest das doch auch. Und es war schön ... so wunderschön. Oder nicht?«

»Doch, schon. Aber wir hätten es nicht tun sollen.«

Inzwischen waren seine Hände wieder unter der Decke, tasteten sich voran. Sie wehrte sie ab.

»Warum denn nicht?«

Wie sollte sie ihm das erklären, ohne ihn zu verletzen?

»Es war die logische Konsequenz. Aus Freundschaft wird Zuneigung und mehr ... Dass ich dich mehr als nur mag, das weißt du doch.«

»Eigentlich nicht«, sagte sie kleinlaut. »Es war ein Fehler, und es tut mir leid. Sei mir nicht böse, ja?«

Sein Blick spiegelte Ungläubigkeit und Erstaunen. Die Augen wurden ganz dunkel, als zöge ein Unwetter heran. Abrupt stieg er aus dem Bett und verließ das Zimmer. Die Dusche rauschte. Später, als sie im Bad war, hörte sie ihn unten in der Küche mit Geschirr klappern. »Milchkaffee oder lieber Tee?«, rief er nach oben.

Gott sei Dank! Er klang wie immer.

Als sie nach dem Frühstück ging, umarmte sie ihn. »Lass uns weiter Freunde sein und diese Nacht vergessen. Ja?«

»Wenn du das so willst. Von mir aus. Schließlich kann man Gefühle nicht erzwingen. Ich verstehe es allerdings nicht. Warum erlaubst du dir nicht, glücklich zu sein? Du musst dich nicht bestrafen. Du musst nicht Buße tun für Ludwigs Tod. Du versaust dir deswegen dein ganzes Leben. Das ist völlig neurotisch.«

Wie bitte? Ging es noch? Nur weil sie nichts von ihm wollte, war sie noch lange nicht neurotisch. Doch sie schluckte eine Antwort hinunter. Instinktiv verstand sie, aus welcher Ecke seine Bemerkung gekommen war. Aus der Frustecke. Schon wieder wies ihn eine Frau zurück. Zuerst Lydia und nun sie.

Seit diesem Sonntag hatten sie nur telefoniert. Und nun parkte er vorm Haus. Ein gutes Zeichen. Er kam wie immer.

Noch bevor er klingelte, war Sanne an der Tür und ließ ihn ein. »Hallo Thorsten.« Sie gaben sich Bussis rechts und links auf die Wangen. Wie immer.

Wieder einmal bemerkte sie, wie gut er aussah. Er war groß und hatte einen durchtrainierten Körper. Was nicht überraschend war bei all dem Sport, den er trieb. Joggen, Klettern, Snowboarden, Mountainbiken und noch einiges mehr. Wettergegerbtes Gesicht, helle Augen, blondes Haar. Sicher würde er nicht lange Single bleiben.

Sanne schloss die Tür. Dabei fiel ihr Blick auf den Wagen. »Ist dein Auto kaputt?«

»Kleiner Blechschaden. Eine Frau ist mir reingefahren.«

»Hauptsache, dir ist nichts passiert. Magst du Tee?«

»Gerne.« Er folgte ihr in die Küche und sah aus dem Fenster, während sie Teeblätter in den Filterbeutel füllte. »Ach, ist die Werkstatt drüben jetzt vermietet?«

»Ja, an einen Mann, der Möbel restauriert und einen riesigen Hund hat, den er frei rumlaufen lässt. Unmöglich.«

Anscheinend hatte Domegall Hamlet inzwischen reingeholt. Sanne konnte ihn nirgends entdecken. Dass ihre Mail Wirkung zeigen würde, damit hatte sie nicht gerechnet und eher das Gegenteil erwartet. Ein trotziges Jetzt-erst-recht, das zur Folge hätte, dass Hamlet stundenlang herumstreunte.

Sanne trug Tassen und Teekanne ins Wohnzimmer und stellte sie auf der Holzkiste ab, die ihr als Couchtisch diente.

Sie mochte diesen Raum mit den Sprossenfenstern. Den Ofen hatte sie am Morgen eingeheizt. Es war gemütlich warm im Zimmer. Das war aber schon alles an Gemütlichkeit. Bis auf den Sekretär ihrer Urgroßmutter, ein riesiges Nussbaumungetüm aus der Gründerzeit, gab es nichts Schönes in diesem Raum. Obstkisten als Bücherregale. Die alte Ledergarnitur, die ihre Eltern eigentlich zum Sperrmüll hatten bringen wollen. Ein paar Poster, ein Röhrenfernseher und ihre Stereoanlage, die sie seit Teenagerzeiten begleitete. Es sah aus wie das Zimmer einer armen Studentin und nicht wie das einer erfolgreichen Bogenbauerin. Vielleicht sollte sie sich doch mal was Neues kaufen.

Sie ließ sich aufs Sofa fallen, zog die Beine an und kuschelte sich in die Kissen. Thorsten setzte sich neben sie, schenkte Tee ein und reichte ihr eine Tasse.

Er erzählte ihr, dass seine Chefin gekündigt hatte und er sich für die freiwerdende Stelle des Pflegedienstleiters bewerben wollte. Sie zeigte ihm den alten Cellobogen, den sie restaurieren sollte. Jede Spur Befangenheit verflog. Thorsten verhielt sich wie immer. Also nahm er ihr die Zurückweisung nicht übel. Doch irgendwann bemerkte sie seine Anspannung. Etwas stimmte nicht mit ihm. »Ich rede die ganze Zeit von mir. Ist bei dir alles in Ordnung?«

Er stellte die Tasse ab. »Eigentlich nicht. Jens ist tot.«

Welcher Jens? In ihrem Hinterkopf rührte sich eine Information. »Der Architekt?«

Thorsten nickte. »Ein grauenhafter Autounfall.«

»Gott, wie furchtbar.« Sie wollte sich das nicht vorstellen und sah doch Blut auf Asphalt, sah Knochensplitter und verrenkte Gliedmaßen.

»Ich werde zur Beisetzung gehen. Schließlich war er einer meiner Schützlinge.«

Thorsten und seine Schützlinge. Immer war er für andere da, unerschütterlich Halt gebend. Jemand, der einen Teil der Kraft für sein Leben aus der Hilfe für andere zog. Mit der Hand strich sie über seinen Oberarm.

Ehe sie es sich versah, zog er sie an sich und schlang seine Arme um ihre Schultern. Sie spürte seinen Atem an ihrem Hals. Hoppla. Und kurz darauf seine Lippen. Was sollte das werden? Vorsichtig löste sie sich von ihm. »Wir sollten das nicht wiederholen.« Unwillkürlich rutschte sie auf dem Sofa ein Stück zurück.

Irritiert musterte er sie.

Seine Augen nahmen einen metallischen Schimmer an. »Keine Sorge. Ich zerre dich schon nicht ins Bett.«

13

Als Thorsten sich wenig später verabschiedete, war Sanne erleichtert. Sie räumte das Teegeschirr weg und ging in die Werkstatt. Durch das Fenster sah sie Herrn Kater auf die Hintertür zusteuern. Sie ließ ihn ein und streichelte ihn, bis er genug hatte, sich auf dem Schemel zusammenrollte und Sanne an die Arbeit zurückkehrte. Doch sie konnte sich nicht recht konzentrieren. *Jens ist tot. Ein grauenhafter Unfall.* Seit Thorsten das gesagt hatte, wollte etwas aus der Dunkelheit ihrer Erinnerungen an die Oberfläche.

Thorstens Schützling, Jens Flade. Sie hatte ihn vor Jahren ein- oder zweimal getroffen. In Lydias Gruppe. Er war bei einem Unfall gestorben. Genau wie das Kind. Tote Kinder. Würde das denn nie ein Ende haben? Diese Bilder, die immer wieder in ihr aufstiegen. Das Gefühl einer nahenden Bedrohung kehrte zurück. Unruhe und eine diffuse Angst brandeten in ihr an wie tosende Wellen, die ein aufkommender Sturm stetig verstärkte. *Ich will nicht schlafen! Ich will nicht schlafen! Du bist keine Befehlerin! Noch mal!*

Sanne stöhnte auf. Nicht schon wieder!

Sie verließ die Werkstatt, ging in die Küche und wusste nicht, was sie da wollte. Aus den Augenwinkeln nahm sie eine Bewegung wahr. Der Highlander überquerte den gekiesten Weg. Mit gereckten Schultern und raumgreifenden Schritten steuerte er auf ihr Haus zu, als zöge er in den Kampf. Sein Blick erschien ihr finster. Unwillkürlich hielt sie nach dem Breitschwert Ausschau. Hamlet folgte ihm auf dem Fuß. Sanne atmete durch. Das sah nach Zoff aus. Einen Augenblick erwog sie, einfach nicht zu öffnen, da klingelte Domegall schon. Sie wappnete sich für die Auseinandersetzung, die es nun wegen ihrer Mail geben würde, und ging zur Tür.

»Werte Frau Nachbarin.« Eine angedeutete Verbeugung folgte. Echt Highlander, dachte Sanne irritiert.

»Wir kommen, um Abbitte zu leisten.«

Das klang freundlich, ganz und gar nicht nach Streit.

»Hamlet. Sitz.« Der Hund setzte sich. »Und jetzt: Entschuldigung.«

Hamlet legte den Kopf schief und sah Sanne mit großen Augen an, die aus dem zotteligen Fell hervorlugten. Dann hob er eine Pfote.

Widerwillig musste sie lächeln.

»Sie müssen seine Entschuldigung schon annehmen.«

»Sie meinen, ich soll ...« Sanne deutete auf Hamlets Pfote.

»Er tut nichts. Wirklich. Und er entschuldigt sich für seine Untaten. Kater vertreiben. Unfreundlichen Frauen Angst einjagen.« Ein Funkeln erschien in Domegalls Augen. »Die meisten Menschen sind zu einer Entschuldigung nicht fähig. Und er ist nur ein harmloser Hund.«

Noch immer hielt Hamlet die Pfote erhoben und sah sie erwartungsvoll an. *Unfreundliche Frauen.* Okay, freundlich war sie bisher nicht gewesen. Sanne überwand ihren Widerstand, griff nach Hamlets Pfote und ließ sie sofort wieder los. Unwillkürlich wischte sie sich die Hand an der Jeans ab. So, damit war das erledigt. Ohne Streit. Sie trat einen Schritt zurück ins Haus.

»Und ich möchte mich bedanken.« Bartstoppeln sprossen auf den Wangen des Highlanders und gaben seinem Gesicht etwas Derbes und Ungepflegtes. Dieser Eindruck wurde vom langen Haar unterstrichen, das er offen trug. Doch nun stellte Sanne überrascht fest, dass er einnehmende Augen hatte. Braun mit einigen bernsteinfarbenen Einsprengseln.

»Doch nicht etwa für meine pampige Mail?« Plötzlich tat ihr der Tonfall leid, in dem sie die Nachricht verfasst hatte.

»Ohne Ihre arrogante Mail hätte ich sicher erst heute Abend bemerkt, dass Hamlet ausgebüchst ist. Er hat sich unterm Zaun durchgegraben. Der Schlingel.«

»Also ist er doch nicht so brav.«

»Freiheitsliebend. Ganz wie sein Herr.«

Freiheitsliebend. Unabhängig. Unverbindlich. Sie wollte ihn loswerden. »Ja, dann …«

Plötzlich sprang Hamlet auf, jagte bellend an Sanne vorbei ins Haus und durch den Flur. Verdammter Köter! Sie lief hinterher und sah gerade noch Herrn Kater in die Küche flüchten.

»Hamlet! Bei Fuß!« Domegall folgte ihr. »Was sind denn das für Manieren!«

Als Sanne die Küche erreichte, saß Herr Kater schon auf dem Küchenschrank. Kein gesträubtes Fell, kein Fauchen. Herr Kater wusste offenbar, dass kein Hund der Welt ihm dort oben etwas anhaben konnte. Hamlet schien das nicht zu wissen. Bellend sprang er am Schrank empor.

»Hamlet! Schlingel! Fuß!« Domegall schlug, wie bei ihrem ersten Treffen, mit der Hand gegen seinen Oberschenkel. Endlich gehorchte der Hund und gab seinen vergeblichen Versuch auf, Herrn Kater zu erreichen.

Sanne bebte. Eine Mischung aus Angst und Wut. Herr und Hund ungebeten in ihrer Küche, in ihrem Haus. Das ging nun zu weit. Entschieden zu weit! »Raus hier! Alle beide!«

Domegall sah sie überrascht an. »Alles in Ordnung mit Ihnen?«

»Danke der Nachfrage. Ich bin immer so. Eben ganz unfreundliche Frau.«

Ihre Blicke trafen sich. »Sie sind nicht nur unfreundlich. Sie haben auch Angst. Und ich meine jetzt nicht Angst vor

Hunden.« Sein Blick ließ sie nicht los. Er schien sie damit zu durchdringen. Der Augenblick dehnte sich. Sanne schaffte es nicht, den Bann zu brechen, bis er sie losließ und kaum merklich nickte.

Was gab es da zu nicken? Was hatte er gesehen? Quatsch. Es gab nichts zu sehen. Jedenfalls nichts, was sie nicht selbst im Spiegel erkennen konnte.

Und doch kam es ihr vor, als hätte er sie durchschaut.

14

Zwei Tage hatte Eugen nachgedacht und sich dann entschieden. Mit Ehrlichkeit kam man nicht weiter. Die Ehrlichen und Korrekten, die Anständigen und Redlichen hatten die Arschkarte im Leben gezogen.

Ein neues Wort, das ihm noch vor zwei Tagen nicht über die Lippen gekommen wäre. Arschkarte. Es klang gut und es traf den Sachverhalt. Tugenden zählten nicht in dieser Gesellschaft. Was zählte, waren Ellenbogen und Egoismus. So brachte man es zu etwas. Die Ehrlichen waren die Dummen. Und zu denen wollte Eugen nicht länger gehören.

Was würde es ihm bringen, mit seinem Wissen zur Polizei zu gehen? Nichts. Niemand würde es ihm danken.

Vorgestern in der Bäckerei … Eugen schluckte. Irgendwie hatte er geglaubt, dass man ihn trotz allem achtete. Wie naiv. Total dämlich von ihm. Rosi, die Verkäuferin, und einige seiner Nachbarn waren derart in ein Gespräch vertieft gewesen, dass seine Ankunft unbemerkt geblieben war.

Wir können ja froh sein, dass dieser Sniper mit dem Teleobjektiv den Unfall nicht gesehen hat. Das wäre doch nur Wasser auf den Mühlen dieses Besserwissers. Das hatte der Lehrer gesagt, der am Gymnasium Mathe und Physik unterrichtete. Ein Beamter! Ein Staatsdiener!

Und für den Fall, dass er mal schlafen muss, hatte die Frau gesagt, die an der Ecke die Versicherungsagentur betrieb, *würde er vermutlich eine Überwachungskamera installieren.* Sie hatte gackernd gelacht. Bei ihr hatte er damals seine Hausrat- und Unfallversicherung abgeschlossen, und nun, wo er einen Unfall gehabt hatte, zahlte die Scheißversicherung nichts.

Sniper. Das Wort kannte er nicht. Er hatte im Internet nachgesehen. Ein Heckenschütze. Einer, der heimtückisch Menschen erschoss. Ein Mörder! Mit so einem verglich man ihn!

Das hatte den Ausschlag gegeben. Mit Korrektheit kam man nicht weiter, so das Fazit seiner bitteren Bilanz. Man war der Angeschissene. Er hatte die Konsequenz gezogen.

Auch er hatte ein Recht auf die Sonnenseiten des Lebens. Und weil das so war, hatte er sich zunächst im Reisebüro nach Kreuzfahrten erkundigt und einen Stapel Prospekte nach Hause geschleppt. Atlantik und Kanaren. Indischer Ozean und Mauritius. Östliche Karibik. Noch schwankte er. Am meisten lockte ihn die Reise in den Indischen Ozean. Er dachte dabei an exotische Düfte, Basare, Gewürze, an tosende Brandung, dunkelhäutige Frauen in farbenprächtigen Saris, Palmen, Sand und Sonne. Vor allem an Sonne. Wärmende Strahlen, die den Schmerz aus seinen Knochen verjagten.

Vierzehn Tage, knapp fünftausend Euro inklusive Flug, für eine Suite, die er allein bewohnen würde. Wenn schon, dann wollte er sich Luxus gönnen. Er hatte auf siebentausend aufgerundet. Er brauchte passende Kleidung, und auf dem Schiff würde er auch Ausgaben haben. Wer weiß, vielleicht würde er eine nette Frau kennenlernen.

Bis gestern hatte er geträumt. Dann hatte er sich einen Ruck gegeben und gehandelt. Sprich, er hatte sich im Bahnhofsviertel ein nicht registriertes Prepaid-Handy gekauft und angerufen. Schließlich sah er häufig Krimis im Fernsehen. Das erwies sich nun als nützlich. Und er hatte es gut gemacht. Okay, es war ein etwas einsilbiges Gespräch geworden. Sein Gesprächspartner war verängstigt und verunsichert gewesen und hatte kaum etwas gesagt. Ein Waschlappen eben. Nur ein paar Worte hatte er gebrummt. Zustimmung jedenfalls.

Siebentausend Euro, und im Gegenzug würde Eugen ihm

alle Fotos aushändigen und nie wieder von sich hören lassen. Er fühlte sich stark und mächtig wie noch nie. Wenn es sich derart gut anfühlte, auf der Gewinnerseite des Lebens zu stehen, dann war er bisher ein Idiot gewesen. So viel Selbstkritik musste sein.

Zeitpunkt und Ort für die Übergabe waren vereinbart. Eugen legte den Kreuzfahrt-Prospekt beiseite und stand auf. Es wurde Zeit für die Vorbereitungen. Ausgedruckt hatte er die Fotos gleich nach dem Frühstück. Nun brannte er alle Daten auf CD. Den Ordner auf dem PC löschte er selbstverständlich nicht. Er war nicht länger der Depp. Natürlich würde er die Fotos aufbewahren. Ab und zu eine kleine Reise und einmal im Jahr eine Kreuzfahrt. Der *Todesfahrer*, wie die Zeitungen ihn nannten, konnte sich das leisten, und falls nicht, musste er eben das Haus verkaufen oder eine Bank überfallen. Eugen war es egal, woher das Geld kam. Wichtig war nur, niemals eine wirklich große Summe zu verlangen. Wenn seine Forderungen nicht erfüllbar waren, würde der Kerl in seiner Not vielleicht zu radikalen Mitteln greifen. Und das wollte Eugen vermeiden.

Er packte die Bilder samt CD in einen wattierten Umschlag, steckte auch noch den Speicherchip der Kamera dazu und verließ die Wohnung. Noch drei Stunden bis zur Übergabe. Heute würde er das Auto nehmen. Natürlich gab er damit den Parkplatz auf, den sein Opel seit Wochen belegte. Und wenn er zurückkam, würde er keinen neuen finden. Egal. Notfalls parkte er auf dem Gehweg oder in der Feuerwehranfahrtszone. Ab heute würde er tun, was alle taten. Auf Regeln scheißen.

An der Windschutzscheibe haftete eine schmierige Schicht. Bis die Batterie widerwillig den Motor startete, dauerte es. Doch dann konnte Eugen die Scheibenwaschanlage betätigen, bekam freie Sicht und fuhr los.

Den Übergabeort hatte er klug gewählt. Am Feringasee war er oft mit Margot gewesen. Im Sommer zum Baden, in den unfreundlicheren Jahreszeiten zum Spazierengehen. Er kannte das Gebiet wie seine Westentasche, und er würde das Areal vorher inspizieren. Reine Vorsicht. Er glaubte zwar nicht, dass ihm der Kerl auflauern oder ihn in einen Hinterhalt locken würde, dennoch wollte Eugen auf Nummer sicher gehen.

Zweieinhalb Stunden vor dem Termin stellte er das Auto auf dem Parkplatz östlich des Biergartens ab. Im Sommer drängten sich hier Hunderte Fahrzeuge. Heute lag das Gelände verwaist im Nachmittagslicht, das trüb durch die Wolkendecke sickerte. Ein müder Wind strich durch die beinahe kahlen Bäume und zupfte letzte Blätter aus den Kronen. Schaukelnd fielen sie zu Boden. Es war kalt geworden. Eugen holte das Fernglas und ein Fachbuch über Ornithologie aus der Plastiktüte, die auf dem Beifahrersitz lag, und brach zu seiner Erkundungstour auf. Falls ihn jemand beobachtete, würde er Eugen als harmlosen Vogelliebhaber einstufen.

Während er den See umrundete und mit dem Fernglas das Areal absuchte, fühlte er sich ruhig und gelassen. Er hatte alles im Griff. Nur den Schmerz in seiner Hüfte nicht. Er biss die Zähne zusammen und blieb alle paar Meter stehen. Die Aussicht, Weihnachten und Silvester auf einem Luxusschiff im Indischen Ozean zu verbringen, ließ ihn die Schmerzen ertragen.

Mit einem Blick durchs Glas suchte er die Halbinsel ab, die im Sommer von den Nackerten in Besitz genommen wurde. Da war niemand. In dem dünnen Gürtel aus Büschen und Bäumen am Westufer konnte sich niemand verstecken. Im Norden führte die A99 nah am Ufer vorbei. Von dort drohte keine Gefahr. Und auf der Ostseite mit den Parkplätzen gab es keine Möglichkeit, sich zu verbergen.

Während seines Rundgangs fielen ihm nur eine Frau mit Hund auf und ein altes Ehepaar, das derart in ein Gespräch vertieft war, dass es ihn nicht wahrnahm.

Als Eugen zum Parkplatz zurückkehrte, parkten dort zwei Fahrzeuge, die noch nicht dagestanden hatten, als er zu seinem Rundgang aufgebrochen war. Ein roter Kombi und ein schwarzer Renault. Ihm war kalt, er war völlig durchfroren, und er ärgerte sich, dass er nicht dran gedacht hatte, eine Thermoskanne mit Tee mitzunehmen.

Im Auto war es ein wenig wärmer und vor allem windgeschützt. Angespannt beobachtete er, ob die Spaziergänger wieder auftauchten und rechtzeitig verschwanden. Er wollte nicht gesehen werden. Von niemandem. Deshalb hatte er diesen Ort ausgewählt. Was er tat, war ... Ja, es war kriminell. Er war ein Erpresser, einer, der das Licht der Öffentlichkeit scheuen musste. Da gab es nichts zu beschönigen. Doch mit einem Mal beschlichen ihn Zweifel, ob es wirklich ein guter Plan war, an diesem gottverlassenen Ort die Geldübergabe durchzuziehen. Niemand konnte ihn sehen. Das war gut. Aber es konnte ihm auch niemand zu Hilfe kommen, falls ... Falls was?

Eugen reckte sich. Alles würde gutgehen.

Die Frau mit dem Hund kam zurück. Sie ging zu dem roten Kombi und fuhr kurz darauf weg. Ein paar Minuten später tauchte auch das Ehepaar wieder auf, stieg in den Renault, und einen Moment später lag der Parkplatz verlassen vor Eugen. Dämmerung senkte sich herab. Von der nahen Autobahn wehte der Wind ein stetes Brausen herüber. In einem knappen Kilometer Entfernung, jenseits der Felder, gingen in den Bürogebäuden Unterföhrings Lichter an.

Halb fünf. Nichts rührte sich. Sorge wollte sich in Eugen breitmachen. Wurde er versetzt? Vermutlich nicht. Jeder war heutzutage unpünktlich. Man dachte sich nichts dabei. Und falls der Deal heute doch platzte, würde Eugen nicht locker-lassen und seine Forderung hochschrauben. Schmerzensgeld für den quälenden Spaziergang.

Fünf nach halb fünf. Lichter erschienen auf der Zufahrt des Parkplatzes. Im Schritttempo näherte sich ein silberfarbe-ner Lieferwagen. Er stoppte etwa zwanzig Meter von Eugen entfernt. Der Motor erstarb. Die Lichter blieben an. Es war schon dämmrig. Eugen konnte den Fahrer hinter der Wind-schutzscheibe nicht erkennen.

War er das? Weshalb stieg er nicht aus? Wartete er darauf, dass Eugen den ersten Schritt tat? Anscheinend, denn er gab Lichthupe.

Gut. Dann machte eben er den Anfang. Der Kerl war ein Weichei, ein Waschlappen. Von dem war nichts zu befürch-ten. Für einen flüchtigen Sekundenbruchteil erschienen Eugen diese Gedanken wie mutmachendes Pfeifen im Dunklen.

15

Die Befragung der Personen in Flades Umfeld war abgeschlossen, Handy- und Mailkontakte geprüft. Ergebnislos. Mit niemandem war eine Rechnung offen. Mit niemandem gab es Streit. Angeblich. Und auch Neider gab es nicht. Kein Motiv in Sicht. Nun sahen sich ein paar Kollegen der Abteilung Wirtschaft die Firmenunterlagen an. Baugewerbe, da wurde gerne gemauschelt und bestochen. Wer weiß, worin Flade verstrickt gewesen war.

Dühnfort kehrte aus Flades Büro zurück in seines, holte die angebrochene Tafel Schokolade aus der Schublade und brach einen Riegel ab. Er spürte dem bittersüßen Geschmack nach und sah aus dem Fenster. Es wurde schon dunkel.

Bis zur Besprechung mit Gina und Alois blieben noch zwanzig Minuten. Zeit genug für ein Gespräch mit seinem Vater. Weihnachten auf Sylt. Ein verlockender Gedanke. Er liebte das Meer, die Weite der Landschaft und des Himmels. Die ruhigen Stunden in dem alten Haus, die schönen Erinnerungen, die er damit verband. Vor allem an die Zeit, als seine Eltern noch ein Paar gewesen waren und er ein kleiner Junge, als das Leben noch leicht und unkompliziert schien.

Nach dem dritten Läuten meldete sein Vater sich. »Dühnfort.« Die Stimme klang wie meist ein wenig spröde und dennoch fest und unnachgiebig.

»Ebenfalls.«

»Tino? Schön, dass du von dir hören lässt. Ich wollte dich ohnehin die Tage anrufen. Wie geht es dir?«

»Gut.« Dühnfort lieferte einen kurzen Abriss seines Lebens und vergaß dabei Gina nicht, verschwieg allerdings, dass er der Vorgesetzte seiner Partnerin war. Sein Vater war ein konservativer Mann, ein echter Hanseat, der auf Benimm und Ausdruck großen Wert legte. Dennoch gab es in seinem Wortschatz eine Redewendung, die nicht zu ihm passte, die er aber hin und wieder benutzte, wenn sie ihm treffend erschien. Vater würde sagen: *Scheiß nicht dort, wo du isst*. Und diesen Satz wollte Dühnfort sich ersparen.

Schnell kam das Gespräch auf Weihnachten. Dühnfort fragte, ob sein Vater schon wusste, wo er feiern wollte. »Bei Julius oder fährst du ins Ferienhaus?«

»Das wollte ich mit dir besprechen. Wir wollen dieses Jahr ein richtiges Familienfest auf Sylt machen. Julius, Victoria, die kleine Lizzy, du und ich. Und Gina natürlich. Ich würde sie gerne kennenlernen. Was hältst du davon?«

Nichts. Gar nichts. Das hätte Dühnfort am liebsten gesagt. Julius, der Strebsame. Im vergangenen Jahr hatte er das Schlachtfeld verlassen, auf dem er den Kampf um Anerkennung, Liebe und Wertschätzung des alten Herrn ausgetragen hatte. Allerdings ohne zu bemerken, dass er sich schon seit Jahren alleine dort schlug. Dühnfort hatte sich längst davongemacht. Julius hatte das Siegerpodest erklommen. Er war derjenige, der Vater zum Großvater gemacht hatte. Seither verstand Dühnfort sich mit seinem Bruder zwar besser, aber nicht wirklich gut.

Er hatte auf stille Weihnachten gehofft, auf ein paar ungestörte Tage mit seinem Vater und Gina, auf einsame Strandspaziergänge und ruhige Stunden vor dem Kamin. Und nun würden Victoria und Julius alles durchorganisieren und durchplanen, würden jedes Sich-treiben-Lassen im Keim ersticken. Darauf hatte er keine Lust.

»Na, was meinst du?«

»Die Einladung kommt ein wenig überraschend. Lass mich darüber nachdenken. Ich melde mich.«

Dühnfort verabschiedete sich und sah wieder aus dem Fenster. Feiner Nebel hing wie ein nicht greifbares Gespinst zwischen den Häusern. Der Traum von einer Familie … Sein Bruder Julius hatte ihn verwirklicht. Und Dühnfort schämte sich ein wenig, dass er darauf neidisch war.

Es klopfte kurz an der Tür, gleichzeitig wurde sie geöffnet. Alois trat ein. »Tag, Tino.«

Dühnfort nickte ihm zu.

Heute trug Alois nicht Anzug wie meistens, sondern einen anthrazitfarbenen Pullover mit V-Ausschnitt zur grauen Hose und darunter ein weißes Hemd mit dezenter Krawatte. Immer tipptopp, dachte Dühnfort. Wenn er nur seinen Job ebenso ernst nehmen würde wie sein Äußeres.

Noch fünf Minuten bis zu ihrer Besprechung. Vermutlich war Alois früher gekommen, um zu erfahren, wer den Lehrgang besuchen würde. Dühnfort nahm seine Unterlagen und setzte sich zu Alois an den Besprechungstisch. Prompt kam die Frage. »Hast du schon entschieden, wer zum Lehrgang gehen wird?«

»Gina wird an dem Seminar teilnehmen. Tut mir leid. Aber wie du weißt, gibt es für unsere MK nur einen Platz.«

»Okay.« Das klang gedehnt und mürrisch. »Ehrlich gesagt habe ich nichts anderes erwartet.«

»Gut. Dann ist die Enttäuschung ja nicht ganz so groß.«

Alois schnaubte. »Du bist gut. Meinst du, ich habe keine Karrierepläne?«

»Gina ist länger dabei, und du weißt selbst, wie sie arbeitet. Da musst du erst noch hinkommen. Sie bringt einfach die bessere Qualifikation für eine Führungsposition mit.«

Alois blickte knapp an Dühnfort vorbei, Richtung Fenster. Seine Kieferknochen mahlten. Offenbar verkniff er sich eine Bemerkung, die ihm auf der Zunge lag, und das war gut so. Dühnfort hatte keine Lust, ihn zum wiederholten Male auf seine Versäumnisse hinzuweisen. Den folgenschwersten Fehler hatte er sich vor vier Monaten geleistet. Er hatte Angaben nicht vollständig überprüft und dadurch einen Verdächtigen aus dem Fokus rücken lassen, der kurz darauf einen weiteren Mord beging. Anderenfalls wäre das ziemlich sicher nicht geschehen.

In diese angespannte Situation trat Gina. Sie ließ sich auf den Stuhl neben Alois plumpsen und strich die störrische Haarsträhne aus dem Gesicht. »Ich komme gerade von der KTU. Buchholz lässt es sein. Die paar Krümel des Scheinwerfers geben nichts her, womit man auf einen Fahrzeugtyp schließen könnte. Er hat einfach zu wenig Material, und an dem sind keine charakteristischen Bohrungen oder Stege.« Bedauernd hob sie die Hände. »Und auch bei den Autovermietungen und Werkstätten bin ich nicht weitergekommen. Nirgendwo ein beschädigtes Scheinwerferglas an einem dunklen SUV mit verchromtem Bullenfänger.«

Noch vor ein paar Tagen hatte Dühnfort geglaubt, der Mord an Jens Flade wäre schnell zu lösen. »Mal abwarten, was die Kollegen von Wirtschaft finden. Vielleicht geht es um Korruption.«

Mit einer Hand fuhr Alois sich durchs Haar. »Ich weiß ja nicht. Und mir ist klar, dass ich mich wiederhole. Aber unsere Zuständigkeit beruht einzig und allein auf Zeugenaussagen. Dass Zeugen sich gerne wichtigmachen, ist bekannt. Keiner von denen war wirklich nah am Geschehen, und das bei Dämmerung. Ich bitte euch.«

Es gab keine Bremsspuren. Jemand hatte etwa fünfzehn Minuten auf Flade gewartet und ihn dann skrupellos überfahren. Dühnfort hatte nicht vor, diese Argumente nochmals zu wiederholen. Etwas anderes spukte in seinem Hinterkopf herum: Knöllchen-Eugen. Er wandte sich an Gina. »Sag mal, hast du inzwischen mit Voigt gesprochen?«

Sie verzog den Mund. »Er hat nichts gesehen. Ausgerechnet an dem Abend hatte er Durchfall und ist mehr auf dem Klo gehangen als am Fenster.« Bedauernd hob sie die Hände. »Shit happens.«

16

Zwei Tage später stand Dühnfort morgens kurz vor halb sieben unter der Dusche und versuchte mit Hilfe des Massagestrahls seine Nackenmuskulatur ein wenig zu lockern. Gut, dass das neue Bett demnächst geliefert wurde.

Im Fall Flade kamen sie einfach nicht weiter. Keine verwertbaren Spuren, die Firma war sauber, keine krummen Geschäfte. Und auch privat schien alles in bester Ordnung gewesen zu sein. Nichts. Nothing. Niente. So hatte Gina den Ermittlungsstand gestern bezeichnet. Sie mussten noch tiefer graben.

Gina rumorte in der Küche. Kaffeeduft zog ins Bad. Daran könnte ich mich gewöhnen, dachte er. Morgens nicht alleine zu sein, den Tag mit einer gemeinsamen Tasse Kaffee und einem Gespräch zu beginnen, dann einen Kuss, bevor er sich zur Arbeit verabschiedete. Bei diesem Gedanken musste er lächeln. Dieser Kuss würde nicht hier, sondern im Präsidium erfolgen, wenn er in die eine Richtung ging und sie in eine andere. Nur welche?

Mit dieser Überlegung war er nun wieder bei den bevorstehenden Entscheidungen angelangt, die ihm im Magen lagen. Wann würden die Heimlichkeiten ein Ende haben? Wo würden Gina und er wohnen? Seit sie im Outland auf ihre Art nachgefragt hatte, ob er bereit war, mit ihr zusammenzuleben, hatten sie über das Thema nicht weiter gesprochen. Wieder einmal machte er die Dinge mit sich aus, sagte nicht, welche Gedanken er wälzte. Wieder einmal zog er sich zu sehr zurück. Was war dabei, zu sagen: *Ja, lass uns zusammenziehen. Das ist eine wundervolle Idee. Ich liebe dich, und außerdem kann ich mir dich wunderbar als Mutter vorstellen. Lass uns Kinder haben und gleich damit anfangen. Ja?*

Er seufzte und wusch sich das Shampoo aus den Haaren. Mit genau dieser Art von Ungeduld hatte er Agnes in die Flucht geschlagen. Denselben Fehler würde er nicht noch einmal begehen. Es war besser, einen Schritt nach dem anderen zu tun. Er wollte Gina nicht überfordern und schon gar nicht überrumpeln. Doch zum Thema gemeinsame Wohnung musste er langsam mal etwas sagen. Sie wartete auf seine Antwort.

Sosehr er Bodo und Dorothee mochte und auch Ferdinand und Xenia, er konnte sich nicht vorstellen, mit ihnen zusammen zu wohnen, dasselbe Bad mit ihnen zu teilen und dieselbe Küche. Er hatte eine Fülle an Eigenheiten und Spleens. Aus dem WG-Alter war er definitiv raus. Und seine Wohnung war auf Dauer zu klein für zwei.

Als er den letzten Rest Duschgel von der Haut spülte, kam Gina ins Bad und winkte mit seinem Handy. Er stieg aus der Kabine, gab ihr einen nassen Kuss und griff nach dem Mobiltelefon. Im Display erkannte er die Nummer der Einsatzabteilung. Berentz meldete sich. »Der Tag fängt gut an. Hast du schon vor dem Frühstück Lust auf Arbeit?«

»Muss nicht unbedingt sein.«

»Ich kann ja auch nichts dafür. Aber es gibt Leute, die machen um diese Zeit bereits Spaziergänge. Und so jemand hat am Unterföhringer See eine Leiche gefunden. Die Kollegen der Schutzpolizei erwarten euch. KTU und Rechtsmedizin habe ich schon informiert. So bleiben dir ein paar Minuten fürs Frühstück.«

»Danke für den Service.« Dühnfort legte auf. Lautlos sagte er: *Merde!* Üblicherweise forderte er Buchholz und Dr. Weidenbach erst an, wenn er sich bereits auf dem Weg befand. Dann hatte er am Tatort ein paar Minuten für einen ersten ungestörten Eindruck. Wenn der Trubel erst losging, war daran nicht mehr zu denken. Sein Vorgehen entsprach zwar nicht den Vorschriften und hatte zur Folge, dass er sich seit Jahren einen unausgesprochenen Wettkampf mit Spurensicherung und Rechtsmedizin lieferte, wer schneller da war. Doch der erste Eindruck war ihm wichtig und daher die Vorschrift egal.

Gina griff nach dem Duschhandtuch und reichte es ihm. »Wenn ich das jetzt richtig interpretiere, dann wird aus unserem gemütlichen Frühstück nichts.«

»Leider.« Er erklärte ihr, worum es ging, rief dann Alois an und trank mit Gina eilig eine Tasse Kaffee im Stehen, bevor sie sich auf den Weg machten.

Dämmerung lag über der Stadt. In der Nacht hatte es Frost gegeben. Papierdünne Eisschichten überzogen die Fahrzeuge am Straßenrand. Sie mussten die Scheiben freikratzen.

Der einsetzende Berufsverkehr war noch nicht dicht. Dühnfort fuhr an einer endlos scheinenden Reihe von Plakatwänden vorbei. Ein Dutzend Mal dasselbe Motiv: Alpenkette mit schneebedeckten Gipfeln, blauem Himmel und davor ein Glas Weißbier mit feinporiger Schaumkrone. Nun wohnte er schon sieben Jahre in München und war noch nie auf einem Berg gewesen. Sie lockten ihn nicht. Er liebte das Wasser, die Weite des Meeres, und wenn er die Nordsee schon nicht vor der Haustür hatte, dann wenigstens den Starnberger See, an dem sein Segelboot lag. Unwillkürlich seufzte er.

Fragend sah Gina ihn an. »Was ist?«

»Eigentlich nichts. Mir ist nur gerade aufgefallen, dass ich noch nie auf einem Berg war.«

»Echt? Da lässt du dir aber etwas entgehen.«

»Mich reizen sie nicht. Mir ist das Wasser lieber.«

Mit hochgezogener Augenbraue musterte sie ihn. »Da

muss ich dich wohl bei Gelegenheit mal vom Gegenteil überzeugen.«

»Nur, wenn es eine Seilbahn gibt.«

»Ne, Gondel gilt nicht. Fürs echte Gipfelfeeling musst du
selbst raufkeuchen. Ist auch gut für die Kondition.«

17

Sie erreichten den kleinen See in den Isarauen. Er war eingebettet zwischen Fluss und Isar-Kanal westlich von Unterföhring. Im Schritttempo fuhr Dühnfort am Ufer entlang. Die Wasserfläche lag ruhig und dunkel da. Ein feiner Nebelschleier schwebte darüber. Wer ging hier frühmorgens spazieren? Das Gebiet hatte vor einer Stunde sicher noch im Dunkeln gelegen.

Ein Stück weiter westlich lichteten sich die Bäume. Blaulichter rotierten im aufsteigenden Morgenlicht. Auf der Wiese am Ufer standen einige Fahrzeuge. Neben einem Streifenwagen entdeckte Dühnfort den silberfarbenen BMW von Ursula Weidenbach und Alois' schwarzen Mini. Entweder hatte er alle Geschwindigkeitsbegrenzungen missachtet, oder er war tiefgeflogen. Im Rückspiegel tauchten schaukelnde Lichter auf. Buchholz kam mit seinem Team in zwei Bussen, die rumpelnd durch die Schlaglöcher fuhren.

Dühnfort hielt neben dem Streifenwagen und konzentrierte sich darauf, Ginas Vorgesetzter zu sein. »Na dann, Frau Kollegin.«

»Packen wir's, Boss.« Gina lächelte, setzte ihr Ermittlerinnengesicht auf und stieg aus.

Der Weg verbreiterte sich Richtung Ufer zu einer kiesigen Zunge, die zum Wasser hin abfiel. Dort stand im fahlen Licht eine in einen weißen Overall gehüllte Gestalt. Dr. Ursula Weidenbach beugte sich über die am Ufer liegende Leiche, während Alois sich mit den beiden Schutzpolizisten unterhielt. Ein Stück entfernt lehnte ein Mann am Stamm einer Fichte. Er hatte den Kopf in den Nacken gelegt und die Augen geschlossen. Unter der Strickmütze lugten dunkle Locken hervor. Sein grauer Jogginganzug hatte feuchte Flecken auf der Brust.

Dühnfort ging zu Ursula Weidenbach, die aufblickte, als sie ihn bemerkte. Ein bedauerndes Lächeln zog über ihr Gesicht. »Eine hübsche junge Frau ... Sie ist schon seit Stunden tot.«

Dühnfort sah sich um. Der Kiesstreifen war aufgewühlt. Hier hatte ein Kampf stattgefunden.

»Der Mann, der sie entdeckt hat, hat sie aus dem Wasser gezogen.« Ursula Weidenbach wies auf den Jogger, der nach wie vor am Baum lehnte wie erfroren.

Merde! Die Leiche war also bewegt worden. Und nicht nur das. Sie war mit fremden Spuren behaftet. Dühnfort betrachtete die Tote. Anfang zwanzig. Schulterlanges, schwarzes Haar. Einige nasse Strähnen klebten im Gesicht. Er erschauerte bei der Vorstellung, wie kalt sie sich bei dieser eisigen Temperatur anfühlen mussten. Doch die Frau fühlte nichts mehr. Ihr Teint war grau, die Lippen farblos. Offene Augen blickten erstorben ins Leere. In den Wimpern hatten sich einige Tropfen verfangen, in den Haaren hafteten ein paar braune Birkenblätter und einige Gräser. Die Kleidung war vollständig, aber von Spuren gezeichnet, die auf einen verzweifelten Überlebenskampf schließen ließen. Jeans und Steppjacke waren schlammbeschmiert und an etlichen Stellen eingerissen. Die Handflächen waren aufgeschürft. Ein Schuh lag zwei Meter entfernt vor einem Busch.

»Haben Sie schon eine Vermutung, was die Todesursache betrifft?«

Ursula Weidenbach schob die silbergefasste Brille am Nasenrücken nach oben. »Sehen Sie selbst.« Mit beiden Händen übte sie leichten Druck auf den Brustkorb aus. Feiner Schaum trat aus Mund und Nase.

»Sie ist also ertrunken«, meinte Gina, die sich zu ihnen gesellt hatte.

»*Ertränkt worden* trifft es wohl besser.« Dühnfort wies auf den aufgewühlten Kies. »Sie hat um ihr Leben gekämpft.«

Weidenbach zupfte die Latexhandschuhe zurecht. »In ein paar Stunden kann ich mehr dazu sagen. Ich melde mich, sobald wir mit ihr anfangen.«

Dühnfort betrachtete das Ufer. Die junge Frau war in zwanzig Zentimeter tiefem Wasser ertrunken. Aus der Manteltasche holte er Latexhandschuhe, streifte sie über und zog aus der Steppjacke der Toten ein Ledermäppchen, das Personalausweis und Führerschein enthielt. Martina Oberdieck, 22 Jahre alt, wohnhaft in der Gabelsbergerstraße.

Buchholz erreichte den Tatort. Sein mächtiger Bauch spannte unter dem dünnen Material des Einwegoveralls. Eine Wollmütze schützte seine Glatze. »So, jetzt überlasst ihr das Feld mal schön uns. Die Tote läuft euch ja nicht weg. Ein paar unberührte Spuren würde ich gerne noch finden.«

In den Händen trug er zwei Alukoffer. Einer seiner Mitarbeiter folgte ihm mit einer mobilen Tatortleuchte, während zwei weitere aus dem Bus noch mehr Gerätschaften holten.

»Guten Morgen, Frank. Nimm auch Faserspuren vom Jogginganzug.« Dühnfort wies auf den Mann am Baum. »Er hat sie geborgen.«

Buchholz' Stimmung war nicht die beste. Vermutlich war auch er vor dem Frühstück zum Einsatz gerufen worden. »Super Idee! Hat er nicht gesehen, dass sie tot ist? So was von tot. Mischspuren! Ich bin begeistert!«

Zeit, Buchholz alleine granteln zu lassen und mit dem Zeugen zu reden. Dühnfort stellte sich vor. Der Mann war älter als zunächst gedacht. Ein Netz feiner Falten zog sich über das Gesicht. Die dunklen Locken waren graumeliert. »Ralph Papst.« Er reichte Dühnfort eine eiskalte Hand.

»Sie sind hier spazieren gegangen und haben die Frau dabei gefunden?«

»Ich war joggen. Das mache ich jeden zweiten Tag am frühen Morgen.«

Papst wohnte in Unterföhring, war Immobilienmakler und hatte drei verschiedene Jogging-Routen. Die zum See war ihm die liebste. »Obwohl man ihn nicht umrunden kann, sondern hier kehrtmachen muss.« Er wies auf die zum Ufer abfallende Kieszunge. »Und dabei bin ich über sie gestolpert. Es war ja noch beinahe dunkel.«

»Können Sie die Lage der Frau beschreiben?«

»Sie lag auf dem Bauch mit Kopf und Schultern im Wasser. Ich habe sie herausgezogen.«

»Und dann?«

»Dann habe ich sie umgedreht.« Mit der Hand fuhr Papst sich übers Kinn. »Eigentlich habe ich sofort gesehen, dass sie tot ist. Trotzdem habe ich nach einem Puls gesucht, und als ich keinen gefunden habe, habe ich meinen Kopf auf ihren Brustkorb gelegt, in der Hoffnung, das Herz schlagen zu hören. Da war aber nichts mehr zu machen.«

»Warum haben Sie das getan?«

Überrascht sah Papst ihn an. »Hätte ich sie liegenlassen sollen? Ich konnte ja nicht wissen, dass sie tot ist. Vielleicht hätte man sie retten können.«

»Ja, natürlich.« Dühnfort bat Papst, seine Aussage zu Protokoll zu geben, und ging dann zu Alois, der gerade sein Handy einsteckte. »Ich habe die Kollegen von der Schutzpolizei angefordert, damit sie die Umgebung absuchen.«

»Gut. Kümmerst du dich auch um die Absperrung?«
»Klar.«

Gina hatte sich auf dem Gelände umgesehen. Nun kam

sie über die Wiese auf Dühnfort und Alois zu. Ihre Körpersprache drückte Entschlossenheit aus, die Todesumstände von Martina Oberdieck aufzuklären. Energisch schritt sie aus, den Kopf erhoben, das Kinn gereckt.

»Ist was mit Ginas Auto?«

Dühnfort überraschte die Frage. »Was soll damit sein?«

»Na, weil sie mit dir gekommen ist.«

Kaum merklich fuhr er zusammen. »Ich habe sie abgeholt. Lag ja auf dem Weg.« Dühnfort fühlte sich mit dieser Lüge nicht wohl und wich Alois' Blick aus, während er sie aussprach.

Gina gesellte sich zu ihnen. »Ich hab mich mal umgesehen. Kein Auto, kein Fahrrad. Wie ist sie hierhergekommen? Mit öffentlichen Verkehrsmitteln, zu Fuß oder hat sie jemand gefahren?«

»Außerdem fehlt ihre Handtasche.« Dühnforts Hände waren kalt geworden, er schob sie in die Manteltaschen.

»Vielleicht liegt sie im Wasser. Wir sollten ein paar Taucher anfordern.« Alois holte das Handy hervor, während Dühnfort Leyenfels sich bereits über die Verschwendung von Steuergeldern beschweren hörte. »Erst suchen wir das Gelände ab. Wenn sie hier nicht zu finden ist, dann holen wir die Taucher.«

Dühnfort beobachtete das zögernde Erwachen des Tages. Es erschien ihm wie ein ungleicher Kampf zwischen Hell und Dunkel, als wollte der Tag den Albtraum der Nacht nicht ziehen lassen. Die Sonne stieg, in einen dunstigen Schleier gehüllt, über die Wipfel der Bäume und legte ein diffuses Licht über die Landschaft, wie ein Totenhemd.

18

Als Dühnfort kurz vor neun Uhr die Pinakotheken passierte und in der Gabelsbergerstraße vor einem pastellblau gestrichenen Haus parkte, stand die Sonne als milchige Scheibe am Himmel. Ob sie den Hochnebel heute bezwingen würde, erschien mehr als fraglich.

Am Klingelbord suchte er nach *Oberdieck* und fand den Namen neben *Schubert* auf einem Schild, das zum Rückgebäude gehörte. Er klingelte und rechnete nicht unbedingt damit, dass jemand darauf reagieren würde. Doch kurz darauf ertönte der Summer an einem Tor, das den Zugang zum Hinterhof freigab.

Müllcontainer und eine Altpapiertonne standen im Durchgang. Im Hof reckte ein Baum seine nackten Äste in den quadratischen Fleck Himmel hoch über sich. Neben der Haustreppe lehnte ein Rad mit plattem Hinterreifen. Zweite Etage. Das schaffte er zu Fuß.

Als er oben ankam und sich im Flur umsah, wurde eine Tür geöffnet. Eine junge Frau mit dunklem Wuschelkopf musterte ihn. »Haben Sie grad geklingelt?«

Dühnfort nickte. »Ich komme wegen Martina Oberdieck.«

»Sie ist nicht da.«

»Ich weiß.«

»Weshalb kommen Sie dann, wenn Sie wissen, dass sie nicht da ist?«

»Sind Sie mit Martina verwandt?«

Sei runzelte die Stirn. Die Antwort kam zögernd. »Ich bin ihre Freundin. Resa. Wir wohnen zusammen. Ist was mit Tina?«

Dühnfort zog den Ausweis aus seiner Tasche und stellte sich vor. »Können wir hineingehen?«

Die Stirn glättete sich, Resas Augen weiteten sich. Ein fragender und zugleich besorgter Ausdruck erschien darin. »Ihr ist doch nichts passiert?«

»Ich möchte das nicht zwischen Tür und Angel besprechen.«

Zögernd trat Resa zurück und ging voran in die Küche. Offenbar hatte er sie beim Frühstück gestört. Eine Schale Milchkaffee stand auf dem Kiefernholztisch zwischen einer angebissenen Breze, Laptop, Kuli und einem Collegeblock. Kaffeeduft hing in der Luft. Resa blieb vor dem Tisch stehen. Ihre Augen waren eine Spur dunkler geworden, ihr Teint eine Nuance heller. »Was ist mit Tina?«

Wie so häufig überlegte er, wie er eine derartige Nachricht am besten überbringen konnte. Doch der Tod eines Menschen ließ sich einfach nicht beschönigen. Noch dazu, wenn es sich um einen gewaltsamen Tod handelte. »Es tut mir leid. Man hat Martina heute Morgen am Unterföhringer See tot aufgefunden.«

»Was?« Resa ließ sich auf den Stuhl sinken. »Was hat sie denn da gemacht? Im November.«

Dühnfort zog einen Hocker heran und setzte sich. »Das wissen wir noch nicht. Ich brauche ein paar Angaben von Ihnen. Können Sie meine Fragen beantworten?«

Sie zog die Kaffeeschale heran, legte die Hände darum und nickte.

Dühnfort ließ sich die Adresse von Martinas Eltern geben. Sie wohnten in der Nähe von München, in Olching. Dann fragte er, ob Tina einen Freund hatte und wo sie sich gestern aufgehalten habe.

»Tina ist solo, und gestern war sie in der Uni. Sie studiert Germanistik, wie ich. Wir haben beide die Nachmittagsvorlesung besucht, und danach haben wir uns getrennt. Tina wollte sich Winterstiefel kaufen, und ich bin zu American Apparel. Das ist ein Modeladen«, fügte sie hinzu, als sie seinen ahnungslosen Blick bemerkte. »Da jobbe ich. Wieso ist Tina denn tot? War es ein Unfall?«

»Davon gehen wir nicht aus.«

»Sie wurde ermordet? Das kann nicht sein. Alle haben sie gemocht. Sie hatte mit niemandem Zoff. Mit ihr konnte man sich gar nicht streiten. Sie war harmoniesüchtig.«

»Haben Sie Tina später noch einmal gesehen?«

Resa schüttelte den Kopf. »Abends war sie nicht da. Das kommt häufig vor. Erst heute Morgen habe ich mich gewundert, dass sie nicht heimgekommen ist … Und jetzt ist sie … Ich kann mir das gar nicht vorstellen …« Langsam füllten sich ihre Augen mit Tränen. »Was macht sie denn am Unterföhringer See? Mitten im Winter.«

Dühnfort zog ein Päckchen Papiertaschentücher aus der Manteltasche, reichte ihr eines und wartete, bis Resa sich die Tränen getrocknet hatte.

»War Martina denn im Sommer häufig dort?«

»Wenn wir schwimmen gehen, dann fahren wir an den Wörthsee. Ich weiß gar nicht, ob sie jemals am Unterföhringer war. Mit mir jedenfalls nicht.«

»Wie war Martina in den letzten Tagen? Wirkte sie verändert?«

Energisch schüttelte Resa den Kopf. »Martina war wie immer. Ein wenig hektisch, ein wenig chaotisch und im Stress wegen einer Semesterarbeit.«

Dühnfort ließ sich Tinas Zimmer zeigen. Ein gemäßigtes Chaos herrschte darin. Weder Schlüssel noch Handy und Geldbeutel waren zu finden.

»Können Sie die Handtasche beschreiben, die Tina gestern bei sich hatte?«

»Sie hatte den Rucksack mit. Einen Crumpler mit Laptop-tasche. Den hatte sie auch dabei. Den Laptop, meine ich.«

Der war also auch weg. An Tinas Mails kamen sie also so schnell nicht ran. Er sah sich in ihrem Zimmer um, entdeckte dabei nichts Ungewöhnliches und versiegelte die Tür, bevor er sich von Resa verabschiedete.

Die schwerste Aufgabe stand ihm noch bevor. Wie sagte man Eltern, dass ihr Kind tot war?

19

Er fuhr durch den nicht hell werdenden Tag Richtung Westen und ließ die Stadt hinter sich. Feiner Nieselregen setzte ein. Die Scheibenwischer schmierten. In einem Waldstück hing Nebel über der Straße.

Die passenden Worte wollten sich nicht einstellen, als er gegen Mittag in Begleitung des Pfarrers von Olching an der Tür eines modernen Einfamilienhauses klingelte. *Tot aufgefunden. Allem Anschein nach ertrunken. Wir gehen von Fremdeinwirkung aus. Es tut mir leid.*

Nichts nahm der Botschaft den Schrecken. Martinas Vater war auf Geschäftsreise. Ihrer Mutter versagte der Kreislauf. Dühnfort fing sie gerade noch auf, leistete erste Hilfe und rief den Notarzt. Als der gekommen war und es ihr besserging, fragte Dühnfort, ob er jemanden anrufen solle, der sich um sie kümmern konnte. Sie nannte die Nummer einer Freundin. Dühnfort bat diese zu kommen und wartete ihr Eintreffen ab. Erst dann machte er sich auf den Rückweg.

Er fühlte sich hilflos und schämte sich, dass es ihm nicht gelungen war, die schreckliche Nachricht angemessener zu überbringen.

Während der Rückfahrt in die Stadt verließ er irgendwo die Autobahn. Er brauchte einen Kaffee und etwas zu essen und kehrte in einer Wirtschaft ein. In der Gaststube herrschte Schummerlicht. Einfache Holztische und Bänke. Kerzenständer aus Schmiedeeisen. Im Herrgottswinkel ein Kruzifix, darunter ein Strauß verstaubter Plastikrosen. Ein alter Mann saß im Erker. Auf dem Haupt sprossen einige Büschel weißes Haar. Der Kopf lag eingesunken zwischen knochigen Schultern.

Dühnfort setzte sich ans Fenster. Die Bedienung trat an den Tisch. Er fragte, was sie empfehlen würde, und bestellte ihrem Rat folgend Schwammerl mit Knödel und dazu ein alkoholfreies Bier.

Die Schwammerl entpuppten sich als Steinpilze und schmeckten vorzüglich, ebenso wie der hausgemachte Semmelknödel. Jetzt noch einen doppelten Espresso und Dühnfort wäre so einigermaßen versöhnt mit diesem Tag.

»Espresso? Schaugt unser Wirtschaft so aus, ois gabs da herin an Espresso? An Kaffee können's ham. A Haferl.«

Nach sieben Jahren verstand Dühnfort den Dialekt einigermaßen. Sieht es so aus, als ob es in unserer Wirtschaft Espresso gäbe?, übersetzte er. Eigentlich nicht. Er bestellte das Haferl und dazu frische heiße Milch. Während er darauf wartete, klingelte sein Handy. Dr. Ursula Weidenbach meldete sich. »Wir beginnen in fünfzehn Minuten mit der Obduktion der Wasserleiche. Kommen Sie?«

»Ich bin noch unterwegs. Das schaffe ich zeitlich nicht. Gina macht das.« Er beendete das Gespräch und rief Gina an, um sie zu bitten, den Termin wahrzunehmen. Sie wollte wissen, wie es ihm mit Martinas Eltern ergangen war, wie sie die Nachricht aufgenommen hatten. Er erzählte es ihr.

»Und jetzt geht es dir nicht gut. Jetzt glaubst du, versagt zu haben?«

»So ähnlich.«

»Wenn du irgendwann die Worte gefunden hast, mit denen man eine solche Nachricht gut überbringen kann, dann verrate sie mir, ja? Das geht einfach nicht. Dafür wird es nie die passende Formulierung geben. Am Ende steht die nackte Wahrheit, und die zieht den Leuten die Füße weg. Das ist nun mal so, auch wenn du das noch so vorsichtig formulierst.«

Während er telefonierte, begann es wieder zu regnen. In feinen Fäden lief das Wasser an der Fensterscheibe hinab. Mit den Augen verfolgte er einen der Tropfen. »Von Martinas Rucksack fehlt noch jede Spur. Ihr Laptop und ihr Handy sind darin. Wir sollten versuchen, es zu orten.«

»Ich rufe Meo an, er kann sich darum kümmern. Und dann düse ich weiter zur Weidenbach. Bis später im Büro.«

Dühnfort trank den Kaffee und machte sich auf den Rückweg in die Stadt.

Gepflügte Äcker. Graue Wiesen. Gewerbegebiete und Einkaufszentren. All das verlief im Regen zu einem vorüberhuschenden Aquarell. Über der Autobahn lag ein Schleier verwirbelter Feuchtigkeit, der Dühnfort zwang, die Scheibenwischer eine Stufe höher zu stellen.

Eine halbe Stunde später saß er in seinem Büro, machte sich einen richtigen Espresso und startete den PC, um Einsicht in die elektronischen Ermittlungsakten zu nehmen.

Im Fall Oberdieck wartete er auf das Ergebnis der Obduktion und Buchholz' Bericht der Spurenlagen. Die Befragung der Anwohner lief, und das Areal am See wurde abgesucht. Martinas Mutter war nicht in der Lage gewesen, seine Fragen zu beantworten. Hoffentlich ging das heute Abend, spätestens morgen in der Früh.

Im Fall Flade tat sich nichts. Es ging einfach nichts voran. Für Bettina Flade würden die Ermittlungen nun härter werden. Die privaten Unterlagen ihres Mannes mussten Blatt für Blatt, Datei für Datei, Telefonat für Telefonat nach einem Anhaltspunkt durchforstet werden. Das ging nicht ohne Verletzung der Privatsphäre ab.

Dühnfort arbeitete sich noch einmal durch alle Zeugenaussagen. Sie waren schlüssig. Mit im Nacken verschränkten Händen starrte er an die Decke seines Büros. Eine Spinnwebe schaukelte im Luftzug über dem Heizkörper. Feine Risse zogen sich durch den Putz, verzweigten sich, trafen zusammen und trennten sich wieder.

Dühnfort suchte Moritz Russo in dessen Büro auf. Im Regal hinter seinem Schreibtisch standen etliche Pokale. Russo war Triathlet und gewann regelmäßig Wettkämpfe. Ein sehniger Mann mit wettergegerbtem Gesicht, Stoppelhaarschnitt und, vor allem, Durchhaltevermögen. Er und sein Team waren mit dem Mord an einem Obdachlosen durch. Da war nur noch Papierkram zu erledigen. Dühnfort fragte, ob er ein oder zwei seiner Leute entbehren konnte. »Kein Problem. Sandra und Nicolas können euch unterstützen«, meinte Russo.

»Prima.« Sandra Gottwald war eine erfahrene Kollegin und Nicolas Stahl ein Workaholic, seit seine Frau ihn im Frühling verlassen hatte. »Sind sie denn im Haus?«

Russo nickte. »Ich sage den beiden gleich Bescheid.«

»Wir treffen uns in zehn Minuten zu einem Update.«

Während Dühnfort durchs Treppenhaus zurückkehrte, fasste er einen weiteren Entschluss. Alois sollte seine Chance bekommen. Dann rief er Buchholz an.

»Ein paar Fasern an der Kleidung und Reifenspuren oben am Parkplatz. Mehr haben wir bis jetzt nicht. Ich melde mich, sobald wir das ausgewertet haben. Ach ja, und der Rucksack ist nicht aufzufinden. Entweder liegt er im See, oder der Täter hat ihn. Sollen wir Taucher anfordern?«

Dühnfort gab dafür grünes Licht.

Kurz vor halb vier kam Gina herein. Sie umarmten sich und fuhren auseinander, als einen Moment später Alois und Meo eintraten. Meo war einer der jüngsten Computerspezialisten der Münchner Kripo und einer der besten. Eigentlich hieß er Romeo. Romeo Klein. Diese Namensgebung nahm er seinen Eltern noch immer übel. Er blieb in der offenen Tür stehen. »Die Handyortung ist veranlasst, wird aber vermutlich nichts bringen, denn das Teil ist ausgeschaltet. Eine Liste aller Telefonate der letzten Monate bekommst du bis morgen.«

»Hoffentlich hilft uns das weiter.« Dühnfort setzte sich an den Tisch in der Ecke.

»Ich habe jede Menge zu tun. Wenn ihr mich nicht braucht, bin ich mal weg.«

Als Dühnfort nickte, ging Meo und traf in der Tür mit Nicolas Stahl und Sandra Gottwald zusammen.

Nicolas war ein bulliger Kerl, an dem kein Gramm Fett war. Muskeln zeichneten sich unter dem weißen Oberhemd ab, die Krawatte war gelockert, im linken Ohrläppchen steckte ein silberner Knopf. Sandra, eine mollige Mittvierzigerin mit Dauerwelle, trug Jeans und Rollkragenpullover.

Dühnfort begrüßte die beiden und fasste die Fälle zusammen. Als er damit fertig war, fragte Alois, für wann die Obduktion von Martinas Leiche eingeplant war.

Gina blickte von ihren Notizen auf. »Die war schon. Ich komme grad aus der Rechtsmedizin.«

Wieder einmal ließ Alois das lang gezogene *Okay* vernehmen, aus dem Dühnfort Verärgerung heraushörte.

»Martina war weder betrunken noch stand sie unter Drogeneinfluss, als sie starb. Todesursache ist definitiv Ertrinken. Das Wasser in ihrer Lunge stammt aus dem See. Tatort ist also Fundort. Hämatome am ganzen Körper. Abschürfungen an den Handflächen. Sie hat um ihr Leben gekämpft, doch sie war ihrem Gegner unterlegen. Auf ein Sexualverbrechen deutet nichts hin. Ich schätze mal, das ist eine Beziehungstat.« Mit diesen Worten klappte Gina ihre Notizen zu.

»Gut. Dann nehmen wir uns als Erstes den Exfreund vor«, sagte Dühnfort. »Gina und Nicolas, ihr werdet Martinas letzten Tag rekonstruieren. Wann war sie wo? Wen hat sie getroffen? Wie ist sie zum See gekommen? Ich rede mit den Eltern und Freunden, und Alois wird den Fall Flade übernehmen. Sandra wird dich unterstützen.«

Überrascht blickte Alois auf. Seine Brauen zogen sich zusammen. »Okay.«

Wieder kam dieses Wort gedehnt über Alois' Lippen. Musste er ihm wirklich erklären, dass diese Ermittlung seine Chance war, sich zu beweisen, es gut zu machen, zu zeigen, was in ihm steckte, und sich so für verantwortungsvollere Aufgaben zu qualifizieren? Schließlich hatte er von Karriereplänen gesprochen. Herrgott!

20

Direkt nach Büroschluss herrschte im Fitness-Studio großer Andrang. Alois streifte die zwiegenähten Budapester mit doppelter Sohle ab, die ihn eine Stange Geld gekostet hatten, stellte sie in den Schrank und verstaute den Cerruti-Anzug am Kleiderbügel darüber. Kurz darauf betrat er in Sportoutfit den Trainingsraum, in der Hoffnung auf ein freies Laufband. Leise Musik erklang aus den Lautsprechern. Nicole stand hinter dem Tresen an der Vitaminbar und nickte ihm zu. Ein Duftgemisch aus Deodorants, Parfums und Aftershaves lag in der Luft und konnte doch einen leichten Schweißgeruch nicht überdecken. Die Seilzüge der Trainingsgeräte sirrten. Von den Hantelbänken klang Keuchen herüber und von den Crosstrainern das gleichmäßige Sausen der Schwungmassen. Die Ergometer waren alle besetzt, ebenso die Laufbänder. Doch Alois hatte Glück. Eines wurde gerade frei.

Er wählte ein Programm mit Steigung. Langsam setzte sich das Band in Bewegung. Gemächlich trabte Alois los. Erst war Aufwärmen angesagt, danach würde er einen Berg hinaufsprinten und so den Ärger herausschwitzen, der sich in ihm staute wie ein Gebirgsbach vor dem Wehr.

Auf dem Band neben ihm lief Steffi. Knackige Figur, super Busen. Nicht silikongepolstert, sondern echt. So etwas sah er auf den ersten Blick. Blondgefärbte Kurzhaarfrisur mit einer langen Strähne, die zwischen den Schulterblättern im Takt ihrer Schritte wippte. Steffi war Ende zwanzig, Sekretärin bei Siemens und leider in festen Händen. Bei ihr blitzte er regelmäßig ab. Nun lächelte sie ihn an. »Welche Laus ist dir denn über die Leber gelaufen?«

Man sah ihm also an, dass er sauer war. »Eine Vorgesetztenlaus.«

»Stress mit dem Chef?«

»Kann man so sagen.«

»Da wäre der Punchingball vielleicht besser?« Locker lief sie weiter, während sie sprach.

Er lachte. »Keine schlechte Idee. Nur gibt es hier leider keinen.«

Das Tempo erhöhte sich, und allmählich stellte das Gerät die Lauffläche in einen steileren Winkel. Alois trabte bergauf. Nach wenigen Minuten beschleunigte sich seine Atmung, ging der Puls hoch, brannten die Muskeln in Oberschenkeln und Po. Mit dem Handrücken wischte Alois sich den Schweiß von der Stirn.

Der Fall Flade gehörte nun ihm. Spitze! Nur dass der Fall kein Fall war. Jedenfalls keiner für die Mordkommission. Und den sollte er nun beackern, während Tino sich die Rosinen aus dem Kuchen pickte. Den Fall Oberdieck. Scheiße aber auch!

Seit anderthalb Jahren war er jetzt in München. Bei der Kripo. Sein ganz großer Traum war das immer gewesen. Und nun war er hier und gehörte noch immer nicht dazu.

Erneut verstellte sich der Steigungswinkel. Alois passte den Laufrhythmus an. Tino. Dieses Weichei. Ein echter Softie und Frauenversteher. Alois mochte ihn nicht besonders. Was sollte man schon von einem Kerl halten, der nicht gerne Entscheidungen traf, Auseinandersetzungen auswich und mehr auf seine Bauchgefühle hörte als auf Fakten achtete?

Zugegeben: Tino war trotz seiner seltsamen Art, an einen Fall heranzugehen, ein erfolgreicher Ermittler. Dennoch war er arrogant und immer ein wenig von oben herab. Hanseatisches Großbürgertum meets Oberpfälzer Wirtssohn. Welten prallten aufeinander. Wobei Alois alles daransetzte, jeden

Hauch von Oberpfalz aus seiner Sprache und Erscheinung zu tilgen. Er war weder konservativ noch engstirnig oder kleingeistig. Er hatte die engen Gassen Regensburgs hinter sich gelassen, hatte Jeans und Lederhosen gegen dreiteilige Anzüge eingetauscht und stählte seinen Körper nicht länger in einem Hinterhof-Boxclub, sondern in einem exklusiven Fitnesstempel. Statt der Disco im Gewerbegebiet war das P1 angesagt. Anstatt Schweinsbraten mit Knödel gab es Vitello tonnato beim Italiener. Er war nicht länger der Depp vom Land. Aber allem Anschein nach der Depp vom Dienst. Flade. Dieser Nichtfall! So aufs Abstellgleis geschoben zu werden! Es war echt zum Kotzen. Das hatte er nicht nötig. Er würde sich umhören. Tino war nicht der einzige Leiter einer Mordkommission. Vielleicht wurde irgendwo eine Stelle frei.

Flade! Verdammter Mist! Wie konnte Tino so blind sein? Zeugenaussagen! Aus fünfzig Metern Entfernung! Bei Dämmerung! Vermutlich kam ihm dieser Nichtfall gerade recht. So konnte er Gina aufbauen. Er hatte es sich ja gleich gedacht, dass sie zur Fortbildung gehen würde. Gut, es gab Gründe. Sie war seit fünf Jahren im Team, und sie machte einen guten Job. Das musste er zugeben. Sie war clever und fleißig und außerdem eine nette Kollegin. Und ganz schön sexy. Er mochte Frauen, an denen was dran war. Diese Hungerhaken, bei denen man die Knochen zählen konnte, waren nichts für ihn. Da holte man sich blaue Flecken, und außerdem erinnerten ihn diese Beinaheskelette an seinen Beruf, und das konnte er im Bett nicht haben. Echt nicht.

Gina. Wenn sie nicht seine Kollegin wäre, hätte er es bei ihr längst mal versucht. Da aber keine seiner Beziehungen länger als ein paar Wochen hielt, war es besser, die Finger von ihr zu lassen. Es gäbe nur Stress am Arbeitsplatz. Und den brauchte er nicht. Den hatte er schon. Mit Tino.

Heute Morgen am See … Wie ausweichend Tino die Frage

beantwortet hatte, ob Ginas Auto kaputt sei. Er hatte ihm nicht in die Augen geblickt, sondern knapp dran vorbei. Wie einer, der log. Lief da vielleicht etwas zwischen ihm und Gina? Doch diese Vorstellung war total absurd. Gina stand sicher nicht auf Weicheier.

Die Steigung des Laufbands erhöhte sich erneut. Die Geschwindigkeit blieb dieselbe. Im gleichmäßigen Takt seiner Schritte schwitzte Alois seinen Ärger aus.

Nach zwei Stunden im Fitness-Studio machte er sich auf den Heimweg. Es war eine sternenklare Nacht. Am Himmel über sich entdeckte er Orion. Der Weg von der U-Bahn-Station Lehel zu seiner Zweizimmerwohnung war nicht weit. Die kalte Luft tat gut, machte den Kopf klar und frei.

Er würde Tino beweisen, dass Flade Opfer eines Unfalls war. Einmal würde er recht behalten. Bingo.

Das Handy in der Halterung an seinem Gürtel begann die Telefonmelodie der CTU aus der Fernsehserie 24 zu spielen. Alois guckte aufs Display. Evi. Was wollte die denn? Um diese Zeit? Vielleicht war was mit Simon. Die Angst, seinem Sohn könnte etwas zugestoßen sein, durchfuhr ihn wie ein elektrischer Schlag.

»Hallo, Lois. Wie geht's?«

»Alles okay. Ist was mit Simon?«

»Nein. Wieso? Was soll sein?«

»Weil du mitten in der Nacht anrufst.«

»Mitten in der Nacht. Schlafst du scho?« Er hörte das Lächeln in ihrer Stimme. Evi. Eigentlich kannte er sie kaum. Sie waren in dieselbe Schule gegangen. Sie zwei Jahrgänge unter ihm. Ab und zu hatten sie im Starlight miteinander getanzt. Und dann war sie ihm bei der Maidult über den Weg gelaufen. Beinahe sechs Jahre war das her. Eine laue Frühlingsnacht. Ein paar Bier zu viel. Das Rauschen der Donau, das Zirpen der Grillen, ein heller Mond am Himmel, tiefe Schatten auf der

Uferwiese. Ein One-Night-Stand, und neun Monate später war er Vater geworden. So schnell konnte das gehen. Seither hatte er immer Kondome dabei. Immer! Unwillkürlich fuhr seine Hand in die Manteltasche. Zwei Stück steckten darin.

»Also, was gibt's?«

»Ich wollt' dir nur sagen, dass der Simon und ich nach München kommen. Ab Januar habe ich eine Stelle im Krankenhaus Rechts der Isar. Stationsschwester auf der Chirurgischen. Und eine Wohnung haben wir auch schon. Wir ziehen noch vor Weihnachten um. Was sagst?«

Ja, toll. Prima. Echt klasse. Was versprichst du dir davon, mir so auf die Pelle zu rücken? Irgendwann einen goldenen Ring am Finger und ein Versprechen ewiger Liebe und Treue? Das haben wir doch alles seit Jahren durch. Wir waren uns beide einig, dass das mit uns nichts wird.

»Ja … schön. Und der Simon? Fällt es ihm nicht schwer, in die große Stadt zu ziehen und seine Freunde zurückzulassen?«

»Schon. Aber er freut sich vor allem auf dich. Er ist so stolz auf seinen Papa und gibt überall mit dir an. Im Kindergarten können sie es schon nicht mehr hören, dass du Polizist bist. Und wenn wir in München wohnen, könnt ihr euch öfter sehen.«

Toll. Das fehlte ihm grad noch. Obwohl … Der Simon war in Ordnung, und vor allem war er mutig, kein feiger Schisser, kein Gedankenwender. Simon war einer, der sich was zutraute. Egal ob Kanu fahren auf der Donau, Kraxeln im Klettergarten, Zweikämpfe beim Fußball oder Achterbahnfahrten, Simon machte ohne zu zögern mit. Eben ganz der Papa.

21

Sanne räumte die Werkzeuge auf, verstaute die fertigen Bögen in Packpapiertaschen und löschte das Licht in der Werkstatt. Kurz vor sieben. Es war schon lange dunkel.

In der Küche machte sie sich einen Becher Tee und richtete sich ein Bauernbrot mit Käse. Beides nahm sie mit ins Wohnzimmer und aß vor dem Fernseher. Nach den Nachrichten schaltete sie ab und warf ein Brikett in den Kaminofen.

Morgen war einiges zu erledigen. Um elf hatte sie einen Termin beim Zahnarzt in München. Davor würde sie die Bögen bei Frederick abliefern, und nach dem Arzttermin konnte sie einkaufen gehen. Sie brauchte Handschuhe und einen Schal.

Thorstens Besuch lag ihr noch im Magen. Wie er sie umarmt ... nein, umklammert hatte ... Es hatte beinahe etwas Verzweifeltes gehabt, und nun fühlte sie sich schuldig und war gleichzeitig sauer auf ihn. Und dann dieser Blick, als sie sich von ihm gelöst hatte. So kalt. Und diese gehässige Bemerkung. *Keine Sorge, ich zerre dich schon nicht ins Bett.* Feindseligkeit war in seinen Augen aufgeblitzt. Nur eine Sekunde. Im nächsten Moment war er wieder so gewesen wie immer und hatte sich entschuldigt. Als er ging, hatte sie sich tatsächlich ein wenig erleichtert gefühlt, und dafür schämte sie sich nun. Er war ihr Freund.

Etwas kratzte am Fenster. Sanne wandte sich um. Herr Kater saß auf dem Fensterbrett und fuhr mit der Pfote über die Scheibe. Sie ließ ihn herein. »Du bist ganz schön schlau. Weißt du das?« Herr Kater neigte den Kopf wie zur Bestätigung und rollte sich auf dem Sofa zusammen. Sie wollte sich gerade wieder setzen, als es zweimal kurz an der Haustür schellte. Nur Laura klingelte so.

Mit einer Flasche Wein in der Hand stand sie vor der Tür. Ihre roten Locken hatte der Wind zerzaust. Zur orangefarbenen Pumphose trug sie einen grünen Pulli. Sisco drückte sich an Lauras Beine und spähte durch die geöffnete Tür ins Haus. Anscheinend nahm sie die Anwesenheit von Herrn Kater wahr. Sie wandte sich ab, sprang auf das Dach des Mülltonnenhäuschens, rollte sich dort zusammen und glich mehr denn je einem schwarzweißen Katzen-Buddha. Laura lachte. »Ihre Ruhe möchte ich haben«, sagte sie und schenkte dann ihre Aufmerksamkeit wieder Sanne. »Hast du Lust auf ein Gläschen? Klaus ist in Wasserburg und baut einen Ofen auf.«

»Klar. Komm rein.« Sanne freute sich über Lauras Besuch. Ein wenig Abwechslung. Aus der Küche holten sie Gläser und den Korkenzieher und nahmen dann auf dem Sofa Platz. Herr Kater sah kurz hoch, musterte den Besuch und schlief weiter.

Laura hob das Glas. »Na, was sagst du zu unserem neuen Nachbarn? Ein toller Kerl, oder?«

»Na ja. Ich weiß nicht. Es fehlt das Breitschwert.«

»Das Breitschwert?«

»Zu einem Highlander gehört ein Breitschwert, oder nicht?«

Laura lachte. »Das trifft den Nagel auf den Kopf. Es kann nur einen geben. Komm, der wäre doch was für dich. Den würde ich nicht von der Bettkante schubsen …«

»Gut, dass Klaus dich nicht hört.«

»Lass mich doch ausreden: Wenn ich mir nicht schon den Mann fürs Leben geangelt hätte, wollte ich sagen.« Lachend trank Laura einen Schluck. »Aber du bist ja noch zu haben. Oder hast du ein Keuschheitsgelübde abgelegt? Seit du hier wohnst, bist du solo. Außer dieser sittsamen Freundschaft zu Thorsten, dem Samariter ...«

»Laura, bitte, das Thema müssen wir jetzt nicht vertiefen.«

»Kann es sein, dass du gerade rot wirst?«

»Schmarrn.« Sanne spürte die Röte über den Hals ins Gesicht kriechen und ihre Worte Lügen strafen.

»Richtig rot sogar. Sag nur, da läuft etwas zwischen dir und Thorsten?«

»Ich war einmal mit ihm im Bett, und das war ein großer Fehler.«

Natürlich wollte Laura das nun ganz genau wissen, und Sanne erzählte, wie es dazu gekommen war, und auch von ihrer Sorge, die Freundschaft zu Thorsten könnte daran zerbrechen.

»Ich mag ihn. Er hat sich damals wie selbstverständlich um mich gekümmert, war immer da, wenn ich jemanden brauchte. Als ob nicht ich diejenige ...« Sie atmete durch. »Er hat mir die Schuldgefühle genommen und wollte mich sogar in eine Selbsthilfegruppe stecken, die er zusammen mit seiner Freundin gegründet hat.«

»Stecken?«

»Na ja, dieser Psychokram ... Ich halte nicht allzu viel davon. Ich habe mir die Gruppe ein- oder zweimal angesehen. Und das war es dann. Das ist nichts für mich. Ich muss alleine damit klarkommen, auch wenn Thorsten das berufsbedingt anders sieht.«

Laura stellte das Glas ab. »Sag ich doch: ein Samariter. Also mir sind diese selbstlosen Typen ja eher unheimlich. Wer so aufopfernd und barmherzig ist und alles für andere gibt, hat irgendwo ein Problem, finde ich.«

»Thorsten aber nicht. Er steht mit beiden Beinen im Leben und weiß, was er tut. Das einzige Problem, das er im Moment hat, ist die Zurückweisung durch zwei Frauen. Zuerst hat Lydia ihn verlassen, und ich will nur seine Freundschaft. Okay, die Nacht mit ihm ... Also der Sex war gut ... aber mehr ist da nicht. Und auf eine reine Bettgeschichte will ich mich nicht einlassen. Vielleicht ginge das, wenn er nicht in mich verliebt wäre ... Auf Augenhöhe sozusagen. Aber so ... Er würde sich immer mehr erwarten und ich ihn noch mehr verletzen.« Sanne griff nach dem Glas und trank vom Wein. Er war herb und fruchtig.

Sie wusste nicht, wie sie die ersten Monate nach dem Unfall ohne Thorsten überstanden hätte.

Normalerweise kümmerte sich ein Kriseninterventionsteam nur kurzzeitig um Angehörige, Zeugen oder Beteiligte eines Unfalls. Doch Thorsten hatte sie unter seine Fittiche genommen, ihr stundenlang zugehört und ihr geholfen. Er war zu ihrem Fels in der Brandung geworden.

An jenem schrecklichen Abend war er plötzlich da gewesen. Ludwigs Eltern, Evelyn und Nils, saßen im Wohnzimmer und klammerten sich aneinander, während sie in der Küche von der Polizei befragt wurde. Sanne versuchte einer Polizistin zu erklären, was geschehen war, und hörte Evelyns Vorwürfe dennoch. Ihre schrille Stimme klang durch den Flur bis in die Küche. *Sie ist unzuverlässig ... Ludwig geschlagen ... nicht belastbar ... wie konnte ich ihr nur mein Kind anvertrauen ... einfach aus dem Bett gefallen ... es hat doch eine Absturzsicherung ...*

Sanne fror. Ihr war so entsetzlich kalt, dass sie zitterte und sogar mit den Zähnen klapperte und es nicht verhindern konnte. Es entzog sich ihrer Kontrolle. Ein Mann mit neonoranger Weste und weißer Hose erschien in der Küche. Freundlich, aber bestimmt schritt er ein. »Die Frau steht unter Schock. Sehen Sie das denn nicht? Sie braucht ärztliche Hilfe.« Thorsten Languth stand auf dem Namensschild an seiner Weste. Er hatte den Notarzt hereingerufen, der gerade das Haus verlassen wollte.

Laura streichelte Herrn Kater. »Freundschaft wäre doch eigentlich eine gute Basis für eine Beziehung.«

Sanne zog die Schultern hoch. »Vielleicht bin ich dafür nicht pragmatisch genug. Für mich gehört mehr dazu als nur Sex. Wenigstens ein paar romantische Gefühle.«

Wenn ihre Freundschaft zu Thorsten zerbrach, würde sie ganz alleine dastehen. Die wenigen Bekanntschaften, die sie hatte – Freundschaften konnte man das wirklich nicht nennen –, stammten alle aus seinem Umfeld. Uli, die wie Thorsten ehrenamtlich beim KIT arbeitete. Markus, Thorstens bester Freund, ein Geologe. Und natürlich Lydia, Thorstens Exfreundin, die Psychotherapeutin.

Ihre Freunde aus den Studententagen waren ihr im Lauf der Zeit abhandengekommen. Ein schleichender Prozess, der mit dem Abbruch des Studiums begonnen hatte.

Seit sechs Jahren hatte Thorsten einen festen Platz in ihrem Leben. Sie wollte ihn nicht verletzen und ebenso wenig verlieren. Doch sie wusste nicht, wie ihr das gelingen sollte.

Gemeinsam mit Laura leerte sie die Flasche. Kurz vor Mitternacht verabschiedeten sie sich. Sanne räumte die Küche auf und warf die Zeitung in die Altpapierkiste, die im Nebenraum stand. Dabei fiel ihr Blick auf eine Zeitung von letzter Woche. *Mord! Architekt starb nicht durch Unfall.*

Derartige Artikel las sie nie. Schon die Überschriften wirkten abschreckend.

Jens ist tot. Ein schrecklicher Unfall. Das hatte Thorsten gesagt. Bezog der Artikel sich etwa auf diesen Unfall? Sanne zog die Zeitung hervor und las.

Ein Unbekannter hatte dem erfolgreichen Architekten Jens Flade vor seinem Büro aufgelauert und ihn überfahren. Vom Täter fehlte jede Spur.

Bisher hatte sie geglaubt, das Fahrzeug von Jens wäre mit einem anderen kollidiert und er wäre dabei tödlich verletzt worden. So, wie man sich ganz automatisch einen Verkehrsunfall vorstellte. Zu hohe Geschwindigkeit, jemand verlor die Kontrolle. Ein Crash. Doch Jens war überfahren worden. Absichtlich.

Weshalb hatte Thorsten ihr nichts von dem Mord gesagt und den Eindruck erweckt, es wäre ein Unfall gewesen?

Vielleicht wollte er sie schonen. Doch dann wäre es besser gewesen, den Todesfall überhaupt nicht zu erwähnen. Schließlich kannte sie Jens Flade eigentlich nicht und hatte ihn vor Jahren zuletzt gesehen. Vermutlich hätte sie nie von seinem Tod erfahren. Eine seltsame Unruhe ergriff sie und ließ sie auch nicht los, als sie eine halbe Stunde später im Bett lag. Irgendetwas war gewesen. Eine Erinnerung wollte an die Oberfläche. Langsam stieg sie in ihr auf, wurde zu einem klaren Bild. Zu einem Bild, das sie frösteln ließ.

22

Nach dem Morgenmeeting fuhr Dühnfort nach Olching. Der Tag war ebenso grau wie der vorangegangene. In den Regen mischte sich Schnee. Ein Grad weniger, und die Straßen würden sich in Rutschbahnen verwandeln.

Auf sein Klingeln hin öffnete ein bulliger Mann mit kurzem Hals und rundem Gesicht die Tür. Eine randlose Brille, dunkle Augen. Die beiden obersten Knöpfe des gestreiften Hemds waren geöffnet. Ein angespannter Zug lag auf dem Gesicht.

»Dühnfort, Kripo München. Herr Oberdieck?«

Der Mann trat zur Seite. »Wir haben schon auf Sie gewartet. Kommen Sie rein.«

Martinas Vater ging voran ins Wohnzimmer, einen elegant eingerichteten Raum. Helle Farben, dunkler Holzboden, eine Panoramascheibe, hinter der der Garten im Regen verschwamm. In der unruhigen Oberfläche des Badeteichs spiegelten sich die Wolken.

Vor diesem Fenster stand Sabine Oberdieck und starrte hinaus in all das Grau. Als sie die Schritte hinter sich hörte, wandte sie sich um.

»Herr Dühnfort.« Mit den Händen umfasste sie ihre Oberarme. »Ich wünsche Ihnen keinen guten Tag, denn es ist kein guter Tag.« Sie zog ein Taschentuch aus dem Ärmel ihrer Strickjacke hervor und wischte sich die Tränen von den Wangen.

Martinas Mutter war eine Frau von elfenhafter Schönheit und Zartheit. Gestern war Dühnfort nicht im Stande gewesen, ihr Alter zu schätzen. Heute erkannte er, dass sie die fünfzig längst überschritten hatte. Über das blasse Gesicht zog sich ein Geflecht feiner Falten. Um die Mundwinkel waren sie tiefer eingegraben. Die Augen waren gerötet und geschwollen. »Setzen wir uns doch.« Sie wies auf zwei Sofas. Dühnfort nahm auf dem einen Platz, Martinas Eltern auf dem anderen. Oberdieck legte einen Arm um die Schultern seiner Frau. Sie griff nach seiner Hand.

Dühnfort suchte nach Worten des Trostes und fand sie nicht. Martinas Mörder zu finden und dafür zu sorgen, dass er eine angemessene Strafe erhielt, war alles, was er für sie tun konnte. »Wir suchen nach einem Anhaltspunkt, nach einem Motiv. Haben Sie eine …«

Oberdieck drückte die Hand seiner Frau. »Möglicherweise. Es gibt etwas, das Sie wissen müssen, und dann werden Sie verstehen.

Vor dreieinhalb Jahren hatte Tina einen Autounfall. Sie war gerade volljährig geworden und hatte den Führerschein gemacht. Zum Abi wollte ich ihr ein Auto schenken. Aber bis dahin war es ja noch eine Weile. In der Zwischenzeit durfte sie das Auto meiner Frau mitbenutzen, und einmal auch meines.« Er stockte, nahm die Brille ab und fuhr sich mit der Hand über das Gesicht. »Es ist am 13. Mai 2008 passiert. Tina wollte nach Maisach zu einem Fußballspiel fahren, bei dem ihr Freund Patrick mitspielte. Meine Frau war unterwegs, also habe ich Tina meinen Audi geliehen. Sie war schon an der Haustür, als ihre Freundin Steffi anrief und sich entschloss mitzukommen. Tina hat Steffi abgeholt, und dann ging es weiter nach Maisach. Kurz hinter Olching führt die Straße in einer langgezogenen Kurve über die Amper. Dort kam den Mädchen ein Sattelschlepper entgegen. Tina hat gesehen, dass der Fahrer telefonierte. Dadurch war er wohl abgelenkt und hat nicht bemerkt, dass er mit seinem Fahrzeug über die Mittellinie zog und das Auto der Mädchen abdrängte.« Wieder fuhr Oberdieck sich mit der Hand über die Augen. »Wenn sie doch nur gehupt hätte, oder ordentlich Gas gegeben ... Sie hätte es vielleicht schaffen können.«

Dühnfort sah Bilder, die er nie gesehen hatte. Den Sattelzug, der weiter und weiter auf die Gegenspur geriet. Den Audi mit den Mädchen auf Höhe des Anhängers. Die Fahrbahn, die immer enger wurde. Eine Kurve. Ein Fluss. Ein Auto, das die Leitplanke durchbrach. »Der Wagen ist bei dem Unfall in den Fluss gestürzt?«

Oberdieck nickte. »Er kam auf der Beifahrerseite zu liegen. Die Amper ist nicht tief. Die Mädchen waren beide bewusstlos. Die Airbags hatten sich aufgeblasen, und auch die Gurte haben schlimmere Verletzungen verhindert. Doch das Auto war völlig zertrümmert. Es lief voll. Es ist nicht Tinas Schuld, dass Steffi ertrunken ist. In dreißig Zentimeter tiefem Wasser. Sie konnte ihr nicht helfen. Sie war bewusstlos.« Oberdieck ließ sich ins Polster zurückfallen. »Es war ein schrecklicher Unfall. Der LKW-Fahrer hat ihn vermutlich nicht bemerkt. In den Außenspiegeln war die Unfallstelle wegen der Kurve nicht zu sehen. Das hat die Polizei jedenfalls bei einer Rekonstruktion festgestellt. Der Fahrer wurde nie ausfindig gemacht.«

»Steffi ertrank. Martina wurde ... starb auf dieselbe Art. Sie vermuten einen Racheakt?«, fragte Dühnfort.

Martinas Mutter richtete sich auf. »Die Parallelen ... Am Ufer, im seichten Wasser. Martina starb genau so wie Steffi.« Sie konnte die Tränen nicht länger unterdrücken. Schluchzend schlug sie die Hand vor den Mund.

Oberdieck strich seiner Frau über den Arm, richtete seine Worte aber an Dühnfort. »Steffis Eltern haben sich bis heute nicht damit abgefunden, dass es kein Gerichtsverfahren gab, dass niemand zur Rechenschaft gezogen wurde. Sie brauchen einen Schuldigen. Sie sind davon überzeugt, dass Tina den

LKW erfunden hat. Obwohl es einen Zeugen gibt. Ein Mann hat den Unfall gesehen. Er war mit seinem Hund unterwegs und ist den Mädchen sofort zu Hilfe gekommen. Aber er konnte Steffi nicht retten. Seine Aussage deckt sich mit der von Tina. Das Ermittlungsverfahren wurde eingestellt.«

»Das ist über drei Jahre her?« Nach so langer Zeit erschien Dühnfort ein Racheakt nicht unbedingt einleuchtend.

Oberdieck ließ die Hand seiner Frau los. »Und seit drei Jahren erzählen Steffis Eltern jedem, der es hören will, dass Tina lügt, dass sie zu schnell gefahren sei und Steffi auf dem Gewissen habe, und dass es von mir völlig verantwortungslos war, *dieses Geschoss von Fahrzeug* einer Fahranfängerin anzuvertrauen.«

Sabine Oberdieck strich den Rock glatt. »Man hat uns im Dorf geschnitten. Meine Mitgliedschaft im Tennisverein musste ich aufgeben, und einkaufen gehe ich hier schon lange nicht mehr. Wir haben überlegt, wegzuziehen. Doch das käme einem Schuldeingeständnis gleich.«

»Haben Steffis Eltern Martina bedroht?«

»Nein. Das nicht. Sie hetzen gegen sie und können ihr nicht verzeihen, dass sie den Unfall überlebt hat.«

»Auch in letzter Zeit, seit Martina in München wohnt?«

»Sie glauben uns nicht.« Es klang resigniert. Kraftlos ließ Oberdieck die Hände sinken.

»Ich will mir ein Bild machen. Außer Steffis Eltern gibt es niemanden, der ein Motiv haben könnte? Ein ehemaliger Freund? Einer, den sie vielleicht zurückgewiesen hat?«

Martinas Eltern fiel niemand ein. Tina war beliebt gewesen. Patrick war nicht verlassen worden, sondern hatte sich selbst von ihr getrennt, und es gab keine abgewiesenen Verehrer. Entweder waren es Steffi Schünemanns Eltern gewesen, oder Tina hatte sich zur falschen Zeit am falschen Ort befunden.

Das glaubte Dühnfort nicht. Tina war losgezogen, um

sich Winterstiefel zu kaufen. Irgendwo in Schwabing oder vielleicht auch in der Innenstadt musste sie ihren Mörder getroffen haben.

Er verabschiedete sich und suchte das Haus der Schünemanns auf. Es rührte sich nichts. Alle Rollläden waren heruntergelassen. Dühnfort klingelte bei der Nachbarin und erfuhr, dass Steffis Eltern seit sechs Tagen verreist waren. Eine Woche New York. Morgen würden sie zurückkehren.

Auf dem Heimweg rief ihn sein Chef, Leonhard Heigl auf dem Handy an und teilte ihm mit, dass Helmbichler nicht mehr in Passau wohnte. »Er ist bei einem Kumpel in Sendling untergekommen. Ganz in deiner Nähe. Tino, ich habe kein gutes Gefühl und hab seine Daten an die Innenstadtstreifen gegeben. Sie haben ein Auge auf ihn. Trotzdem: Pass auf dich auf.«

23

Und wenn er jedes Blatt Papier und jeden Zettel umdrehen musste, wenn er jede von Flades Unterhosen auseinanderfalten, unter dem Teppich nachsehen und die Zahnpastatube ausdrücken würde: Er würde Tino beweisen, dass Flades viel zu früher Tod Folge eines Unfalls mit Fahrerflucht war, und dann würde er das Abstellgleis verlassen und wieder mitmischen im Fall Oberdieck.

Derart motiviert begann Alois damit, Jens Flades heimisches Arbeitszimmer zu durchsuchen, und nahm sich seine privaten Unterlagen vor. Das war die meiste Arbeit. Also brachte man die am besten zuerst hinter sich. Beim Anblick einer Regalwand voller Aktenordner stieß Alois einen stummen Fluch aus, dem bald eine Kaskade Schimpfwörter folgte: Nur ein Teil der Ordner enthielt, was auf den Rückenetiketten stand. Wenn überhaupt irgendetwas darauf stand. *Ordnung ist das halbe Leben.* Das sagte seine Oma immer. Hier schien das im Wortsinn zu stimmen. Allerdings nicht halb und halb, sondern eher zwanzig zu achtzig. Nur die Ordner der letzten zwei Jahre waren ordentlich geführt. Die davor schienen nach dem Prinzip gefüllt worden zu sein, Hauptsache das Zeug ist abgeheftet und setzt nicht länger auf dem Schreibtisch Staub an.

Bettina Flade sah einmal kurz herein, während Alois sich durch das Chaos wühlte. »Möchten Sie etwas trinken? Einen Kaffee vielleicht oder ein Glas Wasser?«

So weit kam es noch, dass er sich von einer Schwangeren bedienen ließ. Er fragte, ob sie grünen Tee dahatte, und machte sich selbst eine Kanne voll.

Gegen drei Uhr nachmittags stellte er den gefühlt tausendsten Ordner ins Regal zurück und griff nach dem tausendundersten. Flade schien von der Wiege bis zur Bahre jedes Stück Papier seines Lebens aufbewahrt zu haben. Alle Uni-Skripte. Massenhaft Skizzen und Entwürfe. Jedes Zeugnis, das er erhalten hatte, und ebenso jede Urkunde. Bundesjugendspiele. Skikurse. Freischwimmer, Fahrtenschwimmer. Tauchabzeichen. Alois stöhnte und blätterte sich durch die Seiten. Als er sich an einem Bogen Papier die Fingerkuppe aufritzte, verwünschte er seine Entscheidung, diesen Job selbst zu erledigen, während Sandra Gottwald die Mutter von Jens Flade aufsuchte, die seit einem Schlaganfall in einem Seniorenstift in Würzburg lebte.

Er stellte den Ordner zurück und zog den nächsten hervor. Recherchematerial für eine Semesterarbeit zum Thema Statik. Dann das Skript der Arbeit. Die Hochzeitseinladung eines befreundeten Paares. Ein Bafög-Bescheid. Ein Schreiben der Staatsanwaltschaft München vom Dezember 2006. Einstellung eines Ermittlungsverfahrens gemäß Paragraph 170/2 StPO.

Aber hallo! Was war das? Strafprozessordnung?

Alois besah sich das einseitige Schreiben. Oben links waren zwei kleine Löcher, wie eine Klammer sie hinterließ. Die zweite Seite fehlte. Außer einem Aktenzeichen kein Anhaltspunkt. Er zog das Handy aus der Halterung am Gürtel und rief Verena an. Verena Meier. Ihres Zeichens Staatsanwältin für Strafsachen und im Frühling für einige Wochen die Frau an seiner Seite. Eine lebhafte Blondine mit herber Stimme und reichlich Humor. Ihre Liaison war in aller Freundschaft im Sande verlaufen. Zu unverbindlich, hatte Verena gefunden, die mittel- bis langfristig mehr fürs Verbindliche war. Nach dem zweiten Läuten meldete sie sich. »Oh, Münchens schönster Kriminaler sehnt sich nach mir. Wie das?«

»Die Tage werden kurz, die Nächte lang.«

»Und du fürchtest dich im Dunklen?«

Das entlockte ihm ein Lachen. »Nur, wenn ich alleine bin.«

»Soll ich Händchenhalten kommen?«

»Schöne Idee. Wollen wir essen gehen? Heute Abend?«

»Hm. Ich weiß nicht, ob das ein guter Plan ist. Bekomme ich Bedenkzeit?«

»Natürlich. Könntest du mir einen Gefallen tun, während du bedenkst?«

»Aha, daher weht der Wind.« Ihre Stimme klang dunkel, aber heiter durchs Telefon. »Ich vermute, du hast ein Aktenzeichen?«

Er hatte schon einige Male auf diesem kleinen Dienstweg Akteneinsicht genommen. Und Verena hatte ihn schon immer leicht durchschaut. Er nannte es ihr. »Kannst du nachsehen, weswegen 2006 gegen Flade ermittelt wurde?«

»Sofort?«

»Wenn du Zeit hast.«

»Eigentlich nicht … Aber ich nehme sie mir und rufe dich zurück.«

Während Alois wartete, trank er eine Tasse grünen Tee und sah hinunter auf die Straße. Aus dem Wohnzimmer klang leise Musik. Irgendetwas Klassisches. Vermutlich zur Beruhigung. Flades Frau tat ihm leid. Hochschwanger zur Witwe zu werden, das war schon ein Schlag. Sie hatte ihm erzählt, dass es ein Junge wurde. Paul. Paul würde seinen Vater nie kennenlernen. Wenn er sich vorstellte, dass Simon ohne ihn …

Das Klingeln des Handys riss ihn aus diesen ungewohnten Gedanken. Verena meldete sich. »Dank EDV schon gefunden. Jens Flade war im November 2006 in einen tödlichen Verkehrsunfall verwickelt. Ein kleines Mädchen riss sich von der Hand der Mutter los und lief zwischen einem PKW und einem Lieferwagen auf die Straße. Flade konnte sie nicht sehen. Der Lieferwagen versperrte ihm die Sicht, er hatte keine

Möglichkeit zu reagieren. Sie ist ihm direkt ins Auto gelaufen und noch an der Unfallstelle verstorben.«

»Okay. Das Ermittlungsverfahren wurde eingestellt. Das heißt, man konnte ihm nichts am Zeug flicken?«

»Es war ein schicksalhafter Unfall. Das Gutachten hat gezeigt, dass Flade weder zu schnell gefahren war noch eine Chance hatte, den Zusammenstoß zu verhindern. Blutalkoholgehalt null Komma null Promille. Auch Drogen oder andere verbotene Substanzen waren nicht im Spiel. Eine grausame Verkettung unglücklicher Umstände. Eine schreckliche Fügung. Aber dafür sind wir nicht zuständig. Flade traf keine Schuld. Er hatte nichts falsch gemacht.«

»Ein Albtraum.« Alois blickte auf die Wand von Aktenordnern. Ein knappes Dutzend wartete noch auf ihn. »Wie haben die Eltern des Kindes die Einstellung des Verfahrens aufgenommen?«

»Keine Ahnung. Das steht nicht in den Akten. Soll ich sie dir schicken?«

Konnte ja nicht schaden, auch wenn er nicht glaubte, dass sich aus diesem Unfall ein Mordmotiv ableiten ließ. Er war fünf Jahre her. Wer sich rächen wollte, wartete nicht jahrelang. Dennoch bat er Verena um die Unterlagen. Sie wollte sie mit Dienstpost schicken. Seine Einladung zum Essen schlug sie aus. So wie es aussah, gab es einen anderen Mann in ihrem Leben. Einen, der in die Zukunft blickte und dabei sie an seiner Seite sah.

Seltsamerweise gab es Alois einen kleinen Stich. »Schön für dich.«

Er widmete sich weiter dem Chaos in Flades Ordnern. Gina, klar, sie würde sich an seiner Stelle in der Akte vergraben, mit den Eltern des verunglückten Kindes reden, die Zeugen von damals befragen und am Ende feststellen: vergeudete Zeit, was ja eigentlich von Anfang an klar gewesen war.

Zwei Stunden später war er durch und hatte nichts weiter gefunden. Doch das Gefühl eines Triumphs wollte sich nicht einstellen. Tino würde sich ebenso in die fünf Jahre alte Geschichte verbeißen wie Gina. Er musste sichergehen, dass dort kein Hund begraben war.

Bettina Flade lag auf dem Sofa im Wohnzimmer. Sie hatte ein Wollplaid über die Beine gezogen und blickte auf, als er eintrat. »Sind Sie nun fertig?«

»Beinahe.« Er wollte nicht, dass sie vor Schreck vorzeitig Wehen bekam, und pirschte sich an die Frage an, ob sie von dem Unfall vor sechs Jahren etwas wusste. Erst erzählte er von seinem Sohn, was für ein Pfundskerl der war, und äußerte dann die Vermutung, dass ihr Paul ein großer Trost für sie sein könnte, um schließlich auf das allgemeine Thema der Sorge um Kinder zu kommen und die Eltern immer begleitende Angst, dass den Kleinen etwas zustoßen könnte. Wie schrecklich es war, wenn ein solches Unglück sich ereignete. Nicht nur für die Eltern, sondern auch für den Verursacher oder andere Beteiligte. Bettina Flade reagierte nicht darauf. Sie wusste also von nichts. Im Laufe des Gesprächs erfuhr er, dass sie Jens erst zwei Jahre kannte und er den ersten Hochzeitstag nicht erlebt hatte. So wie es aussah, hatte Flade seiner Frau diesen Teil seiner Vergangenheit vorenthalten.

Alois verabschiedete sich und rief vom Auto aus Sandra Gottwald an. Sie hatte den Besuch im Seniorenstift beendet und war gerade in ihr Auto gestiegen, als er sie erreichte und fragte, ob Flades Mutter eine Vermutung hatte, was hinter dem *Mord* an ihrem Sohn stecken könnte.

»Wenn man ihr so zuhört, dann könnte man glatt die Idee bekommen, Jens sei ein unfehlbarer Engel gewesen. Sie zieht es vor, an einen Unfall zu glauben, und versteht nicht, weshalb wir wegen Mordes ermitteln.«

Willkommen im Club, dachte Alois. »Hat sie einen Unfall erwähnt, in den Flade vor fünf Jahren verwickelt war?«

»Hat sie. Jens hat darunter gelitten und sich mit Vorwürfen gequält, obwohl er sich nichts vorzuwerfen hatte. Die Mutter des Mädchens hätte besser aufpassen müssen. Die Kleine war erst drei und hat sich von der Hand losgerissen.«

»Mich interessiert, ob die Eltern damals Rache geschworen haben. Hat sie dazu etwas gesagt?«

»Der Vater von Lena, so hieß das Mädchen, hat Jens in der ersten Zeit mit Vorwürfen verfolgt. Das lief alles auf verbaler Ebene und ist fünf Jahre her. Ich glaube nicht, dass wir in der Richtung weitersuchen müssen.«

Ganz meine Meinung. Alois stoppte vor einer roten Ampel.

»Übrigens war Schülke damals der zuständige Staatsanwalt«, sagte Sandra.

»Schülke? Du meinst unseren Richter *Kein Pardon*?« Schülke galt als harter Hund. Eines seiner Urteile war vor ein paar Monaten vom Bundesgerichtshof kassiert worden. In dubio pro reo. Der Grundsatz, im Zweifel ein Urteil zugunsten des Angeklagten zu fällen, entsprach nicht so ganz der Auffassung Schülkes.

»Genau der. Schülke wollte damals auf Biegen und Brechen eine Anklage durchsetzen. Angeblich war die Blutprobe ziemlich spät genommen worden und somit nicht sicher, ob Flade tatsächlich null Komma nix getrunken hatte. Aber beim Oberstaatsanwalt ist er damit nicht durchgekommen.«

Okay. Dann war das ja erledigt.

Dennoch wollte sich bei Alois kein Gefühl der Genugtuung einstellen. Um hundertprozentig sicher zu sein, dass der Unfall vor fünf Jahren nichts mit Flades Ableben zu tun hatte, würde er jetzt noch mit Lenas Eltern reden. Und dann war es gut.

24

Sanne lieferte die Bögen bei Frederick ab, trank mit ihm eine Tasse Tee und erfuhr dabei, dass er sich mit dem Gedanken trug, in einem Jahr die Werkstatt zu verkaufen. So langsam kam er ins Rentenalter. Einer der Geigenbauer, die er ausgebildet hatte, war interessiert, würde aber alleine weder das nötige Kapital aufbringen noch die Arbeit bewältigen können. Er war auf der Suche nach einem Partner. Und das veranlasste Frederick laut darüber nachzudenken, ob es denn nicht auch eine Partnerin sein könnte, eine Bogenbauerin, die ideale Ergänzung sozusagen.

Warum konnte nichts im Leben so bleiben, wie es war? Weshalb musste sich ständig alles verändern? Sanne sehnte sich nach Ruhe und Beständigkeit. Und nun das.

Sie wollte keinen neuen Auftraggeber, geschweige denn einen neuen Geschäftspartner. Sie wollte nicht zurück in die Stadt ziehen, und das müsste sie, wenn sie die Werkstatt mit übernahm, und sie wollte sich auch keine neuen Kunden suchen müssen. Sie wollte den Stillstand.

Bei diesem Gedanken erschrak sie. Wie konnte man nur Stillstand wollen?

Sie musste los. Der Zahnarzt wartete. Etwas überstürzt verabschiedete sie sich von Frederick, um den Routinetermin hinter sich zu bringen.

Kurz nach zwölf verließ sie die Praxis am Odeonsplatz und überlegte, ob sie irgendwo eine Kleinigkeit essen sollte. Sie war hungrig. Langsam schlenderte sie Richtung Marienplatz und blieb vor einem Schaufenster stehen, um einen ziemlich extravaganten Wollmantel genauer zu betrachten. Er würde ihr gut stehen. Doch sofort legte sich ein Schatten über den Impuls eines Spontankaufs. Wie beinahe immer. Wie konnte sie nur darüber nachdenken, sich einen sündteuren Mantel zu kaufen, um sich schön und gut und begehrenswert zu fühlen, während Ludwig niemals wieder irgendetwas tun konnte. Elf Jahre wäre er jetzt alt … ginge zur Schule … hätte Spaß. Doch er war tot, und sie dachte über eitlen Firlefanz nach. Wie konnte sie nur?

Morgen. Morgen war es sechs Jahre her. Ihr wurde schwindlig. Für einen Moment schloss sie die Augen.

Als sie wieder in die spiegelnde Scheibe blickte, entdeckte sie darin ein bekanntes Gesicht. Uli vom KIT. Wie aus dem Boden gewachsen stand sie plötzlich hinter ihr. Ihre Blicke trafen sich. Uli lächelte. Sanne wandte sich um. »Hallo Uli. Das ist ja eine Überraschung!«

Ulrike Rodewald war groß und kräftig. Dadurch wirkte sie robust und bodenständig, was sie allerdings nicht war. Sie war eine einfühlsame Frau und manchmal vielleicht ein wenig empfindlich.

»Na ja, eine solche Überraschung ist das nun auch nicht. Ich arbeite in der Nähe und habe Mittagspause.«

Stimmt. Der Steuerberater, bei dem Uli als Schreibkraft angestellt war, hatte sein Büro in der Innenstadt. Irgendwie wirkte sie verändert. Der modische Kurzhaarschnitt war noch etwas kürzer geworden und das Kastanienrot einem Mahagoniton gewichen. »Die Farbe steht dir gut.«

»Danke. Du siehst auch nicht schlecht aus. Der Mantel wäre doch was für dich.« Uli wies auf das Schaufenster.

Etwas peppigere Kleidung würde auch Uli nicht schaden, dachte Sanne. Wie meistens trug sie Jeans, dazu einen Rollkragenpulli und eine Steppjacke, die bei ihrer kräftigen Figur unvorteilhaft wirkte. »Ich wollte grad eine Kleinigkeit essen. Wollen wir uns zusammentun?«

»Warum nicht? Ich wollte zu Aran gehen. Kennst du das?«
Sanne kannte es nicht.

»Frisches Holzofenbrot, leckere Aufstriche, alles bio und
zu erschwinglichen Preisen. Danach einen Kaffee? Es ist
gleich da vorne.« Uli wies Richtung Hypo-Kunsthalle.

»Klingt gut.«

Kurz darauf betraten sie das kleine Lokal. Es roch nach
frischem Brot und Gewürzen, nach Kaffee und Kräutern, und
war gut besucht. Auf einer Bank an einem schlichten Holz-
tisch wurden zwei Plätze frei. »Reserviere die mal für uns«,
sagte Uli. »Selbstbedienung. Ich bringe dir was mit. Was
magst du?«

Sanne studierte das Angebot, das mit Kreide auf einer Tafel
angeschrieben war, und entschied sich für ein Bauernbrot mit
Steinpilzfrischkäse. An der Theke herrschte großer Andrang.
Sanne verteidigte den freien Platz für Uli, die nach ein paar
Minuten zurückkehrte und zwei Teller auf den Tisch stellte.
Sannes Brot schmeckte köstlich. Mit vollem Mund fragte sie,
wie es Uli ginge.

»Nicht so gut. Das kannst du dir ja denken. Die Scheidung
ist durch.«

Hoppla. Ganz vergessen. Die Scheidung war ein heikles
Thema. Ein wunder Punkt in Ulis Leben. Arno hatte sie vor
einem Jahr verlassen. Nach zwölf Jahren als Paar und nach
zehnjähriger Ehe. Die beiden hatten sehr jung geheiratet. Mit
Anfang zwanzig. Sanne hatte den Grund für die Trennung
nicht so ganz mitbekommen, denn Arno hatte Uli nicht wegen einer anderen verlassen. Vermutlich war nach zehn Jahren die Luft raus und die beiden einfach zu jung gewesen, als
sie geheiratet hatten. Doch für Uli war Arno die große Liebe,
der Mann ihres Lebens, und sie hatte die Hoffnung nicht aufgegeben, dass er zu ihr zurückkehren würde. Und nun war
die Scheidung durch.

»Sieh es positiv: Jetzt ist das überstanden. Du kannst in die Zukunft blicken und bist frei für eine neue Beziehung.« Das sagt die Richtige, als ob ich da kompetent wäre, dachte Sanne in einem Anfall von Sarkasmus.

Uli starrte auf ihren Teller. »Denkst du wirklich, das ist so einfach? Ja? Aber nicht, wenn man zusammengehört, wie Arno und ich. Vom ersten Moment an haben wir das gewusst. Auch wenn das jetzt kitschig klingt. Klar, Arno sieht das momentan anders. Neuerdings wechselt er seine Freundinnen wie die Socken. Wenigstens ist es nie etwas Festes. Er wird zu mir zurückkommen. Irgendwann.«

Sanne hatte eher das Gefühl, dass Uli sich da etwas vormachte.

Noch immer starrte sie auf den Teller. »Die Aktuelle trägt natürlich Size zero und ist zwei Köpfe kleiner als ich. Eine echte Elfe, die er beschützen kann. Bei mir gab es nie was zu beschützen. Ich war immer nur ...« Uli biss sich auf die Lippe, und Sanne fragte sich, was Uli hatte sagen wollen.

»Jetzt mach dich doch nicht runter. Du bist eine liebenswerte Frau, und wir können nicht alle wie Supermodels aussehen. Genau genommen gibt es vielleicht acht oder neun weltweit, die das tun.« Sanne versuchte die Situation zu entspannen und Uli ein Lächeln zu entlocken. »Oder möchtest du vielleicht mit diesem Klimperwimper-ich-bin-ein-hilfloses-Weibchen-Blick durch dein Leben stöckeln?«

Uli schnaubte. »Ganz sicher nicht. Man muss ja nicht auf gehirnamputiert machen, wenn man attraktiv ist. Aber schau mich doch an. Plump und hässlich. So eine will keiner. Und eine OP kann ich knicken.«

Eine OP? Natürlich wusste Sanne, dass Uli mit ihrem Aussehen nicht glücklich war. Welche Frau war schon zufrieden damit? »Wolltest du eine Schönheits-OP machen lassen?«

Uli winkte ab. »Ich kann es mir eh nicht leisten. Lass uns

über etwas anderes reden. Wie geht es denn dir? Kommst du inzwischen besser mit Ludwigs Tod klar?«

Das war nun nicht das Thema, über das Sanne sprechen wollte. Obwohl Uli nicht zu denen gehörte, die ihr zu einer Therapie rieten, wie Thorsten und Lydia. Wenn erst der Jahrestag überstanden war, würde es ihr bessergehen.

»So langsam komme ich darüber hinweg«, flunkerte sie. »Momentan habe ich ein anderes Problem. Frederick will seine Werkstatt verkaufen. Er meint, ich könnte sie gemeinsam mit einem Geigenbauer übernehmen.« So, damit waren sie bei neuem Gesprächsstoff angelangt. Natürlich riet Uli ihr zu, in die Stadt zurückzukehren und die Werkstatt zu kaufen.

Irgendwann waren die Brote gegessen, ein Latte macchiato getrunken, und Uli musste zurück ins Büro. Auch für Sanne war es Zeit heimzufahren.

Als sie nach Hause kam, leerte sie den Briefkasten, fütterte Herrn Kater, hängte die Wäsche auf, die sie am Morgen in die Maschine gestopft hatte, und sah sich dann die Post an.

Jede Menge Reklame, ein Brief ihrer Bank und eine Einladung zur Messe in Frankfurt nächstes Jahr. Eine Postkarte mit einem merkwürdigen Motiv. Ein Blick aus einigen Metern Höhe in einen Hinterhof mit verlassenen Parkplätzen. Laub bedeckte den Asphalt. Dort, wo der Wind Flächen freigefegt hatte, blitzten die weißen Begrenzungslinien hervor. Eine rotweiße Schranke blockierte die Zufahrt. Ein umgefallener Müllcontainer lag vor einer Hainbuchenhecke, deren vertrocknete Blätter sich an die Äste klammerten, als könnten sie so ihr Ende verhindern.

Sanne schüttelte den Kopf und drehte die Karte um. Kein Absender. Nur zwei Zeilen Text.

Das Leben ist der Güter höchstes nicht,
der Übel größtes aber ist die Schuld.

Ein Schauer durchlief sie. Wer hatte ihr denn diese Karte geschickt?

Evelyn. Natürlich Evelyn.

Zwei Jahre hatte sie Ruhe gegeben. Doch jetzt war es wieder so weit. Ludwigs Todestag wühlte Verzweiflung, Hass und Wut wieder in ihr auf. Sanne verstand ja, warum sie ihr die Schuld gab. Aber konnte sie nicht endlich damit aufhören?

Die scheinbare Normalität des Tages verschwand in einem Strudel aus Gefühlen wie Wasser im Ausguss. Sanne ließ sich auf den Küchenstuhl sinken und starrte auf die Kiefernholzplatte des Tischs.

Wenn sie doch nur besser aufgepasst hätte! Wenn sie Ludwig noch eine Gutenachtgeschichte vorgelesen oder mit ihm noch etwas gespielt hätte … Er wäre noch am Leben.

Wenn! Wenn! Wenn! Die Zeit ließ sich nicht zurückdrehen, auch wenn sie noch so verzweifelt wünschte, es zu können.

Doch sie war nicht schuld. Trotz Evelyns Anschuldigungen und Lügen war das Ermittlungsverfahren eingestellt worden. Sanne hatte weder schuldhaft noch fahrlässig gehandelt. Das war von Polizei und Staatsanwaltschaft festgestellt worden.

Wenn sie doch nur wüsste, was in diesen Sekunden geschehen war, die sich weigerten, in ihrer Erinnerung Form anzunehmen. Sicher hatte sie getan, was sie immer getan hatte. Ludwig zugedeckt, herumliegendes Spielzeug aufgeräumt und dann das Licht ausgemacht, bevor sie das Zimmer verließ. In ihrer Erinnerung lag ihre Hand auf der Türklinke, als das Unglück auf der anderen Seite des Raums geschah.

Wie so oft, wenn sie bei dieser Überlegung angelangt war, stieg Furcht in ihr auf. Warum war dieses Bild für sie so wichtig? Weshalb klammerte sie sich daran?

Ihre Hand auf der Türklinke.

Mit den Händen massierte Sanne ihre Schläfen, bohrte die Finger in die Haut, vertrieb alle Überlegungen.

Niemand war schuld. Es war ein schrecklicher Unfall gewesen. Eine Katastrophe. Ein Schicksalsschlag. Doch das konnte Evelyn nicht akzeptieren. Sie brauchte einen Schuldigen, einen Adressaten für ihren Zorn, ihre Ohnmacht, ihre Wut und Verzweiflung. Für ihr Leid. Und das war nun mal sie.

25

In der oberen Etage der Doppelhaushälfte in München-Waldperlach brannte Licht. Alois parkte seinen Mini und stieg aus. Ein Bewegungsmelder schaltete die Beleuchtung über der Haustür ein. Zwei Klingelschilder befanden sich an den Briefkästen. Franziska Meinhardt und darunter Martin Meinhardt. Alois klingelte oben.

Beinahe acht Uhr. Höchste Zeit, ein Häkchen hinter dieses Gespräch zu machen. Lange würde er sich nicht aufhalten. Fünf Minuten und dann reichte es.

Der Summer ertönte, und Alois öffnete das Gartentürchen. In der unteren Etage ging Licht an. Die Haustür wurde geöffnet.

Er hatte sich keinerlei Gedanken gemacht, wie Lenas Mutter wohl aussehen könnte, seit er vor einer halben Stunde seinen Besuch telefonisch angekündigt hatte. Bis vor einer Sekunde war sie für ihn ein gesichtsloser Name am Rande einer Ermittlung gewesen.

Bei seiner Oma, einer Bäuerin in einem Dorf bei Regensburg, stand in der guten Stube, die nur an Ostern und Weihnachten genutzt wurde, eine aus Lindenholz geschnitzte, bunt bemalt Pieta. Der Schmerz und die Trauer, die als immerwährende Schatten über dem Gesicht Marias lagen, hatten ihn schon als Kind in Bann geschlagen.

Und nun erging es ihm ebenso. Ein Ausdruck anhaltenden Leids prägte das Gesicht von Lenas Mutter und verlieh ihm eine entrückte Schönheit.

Schulterlange braune Haare, groß, schlank, Porzellanteint. Ein prächtiger Busen wölbte sich unter einem schwarzen Pullover mit V-Ausschnitt. Kaschmir, dachte Alois unwillkürlich. Mit so etwas kannte er sich aus. Dunkle Jeans, die auf der Hüfte saßen. Atemberaubend sexy die Frau.

»Sie sind der Polizist, der vorhin angerufen hat?«

Es klang nicht sehr freundlich und ein wenig verwaschen. Irgendwie nach zwei Gläsern Prosecco. Was Frauen an Prosecco fanden, verstand Alois nicht. Nach beinahe nichts schmeckendes Bubbelwasser mit Alkohol. Er stellte sich vor. Sie ließ sich den Ausweis zeigen.

»Sie haben keine Ahnung, was diese Pressefuzzis sich damals alles haben einfallen lassen, um ins Haus und an Bilder von Lena zu kommen.« Sie bat ihn herein, und er folgte ihr in die erste Etage, was er seltsam fand. Das Wohnzimmer befand sich doch sicher unten.

Erst als er oben angekommen war, verstand er. Lenas Eltern lebten getrennt im selben Haus.

Ein größeres Zimmer, zwei kleinere. Ein Bad. Das teilte sie sich wohl mit ihrem Mann, ebenso wie die Küche unten. So zu leben. Schrecklich. Der klare Schnitt wäre besser. Man trennte sich. Einer zog aus. Und gut war es.

Sie bat ihn in den Raum, den sie sich als Wohnzimmer eingerichtet hatte und der früher sicher das Schlafzimmer gewesen war. Wie lange die beiden wohl schon so lebten?

Auf dem Couchtisch stand ein Glas Weißwein. Es war beinahe leer. Der Fernseher lief tonlos. Die Tagesschau begann. Mit einem Finger strich sich Franziska Meinhardt über die dünne Haut unter dem Auge. »Wenn Sie gekommen sind, um mir mitzuteilen, dass Flade tot ist … Ich lese Zeitung, weiß es also schon. Und falls Sie denken, ich war das oder Martin, dann liegen Sie damit falsch.« Ihre Stimme klang nicht aufgebracht oder aggressiv, sondern müde.

»Na ja, ich bin Ermittler, und die grundsätzliche Überlegung liegt auf der Hand. Also, rein theoretisch.«

»Natürlich.« Sie wies auf den Sessel. Er nahm Platz, sie setzte sich auf das Sofa. »Als Flade überfahren wurde, war ich in der Arbeit. Dafür gibt es etliche Zeugen.«

Franziska Meinhardt arbeitete als MTA in einer neurologischen Gemeinschaftspraxis. Alois zog sein iPhone hervor und speicherte die Adresse. »Und mein Mann war in der Apotheke. Wir haben eine Apotheke«, fügte sie hinzu, »aber dort arbeite ich nicht mehr.«

Auch diese Anschrift notierte Alois. »Dass der Mann nun tot ist, der Ihre Tochter überfahren hat, wird Sie doch sicher ...« Alois suchte nach dem richtigen Wort. Freuen konnte er ja schlecht sagen.

»Freuen, meinen Sie? Nein.« Sie schüttelte den Kopf. »Nein. Es freut mich nicht. Ich finde es tragisch, schrecklich. Noch dazu, wo seine Frau schwanger ist. Das stand jedenfalls in der Zeitung. Furchtbar. Ich will gar nicht wissen, was sie nun durchmacht.« Sie griff nach dem Weinglas, trank den Rest in einem Zug und drehte das leere Glas in ihren Händen.

»Haben Sie nie ein Rachebedürfnis gehabt?«

Sie sah auf, blickte ihm direkt in die Augen. »An wem soll ich mich denn rächen? Ich bin doch selbst schuld. Ich bin schuld. Ich hätte Lenas Hand fester halten müssen. Sie hat sich losgerissen. Wollte auf die andere Straßenseite, und ich weiß bis heute nicht, weshalb. Warum? Was hat sie da gesehen? Da war nichts. Nichts. Gar nichts.« Sie stützte den Kopf in die Hände, massierte die Kopfhaut mit allen zehn Fingern, als könnte sie so ihr Gehirn dazu bringen, eine Antwort zu finden. »Wenn ich sie doch nur fester gehalten hätte.«

Er hörte die Verzweiflung in ihrer Stimme, verstand, dass sie sich seit Jahren mit diesen Fragen quälte, und glaubte nicht eine Sekunde, dass sie in den *Mordfall* Flade verwickelt war.

Von unten klang das Knirschen eines Schlüssels herauf,

dann das Schlagen der Haustür und Stimmen. Der tiefe Bariton eines Mannes und das helle Lachen einer Frau.

»Ihr Mann?«

Franziska Meinhardt ließ die Hände sinken und starrte weiter auf den Boden. »Und sein aktuelles Gspusi.«

O Gott, was für ein Leben! Weshalb machte sie das mit und ließ sich derart demütigen? War das ihre Form von Strafe? Büßte sie so für ihre angebliche Schuld? Plötzlich tat sie ihm leid. »Ihr Mann hat damals Flade die Schuld gegeben und daraus keinen Hehl gemacht. Als das Ermittlungsverfahren eingestellt wurde … Wie hat er das aufgenommen?«

»Nicht gut. Er braucht jemanden, der schuldig ist.« Sie erzählte von den Wochen nach dem Unfall, wie sie langsam aus ihrer Schockstarre erwacht waren, wie Martin Lenas Tod nicht akzeptieren wollte und Flade mehrfach anrief. Dann lagen irgendwann die Gutachten vor, waren alle Zeugen befragt und klar, dass Flade nichts vorzuwerfen war. »Martin hat weiter nach einem Schuldigen gesucht. Das ist ja auch menschlich. Ein Kind kann doch nicht einfach so sterben und niemand wird zur Rechenschaft gezogen.« Aus dem Weinkühler, der auf dem Boden stand, zog sie die Flasche und schenkte das Glas voll. »Mögen Sie auch?«

Alois lehnte ab. Er war im Dienst. Und er hatte eine Vermutung, welche Tragödie sich in diesem Haus abspielte. Es war wesentlich leichter, jemanden verantwortlich zu machen, ihn mit Vorwürfen zu quälen und zu bestrafen, als das Schicksal als willkürlich zu akzeptieren und sein Päckchen zu tragen. Die Rolle der Schuldigen hatte Martin Meinhardt seiner Frau zugewiesen. Er hatte keinen Grund, Rache an Flade zu üben. Er nahm sie schon seit Jahren an seiner Frau.

Alois stand auf. Sein Job hier war erledigt. Weit und breit kein Mordmotiv in Sicht. Auch Franziska Meinhardt erhob sich. Sie schwankte kaum merklich. »Ich bringe Sie zur Tür.«

Sie stand dicht vor ihm. Leichter Weingeruch vermischt mit dem Duft eines schweren Parfums. Ein schön geformter Mund, ein wenig geöffnet.

Von unten klang wieder das helle Lachen herauf. »Das dauert jetzt noch zehn Minuten, dann bumst er sie. Bevorzugt in der Küche. Damit ich es auch mitkriege.« Ihre Zunge hinterließ einen feuchten Schimmer auf den Lippen. Franziska Meinhardt suchte seinen Blick. Die Botschaft war klar. Unwillkürlich tastete Alois nach den Kondomen in der Sakkotasche. Ein verlockendes Angebot. Eine prickelnde Erwartung stieg in ihm auf. Doch sie verschwand ebenso plötzlich, wie sie gekommen war, wehte davon wie ein welkes Blatt im Herbstwind. Er wollte nicht. Erstaunlich. Ein fragendes Vakuum, dann die Erkenntnis: Er hatte keine Lust auf dieses Abenteuer und vielleicht auch nicht auf das nächste, das sich bieten würde. Irgendwie hatte er es satt, Kerben in seine Bettpfosten zu schnitzen. Es war gut.

26

Der Mordfall Oberdieck steckte nach 36 Stunden fest. Die Befragung von Freunden, Verwandten, Nachbarn, Kommilitonen und Dozenten hatte zu nichts geführt. Steffis Eltern waren tatsächlich in den USA. Und auch der Exfreund Patrick schied aus. Er hatte sich von Tina getrennt, und außerdem war er beim Fußballtraining gewesen. Dafür gab es mehr als ein Dutzend Zeugen.

Die Spurenlage bot ebenfalls keinen Anlass zur Freude. Einige Fasern an Tinas Kleidung, die vermutlich vom Täter stammten. Schwarz, Schurwolle. Solange kein Referenzkleidungsstück vorlag, nützte dies nichts. DNA-Spuren gab es etliche. Tina war den ganzen Tag unterwegs gewesen und hatte mit zahlreichen Personen Kontakt gehabt. Interessant waren die DNA-Anhaftungen an ihrer Strickmütze. Der Täter musste sie berührt haben, als er Tinas Kopf unter Wasser drückte. Doch auch die Spuren an der Mütze waren zahlreich. Nur in einem zeitaufwendigen Ausschlussverfahren war es möglich, die Spur zu isolieren, die mutmaßlich vom Täter stammte. Dafür brauchten sie Referenzproben von allen Personen, denen Tina an jenem Tag begegnet war, und wenn sie Pech hatten, war zwar die des Täters darunter, seine Spur aber erklärbar.

Kurz nach acht. Der Tag war lang und anstrengend gewesen. Dühnfort machte sich auf den Heimweg und passierte in der Sendlinger Straße die gigantische Baulücke, die der Abriss des Redaktionsgebäudes der Süddeutschen Zeitung hinterlassen hatte. Mit ihm waren auch das Café Streiflicht verschwunden und die Buchhandlung Biazza. Eine offene

Wunde, an deren Schließung eifrig gearbeitet wurde. Luxuslofts zu unerschwinglichen Preisen entstanden hier. Mit jeder dieser Baustellen verlor München ein Stück seines Charmes und seiner Unverwechselbarkeit.

Sein Handy klingelte. Gina meldete sich. Sie war schon in der Wohnung. »Das Bett ist da. Der Hausmeister hat die Lieferung angenommen. Bevor wir es einweihen, müssen wir allerdings schrauben.«

»Bevor ich schraube, muss ich erst etwas essen.«

»Der Kühlschrank sieht nicht sehr voll aus. Soll ich rasch noch was einkaufen?«

Doch die Läden hatten schon geschlossen. »Ich zaubere uns was Schnelles, und dann bauen wir das Bett auf.«

Als Dühnfort seine Wohnung betrat, standen vier flache Kartons im Flur. Matratze und Lattenrost lehnten in Folie gehüllt an der Wand.

Gina kam aus dem Wohnzimmer und gab ihm einen Kuss. Er zog sie an sich und spielte einen Moment mit dem Gedanken, das alte Bett lustvoll zu verabschieden. Doch dann knurrte sein Magen, und Gina löste sich lachend von ihm. »Kaninchenbraten aus dem Hut? Oder was wolltest du zaubern?«

»Eher schnelle Spaghetti. Mal gucken, was da ist.«

»*Schnell* klingt schon mal gut.« Sie folgte ihm in die Küche. Im Kühlschrank waren noch Anchovis, Pesto und Kapern. Ob die Cocktailtomaten allerdings reichen, da war Dühnfort sich nicht sicher.

Während die Nudeln kochten und die Tomaten mit der Schnittfläche in der Pfanne brutzelten, pürierte Dühnfort Kapern, Pesto und Anchovis mit etwas Balsamico-Essig und reichlich frischem Basilikum im Mixer, richtete diese Paste dann auf zwei Tellern mit den Nudeln an und gab die gebratenen Tomaten mit frisch geriebenem Parmesan darüber.

Nach dem Essen machten sie sich an die Arbeit. Während sie das alte Bett auseinandernahmen, sprachen sie über den tragischen Tod von Steffi Schünemann, Tinas Freundin. Die Parallelen der Todesfälle waren auffallend. »Rache ist eigentlich naheliegend. Doch wer rächt sich nach drei Jahren? Ist das Rachebedürfnis da nicht längst verflogen?«

Gina ließ den Inbusschlüssel sinken. »Rache ist ein Gericht, das man am besten kalt serviert. So heißt doch der Spruch, oder so ähnlich. Jedenfalls haben solche Redewendungen einen Grund.«

Im Moment konnten sie nichts ausschließen. »Hat die Rekonstruktion von Tinas letztem Tag etwas ergeben? Wie weit seid ihr damit?«

»Alles ganz normal.« Gina strich sich eine Haarsträhne hinters Ohr. »Sie ist vormittags in die Uni gegangen, war mittags mit einem Kommilitonen beim koreanischen Schnellimbiss in der Amalienstraße, ist dann gemeinsam mit ihrer Freundin Resa in die Nachmittagsvorlesung und hat sich von ihr gegen 16.30 Uhr vor der Uni verabschiedet. Wir haben ihr Foto in den Schuhläden der Gegend herumgezeigt. Eine Verkäuferin bei Bartu in der Hohenzollernstraße kann sich an sie erinnern. Sie hat Stiefel probiert, konnte sich nicht entscheiden und ist wieder gegangen. Das war gegen fünf, meint die Verkäuferin.«

»Der Todeszeitpunkt liegt zwischen 18.00 und 18.30 Uhr. Von Schwabing zum Unterföhringer See braucht man im Berufsverkehr sicher zwanzig Minuten, eher eine halbe Stunde. Spätestens zwischen 17.30 Uhr und 18.00 Uhr muss Martina also ihren Mörder getroffen haben.« Dühnfort zog ein Seitenteil des Bettes aus der Halterung am Kopfende.

Gina löste eine Schraube am Fußteil, während er das Gegenstück losschraubte. »Auf den Überwachungsbändern der U-Bahn ist sie im fraglichen Zeitraum nirgends zu sehen. Das hat Nicolas überprüft. Also war sie zu Fuß in Schwabing unterwegs. Um diese Zeit sind massenhaft Leute auf Achse. Wenn sie gegen ihren Willen in ein Auto gezerrt worden wäre, hätte das jemand mitgekriegt. Sie muss ihren Mörder also gekannt haben und ist mit ihm gegangen oder in sein Auto gestiegen. Wie hat er sie geködert, an den See zu fahren? Mit einem romantischen Spaziergang? Ich meine, es war lausig kalt und regnerisch.«

»Vielleicht hat er ihr nicht gesagt, wohin er wollte, und hat ihr angeboten, sie bei dem Dreckswetter nach Hause zu fahren.«

»Und dann überredet er sie unter einem Vorwand zu einem Ausflug an den See. Dort startet er einen Annäherungsversuch, sie wehrt ihn ab, er wird rabiat, sie versucht davonzulaufen, er holt sie ein. Ein Kampf findet statt. Er drückt ihr den Kopf unter Wasser und haut ab, als er sieht, was er angerichtet hat. So oder so ähnlich hat sich das wohl abgespielt.«

Das Bett war auseinandergenommen. Sie trugen die Teile in den Keller. Bevor sie das neue aufbauten, wollte Dühnfort erst die Staubflusen wegsaugen. Gina holte sich ein Bier aus dem Kühlschrank. Eine der Fußleisten löste sich, als er mit dem Staubsauger dagegenstieß. Aus dem Werkzeugkasten nahm er den Schraubenzieher und kniete sich hin, um die Leiste festzuschrauben. Dabei entdeckte er, dass in dem Spalt zwischen Wand und Teppichboden Holz hervorblitzte. Er hob den Belag an, so weit es ging. »Sieh dir das an«, sagte er zu Gina, die aus der Küche zurückkehrte. »Darunter schlummern Dielen. Den Teppichboden wollte ich sowieso mal rausreißen. Statt einen neuen zu verlegen, könnte ich die Dielen abschleifen und versiegeln.«

»Hm?« Gina lehnte sich ans Fensterbrett und beobachtete, wie er die Leiste anschraubte. Als er fertig war und zu ihr aufblickte, sah er sofort, dass sie verstimmt war. Sie hatte dann immer so einen schmallippigen Ausdruck im Gesicht, obwohl ihre Lippen nicht schmal waren. Wie sie das machte, hatte er bis heute nicht herausgefunden. Vielleicht lag es auch an der Stirn, die ungewohnt glatt dalag, wie dünnes Eis, durch das man jederzeit brechen konnte.

Was hatte er getan? Er hatte doch nur gesagt, dass er den Boden abschleifen ... Merde! In seiner Vorstellung schlug er sich mit der Hand gegen die Stirn. Als er sich aus der Hocke erhob, knackte ein Kniegelenk. Er lehnte sich neben Gina ans Fensterbrett. Vorsichtig griff er nach ihrer Hand, in der Erwartung, dass Gina sie ihm entziehen würde. Doch das tat sie nicht. Er führte sie an seinen Mund und küsste die Innenfläche. »So, wie du das verstanden hast, habe ich es nicht gemeint.«

»Nicht?«

»Nein.«

»Wie habe ich es denn verstanden?«

»Als Absage an ein Zusammenleben.«

»Gut, dann habe ich mich wohl geirrt. Du willst den Boden abschleifen und die Wohnung so an deinen Nachmieter übergeben? Die Arbeit würde ich mir sparen.«

Irgendwie hatte sie ja recht. Er wollte nicht ausziehen. »Ich war schon vor zwanzig Jahren nicht der WG-Typ. Dafür bin ich zu pedantisch und zu eigenbrötlerisch. Ich bin einfach nicht WG-kompatibel. Stell dir mal Dorothee und mich gleichzeitig in der Küche vor.«

Ein widerwilliges Grinsen zog über Ginas Gesicht. »Also, zusammen kochen dürftet ihr nicht. So viel ist schon klar.«

»Und auch das gemeinsame Bad ... Aus dem Alter bin ich einfach raus.«

»Willst du denn überhaupt mit mir zusammenziehen? Das ist doch die eigentliche Frage.«

Er küsste die Spitze ihres Zeigefingers. »Ja. Sofort ...« Die letzte Silbe stieg ungewollt in die Höhe, ließ den Satz offen und unvollendet im Raum stehen, statt ihm Gewissheit zu verleihen.

Ginas Augenbrauen wurden zu fragenden Bögen. »Wenn …?«

Er seufzte. »Ich mag diese Wohnung.« Kuss auf den Mittelfinger. »Das Viertel, die Nähe zur Arbeit.« Seine Lippen berührten die Spitze des Ringfingers. »Den Blick auf den Friedhof … den Marmorengel … einfach alles.« Die Kuppe ihres kleinen Fingers war kalt. »Ideal wäre es, wenn du hier einziehen könntest. Aber dafür ist die Wohnung zu klein. Keiner von uns hätte einen Raum für sich. Und ich muss ab und zu die Tür hinter mir zumachen und alleine sein können.« Er umfasste ihre Finger mit beiden Händen, hielt sie fest, wartete ab, was sie sagen würde.

»Tja, dann müssen wir entweder anbauen, oder du musst langsam lernen, Kompromisse zu machen.«

27

Gut gelaunt betrat Dühnfort am nächsten Morgen das Polizeipräsidium. Das neue Bett hatten sie gestern noch eingeweiht und so den kleinen Disput über das künftige Zusammenleben beigelegt. Obwohl *beigelegt* es nicht so ganz traf. Beiseitegeschoben wäre die treffendere Formulierung, denn über seine Schwerfälligkeit, Kompromisse einzugehen, hatten sie nicht weiter gesprochen.

Flexibilität gehörte sicher nicht zu seinen Stärken. Vielleicht war er sogar ein wenig stur, wenigstens beharrlich. Mit Veränderungen tat er sich nicht leicht. Eine Menge Eigenheiten, die sein Leben nicht erleichterten. Und ein Zusammenleben mit ihm vermutlich auch nicht.

Als er den Besprechungsraum zum Morgenmeeting betrat, waren alle schon da. Alois und Sandra, Nicolas, Meo und Frank Buchholz hatten bereits am Tisch Platz genommen. Auch Gina. Zehn Minuten vor ihm hatte sie die Wohnung verlassen. Das Versteckspiel fing an, ihm auf die Nerven zu gehen. Es kostete Kraft und war auch ein wenig würdelos.

Er setzte sich und begrüßte das Team. Jens Flade. Martina Oberdieck. Zwei Fälle, die unterschiedlicher nicht sein könnten, und in beiden steckten die Ermittlungen fest. Heute mussten sie weiterkommen, Durchbrüche erzielen. Sie brauchten neue Ansätze. »Gut, gehen wir es an. Was tut sich bei Flade?« Mit dieser Frage wandte er sich an Alois.

Er bot wieder einmal den Anblick, als sei er frisch gestylt einem Werbespot entstiegen. Perfekt sitzender Anzug, Button-down-Hemd, dezente Krawatte. Glatte Wangen, ein Duft nach Hugo Boss. Nun verschränkte er die Arme auf der

Tischplatte. »Wir sind mit allem durch. Berufliche und private Unterlagen, Mitarbeiter, Freunde, Kunden, Familie. Weit und breit kein Mordmotiv in Sicht.«

Dühnfort gefiel diese Vorstellung nicht. »Das würde bedeuten, dass er zufällig Opfer wurde und zur falschen Zeit am falschen Ort war. Eine spontane Tat. Ein unkontrollierter Ausbruch von Hass und Wut.«

Sandra beugte sich vor und hob den Kuli, den sie in der Hand hielt, kam aber nicht zu Wort.

»Der Fahrer hat fünfzehn Minuten auf Flade gewartet ... Also, nach unkontrollierter Wut sieht das nicht aus«, warf Gina ein.

»Eher nach einem Unfall mit Fahrerflucht.« Alois hielt stur an seiner Meinung fest, und langsam verlor Dühnfort die Geduld.

»Wenn du Beweise dafür hast, leg sie vor, dann geben wir den Fall ab.«

Dühnfort bemerkte, wie Sandras Schultern sich strafften. »Hast du denn nicht ...«

Doch Alois unterbrach sie. »Ausschlussverfahren. Niemand hat ein Motiv, und ich gebe Gina recht, wer so hassgeladen ist, dass er willkürlich jemanden tötet, um sich Luft zu machen, der sitzt nicht eine Viertelstunde ruhig in seinem Fahrzeug und wartet. Da hat jemand in aller Ruhe eine Zigarette geraucht oder telefoniert und gehofft, dass der Alkoholpegel etwas sinkt, und ist dann losgefahren. Leider hat er in der Dämmerung Flade übersehen. Niemand hat ein Motiv. Glaub mir.«

Sandra rutschte auf ihrem Stuhl nach vorne. »Sag mal, Alois, hast du denn Tinos Bericht nicht gelesen?« Sie fühlte sich sichtlich unwohl in ihrer Haut.

»Ich war gestern bis halb neun bei einer Befragung und habe heute noch nicht in den Akten gewühlt.« Unwillkürlich nahm Alois eine Abwehrhaltung ein.

»Es gibt im Fall Flade eine Parallele zum Fall Oberdieck.«
Dühnfort wurde hellhörig. »Welche Parallele?«

»Flade war vor fünf Jahren in einen tödlichen Verkehrsunfall verwickelt. Ein kleines Mädchen ist ihm direkt ins Auto
gelaufen. Er hatte keine Chance, das zu verhindern. Er war
nicht schuld. Das Ermittlungsverfahren wurde eingestellt.«

Immer dann, wenn Dühnfort richtig sauer war, wurde er
ganz ruhig. »Kein Motiv in Sicht. Weit und breit nicht.«

»Das ist fünf Jahre her!«, konterte Alois. »Ich habe mit
den Eltern des Kindes geredet. Beide haben ein Alibi, und die
stehen wie in Beton gegossen. Ich habe sie schon geprüft. Außerdem sind die mit sich selbst beschäftigt. Die zerfleischen
sich gegenseitig.«

»Darum geht es doch nicht! Ob die ein Alibi haben. Herrgott! Es gibt einen Zusammenhang zwischen den beiden
Taten.« Dühnfort starrte über den Tisch zum Fenster. Der
Tag wollte nicht hell werden. Eine Vermutung, die ihm ganz
und gar nicht gefiel, stieg in ihm auf. »Zwei tödliche Unfälle, an denen niemand Schuld trug. In beiden Fällen wurden
die Ermittlungsverfahren eingestellt. Und nun sterben Flade
und Tina innerhalb kurzer Zeit auf dieselbe Weise, wie die
Menschen, in deren Tod sie verstrickt waren. Wenn das so
ist …« Mit Daumen und Zeigefinger massierte er sich die
Nasenwurzel. Das Bild, das sich langsam in ihm formte, war
erschreckend. »… dann haben wir es mit einem Täter zu tun,
der eine sehr eigene Vorstellung von Gerechtigkeit hat, und
zwar eine, die nicht mit unserem Strafrecht kompatibel ist. Er
sorgt auf seine Weise dafür. Aug um Aug. Zahn um Zahn.«

Das war nun der Durchbruch, den er sich erhofft hatte. Ein
Durchbruch, der außerdem beide Fälle auf überraschende
Weise verband. Doch damit eröffnete sich eine Perspektive,
die Dühnfort nicht gefiel. »Vielleicht ist er längst noch nicht
fertig. Wir brauchen eine Soko.«

28

Um elf Uhr trafen sich die Mitglieder der Soko *Rache* erstmals im eigens dafür eingerichteten Raum in der zweiten Etage des Polizeipräsidiums. Zwölf Männer und Frauen aus drei Mordkommissionen, verstärkt von einigen Sachbearbeitern und Sachbearbeiterinnen, die Gina gerne als Bürofeen bezeichnete, umfasste die Truppe.

Die Magnetwand war bereits mit Fotos und Tatortskizzen bestückt und in den Soko-Raum geschoben worden. Als Dühnfort ihn betrat, standen die Mitglieder des Teams in Gruppen zusammen und unterhielten sich. Es roch nach Kaffee und staubiger Heizungsluft. Am Fenster rauchte Nicolas Stahl hastig eine Zigarette und blies den Rauch hinaus. Doch ein kalter Luftstrom brachte ihn zurück. Eine der Bürofeen hustete demonstrativ. Stahl drückte die Kippe auf dem Fensterblech aus und warf sie hinunter. Vor der Magnetwand stand ein Tisch und dahinter drei Stuhlreihen.

Im folgenden Briefing erläuterte Dühnfort die Fälle und die bisherigen Ermittlungsergebnisse. »Unser Täter wählt Menschen aus, die schuldlos – jedenfalls im strafrechtlichen Sinn schuldlos – in tödliche Unfälle verstrickt sind. Offenbar hat er ein übersteigertes Gerechtigkeitsbedürfnis und kann es nicht akzeptieren, wenn das Schicksal willkürlich zuschlägt. Wir sollten davon ausgehen, dass er selbst Opfer eines derartigen Schicksalsschlags ist. Jemand, der einen ihm nahestehenden Menschen durch einen Unfall verloren hat, für den niemand zur Rechenschaft gezogen wurde.«

Moritz Russo, der nun mit seinem kompletten Team die Soko *Rache* verstärkte, meldete sich. »Wie schaut es mit den

Angehörigen von Flades und Oberdiecks ›Opfern‹ aus? Sind die schon außen vor?«

»Lenas Eltern haben Alibis. Die Eltern von Steffi Schünemann sind verreist. Der Täter muss nicht unter den Angehörigen zu finden sein. Ich halte es sogar für ziemlich unwahrscheinlich. Weshalb sollten Lenas Eltern Steffis Tod rächen oder umgekehrt? Das macht keinen Sinn. Ich denke, der Täter hat selbst einen derartigen Schicksalsschlag erlebt und fixiert sich seither auf ähnliche Unfälle. Wie gelangt er an seine Informationen? Das ist die Frage. Wie wählt er seine Opfer aus? Liest er in der Zeitung von tragischen Unfällen und verfolgt, wie es weitergeht? Er könnte auch Arzt, Notarzt oder Sanitäter sein, jemand von der Feuerwehr, ein Ersthelfer, ein Journalist oder Polizist.«

Leichte Unruhe machte sich weiter hinten breit, wo Alois neben Nicolas Stahl saß.

Gina meldete sich. »Logisch wäre doch eigentlich, dass unser Täter sich an dem rächt, den er in seinem Fall für den Schuldigen hält. Warum tut er das nicht?«

Gute Frage. »Vielleicht steht er auf seiner Liste, aber nicht an erster oder zweiter Stelle. Ein Ablenkungsmanöver für uns? Ich weiß es nicht. Vielleicht ist der ›Schuldige‹ von damals aber auch schon verstorben, oder er sitzt wegen einer anderen Sache im Gefängnis.

Was auffallend ist: Unser Täter hat einen langen Atem. Steffi Schünemann starb vor drei Jahren, Lena Meinhardt vor beinahe fünf. Weshalb erst jetzt dieser Rachefeldzug? Vermutlich gibt es ein auslösendes Ereignis dafür. Eine eingestellte Ermittlung, eine abgewiesene Klage. Etwas in dieser Art. Ich gehe davon aus, dass wir mit weiteren Taten rechnen müssen. Die Zeit sitzt uns also im Nacken.

Welche Gemeinsamkeiten gibt es im Leben von Jens Flade und Martina Oberdieck? Wo gibt es Überschneidungen in den Unglücksfällen? Ich möchte Aufstellungen mit allen Namen von Ersthelfern, Ärzten, Polizisten, Journalisten und so weiter. Außerdem sollten wir versuchen, den SUV im Fall Flade aufzutreiben. Ein Zeugenaufruf in der Presse wäre nicht schlecht.«

Er wies Gina Kollegen für diese Aufgaben zu. Alois und sein Team sollten die letzten Tage im Leben der Opfer rekonstruieren, Meo alle Telefonverbindungen und Mails nach Namen, Nummer und Absendern durchsuchen, die sowohl bei Flade als auch Martina erschienen. »Außerdem müssen wir potenzielle Opfer ausfindig machen. Moritz, kannst du das mit deinen Leuten übernehmen?«

»Klar, wenn du eine Idee hast, wie? Soweit ich weiß, existiert kein Verzeichnis aller Unfälle, an denen jemand schuldlos beteiligt war.«

Das war ein Problem. Und es gab eigentlich nur eine Lösung dafür: die Datenbank IGVP, in der alle, aber auch wirklich alle Polizeieinsätze erfasst wurden. Vom blinden Alarm über Ladendiebstahl, häusliche Gewalt und Nachbarschaftsstreitigkeiten bis hin zu Körperverletzung und Mord und Totschlag. »Ihr werdet euch durch unsere Vorgangsverwaltung wühlen müssen. Sucht nach allen unnatürlichen Todesfällen der letzten ... sagen wir mal sechs oder besser sieben Jahre.«

Russos Stirn legte sich in Falten. »Das geht nur mit Freitextsuche. Echte Fieselarbeit, und vor allem wird es dauern. Und wenn wir alle unnatürlichen Todesfälle rausgefiltert haben, müssen wir checken, was daraus wurde. Einstellung der Ermittlung? Oder Prozess und Verurteilung? Das dauert. Dafür brauche ich Leute.«

Zwei Opfer innerhalb nur einer Woche. Sie mussten sich beeilen. Dühnfort ordnete etliche der Sachbearbeiter Russos Gruppe zu und beendete das Meeting. Es war Zeit, Steffis Eltern aufzusuchen. Auch wenn er sich davon nicht viel versprach.

29

Kurz nach zwölf. Graue Wolken standen am Himmel. Ein eisiger Wind wehte. In den Regen mischte sich Schnee. Genau wie vorgestern, als Dühnfort das erste Mal nach Olching gefahren war, um die Todesnachricht zu überbringen. Es wollte nicht hell werden. Die Lichter entgegenkommender Fahrzeuge verwischten im Rhythmus der Scheibenwischer.

Im Haus der Schünemanns war es kalt. Ein Koffer stand noch im Flur. Erst vor drei Stunden waren Steffis Eltern aus New York zurückgekehrt. Die Nachricht von Martinas Tod erschütterte sie nicht. Ausgleichende Gerechtigkeit. Sie wiederholten die Vorwürfe, die sie Martinas Eltern seit Jahren machten. Solch ein Geschoss von Auto gehöre nicht in die Hände einer Fahranfängerin. Martina sei zu schnell gefahren. Die Geschichte mit dem LKW, der auf die andere Spur zog, sei erstunken und erlogen. Der Name Jens Flade sagte ihnen nichts. Erbitterung stand ihnen in die Gesichter geschrieben. Dühnfort verabschiedete sich. Das Gespräch hatte ihm die erwarteten Bestätigungen geliefert.

Er machte sich auf den Weg zurück in die Stadt. Bilder zogen durch seinen Kopf. Flade, der sein Büro verlässt, um nach Haus zu fahren, zu seiner hochschwangeren Frau, die auf ihn wartet. Er freut sich auf den Abend. Ein Geschäftspartner ruft an, als Flade auf den Gehweg tritt. Flade überquert telefonierend die Straße. Die nahende Gefahr nimmt er nicht wahr. Sekunden später ist er tot. Jemand hat sein Rachebedürfnis gestillt.

Etwas störte ihn an dieser Überlegung. Was? Er kam nicht darauf. Ein Schild kündigte einen Rastplatz in fünfhundert

Metern an. Dühnfort fuhr hinaus, hielt in einer Parkbucht und schaltete den Motor aus.

Gegenüber ein Toilettenhaus. Holztische und Bänke. Die Silhouette einer Fichtenschonung dahinter. Regentropfen zerplatzten auf der Windschutzscheibe. Schneekristalle lösten sich auf.

Von einer Sekunde auf die andere war Flades Leben beendet gewesen. Er wusste nicht, wie ihm geschah. Eigentlich ein gnädiger Tod. Ohne Leiden.

Dühnfort richtete sich auf. Das war es! Das störte ihn. Worin bestand die Rache, wenn das Opfer nicht litt und die Strafe nicht als solche begreifen konnte?

Ganz anders hingegen bei Martina. Sie war vertrauensvoll mit ihrem Mörder mitgegangen und hatte erst im Laufe der folgenden halben Stunde bis Stunde erkannt, was er wollte. Strafe. Sühne. Gerechtigkeit.

Dühnfort sah das Auto am Seeufer stehen. Martina auf dem Beifahrersitz. Sah, wie sie Worten lauschte, sich rechtfertigte, verteidigte, langsam ahnte, worauf es hinauslaufen würde. Er sah die Angst in ihren Augen, sah, wie sie mit zitternden Fingern die Tür öffnete, davonlief, spürte ihre Angst, ihren rasenden Puls, ihre Panik, als ihr Mörder sie einholte und überwältigte.

Mit beiden Händen massierte Dühnfort sich die verspannte Nackenmuskulatur. *Das hast du genossen, diese Angst, die Panik. Jetzt litt auch sie. Das hat dir gefallen und dir Genugtuung verschafft. Diese Macht hast du ausgekostet. Bei Flade warst du zu schnell. Hattest du das am Ende vielleicht gar nicht richtig geplant?*

Dühnfort ließ die Hände sinken. Ja. Das war gut möglich. Eine übereilte Tat. *Irgendetwas ist an diesem Tag geschehen und hat das Fass voll Hass und Rachebedürfnis in dir zum Überlaufen gebracht. Aber das Gefühl der Genugtuung hat nicht angehalten. Flade musste nicht leiden, verstand nicht, was eigentlich geschah. Du hast deine Botschaft nicht angebracht. Beim nächsten Mal hast du das besser gemacht. Martina hatte Angst, sie musste leiden. Und das hast du genossen. Vielleicht nicht zum ersten Mal. Hast du ihr in den Tagen davor schon Angst eingejagt?*

Dühnfort zog das Handy aus der Tasche und rief Meo an. »Wie weit bist du mit den Anrufen, die Martina in den Tagen vor ihrem Tod erhalten hat?«

»Sind alle identifiziert. Ihre Eltern, ihre Freundin Resa, ein paar Studienkollegen, eine ältere Dame, vermutlich eine Verwandte. Keine unterdrückten Rufnummern.«

»Und die Mails?«

»Ihr Laptop ist verschwunden, wie du weißt. Vom Provider haben wir Zugang zu ihrem gmx-Account erhalten. Dort sind zwar einige Mails gespeichert, die sind aber alle harmlos.«

Dühnfort dankte Meo und legte auf. Es gab eine weitere Möglichkeit.

Bevor er losfuhr, beobachtete er noch einen Moment das Spiel des Schneeregens auf der Scheibe. Kurz bevor er die Stadtgrenze erreichte, rief er Resa an und fragte, ob sie daheim war und er in die Wohnung konnte. Anderenfalls hätte er erst den Zweitschlüssel, den ihm Martinas Eltern gegeben hatten, aus dem Büro holen müssen. Doch Resa war da und ließ ihn zwanzig Minuten später ein.

Er riss das Siegel auf, mit dem Martinas Zimmer verschlossen war, und trat ein.

Der Raum lag so vor ihm, wie er ihn nach der ersten Inaugenscheinnahme verlassen hatte. Ein gemäßigtes Chaos. Dühnfort zog den Mantel aus, Latexhandschuhe über und begann mit der Suche. Auf dem Schreibtisch ein Wust von Büchern, Heften, Kopien, Quittungen, Stiften, Rechnungen,

Zetteln und Ähnlichem mehr. Systematisch arbeitete er sich von links nach rechts voran, hob jedes Stück an, drehte es um, legte es ab. Nichts, was seine Aufmerksamkeit erregte. Unter dem Schreibtisch stand ein Papierkorb. Er leerte den Inhalt auf den Teppichboden. Bunte Schnipsel fielen ihm auf. Auf der Rückseite Wortfragmente und Teile einer Briefmarke.

Eine Postkarte.

Er schob die Teile zusammen. Auf der Vorderseite die Fotografie eines Seeufers. In der Wasseroberfläche spiegelte sich der grau bezogene Himmel. Buntes Herbstlaub trieb an der Oberfläche. Moos haftete an der Rinde eines umgestürzten Baums am Ufer.

Dühnfort drehte die Teile um. Die Marke trug einen Münchner Poststempel. Anschrift und Text waren mit einem Tintenstrahldrucker aufgedruckt worden.

Das Leben ist der Güter höchstes nicht,
der Übel größtes aber ist die Schuld.

30

Der Wagen holperte über die schmale Straße. Linker Hand lag der See. Die Wasseroberfläche vom Wind gekräuselt und von Regentropfen aufgewühlt. Dühnfort hielt in der Nähe der Kieszunge, die zum Wasser abfiel, und stieg aus. Feuchte Kälte umfing ihn. Kahle Bäume und Büsche. Schneegeruch in der Luft. Trostlosigkeit. Lange würde der Winter nicht mehr auf sich warten lassen. Dühnfort schlug den Mantelkragen hoch und ging zum Ufer.

Welkes Laub bedeckte längst nicht mehr in prächtigen Herbstfarben Wiese, Weg und Ufer. Es hatte das nächste Stadium seiner Vergänglichkeit erreicht. In modrigem Braun klumpte es unter kahlen Büschen, hatte sich in Gräsern und Gestrüpp verfangen und war im Uferbereich auf Grund gesunken.

Dühnfort ließ den Blick über das Wasser schweifen. Am östlichen Ufer entdeckte er, was er suchte. Jedenfalls hoffte er das. Er ging den Weg entlang, dann durch die Wiese. Die Säume der Chino fühlten sich nach wenigen Metern klamm an. Als er das Waldstück erreichte, das sich wie ein Keil zwischen See und Isarkanal schob, waren sie nass. Wasser tropfte aus den Bäumen. Ein Geruch nach Moos, Harz und Rinde. Dämmerlicht. Ein Trampelpfad zog sich am Ufer entlang. Dühnfort folgte ihm, bis er die Stelle erreichte, die er gesucht hatte. Eine entwurzelte Fichte lag am Ufer. Ein Moospolster haftete regensatt an der Rinde. Keine Frage, das war der Baum, das war die Stelle, an der das Foto entstanden war. Nicht vor wenigen Tagen, sondern vor einigen Wochen, als die ersten bunten Blätter von den Bäumen gefallen waren.

Und das irritierte ihn. Wenn der Mord an Flade mehr oder weniger spontan, jedenfalls ohne große Planung erfolgt war, dann passte die Postkarte nicht ins Bild.

Dühnfort kehrte zu seinem Wagen zurück. Haare und Mantel waren feucht geworden, seine Finger und Ohren kalt. Er rieb sich die Hände. Vom Auto aus rief er Alois an, beschrieb ihm die Postkarte und fragte, ob in Flades Unterlagen eine Karte mit demselben oder einem ähnlichen Text aufgetaucht war. Alois verneinte.

»Das klingt nach einem Zitat. Kannst du es mal googeln?«, fragte Dühnfort.

»Jetzt gleich?«

»Wenn du gerade am PC sitzt.«

Er wartete und lauschte dem entfernten Klappern der Tastatur.

»Schiller. Friedrich Schiller. *Die Braut von Messina.*«

»Worum geht es darin?«

»Gib mir zwei Minuten. Ich frage Wikipedia.«

Dühnfort lehnte sich zurück und sah aus dem Fenster. Eine Frau, die einen Schäferhund an der Leine führte, erschien in seinem Blickfeld. Gummistiefel. Barbour-Wachsjacke. Kopftuch wie die Queen, wenn sie auf dem Land weilte. Missbilligend schüttelte sie den Kopf. Als sie den Wagen erreichte, klopfte sie an die Scheibe. Dühnfort ließ sie herunter. »Hier können Sie nicht parken. Haben Sie das Schild denn nicht gesehen?« Mit einer Hand wies sie hinter sich.

Er zog seinen Dienstausweis hervor. »Keine Sorge. Ich darf.«

Die Frau musterte ihn. »Ach so. Na dann.«

Er sah ihr noch einen Moment nach. Alois meldete sich. »Ein Drama im Stil einer griechischen Tragödie. Kurz gesagt geht es darum, dass ein ganzes Geschlecht ausgerottet wird, weil zwei Brüder sich in dieselbe Frau verlieben. Einer erwischt sie in den Armen des anderen und ersticht den Bruder aus Eifersucht. Hinterher erfährt er, dass die Angebetete die eigene Schwester ist, und begeht Selbstmord. Großes Drama. Bringt uns das in dem Fall weiter?«

Wenn Rachsucht und das Streben nach Gerechtigkeit die Triebfedern des Täters waren, dann vermutlich nicht. »Im Augenblick kann ich keinen Zusammenhang sehen. Fragst du mal bei Frau Flade nach und auch bei den Kollegen, ob Flade eine ähnliche Postkarte erhalten hat?«

»Ich sagte doch, da war nichts dergleichen.«

»Martinas Karte habe ich im Papierkorb gefunden. Vielleicht hat Flade seine auch weggeworfen.«

Dühnfort sah es beinahe vor sich, wie Alois' rechter Mundwinkel ein wenig in die Höhe stieg. Wie immer, wenn er verärgert war.

Nachdem er das Telefonat beendet hatte, blickte Dühnfort hinaus in den Regen, beobachtete, wie die Tropfen an der Windschutzscheibe zerpladderten. *Die Braut von Messina.* Ein gebildeter Mörder. Oder hatte er das Zitat ergoogelt? Mit welchem Suchwort? Vermutlich *Schuld.*

Jedenfalls waren sie einen Schritt weitergekommen. Es ging um Rache und Gerechtigkeit. Jemand übte Selbstjustiz und setzte dabei seine eigenen Maßstäbe an. Archaisch und somit primitiv. Also doch kein Bildungsbürger?

Das Telefon in der Freisprechanlage riss ihn aus seinen Überlegungen.

Es war Gina. »Hallo, Tino. Die erste Gemeinsamkeit haben wir schon gefunden.«

»Ja?«

»Du kennst doch unseren Richter *Kein Pardon?*«

»Schülke?«

»Genau. Er war damals noch Staatsanwalt und als ziemlich bissig verschrien. Er hatte mit beiden Fällen zu tun. Es hat ihn mordsmäßig geärgert, dass der Oberstaatsanwalt das Ermittlungsverfahren gegen Flade eingestellt hat und er ohne Prozess davongekommen ist. Schülke hat das Ergebnis des Blutalkoholtests angezweifelt. Angeblich war die Entnahme der Blutprobe erst Stunden nach dem Unfall erfolgt. Außerdem kannte Flades Vater den Oberstaatsanwalt. Schülke vermutete also eine Mauschelei, hat sich aber nicht getraut, seine Karriere zu gefährden und seinen Chef hinzuhängen.«

»War das bei Martina ähnlich? War er da auch vehement gegen eine Verfahrenseinstellung?«

»Das habe ich noch nicht herausgefunden. Man könnte ihn ja mal fragen. Noch dazu, wo er an dem Tag Urlaub hatte, an dem Flade starb, und außerdem einen schwarzen Volvo XC 90 fährt.«

»Woher weißt du das denn?«

»Ich hab so meine Quellen.«

Gina hatte jetzt sicher dieses freche Grinsen im Gesicht. Einige der Sommersprossen verschwanden in den kleinen Falten, die sich dann auf ihrem Nasenrücken bildeten. »Du bist toll. Habe ich dir das schon mal gesagt?«

»Ich glaube, du hast es mal erwähnt.«

Eine warme Welle trug ihn Gina ein Stück entgegen, und er genoss dieses Gefühl noch einen Augenblick, bis er ihr von der Postkarte erzählte und welche Schlüsse er daraus zog. Jemand, der sich über das Gesetz stellte und Martina die Tat verschlüsselt angekündigt hatte. »Sie hat das nicht ernst genommen. Die Karte lag im Papierkorb.«

»Hm.« Ein leiser Zweifel lag in dieser Silbe. »Wer schickt denn in den Zeiten von Internet und Mails noch Postkarten? Das ist doch komisch.«

Damit hatte Gina recht. Es war seltsam. »Vielleicht jemand, der keinen PC hat …«

»Heute hat doch jeder einen Computer. Sogar meine achtzigjährige Oma schickt Mails.«

»Dann weiß er, dass man Mails zurückverfolgen kann. Vielleicht hat er keine Möglichkeit, sie von einem Rechner zu versenden, der nicht zu ihm zurückverfolgbar ist.« Eine weitere Möglichkeit stieg in Dühnfort auf. Eine Postkarte war einfach da. Sie lag herum und ließ sich nicht so leicht wegklicken und vergessen wie eine Mail. Sie war einfach präsenter.

»Das wäre eine Möglichkeit«, meinte Gina. »Jedenfalls hast du mit der Vorwarnung recht. Er wollte Martina Angst machen, sie in Panik versetzen. Scheint nicht geklappt zu haben. Aber er hat noch eine weitere Botschaft übermittelt. Er hat ihr nämlich auch gezeigt, wo es passieren wird.«

31

Vorgeführt hatte Tino ihn. Richtig vorgeführt, und das vor der kompletten Soko. *Kein Motiv in Sicht. Weit und breit nicht.* Dieser sarkastische Tonfall. Ätzend war das. Alois spürte den vibrierenden Schlag seines Bluts in den Adern. Sein Blutdruck war bestimmt bei zweihundert, und das war nicht gesund. Er musste jetzt langsam mal runterkommen von seinem Zorn. Deshalb nahm er nicht den Lift, sondern lief die fünf Etagen bis zu Flades Wohnung zu Fuß empor. Ein richtiges Workout wäre ihm lieber. Heute Abend im Fitnessstudio würde er seinen Ärger abarbeiten. Jetzt musste er seinen Job machen. Verdammt! Warum hatte er das Protokoll nicht vor der Besprechung gelesen? Und Sandra hätte ja auch was sagen können, statt ihn ins offene Messer rennen zu lassen.

Derart geladen wollte er Bettina Flade nicht gegenübertreten. Das würde sie beunruhigen. Er ging, oben angekommen, zum Flurfenster, schloss die Augen und stattete dem Kuhstall seiner Großeltern einen Besuch ab. Wärme umfing ihn. Der Geruch nach Mist und Silage. Das Muhen der Kühe. Bessi, mit dem warmen, feuchten Maul. Eine Weile blieb er dort, kam runter von all dem Ärger und klingelte bei Frau Flade.

Eine Postkarte, wie Alois sie beschrieb, hatte ihr Mann nicht bekommen. Ganz sicher nicht. In den vergangenen Wochen war sie zu Hause geblieben. Probleme in der Schwangerschaft. Sie musste sich schonen. In dieser Zeit hatte sie die Post raufgeholt. Eine derartige Karte wäre ihr aufgefallen.

Alois verabschiedete sich und suchte Flades Büro auf. Am Empfang saß, wie bei seinem letzten Besuch, Merle Reiner, ein richtiges Eyecandy. Alois stellte seine Frage und verließ drei Minuten später das Büro in der Gewissheit, dass Flade keine Karte erhalten hatte. Merle machte die Post, und eine Ansichtskarte mit einem so verschwurbelten Spruch hätte sie nicht vergessen. Und überhaupt waren in letzter Zeit gar keine Karten gekommen. Die Urlaubszeit war ja auch vorbei.

Alois überlegte, was er nun tun sollte. Die Sache mit der Postkarte war abgehakt und für ihn damit klar, dass Tinos Theorie nicht stimmen konnte. Obwohl natürlich die Ähnlichkeiten schon verblüffend waren. Aber manchmal mischte der Zufall eben doch mit. Tino interpretierte die Fakten falsch. Diesmal irrte er sich. Das sollte er langsam mal einsehen. Doch weder ein Gefühl der Genugtuung noch der Schadenfreude wollte sich einstellen. Etwas nagte an Alois, eine bisher nicht gekannte Unruhe.

Was, wenn er derjenige war, der sich irrte?

Noch einmal würde er sich nicht vorführen lassen. Eine Art innere Stimme riet ihm, noch einmal mit Lenas Mutter zu reden. Er hielt am Straßenrand und gab ins Navi die Adresse von Franziska Meinhardts Arbeitsplatz ein. Auf dem Weg nach Pasing fragte er sich, warum er das tat. Hatte er sich jetzt mit dem Dühnfort-Virus infiziert, der Sorge, einmal etwas zu übersehen?

Die neurologische Gemeinschaftspraxis gehörte vier Ärzten. Entsprechend voll war der Empfangs- und Wartebereich. Mit Raumteilern, Tischchen und jeder Menge Grünzeug waren kleine Inseln geschaffen worden. In jedem dieser Eilande saßen nur einige Wartende. So versuchte man offenbar den Eindruck zu erwecken, es würde nicht lange dauern, bis die Patienten drankamen. Alois hatte da so seine Zweifel. Er zog seinen Dienstausweis und ging an der Reihe der Patienten vorbei, die vor dem Tresen anstanden. Murren wurde laut. Eine der Sprechstundenhilfen, die hinter der Theke ihren Dienst versah, blaffte ihn an, er solle sich hinten anstellen.

Alois zeigte ihr den Ausweis und fragte nach Franziska Meinhardt.

»Keine Ahnung, wo die ist. Warten Sie einfach hier. Irgendwann wird sie schon auftauchen.« Alois lag schon eine Antwort auf der Zunge, als er Franziska Meinhardt aus einem der Behandlungszimmer kommen sah. Er holte sie vor einem Laborraum ein. »Hallo Frau Meinhardt. Haben Sie einen Augenblick Zeit für mich?«

»Was wollen Sie denn noch?«

Wenn ich das wüsste, dachte Alois. »Es gibt noch ein paar Fragen zu Jens Flade.« Im schwarzen Kaschmirpulli hatte sie ihm besser gefallen als im weißen Laborkittel. Er ließ sie noch blasser erscheinen, als sie ohnehin war.

»Also gut. In einer Viertelstunde habe ich Pause.«

Er setzte sich solange in eine der Warteinseln, blätterte zuerst in einer Autozeitschrift und dann in einer über Geldanlagen. Ein Thema, das ihn eigentlich nicht interessierte. Er sparte nichts von seinem Gehalt, investierte alles in seinen Lebensstil. *Spare in der Zeit, dann hast du in der Not.* Das sagte seine Oma immer. Vermutlich hatte sie recht. Aber man lebte nur einmal, und wenn man das ausgerechnet in München tat, blieb vom Gehalt eines Kriminaloberkommissars nichts übrig. Es sei denn, man schränkte sich ein.

Fünfzehn Minuten später kam Franziska Meinhardt. Über den Kittel hatte sie eine Strickjacke gezogen. »Lassen Sie uns ins Treppenhaus gehen. Da können wir ungestört reden.«

Er folgte ihr am Lift vorbei zu einem Fenster. Zugluft strich durch den Gang. Es war kalt und ungemütlich. Mit einem Ruck öffnete sie einen Fensterflügel. Während sie sich eine Zigarette anzündete, musterte sie ihn. »Jens Flade. Es gibt noch Fragen.« Abwartend sah sie ihn an.

Alois lehnte sich an die Wand. »Haben Sie ihn eigentlich jemals kennengelernt?«

»Seltsame Frage.«

Es war die erstbeste gewesen, die ihm einfiel. »Weshalb seltsam?«

Sie zog an der Zigarette und blies den Rauch aus dem Fenster. »Weil sie unlogisch ist. Natürlich habe ich ihn *kennengelernt*. Am Tag, als es passiert ist.«

»Und Ihr Mann?«

»Anfangs wollte er ihn aufsuchen und zur Rede stellen. Das war zu der Zeit, als er ihn für Lenas Tod verantwortlich gemacht hat. Später dann nicht mehr.« Ihr Blick ging in die Ferne. Langsam gab sie ihre abwehrende Haltung auf und entspannte sich. Alois sah, wie die Schultern herabsanken.

»Wir haben einen zweiten Fall. Den Mord an einer Studentin. Mein Chef vermutet einen Zusammenhang. Haben Sie den Namen Martina Oberdieck schon einmal gehört?«

Mit einem Kopfschütteln wollte sie die Frage verneinen, hielt aber mitten in der Bewegung inne. »Martina Oberdick? Irgendetwas … Doch, den Namen kenne ich irgendwoher.«

Alois war plötzlich elektrisiert.

Mit der Linken fuhr sie sich über die Stirn. »Martina … Oberdick. Doch. Jetzt weiß ich es. Oberdick, dabei war sie so dünn.« Die Hand sank herab. Ihre Augen ruhten nun auf ihm. »Sie ist mit ihrem Auto in einen Fluss gestürzt, und ihr Freund starb dabei. Oder war es eine Freundin?«

»Es war die Freundin. Woher kennen Sie Martina?«

»Ich habe sie nur einmal gesehen. Kennen wäre also zu viel gesagt.« Wieder zog sie an der Zigarette und blies den Rauch zum Fenster hinaus. »Das ist sicher zwei Jahre her. Vielleicht auch länger. Jedenfalls war es in der Zeit, als ich mit Therapie und Selbsthilfegruppen versucht habe, über Lenas Tod hinwegzukommen. Solche Gruppen gibt es nicht nur für verwaiste Eltern. Es gibt auch eine für Menschen wie Jens Flade und Martina Oberdick. *Schuldlose Schuld* oder so ähnlich heißt sie. Und diese Gruppe hatte zu einem Gesprächskreis eingeladen. Anfangs dachte ich, es wäre eine gute Idee, dorthin zu gehen und zu sehen, dass ich nicht die Einzige bin, die leidet, dass sich auch die quälen, die eigentlich nicht schuld sind, denen das Schicksal genauso übel mitgespielt hat. Und dort war auch Martina. Als sie sich vorgestellt hat, ist mir der Name aufgefallen und ich habe mir gedacht, dass er zu diesem dünnen Mädchen nicht passt. Deshalb kann ich mich überhaupt an sie erinnern. Sonst hätte ich sie sicher längst vergessen.«

»Und Jens Flade war auch dort?«

»Nein. An diesem Abend nicht. Als ich mich verabschiedete, habe ich aber gehört, wie jemand seinen Namen nannte. Offenbar war er Mitglied in dieser Gruppe. Deswegen bin ich kein zweites Mal dorthin gegangen. Ich wollte ihm nicht begegnen.« Auf dem Fensterblech drückte sie die Zigarette aus und warf die Kippe in den Hof. »Meine Pause ist um.«

Alois verabschiedete sich und lief durchs Treppenhaus hinunter. Mist. So, wie es aussah, hatte Tino recht.

32

Kurz nach vier stieg Sanne in den Porsche und machte sich auf den Weg zum Ostfriedhof. Wie jedes Jahr an diesem Tag wollte sie auch heute Ludwigs Grab aufsuchen. Weshalb ihr dieser Besuch so wichtig war, konnte sie nicht sagen. Einfacher wäre es, zu vergessen, statt sich zu erinnern. Doch dieser Tag stellte eine Zäsur in ihrem Leben dar. Alles hatte sich danach verändert. Nichts würde je wieder so sein wie früher. Das wollte sie sich bewusst machen. Und sie wollte Ludwig nicht vergessen, diesen fröhlichen, ungestümen und wilden Jungen, der jetzt elf Jahre alt wäre, langsam in die Pubertät käme und ganz sicher die Nerven seiner Eltern strapazieren würde, wenn nicht … Rote Lichter leuchteten vor ihr auf. Sanne trat auf die Bremse und kam gerade noch hinter dem vorausfahrenden Lieferwagen zu stehen.

Sie musste sich konzentrieren, sonst würde sie noch einen Unfall bauen. Weshalb war sie so nervös? Am Todestag konnte es nicht liegen. Es war schlimmer als in den Jahren davor.

Seit sie den Artikel über den Mord an Jens entdeckt hatte, begleitete diese Unruhe sie, und das machte sie wütend. Wütend auf sich, auf Evelyn, überhaupt auf alle.

Was war es, das sie derart aus dem Gleichgewicht brachte? Sie hatte Jens kaum gekannt. Die Todesnachricht alleine konnte es nicht sein … Und war es auch nicht. Als Thorsten ihr gesagt hatte, dass Jens verunglückt war, hatte sie das zwar schrecklich gefunden, doch es hatte sie nicht tief berührt. Erst seit sie wusste, wie er gestorben war, war sie beunruhigt. Die Ampel schaltete auf Grün. Die Wagenkolonne vor ihr setzte sich in Bewegung, auch Sanne fuhr an.

Jens war damals in die Gruppe gekommen, weil er mit dem Tod des Mädchens, das ihm ins Auto gelaufen war, nicht fertig wurde. Er hatte nicht einmal Zeit gehabt zu bremsen. Und nun war er tot. Überfahren ... Genau wie das kleine Mädchen! War es das, was sie aus dem Gleichgewicht brachte?

Seit Jahren wurde sie von der unausgesprochenen Angst begleitet, irgendwann für Ludwigs Tod bezahlen zu müssen. Eine ausgleichende Gerechtigkeit würde Unglück mit Unglück vergelten, ein Schicksalsschlag die Waagschalen ins Gleichgewicht bringen. Ludwig war tot. Ihr ging es gut. Eine schreiende Ungerechtigkeit.

Bei Jens hatte das Schicksal ... Nein, nicht das Schicksal! Er war ermordet worden. Er war auf dieselbe Art gestorben wie das Mädchen. Das war doch sicher kein Zufall. Hatten sich etwa die Eltern des Kindes gerächt?

Quatsch. Sie hatte zu viel Phantasie. Was wusste sie schon, wen Jens sich zum Feind gemacht hatte. Das hatte nichts mit ihr zu tun. Kein Grund, sich verrückt zu machen. Evelyn schrieb böse Postkarten. Früher waren es Briefe gewesen. Das ließ sich ertragen. Sie würde nicht plötzlich auftauchen und Sanne ... Ja was? Aus dem Fenster werfen?

Diese Postkarte. Ein solches Motiv konnte man nicht kaufen. Evelyn hatte es selbst fotografiert. Sie hatte sich viel Mühe gemacht und schien genau zu wissen, dass Sanne Höhenangst hatte. Seit Ludwig zu Tode gestürzt war, konnte sie nicht einmal mehr auf einen Jägerstand klettern, ohne Panikattacken zu bekommen. Doch woher wusste Evelyn das?

Von einer Sekunde auf die andere stellte sich das Gefühl ein, beobachtet zu werden. Ein Hupen ließ sie hochschrecken. Beinahe hätte sie das Auto auf der Nebenspur touchiert. Sie riss sich zusammen, verdrängte alle unheimlichen Gedanken und erreichte ohne weiteren Beinaheunfall den Friedhof.

Als sie durch das Tor trat, wurde es bereits dunkel. Laternen beleuchteten die Wege zwischen den Grabfeldern. Bald schloss der Friedhof. Sie kam immer spät, denn sie wollte auf keinen Fall Evelyn und Nils begegnen.

Das verrottende Laub dämpfte ihre Schritte. Eine Insel aus Stille umgab sie. Nur schwach klang der Verkehrslärm über die Mauern. Die Kälte drang durch den Mantel. Der Weg war ihr vertraut. Nach ein paar Minuten erreichte sie das Grab.

Ein Strauß frischer Blumen lag darauf, in einer Laterne brannte eine Kerze. Noch nicht lange. Die Spitze war noch nicht heruntergebrannt. Evelyn und Nils mussten erst vor wenigen Minuten hier gewesen sein. Unwillkürlich sah Sanne sich um, entdeckte aber niemanden. Sie holte den Stoffaffen aus der Tasche und setzte ihn vor den Stein. Vor einem Jahr hatte sie Ludwig einen Eisbären mitgebracht. Ludwig. Ihr Herz zog sich zusammen. Plötzlich sah sie seine Augen vor sich, hörte sein Lachen und sein Maulen. *Ich will die Gummimiefel nicht anziehen. Kaufst du mir ein Überraschungsei? Noch eine Geschichte! Bittebittebitte!*

Es tat ihr so leid. So unendlich leid! Wie hatte das nur geschehen können? Es war so ungerecht. Warum er? Das Licht der Laternen schien dunkler zu werden, ein Schatten schien sich über sie zu legen. Nicht schien. Da war jemand. Sie fuhr herum, nahm eine Gestalt wahr. Ein Stoß gegen die Schulter. Sanne stolperte und fing sich gerade noch. Evelyn!

»Du bist so etwas von unverfroren!« Im fahlen Licht wirkte Evelyns schmales Gesicht gespenstisch bleich. Sie war schon immer sehr schlank gewesen, doch nun schien es, als ob der schwarze Wollmantel Haut und Knochen zusammenhielt. Sie kam einen Schritt näher. Unwillkürlich wich Sanne aus. »Ich wollte doch nur …«

»Hau ab!« Ein weiterer Stoß traf sie. Eine dunkle Strähne löste sich aus Evelyns Haar, blieb im Mundwinkel hängen. »Verschwinde! Mörderin!«

Ein Klumpen setzte sich in Sannes Hals, erstickte jede Erwiderung. Was sollte sie auch sagen? Taumelnd trat sie zur Seite, bereit zur Flucht. »Ich kann doch nichts dafür. Es ...«

Evelyns Stimme wurde schrill. »Wag es ja nicht, noch einmal an Ludwigs Grab zu kommen. Du Verbrecherin!«

Fassungslos starrte Sanne Evelyn an. So viel Hass und Verbitterung. Sie konnte es nicht verhindern. Tränen stiegen ihr in die Augen.

»Aber du wirst deine Strafe noch kriegen.« Evelyn holte zu einem neuen Stoß aus.

Wieder wich Sanne aus. Es hatte keinen Sinn. Besser, sie ging. Erneut hob Evelyn die geballte Faust. Auch dieser Schlag ging ins Leere. Evelyn taumelte. »Eines Tages wirst du dafür büßen. Das verspreche ich dir.«

Aus der Dunkelheit jenseits der Lichtinsel trat jemand. Nils. Sie hätte ihn beinahe nicht erkannt. Der fröhlich-freche Blick, den Ludwig von ihm gehabt hatte, war verschwunden. Er wirkte zutiefst unglücklich und um Jahrzehnte gealtert. Behutsam griff er nach Evelyns Arm, zog seine Frau an sich und sah dabei Sanne an. »Es ist besser, wenn du gehst.«

33

Dühnfort brachte die Postkartenfragmente zu Buchholz in die KTU und rief dann von seinem Büro aus bei Gericht an, um sich zu erkundigen, ob Schülke im Haus war. Er war. Dühnfort kündigte seinen Besuch an und machte sich auf den Weg.

Der Mantel fühlte sich noch immer klamm an. Dühnfort quälte sich durch den dichten Innenstadtverkehr und verfluchte seine Entscheidung, das Auto statt der U-Bahn zu nehmen.

Nachdem er die Sicherheitskontrolle passiert hatte, betrat er das Gerichtsgebäude aus Beton, Stahl und Glas, das seine Fassade im Sommer hinter dicht belaubten Bäumen verbarg. Doch dieser graue Novembertag präsentierte es in all seiner Scheußlichkeit.

Nach einer Fahrt im Lift und einem Gang über scheinbar endlose Flure erreichte Dühnfort das Büro des Richters.

Wie aus Madame Tussauds Wachsfigurenkabinett. Das hatte Gina einmal über Schülke gesagt. Ein Meister der Selbstkontrolle. Man sah ihm selten eine Gefühlsregung an. *Wie imprägniert. An dem scheint alles spurlos abzugleiten.* Wenn Schülke dann allerdings in seiner Zeit als Staatsanwalt plädiert hatte oder heute als Richter Urteile verkündete, merkte man, welche Leidenschaft in ihm waltete, welches Streben nach Strafe und Gerechtigkeit.

Als Dühnfort Schülkes Büro betrat, stand dieser mit einigen Akten in der Hand vor einem Regal. Mit einem Nicken begrüßte er ihn. Groß, schlank, breite Schultern. Anthrazitfarbener Anzug, dezente Krawatte zum weißen Hemd. Eher ein erfolgreicher Geschäftsmann als Richter. Dieser Eindruck wurde von hellen Augen hinter einer randlosen Brille verstärkt.

»Setzen Sie sich doch.« Schülke wies mit unverbindlicher Freundlichkeit auf einen Stuhl, legte die Akten im Regal ab und kehrte an den Schreibtisch zurück, der das Zimmer teilte wie früher die Mauer Berlin. Die Rollen waren klar. Exekutive und Judikative. Hund und Herr. »Was führt Sie zu mir?«

Dühnfort schlüpfte aus dem Mantel und legte ihn über die Stuhllehne, ehe er sich setzte. »Jens Flade. Sie hatten vor einigen Jahren mit ihm zu tun.«

»Fünf Jahre, um genau zu sein. Ein Unfall mit Todesfolge, und nun starb er selbst bei einem Unfall. Nicht schön.« Schülke legte die Hände verschränkt vor sich auf den Tisch. Eine offene und zugleich abwehrende Geste. Bis hierher und nicht weiter.

»Sie haben sich also schon informiert.«

»Was heißt informiert? Ich lese Zeitung und habe ein gutes Gedächtnis.«

»Allerdings war Flades Unfall kein Unfall. Mord oder Totschlag. Ich tippe auf Mord.«

Ein kaum wahrnehmbares Lächeln erschien auf Schülkes Gesicht und verschwand sofort wieder. »Mord? Ist das nicht ein wenig zu hoch aufgehängt? Weshalb Leyenfels das an Sie gegeben hat, ist mir unverständlich. Unfallflucht wäre wohl zutreffender.«

»Inzwischen haben wir einen zweiten Fall. Martina Oberdieck. Diesen Namen müssten Sie auch kennen.«

»Die junge Frau, die am Unterföhringer See tot aufgefunden wurde. Natürlich sagt mir der Name etwas.« Schülke stützte die Ellenbogen auf und legte die Handflächen aneinander. »So langsam beginne ich zu verstehen, weshalb Sie hier sind. Sie sehen einen Zusammenhang zwischen den beiden Todesfällen und haben mich als Bindeglied entdeckt.«

»Das Ermittlungsverfahren gegen Flade haben Sie nur widerwillig eingestellt, nachdem Ihr Vorgesetzter Druck gemacht hat.«

»Das ist richtig. Damals war ich jung und vielleicht ein wenig hitzig. Vermutlich war die Einstellung gerechtfertigt. Es gab allerdings unklare Punkte. Ob Flade wirklich nichts getrunken hatte, steht in den Sternen. Die Blutprobe wurde reichlich spät genommen. Und auch die Tatsache, dass mein Vorgesetzter und Flades Vater sich kannten, hätte man nicht außer Acht lassen sollen.« In einer knappen Geste kehrte Schülke die Handflächen nach außen. *Sei es drum,* schien er damit sagen zu wollen.

»Gab es im Fall Martina Oberdieck ähnliche Unklarheiten?«

Der Blick aus Schülkes hellen Augen heftete sich an ihn. »Lieber Herr Dühnfort. Nun kennen wir uns schon einige Jahre. Ich weiß also, dass Sie sich diese Frage selbst beantworten können. Sicher haben Sie mit den Eltern gesprochen. Sie wissen also, dass die Existenz des LKW, der den Unfall verursacht haben soll, zweifelhaft ist.«

Ein wirklich sehr präzises Gedächtnis, dachte Dühnfort. Konnte man sich nach so langer Zeit tatsächlich noch so gut erinnern? »Meines Wissens gab es einen Zeugen. Einen Spaziergänger.«

»Richtig. Aber dieser Zeuge war nicht sehr glaubwürdig. Aus einem halben Kilometer Distanz hat er das Geschehen beobachtet. Angeblich. Er war auf dem Heimweg vom Wirtshaus, wo er zwei Maß Bier konsumiert hatte. Ich bitte Sie. Was soll man von einem solchen Zeugen halten?

Martina Oberdieck war eine ungeübte Autofahrerin, und sie war zu schnell. Das hat sie damit begründet, Gas gegeben zu haben, um so die Kollision zu verhindern. Hupen hätte doch gereicht. Wenn es damals nach mir gegangen wäre, hätte das alles vor Gericht geklärt werden müssen. Natürlich war ich gegen die Einstellung. Als es dann doch geschah, war das keine Sternstunde der Justiz. Aber das ist Jahre her.« Wieder hob er die Hände in dieser unschuldigen Geste, die Dühnfort ihm nicht abnahm. Zu bemüht, zu demonstrativ entspannt. Den Titel *Richter Kein Pardon* verdiente man sich nicht mit Großzügigkeit und Nachsicht.

»Sicher haben Sie Verständnis für meine Frage, wo Sie an den beiden Abenden waren, als Jens Flade und Martina Oberdieck starben.«

In Schülkes an Mimik armen Gesicht ging eine Veränderung vor sich. Die Pupillen zogen sich zusammen, der Blick wurde kühler. »Ich war bei einer Familienfeier, als Flade überfahren wurde. Etwa fünfzig Personen dürften als Zeugen ausreichend sein. Sie werden eine Liste von mir erhalten.« Er notierte den Namen des Restaurants, in dem die Feier stattgefunden hatte, und reichte Dühnfort den Zettel.

»Danke. Und an dem Abend, als Martina starb, wo waren Sie da?«

»Alleine zu Hause. Nach einem anstrengenden Prozess habe ich mich ausgeruht. Möchten Sie vielleicht noch mein Auto besichtigen? Sicher wissen Sie bereits, dass ich einen dunklen Geländewagen fahre.«

»Gerne. Dann wäre das auch erledigt.« Dühnfort suchte nach einer Reaktion in Schülkes Gesicht, konnte aber keine erkennen.

»Gut. Gehen wir in die Tiefgarage.«

Mit dem Lift fuhren sie ins 2. Untergeschoss. Neonlicht flackerte. Grauer Beton. Eisige Kälte. Der Volvo parkte in einer schlechtbeleuchteten Ecke. Schülke holte aus dem Wageninneren eine Taschenlampe und reichte sie Dühnfort. Kein Bullenfänger, kein Kratzer, intakte Scheinwerfer.

Im Erdgeschoss verließ Dühnfort den Fahrstuhl. Schülke reichte ihm die Hand. »Sie sind gründlich. Das gefällt mir.«

Ein irritierendes Lob. Dühnfort grübelte noch darüber nach, als er auf die Ausgangstüren zuging, vorbei an einer Gruppe Menschen und zwei Frauen, die an einer Betonsäule lehnten. Hinter einer anderen verschwand eine Gestalt, die Dühnfort bekannt vorkam. Gedrungen, bullig, wieselflink. Helmbichler.

34

In der spiegelnden Scheibe der Eingangstür entdeckte Dühnfort ihn wieder. Helmbichler lehnte an der Säule, den Blick
zum Ausgang gerichtet. Er wartete, bis Dühnfort vorbeiging,
um dann ... Was zu tun? Sich an seine Fersen zu heften
oder ihn hier im Gericht vor zwanzig Zeugen zu erstechen?
Unwillkürlich verlangsamte Dühnfort seine Schritte, spürte
das Holster, in dem die Dienstwaffe steckte, seitlich an der
Brust, änderte seinen Kurs um einige Grad und steuerte die
linke Tür an. Dabei behielt er Helmbichler im Auge und
passierte die Säule, hinter der er lauerte, mit einigen Metern
Abstand. Sein Gegner nahm die Verfolgung auf. Dühnforts
Hand glitt zur Waffe. Sicher war sicher. Eine Drehung und
er stand dem Mann gegenüber. Ertappt zuckte der zusammen.

»Herr Helmbichler. Welch eine Überraschung.«

Das Aggressionspotenzial, das in ihm steckte, stand dem
Mann ins Gesicht geschrieben. Ein Hals, so breit wie der
Schädel. Ein kräftiger Unterkiefer, der sich nach vorne schob,
als er die Zähne aufeinanderpresste. Ein Blick wie Stahl. Eine
Hand fuhr zur Tasche der Lederjacke. Dühnfort riss mit der
Rechten die Heckler & Koch aus dem Holster. Eine Frau
schrie auf.

»Polizei! Hand aus der Tasche, und zwar ganz langsam.«

Zuerst Verblüffung, dann ein Grinsen. Helmbichler fixierte
Dühnforts Blick und breitete in Zeitlupe die Arme aus. Im
Augenwinkel nahm Dühnfort wahr, dass der Eingangsbereich
sich leerte. Menschen flüchteten hinter Säulen, auf die Straße und in Fahrstühle. Zwei Kollegen der Sicherheitskontrolle

am Eingang näherten sich mit gezogenen Pistolen. »Lassen Sie die Waffe fallen!«

Dühnfort ließ Helmbichler nicht aus den Augen. »Keine Panik. Ich bin ein Kollege.« Mit einem der beiden hatte er vorher gesprochen.

»Stimmt. KHK Dühnfort«, sagte der. »Was ist los? Brauchen Sie Unterstützung?« Schultern sanken herab. Die Dienstwaffen wurden eingesteckt.

»Danke. Nicht nötig. Das mache ich selbst.«

Dühnfort dirigierte Helmbichler an die Säule. »Umdrehen. Hände an die Wand.« Mit routinierten Griffen tastete er den Mann ab. Er trug weder Messer noch ein anderes Kampfgerät bei sich. Was eigentlich zu erwarten gewesen war. In der Jackentasche steckten nur Schlüsselbund, Handy und Zigaretten. Dühnforts Pulsfrequenz erreichte allmählich wieder das gewohnte Niveau. »Sie können sich umdrehen.«

Er wandte sich an die Kollegen. »Es ist alles in Ordnung.« Die Stille wich wieder einem normalen Geräuschpegel. Der Eingangsbereich füllte sich. Leute kamen und gingen. Ein paar Neugierige blieben stehen. Helmbichler sah zufrieden aus. »Schwache Nerven, was? Ned gut in deinem Job.«

»Was tun Sie hier?«

»Geht dich des was an?«

Einen Augenblick maßen sie sich mit Blicken. Dann lenkte Helmbichler ein. »Ich hab einen Termin g'habt. Bei meinem Sozialarbeiter.«

»Weshalb haben Sie sich hinter der Säule versteckt?«

Helmbichler verschränkte die Arme vor der Brust. Die Mundwinkel senkten sich. »Das dürft ja wohl klar sein.«

Dühnfort wartete, was noch kommen würde.

»Einem wie dir rennt man besser nur einmal im Leben übern Weg.«

»Gut. Dann belassen Sie es auch dabei.«

»Hast Schiss? Was?« Die Augen wurden schmal, das Kinn stieg in die Höhe. Ein dünnes Lächeln folgte. »Denkst, ich kragl dich ab. Ha?«

Abkragln? Was auch immer das bedeuten sollte, eine Form von Ableben war damit gemeint. So viel verstand Dühnfort. Er wollte nicht auf diese Provokation eingehen, suchte Helmbichlers Blick und fixierte ihn. »Besser, Sie laufen mir nicht noch einmal über den Weg. Ihre Worte.« Damit wandte er sich ab und ging.

»Is des a Drohung?«, rief Helmbichler ihm nach.

Dühnfort trat ins Freie.

Vom Auto aus rief er Buchholz an, behielt dabei aber den Eingang im Blickfeld. Helmbichler kam heraus und trollte sich Richtung U-Bahn.

Buchholz erklärte, die Untersuchung der Postkarte würde noch dauern. »Kann ich hexen? Was ich bis jetzt sagen kann: selbst ausgedruckt auf einem Papier der Firma Avery. Nichts Besonderes. Das kannst du in jedem Kaufhaus kaufen.«

»Und wie sieht es mit DNA aus?«

»Wir arbeiten daran. Gedulde dich.«

Dühnfort beendete das Gespräch und fuhr zurück ins Präsidium. Zuerst machte er sich einen Espresso doppio und rief dann im Gericht an, um sich nach dem Sozialarbeiter zu erkundigen, der für Helmbichler zuständig war. Doch der hatte bereits Feierabend gemacht, und so würde die Überprüfung von Helmbichlers Angaben bis morgen warten müssen.

Dühnfort zog die Schublade auf und eine Tafel Schokolade hervor. 85 % Kakao. Das war genau das, was er jetzt brauchte. Nervenfutter.

Die Ermittlungen liefen. Sie taten ihr Bestes. Er musste Geduld haben, hatte sie aber nicht. Wie eine kühle Strömung in tiefen Wasserschichten begleitete ihn seit gestern eine Unruhe, die sich stetig verstärkte, einen kalten Sog entwickelte. Als er sich kurz nach sieben auf den Heimweg machte, war sie nicht verflogen. Sie versetzte ihn in eine nervöse Gereiztheit, die ihm sogar die Lust aufs Kochen verdarb. Unterwegs besorgte er gemischte Antipasti, Ravioli und Ciabatta.

Gina kam zwanzig Minuten nach ihm. Da hatte er den Tisch bereits gedeckt und eine Flasche Pinot Grigio entkorkt. Während des Essens fragte er, ob sie wusste, was das Wort *abkragln* bedeutete.

»Jemanden umbringen. Die Redensart kommt daher, dass man früher Hühnern den Kragen, also den Hals umdrehte. Wieso interessiert dich das?«

Einen Moment zögerte er, Gina von seinem Zusammentreffen mit Helmbichler zu berichten. Sie würde sich Sorgen machen. Andererseits hatte er nicht den Eindruck, dass von dem Mann Gefahr ausging. »Helmbichler ist mir begegnet.«

Gina ließ ihre Gabel mit der aufgespießten Ravioli auf den Teller sinken. »Wo denn?« Ihre Schokoladenaugen wurden eine Nuance heller, als die Pupillen sich vor Schreck zusammenzogen. »Hat er etwa gedroht, dich *abzukragln*?«

»Er hat mich gefragt, ob ich Angst hätte, dass er mich abkragln würde.« Um sie zu beruhigen, erzählte er ihr ausführlich von der Begegnung. Auch, dass er seine Waffe gezogen hatte, ließ er nicht aus. Gina würde ihn ohnehin so lange ins Verhör nehmen, bis sie sich ein vollständiges Bild der Begebenheit machen konnte. Da war es besser, sich nicht die Würmer aus der Nase ziehen zu lassen, sondern offen zu sein und so der Begegnung mit Helmbichler nicht mehr Gewicht zu geben, als ihr zustand. »Bis auf diese Provokation war er umgänglich. Er war bei seinem Sozialarbeiter. Das ist doch ein gutes Zeichen. Er will sich integrieren.«

»Hm? Ich weiß nicht. Mir schmeckt das nicht. Helmbichler war zur selben Zeit im Gericht wie du. Meinst du nicht, dass er dich observiert und auscheckt, wo er am besten zuschlagen kann? Du bist doch der, der nicht an Zufälle glaubt.«

»Wenn er mich angreifen wollte, hätte er eine Waffe dabeigehabt.«

»Und mit ins Gericht geschleppt? Echt! Tino!« Sie verdrehte die Augen und runzelte die Stirn. »Er muss dir vom Präsidium aus gefolgt sein.«

»Dafür hätte er ein Auto gebraucht. Er war aber zu Fuß unterwegs.«

»Woher weißt du das?«

»Weil er zur U-Bahn gegangen ist.«

»Vielleicht, um dich zu täuschen?«

Sie steigerte sich in eine unsinnige Angst hinein. Helmbichler war ihm nicht gefolgt und war auch nicht auf eine Konfrontation aus gewesen. Eine Herausforderung, und das war es gewesen. Mit beiden Händen umfasste Dühnfort Ginas kühle Finger und lächelte. »Glaubst du nicht, dass mir eine Observierung auffallen würde? Helmbichler ist nicht James Bond, und ich bin nicht Inspektor Clouseau. Oder?«

Damit entlockte er ihr ein widerstrebendes Lächeln.

»Ich verstehe ja, dass du dir Sorgen machst. Ganz unnötig. Außerdem weiß ich, wie man sich zur Wehr setzt.«

»Hoffentlich.« Die Sorgenfalte verschwand. Das freche Lächeln erschien, allerdings nur halb. »Notfalls borgst du dir von Alois ein paar ferngesteuerte Projektile.«

»Ob er die mit mir teilt?« Er zwinkerte ihr zu, beugte sich über den Tisch und gab ihr einen Kuss.

Nach dem Essen setzten sie sich mit einem Glas Wein aufs Sofa. Gina fragte, wie das Gespräch mit Schülke verlaufen war, und er erzählte ihr davon, auch von seiner Einschätzung, dass Schülke nicht ihr Mann war. Kein richtiges Motiv, SUV ohne Bullenfänger. Das Alibi für den Mord an Flade würde sich vermutlich bestätigen. Der Rest war Bauchgefühl. Dennoch würden sie ihn überprüfen.

Gina zog die Beine an und kuschelte sich an ihn. Die Dunkelheit spannte sich wie ein schwarzes Tuch vor den Fenstern. Der Wind fegte durch die Bäume auf dem Friedhof. Im Haus wurde eine Tür geschlagen, und in der Wohnung unter ihnen lief der Fernseher zu laut.

In die Stille hinein sagte Gina, dass Thomas Wilzoch sie angesprochen hatte. Er leitete die Abteilung Altfälle. »Er hat eine Stelle frei und will mich abwerben.«

Dühnfort war erleichtert. Von selbst ergab sich eine Lösung des Problems. Kein Versteckspiel mehr. Als Gina schwieg, fragte er nach. »Reizt dich das nicht?«

Sie zog eine Schnute. »Ich weiß nicht. Einerseits schon. Mit frischem Blick an ungelöste Fälle heranzugehen, und das mit modernster Technik im Rücken ... Das hätte schon was. Andererseits ... In Staub und Akten wühlen war noch nie so mein Ding. Ich überlege es mir. Außerdem hat Moritz mir erzählt, dass Sandra nach Frankfurt geht. Ihr Mann wird versetzt, und sie geht mit. Moritz hat vorsichtig angeklopft, ob ich eventuell die Stelle übernehmen will.«

Das war ungewöhnlich. Ein MK-Leiter warb dem anderen keine Mitarbeiter ab. Für dieses Angebot konnte es nur einen Grund geben. »Hat Moritz eine Andeutung uns betreffend gemacht?«

»Eigentlich nicht. Nicht direkt. Trotzdem glaube ich, dass er eine Vermutung hat, dass zwischen uns etwas läuft.«

Ein wenig zuckte Dühnfort zusammen. *Etwas läuft.* Mit diesen Worten hätte er die Beziehung nicht beschrieben. Die Gerüchteküche fing also an zu köcheln. Es war allerhöchste Zeit, offen mit ihrer Beziehung umzugehen. »Zwei Angebote. Das ist doch wunderbar.«

Sie verzog den Mund. »Ich weiß nicht. Moritz ist schon

okay …« Ein ratloses Schulterzucken folgte. »Wie du siehst, bin auch ich nicht so scharf auf Veränderungen.«

Nicht scharf auf Veränderungen? Sie wusste doch, dass die berufliche Trennung unvermeidbar war. Zwei reizvolle Angebote. Warum zierte sie sich? Er griff nach dem Weinglas.

Gina lehnte ihren Kopf an seine Schulter. Er mochte diesen kaum wahrnehmbaren Duft nach Äpfeln, der an manchen Tagen von ihr ausging. Nun nahm er ihn wahr, und der Ärger verflog im Bruchteil einer Sekunde.

Sie schob eine Haarsträhne hinter das Ohr. »Wie gesagt, Veränderungen sind nicht so mein Ding. Das Angebot, mit dir zusammenzuziehen, war also die reinste Liebeserklärung. Das wollte ich nur mal sagen. Könnte ja sein, dass es dir entgangen ist.«

35

Sanne schob die Begegnung mit Evelyn und Nils in eine Kammer ihres Gedächtnisses und machte die Tür zu. Es war mehr, als sie ertragen konnte. Jedenfalls heute. So schaffte sie es, heil nach Hause zu kommen. Doch daheim ertrug sie die Stille in ihren vier Wänden nicht. Etwas trieb sie wieder nach draußen. Sie machte einen langen Spaziergang durch die Dunkelheit, über umgepflügte Felder und müde Wiesen, folgte dem hellen Band des Kieswegs, doch Ruhe fand sie nicht.

Als sie wieder auf den Weg zum Gut einbog, bemerkte sie Licht in Lauras Wohnzimmer. Am liebsten hätte sie geklingelt und sich bei ihr etwas Trost geholt und vor allem Worte, die erdeten und diese ungreifbare Angst vertrieben. Doch durch das Panoramafenster sah sie Klaus. Er war schon aus Wasserburg zurück. Die beiden saßen beim Essen. Sisco sprang auf den Stuhl und schielte erwartungsvoll auf die gefüllten Teller. Sanne wollte nicht stören und ging weiter.

Als sie in der Manteltasche nach dem Schlüssel suchte, hörte sie Schritte hinter sich. Domegall erschien mit Hamlet auf dem Weg, den sie gerade gegangen war. Hatte auch er einen Spaziergang gemacht? War er ihr gefolgt? Natürlich war der Hund nicht angeleint, und natürlich kam er sofort angelaufen. Unwillkürlich spannte sie alle Muskeln an und hob die Hände hoch bis zur Brust.

»Hamlet. Bei Fuß.«

Gott sei Dank folgte der Hund. Sanne ließ die Hände sinken. Es sah ja auch zu albern aus. Domegall trat in den Lichtkegel. Er trug eine dicke Winterjacke, Mütze und Handschuhe. Sehr vernünftig. Ihre Hände waren halb erfroren, genau wie ihre

Ohren, die sich beinahe taub anfühlten. Außerdem raste ihr Herz vor Schreck. »Könnten Sie vielleicht Ihren Hund mal an die Leine nehmen?«

Domegall reagierte nicht darauf. »Ich habe Sie grad auf dem Feldweg gesehen. Das sollten Sie nicht machen.«

»Was? Was sollte ich nicht tun? Spazieren gehen etwa?«

»Sie sollten das nicht alleine tun. Jedenfalls nicht über die Felder und vielleicht auch noch durch den Wald laufen. Bei Dunkelheit. Allein. Oder, wenn es schon sein muss, dann mit einem ausgebildeten Hund, der Sie notfalls verteidigen kann.«

Weshalb machte er ihr Angst? Wie kam er dazu? »Wollen Sie etwa Bodyguard spielen? Danke! Mischen Sie sich nicht in mein Leben. Ich gehe spazieren, wann und wo es mir passt. Und zwar alleine!«

Domegall zuckte die Schultern. »Wenn Sie meinen, sich mit giftigen Worten verteidigen zu können … Ich würde mir wenigstens ein Pfefferspray besorgen. Komm, Hamlet. Du bekommst jetzt einen schönen Knochen und ich ein Glas Rotwein.« Er wandte sich ab. Der Hund folgte ihm. Sanne sperrte die Haustür auf.

»Rotwein ist gut für die Nerven«, rief Domegall, vor seiner Tür stehend, herüber. »Haben Sie Lust auf ein Glas? Es würde Ihnen guttun.«

Was sollte das jetzt werden? War ihre Botschaft nicht klar genug gewesen? Sie wollte nichts mit ihm zu tun haben. »Danke. Wenn ich mich betrinke, dann mache ich das ebenfalls allein.«

Domegall lachte. »Sie sind wirklich die unfreundlichste Nachbarin, die ich je hatte. Gute Nacht.« Er verschwand im Haus, Hamlet folgte ihm. Die Tür schlug zu.

Sanne trank natürlich keinen Wein. Sie kochte sich eine ganze Kanne Schlafwohltee, sah im Fernsehen zwei Folgen einer unsäglichen Serie und dann noch eine Talkshow, um nicht weiter über diesen unerfreulichen Tag nachdenken zu müssen. Kurz vor Mitternacht ging sie zu Bett.

Der Tee entfaltete nicht die erhoffte Wirkung. Schlaflos wälzte sie sich im Bett. Bilder, Schemen, Wortfetzen taumelten durch die Dunkelheit. *Verbrecherin! ... Irgendwann wirst du dafür bezahlen! ... Ich will nicht schlafen! ... Du bist keine Befehlerin! ... Ihre Hand an Ludwigs Fußknöchel. Ein Plumpsen in die Kissen ... Noch mal! Noch mal! Noch mal! ...* Ein Fadendünnes Rinnsal Blut ... Ihre Hand auf der Türklinke.

Keuchend warf Sanne sich auf die Seite, zog die Decke über sich. *Noch mal! Noch mal! Noch mal!*

Stöhnend sprang sie aus dem Bett. Warum hörte das nicht auf! Warum ließen ihre Träume ihr keinen Frieden!

Sie hielt das nicht aus!

Was hatte sie nur getan, in den Sekunden, an die sie sich nicht erinnern konnte?

Sie hatte doch nicht ...

Ihre Hand auf der Türklinke! Sie hatte doch da gelegen?

Sanne machte Licht, zerrte die Jeans über die Beine, zog den Pulli über den Kopf, griff nach dem Autoschlüssel.

Sie hatte doch nicht ...

Die Haustür schlug hinter ihr zu. Der Motor heulte auf. Ihre Gedanken verhakten sich in dieser unaussprechlichen Frage.

Sie hatte doch nicht ...

In der Stille der Nacht dröhnte der Porsche durchs Dorf. Sie erreichte den Autobahnring. Gab Gas. Drei Uhr nachts. Die Autobahn so gut wie leer. Auf der rechen Spur krochen LKWs. Die Fahrbahn war trocken.

225 km/h.

Bremslichter. Rechts eine Lücke. Dort vorbei. Drei Uhr

sieben. Ostkreuz. Dann auf die A9 Richtung Nürnberg. 245 km/h. Die Tachonadel ganz ruhig. Drei Spuren. 260 km/h. Die erste Radarfalle. Runter vom Gas. 120. Sie stand beinahe. Vorbei. Beschleunigen. Die Tachonadel stieg zitternd auf 250. Doppeltes Elefantenrennen. Diese Ärsche! Keine Zeit für Lichthupe. Standspur und vorbei.

Adrenalin bis in die Haarspitzen.

Nacht und Lichter rauschten vorüber. Der Motor dröhnte. Der Porsche lag gut auf der Straße, saugte sich fest, hielt Spur. Volle Konzentration. Keine Zeit für anderes. Puls sicher hundertachtzig. Fischbach vier Uhr vier. 57 Minuten. Neuer Rekord. Sanne verließ die Autobahn, fuhr über den Zubringer zurück auf die A9, Richtung München. Wieder drehte sie voll auf. Nordkreuz: fünf Uhr drei. 59 Minuten.

Auf der Umgehungsautobahn verringerte sie das Tempo. Langsam runterkommen vom Adrenalinrausch.

Es war beinahe Viertel nach fünf, als sie Paschkofen wieder erreichte. Schwarz lag die Nacht über den Gebäuden. Im Haus war es dunkel. Sanne warf Pulli und Jeans achtlos auf den Boden und ließ sich erschöpft ins Bett fallen.

Bis der Wecker um sieben klingelte, hatte sie beinahe zwei Stunden traumlos geschlafen. Einen Moment überlegte sie, sich umzudrehen, stand dann aber doch auf und sah zuerst nach Herrn Kater. Auch er war wach und wollte raus. Sanne öffnete ihm die Tür zum Garten.

Sie fühlte sich völlig zerschlagen. Ihr Kopf dröhnte. Sie sog die kalte Luft ein und wurde wacher.

Der Morgen dämmerte. Ein silbriger Schimmer stieg über der Silhouette des Waldes auf. Davor lag ein Streifen Hochnebel über der Wiese, die sich jenseits des Gartenzauns erstreckte. Und dort stand jemand.

Domegall.

Mit gespreizten Beinen stand er im feuchten Gras und vollführte in einer fließenden Bewegung eine halbe Drehung. Dabei hob er die Arme, senkte sie, als ob er den beginnenden Tag beschwichtigen wollte, hob sie, schwang sie zur Seite, und das alles in einer unendlich langsamen, geschmeidigen Bewegung. So wie Wasser über Steine floss. Endlose Ruhe und Kraft lagen darin.

36

Beim Frühstück las Sanne die Zeitung. Im Laufe der Jahre hatte sie sich einen Scannerblick angewöhnt, der ihr anhand eines Bildes oder Schlagworts signalisierte, welche Artikel sie nicht lesen würde. Alles, was mit Mord, Totschlag, Unfällen und sonstigen Katastrophen zu tun hatte, beachtete sie nicht. Auch die Todesanzeigen überblätterte sie regelmäßig. Doch heute blieb ihr Blick an einem Namen hängen, fror förmlich daran fest. Martina Oberdieck. Eine Schockwelle durchlief sie. Martina?

Martina war tot! Doch nicht Martina. Aber da stand ihr Name. *Geliebte Tochter ... Aus dem Leben gerissen ... Trauerfeier 13.00 Uhr ... Waldfriedhof.*

Aus dem Leben gerissen. Was war passiert? Ein Unfall? Eine schreckliche Krankheit? Sollte sie zur Beisetzung gehen? Besser nicht. Zu viele Menschen. Oder doch? Obwohl sie Martina kaum kannte, fühlte sie sich ihr verbunden. Deutlich mehr als Jens. Vielleicht lag es daran, dass sie als Frauen das Schicksal teilten, schuldlos schuldig zu sein.

Sanne legte die Zeitung weg und starrte aus dem Fenster. Würde in diesem totengrauen November denn niemals die Sonne scheinen!

Wie war Martina gestorben? Diese Frage ließ Sanne in der folgenden Stunde keine Ruhe. Schließlich legte sie ihre Arbeit beiseite, ging ins Wohnzimmer und rief Lydia an.

»Das stand doch in allen Zeitungen.« So lautete die Antwort auf Sannes Frage. In Lydias Stimme hatte schon immer ein Unterton von Ungeduld mitgeschwungen. Heute war er deutlich zu hören. Thorsten sollte eigentlich froh sein, dass sie ihn verlassen hat, dachte Sanne. Lydia mit ihrem Befehlston, ihrer Ungeduld und ihrer Fähigkeit, immer zu wissen, was andere zu tun hatten. Sie hatte die Beziehung dominiert. Thorsten war einfach viel zu nett für sie.

»Eine ganz schreckliche Sache. Hast du das wirklich nicht gelesen? Auch im Fernsehen wurde darüber berichtet. Martina ist ertrunken. Besser gesagt ...«, hier machte Lydia eine dramatische Pause, »jemand hat sie ertränkt.«

Was!

Sannes Beine fühlten sich auf einmal weich und nachgiebig an. Sie musste sich setzen. Etwas schnürte ihr die Kehle zu, brachte ihr Herz zum Rasen.

»Ist alles in Ordnung mit dir?«

»Ja. Geht schon«, brachte sie schließlich heraus.

»Thorsten geht zur Beisetzung. Deshalb gehe ich nicht. Ich will ihm nicht begegnen. Das verstehst du sicher. Gehst du?«

Thorsten hatte das gewusst! Als er bei ihr gewesen war, hatte kein Wort darüber verloren.

»Vielleicht. Sag mal, Lydia, dass Jens tot ist, das weißt du doch.«

»Natürlich.«

»Denkst du, das hängt mit der Gruppe zusammen?«

»Wie kommst du denn auf diese Idee? Jens war doch nur zwei- oder dreimal dabei und Martina nicht öfter. Ich hab jetzt keine Zeit. Gleich kommt die erste Patientin.« Bevor sie weitere Fragen stellen konnte, beendete Lydia das Gespräch.

Sanne legte den Hörer auf. Vielleicht hatten der Tod von Jens und Martina nichts miteinander zu tun. Vielleicht war das nur ein furchtbarer Zufall.

Martina. Eine hübsche Frau mit dunklen Haaren und sanften Augen. Sie hatte sich mit Selbstvorwürfen gequält.

Genau wie sie selbst.

Sanne folgte ihrer inneren Stimme, die ihr riet, zu Martinas

Beisetzung zu gehen, und stieg kurz vor zwölf in die S-Bahn Richtung Innenstadt. Während der Rushhour wäre Sanne mit dem Auto gefahren, trotz der kilometerlangen Baustelle auf dem Mittleren Ring, die noch bis Ende des kommenden Jahres für Staus sorgen würde. Überall dort, wo sich viele Menschen aufhielten, musste sie nicht sein. In Menschenmengen bekam sie Panikattacken. Doch mittags waren die S- und U-Bahnen erträglich leer.

Am Friedhofseingang gab es einen Blumenstand. Dort kaufte sie eine Rose und ging zur Trauerhalle. Zwischen den Wolken blitzte ab und zu ein Fetzen blauer Himmel hervor. Der Wind war eisig, zog an Haaren und Mantel und trieb ihr die Tränen in die Augen.

Die Zeremonie hatte bereits begonnen. Leise trat sie ein, setzte sich in die hinterste Reihe und lauschte Reden und Musik. Dabei ließ sie ihren Blick über die Menge der Trauernden gleiten und entdeckte Thorsten, der etwas weiter vorne am äußeren Rand neben Uli saß.

Die Feier ging zu Ende. Stühle wurden gerückt. Sanne trat als eine der Letzten an den Sarg, legte die Rose ab und kondolierte Martinas Eltern. Ein Gefühl von Unwirklichkeit begleitete sie dabei.

Als sie die Trauerhalle verließ, warteten Thorsten und Uli auf sie. Er berührte sie am Arm. »Ich habe dir nichts gesagt, damit du dich nicht beunruhigst, und nun hast du es doch erfahren. Es tut mir leid.«

Rücksichtnahme war also der Grund für sein Schweigen. Irgendwie war das nett. Doch andererseits war sie nicht krank. Sie musste nicht geschont werden. Eine leichte Gereiztheit stieg in ihr auf. »Das ist lieb von dir. Aber ich verkrafte das.«

»Hallo, Sanne.« Uli schob ihre Hände in schwarze Wildlederhandschuhe. Wie meistens war sie praktisch gekleidet.

Schwarze Jeans, Rollkragenpullover, Steppjacke. Die dunklen Haare verbarg heute eine Mütze. »In der Halle war es ja ganz schön kalt. Sollen wir uns irgendwo bei einem Kaffee aufwärmen?«

Sanne war auch ganz durchfroren. »Gerne.«

»Im Prinzip ja.« Thorsten sah auf die Uhr. »Ich habe nur eine halbe Stunde Zeit. Meine Schicht beginnt um halb vier.«

Während sie den Friedhof Richtung Ausgang durchquerten, kam das Gespräch unweigerlich auf Martina und Jens. Thorsten sagte, dass die Kripo in beiden Fällen bisher anscheinend keine Spur hatte.

»Ob die den Zusammenhang überhaupt schon erkannt haben?«, fragte Sanne. »Ich meine, dass Jens das Kind ins Auto gelaufen ist, das ist fünf Jahre her.«

Thorsten hakte sich bei ihr ein. »Seine Frau wird das sicher nicht verschwiegen haben. Und ich glaube auch nicht, dass Jens starb, weil jemand den Rächer gibt.«

»Nicht?« Für Sanne war das eigentlich offensichtlich.

»Vielleicht war Jens in krumme Sachen verwickelt«, erwiderte Thorsten. »Das letzte Objekt, das er gebaut hat, dieses Einkaufszentrum … daran sind ukrainische Investoren beteiligt. Da flossen sicher Schmiergelder. Mach dich also nicht verrückt, Sanne.«

Langsam ging ihr Thorsten auf die Nerven. Er behandelte sie wie eine Kranke, die sich in unsinnige Gedanken verstrickte. »Wieso denkst du, ich mache mich verrückt?«, fuhr sie ihn an.

»Weil du glaubst, dass jemand Leute umbringt, die in irgendeiner Form am Tod eines anderen beteiligt waren und dafür nicht bestraft wurden, und dass du auf der Liste desjenigen stehen könntest. Oder?« Lächelnd sah er sie an.

Sie atmete durch. Okay. So ganz unrecht hatte er nicht.

Genauer gesagt hatte er diese diffuse Angst, die in ihr arbeitete, sehr präzise in Worte gefasst. »Ja, da ist etwas dran. Entschuldige. In diese Richtung gehen meine Überlegungen wohl.«

»Siehst du. Und wenn man das mal laut ausspricht, dann erkennt man auch, wie unsinnig eine solche Idee ist. Wir leben in München und nicht in den USA. Wir leben im richtigen Leben und nicht in einer Fernsehserie. Bei uns gibt es keine Serienmörder.« Mit diesen Worten legte er seinen Arm um ihre Schultern und zog sie an sich. Ganz Beschützer. Und ziemlich besitzergreifend. Liebevoll sah er sie an. »Alles ist gut.« Seine Hand glitt über ihre Wange.

Die eine Sorge verschwand. Eine andere tauchte auf. Thorsten sagte zwar, dass er sich mit Freundschaft begnügen wollte, aber er handelte entgegengesetzt. Er suchte Nähe und Zärtlichkeit. Plötzlich empfand sie das Gewicht seines Arms als Last. Sie machte sich los, indem sie nach ihrer Tasche griff und ein Papiertaschentuch hervorzog. Dabei bemerkte sie die Veränderung, die in seinem Gesicht vor sich ging. Er hatte ihr Manöver durchschaut und war enttäuscht.

»Und Martina? Sie hatte wohl kaum Kontakt zur Russenmafia«, entgegnete Sanne und war selbst über ihren pampigen Tonfall erstaunt.

Thorsten schob die Hände in die Jackentasche. Es sah aus, als ballte er die Fäuste. »Die meisten Frauen werden Opfer von Beziehungstaten. Vielleicht hat sich ein Ex von ihr gerächt oder sie ist einem Perversen über den Weg gelaufen. Sollen wir ihre Eltern mal fragen, ob sie vergewaltigt wurde? Würde dich das dann beruhigen?«

Aber hallo! Nun war er also beleidigt. Sanne beschloss, das Thema besser ruhen zu lassen.

Uli, die bisher schweigend neben ihnen hergegangen war, mischte sich nun ein. »Meinst du nicht, dass du zu weit gehst?

Sannes Überlegungen sind absolut berechtigt. Man kann die Ähnlichkeiten in beiden Fällen nicht einfach wegreden.«

Sanne war Uli für ihre Intervention dankbar.

Thorsten blieb stehen. »Zufall. So etwas passiert. Aber bitte, wenn ihr euch jetzt gegenseitig hochschaukeln und in Panik versetzen wollt, dann macht das. Aber ohne mich. Mir ist die Lust auf einen Kaffee vergangen.« Mit diesen Worten drehte er sich um.

Sanne sah ihn davongehen. Etwas lief in die falsche Richtung, seit dieser vermaledeiten Nacht. Hätte sie doch nur nicht dieser spontanen Regung nachgegeben. Den Impuls, ihm nachzurennen, unterdrückte sie.

Auch Uli sah Thorsten hinterher. »Es ist besser, wenn er sich erst einmal abkühlt. Dann kannst du wieder vernünftig mit ihm reden. Hoffentlich. Hast du noch Lust auf den Kaffee?«

»Eigentlich nicht«, antwortete Sanne ehrlich.

»Kein Problem. Ich muss nur langsam ins Warme, sonst hole ich mir eine Blasenentzündung. Bist du mit dem Auto da, oder soll ich dich mitnehmen?«, fragte Uli.

»Das ist lieb von dir, aber nicht nötig. Zur U-Bahn ist es ja nicht weit.«

»Gut, dann begleite ich dich bis dahin.«

Zehn Minuten später standen sie vor der Rolltreppe, die hinunter zur U-Bahn-Station führte.

Zum Abschied umarmte Uli sie. »Pass auf dich auf, Sanne.«

»Klar. Mach ich.«

Ein dunkler Schimmer zog über Ulis Augen. »Ich meine das ernst. Was du vorhin auf dem Friedhof gesagt hast ... Deine Vermutung ist nicht von der Hand zu weisen.«

»Du meinst wegen Jens und Martina.« Etwas schnürte ihr plötzlich die Kehle zu. Bisher waren diese Überlegungen irgendwie abstrakt, eher theoretisch gewesen, doch nun drängten sie sich mit aller Macht in ihre Wirklichkeit.

Fröstelnd schob Uli die Hände in die Jackentasche. »Es gibt noch eine weitere Parallele. Jens und Martina waren nicht nur beide schuldlos schuldig und starben auf die gleiche Weise wie die Menschen, an deren Tod sie beteiligt waren. Sie haben auch beide die Gruppe von Lydia besucht. Genau wie du.«

»Aber ich habe mir die doch nur ein paar Mal angesehen und war nicht einmal Mitglied.«

»Jens und Martina haben auch nur einige Sitzungen besucht.«

»Was willst du denn damit sagen?«

Ein Lächeln huschte über Ulis Gesicht. »Vermutlich, dass Lydia nicht gerade eine geschickte Gruppentherapeutin ist.« Uli nahm sie in den Arm und zog sie an sich. »Entschuldige. Ich rede lauter blödes Zeug. Ich wollte dir keine Angst machen und habe offenbar das Gegenteil erreicht.«

»Schon gut. Ich muss jetzt los. Meine U-Bahn fährt in zwei Minuten.« Sanne löste sich von Uli und lief die Rolltreppe hinunter.

Wie aus dem Nichts war die Angst plötzlich da.

37

In der U-Bahn kam die erste Panikattacke, dabei war das Abteil nur spärlich besetzt. Zuerst wurde ihr übel, dann begann das Herz zu rasen. Schweiß bildete sich auf ihrer Stirn. Nein, sie würde nicht sterben. Nicht jetzt. Nicht hier. Nicht so. Vor Angst.

Raus!

Sie musste hier raus! Tunnelwände jagten am Fenster vorbei. Endlos. Grau! Grau! Grau! Sanne sprang auf, ging durch den Wagon. Leute starrten sie an. Schweiß lief ihr über die Stirn. Die Bluse unter dem Mantel wurde feucht. Zitternd blieb sie vor der Tür stehen. Dunkelheit draußen. In der spiegelnden Scheibe ihr weißes Gesicht. Die U-Bahn verlangsamte ihre Fahrt, fuhr in die Station ein. Die Türen öffneten sich. Sanne stolperte hinaus. Marienplatz. *Ist Ihnen nicht gut?* Der mitfühlende Blick einer älteren Dame. Sanne wehrte ab und setzte sich auf eine Bank. Langsam ebbte die Angst ab, beruhigte sich ihr Herzschlag. Ein Taxi. Sie würde jetzt ein Taxi nehmen. Erleichterung breitete sich in ihr aus. Und einen Moment später Wut. Nein! Sie würde sich kein Taxi nehmen. Wenn sie damit anfing, würde sie über kurz oder lang weder S-Bahn noch U-Bahn fahren, und irgendwann wäre es so weit, dass sie das Haus nicht mehr verließ. Sie wollte sich von dieser unsinnigen Panik nicht in ihr Leben pfuschen lassen. Ihr Herz war gesund. Sie würde nicht tot in einer U-Bahn umfallen. Sie hatte Platzangst. Das war alles.

Ein paar Minuten ruhte Sanne sich auf der Bank aus, dann fuhr sie mit der Rolltreppe zum S-Bahnsteig hoch und hatte

Glück. Sie musste nicht lange warten. Ihre S-Bahn kam in einer Minute. Das war doch ein gutes Zeichen.

Etliche Leute stiegen aus. Sanne fand einen Fensterplatz in Fahrtrichtung. Ein weiteres gutes Zeichen. Die Türen schlossen sich, der Zug fuhr an. Grauer Beton wischte vor den Scheiben vorbei. *Pass auf dich auf.* Das hatte Uli gesagt. Warum fiel ihr das jetzt ein? Uli machte sich Sorgen und fand Sannes Angst nicht unbegründet. Was ja wohl hieß, dass sie begründet war. Sie hatte allen Grund, Angst zu haben. Sollte sie zur Polizei gehen und auf die Verbindung zwischen Jens und Martina hinweisen? Die Parallelen waren so offensichtlich. Und Lydia. Liefen in der Gruppe die Fäden zusammen? Suchte der Mörder dort nach Opfern?

Unwillkürlich schüttelte Sanne den Kopf. Das war so absurd. Das hatte nichts mir ihr zu tun. Ihr Name stand auf keiner Liste. Sie versuchte sich zu entspannen. Es gelang ihr nicht. Wieder stieg diese Übelkeit in ihr auf. Nein. Sie wollte nicht. Nicht schon wieder. Ihr Herz begann zu rasen. Schweiß brach ihr aus allen Poren. Der Zug fuhr im Ostbahnhof ein. Sanne stürmte hinaus, lehnte sich an eine Säule. Sie war klatschnass geschwitzt, fror erbärmlich und kapitulierte.

Ein Taxi brachte sie nach Hause. Kurz nach drei war sie daheim, bezahlte den Fahrer und sperrte die Tür zu ihrem Häuschen auf. Mantel und Tasche warf sie achtlos auf die Ablage im Flur. Sie fühlte sich völlig kraftlos, wie heruntergedimmt, und fror in den nassen Sachen.

Herr Kater kam aus der Küche gelaufen und strich ihr um die Beine. Als sie ins Wohnzimmer ging und sich aufs Sofa fallen ließ, folgte er ihr und legte sich neben sie. Erwartungsvoll stupste er sie mit dem Kopf an. Erst zog sie die Wolldecke über sich, dann streichelte sie Herrn Kater. Sein weiches Fell und das wohlige Schnurren ließen sie entspannen. Alles würde ins Lot kommen. Irgendwie. Herr Kater spitzte die Ohren und sah hoch, als wollte er fragen, ob alles in Ordnung sei. »Ich sollte mich umziehen, sonst hole ich mir noch eine Erkältung. Das ist alles.« Er schien das zu verstehen, denn er rollte sich wieder zusammen.

Der alte Cellobogen lag seit Tagen in der Werkstatt und wartete darauf, restauriert zu werden. So langsam sollte sie damit beginnen. Aber vorher musste ihr warm werden. Noch immer fror sie. Kein Wunder, mit den klammen Klamotten am Leib.

Sanne nahm ein heißes Bad, kochte sich dann Früchtetee und betrat mit einem Becher in der Hand ihre Werkstatt. Höchste Zeit, mit der Arbeit zu beginnen.

Doch das Klingeln des Telefons hielt sie davon ab. Sanne stellte den Tee beiseite, ging ins Wohnzimmer und meldete sich. Ein leises Knacken klang durch die Leitung. »Möbus«, wiederholte sie. Der Anrufer blieb stumm. »Hallo. Wer ist denn da?« Im Hintergrund war sehr leise Musik zu hören. Kaum wahrnehmbar. Was sollte der Mist? Dachte jemand, er könnte ihr Angst einjagen? Jetzt hörte sie seinen Atem. Kein obszönes Stöhnen, sondern einfach nur ein gleichmäßiges Ein- und Ausatmen. So ein Mistkerl! Wofür hielt er sie? Und vor allem sich? Glaubte er wirklich, sie ließe sich so in Angst und Schrecken versetzen? Wenn, dann hatte er sich getäuscht.

»Ich bin mal gespannt, wer von uns beiden das länger aushält. Sie oder ich? Ich wette, ich.«

Doch diese Wette verlor Sanne. Sein Schweigen und Atmen kroch durchs Telefon, füllte das Zimmer mit einem Nebel aus Bedrohung. Mit zitternden Fingern legte sie schließlich auf und starrte aus dem Fenster in graue Ödnis. Eine schwere Wolkendecke lag über der erstorbenen Natur, als wollte sie alles ersticken. Kahle Äste reckten sich wie skelettierte Finger gen Himmel. Nirgendwo Licht. Überall nur Schatten und

Halbdunkel. Unsicherheit und Angst stiegen in Sanne auf. Was geschah mit ihr?

Das Telefon klingelte. Herrgott! Der traute sich was! Angst wich Wut. Sanne riss das Telefon aus der Ladeschale. »Hören Sie auf damit. Lassen Sie mich in Ruhe!«

»Sanne?« Eine Frauenstimme.

»Ja.«

»Uli hier. Ich wollte mich nur vergewissern, dass du gut nach Hause gekommen bist. Ist alles in Ordnung mit dir?«

38

Alois verließ die Apotheke der Meinhardts. Hier kam er nicht weiter. Die Alibis standen.

Er stieg in den Mini, zog das iPhone hervor und googelte »schuldlose Schuld«+München. Gestern hatte er das nicht mehr geschafft, doch vor dem Meeting, das Tino für elf angesetzt hatte, wollte er der Sache nun auf den Grund gehen.

Mit dieser Suche erzielte er keinen Treffer, der ihn zu einer Selbsthilfegruppe führte. Erst als er mit diesem Zusatz suchte, kam er ans Ziel: »schuldlos schuldig«. Er klickte auf den Link und gelangte auf die Webseite einer Psychotherapeutin. Im Impressum fand er Adresse und Telefonnummer. Lydia van Gierten. Das klang zickig. Diplom-Sozialpädagogin und Psychotherapeutin. Eine Sozpäd. Das auch noch. Diesen Berufsstand hatte Alois gefressen. Lauter Gutmenschen mit Sendungsbewusstsein.

Vorher anrufen oder einfach unangemeldet auftauchen? Er entschied sich für die Überrumpelungstaktik, gab die Adresse ins Navi ein und fuhr nach Bogenhausen.

In dieser Ecke Münchens wohnten eindeutig die Besserverdienenden. Villen verbargen sich hinter Mauern und Hecken und Luxuskarossen in den Tiefgaragen darunter.

Die Praxis von Lydia van Gierten befand sich in der ersten Etage eines schlichten Neubaus. Alois klingelte. Einen Augenblick später summte der Türöffner. Er trat in einen Vorraum, von dem vier Türen abgingen. Die linker Hand stand offen und gewährte Einblick in einen Raum, in dem orientalisch anmutende Sitzkissen in einem großen Kreis lagen. Vermutlich war das der Gruppenraum. An der Tür gegenüber pappte ein Aufkleber: WC. Daneben befand sich eine kleine Küche. Die Tür zu seiner Rechten wurde geöffnet. Eine Frau trat heraus. Mittelgroß, ein paar Kilo zu viel auf den Rippen. Eine phantastische Oberweite zeichnete sich unter einem hautengen Pullover ab. Schöner Mund. Als Alois' Scannerblick bei den gletscherblauen Augen ankam, musterten diese ihn bereits. Er fühlte sich ertappt. Gerade hatte er bewiesen, typisch Mann zu sein. Erst der Busen, dann der Mund. Tolle Haare. Er kam nicht umhin, das zu bemerken. Schulterlang. Strohblond. Natur. Sah man selten.

Nun zog sie die Tür hinter sich zu. »Sie können hier nicht einfach hereinplatzen«, sagte sie mit gedämpfter Stimme. »Die Anmeldung erfolgt telefonisch. Täglich zwischen neun und zehn Uhr. Oder schreiben Sie eine Mail.« Mit diesen Worten nahm sie eine Visitenkarte aus einer Schale, die auf einem Tischchen stand, und hielt sie ihm hin.

Alois zog seinen Dienstausweis hervor. »Fünfanger. Kripo München. Es geht um Ihre Selbsthilfegruppe.«

Ein missbilligender Zug erschien um ihren Mund. »Sie kommen wegen Jens und Martina. Den Weg hätten Sie sich sparen können. Die Gruppe hat damit nichts zu tun, und ich habe jetzt keine Zeit. Ich habe eine Patientin.« Mit der Hand wies sie auf die Tür hinter sich.

Zickig. Hatte er ja schon geahnt. »Beide haben Ihre Selbsthilfegruppe besucht. Beide sind tot. Und außerdem haben Sie für Kontakt zwischen Hinterbliebenen und Unfallbeteiligten gesorgt. Sehr schlaue Idee übrigens. Natürlich werde ich mir Ihren Laden ansehen. Notfalls nehme ich mit richterlichem Beschluss die ganze Bude auseinander.«

Dieser Spruch zeigte Wirkung. Er sah förmlich, wie Lydia van Giertens Gedanken hinter der glatten Stirn durcheinanderpurzelten. Die Polizei, in ihrer Praxis! Was würden die Patienten sagen? Ihr Ruf würde leiden und die reichen Bogenhausener Tussis wegbleiben.

»Fünf Minuten, dann habe ich Zeit für Sie.«

Fünf Minuten. Das war akzeptabel. »Geht doch.«

»Warten Sie hier.« Sie wies auf zwei Stühle, die den Tisch mit der Schale flankierten, und verschwand in ihrem Behandlungszimmer. Alois setzte sich.

Ein paar Minuten später öffnete sich die Tür wieder. Eine gutgekleidete Frau mittleren Alters erschien. Verbiesterter Zug um den Mund. Gerötete Augen. Jede Menge Schmuck und noch mehr Make-up. Vielleicht war sie vom Gatten gegen ein jüngeres Modell ausgetauscht worden und bekam das nicht auf die Reihe. Lydia van Gierten bat ihn ins Behandlungszimmer, als sei er ein Patient. Immer schön den Schein wahren, nicht wahr?

Couch gab es keine. Nur zwei Sessel, die aussahen, als könnte man in ihnen untergehen. Er nahm das Angebot nicht an, sich zu setzen.

»Sie kommen also wegen der Selbsthilfegruppe.« Lydia van Gierten blieb ebenfalls stehen. »Zufall, dass Martina und Jens sie besucht haben. Wir bemühen uns, den inneren Frieden der Beteiligten wiederherzustellen, und hetzen sie nicht gegeneinander auf.«

»Wer ist *wir*?«

»Ich meinte, *ich* bemühe mich. Seit einigen Monaten leite ich die Gruppe alleine.«

»Und davor?«

»Davor hat mir mein Lebenspartner geholfen. Die Gruppe war seine Idee. Ich mache hauptsächlich Einzeltherapien, fand aber Thorstens Ansatz interessant, und so haben wir die Gruppe ins Leben gerufen. Die Arbeit hat sich auch bewährt.«

»Ich hätte gerne eine Liste mit den Namen der Teilnehmer.

Und auch die Namen aller, die an diesem unsäglichen Gesprächskreis teilgenommen haben, bei dem sich Hinterbliebene und Unfallbeteiligte gegenübersaßen.«

Ein schmales Lächeln erschien. »Ich unterliege der Schweigepflicht. Wenn Sie diese Liste haben wollen, dann müssen Sie in der Tat mit einem richterlichen Beschluss hier aufkreuzen. Aber so viel kann ich Ihnen verraten: Es gab nur einen einzigen derartigen Gesprächskreis. Ich war von Anfang an skeptisch, ob das gutgehen kann. Und es ging ja dann auch nicht gut. Wir haben es nicht wiederholt.«

Das musste dann also der Abend gewesen sein, an dem Lenas Mutter teilgenommen hatte. Seltsam. Von einer Eskalation hatte sie nichts gesagt. Nur, dass es keine gute Idee gewesen war, daran teilzunehmen. »Was ist an diesem Abend passiert?«

Mit dem Zeigefinger strich Lydia van Gierten sich über die Nasenwurzel. »Das, was ich insgeheim befürchtet habe. Die Diskussion lief aus dem Ruder. Eine Teilnehmerin wurde ausfällig.«

»Lenas Mutter, Franziska Meinhardt?«

»Ach. Sie wissen davon?«

»Mehr oder weniger. Was ist geschehen?«

»Sie hat einigen Teilnehmern vorgeworfen, sich ihre Tat schönzureden. Sie hat wirklich *Tat* gesagt. Als wären sie Verbrecher. Das Gespräch ist eskaliert, und schließlich ist sie gegangen.«

Das hatte Franziska Meinhardt also gemeint, als sie von keiner guten Idee gesprochen hatte. »War ihr Mann an diesem Abend auch dabei?«

»Nein.«

»Und Jens Flade?«

»Nein.«

»Sind Sie sicher?«

»Ja.«

»Eine Namensliste ...«

»Bekommen Sie, wenn Sie einen Richter von einem Herausgabebeschluss überzeugen können. Ich glaube allerdings nicht, dass Ihnen das gelingt.«

Verärgert verabschiedete Alois sich.

Franziska Meinhardt. Das wollte er jetzt schon genau wissen. Er fuhr nach Pasing. Nach einem erneuten Besuch der Praxis konnte er Franziska Meinhardt definitiv abhaken. Ihre Alibis wurden von Kollegen bestätigt. Sie mochte zwar beim Gesprächskreis ausgetickt sein, als Mörderin kam sie aber nicht in Frage. Als Flade überfahren wurde, hatte sie gearbeitet. Ebenso ihr Mann. Er war in seiner Apotheke in Waldperlach gewesen. Das bestätigten seine Mitarbeiter. Alois überlegte, was zu tun sei, als er wieder in den Mini stieg.

39

Während der Teambesprechung verschlechterte Dühnforts
Laune sich rapide. Keine DNA-Spuren an der Briefmarke.
Keine verwertbaren Fingerabdrücke an der Karte. Keine Postkarte bei Flade. Kein weiterer Ermittlungsansatz. Lediglich
das Team von Moritz Russo konnte einen Erfolg vorweisen:
Es war ihnen gelungen, aus der Datenbank IGVP Namen zu
destillieren.

»Das ist wirklich eine mühselige Arbeit«, meinte Russo.
»Wir haben mit 2011 angefangen und wühlen uns rückwärts
durch die Daten. Wir sind erst bei Juni 2009, aber wir haben
einen Treffer. Antonio Hergeth, Sportlehrer an der Joachim-
Ringelnatz-Realschule in Neuperlach. Sein Schüler Manuel
Dasch ist am 10. Juni 2009 beim Volleyballspiel mit einem
Klassenkameraden unglücklich zusammengerumpelt und hat
ein Schädel-Hirn-Trauma erlitten. Am 15. Juni starb er in-
folge des Unfalls. Das Ermittlungsverfahren gegen Hergeth
wurde Ende Juli eingestellt. Er hat seine Aufsichtspflicht
nicht verletzt.«

Dühnfort dankte Russo, ließ sich die Kontaktdaten des
Sportlehrers geben und beendete das Meeting.

Vom Büro aus rief er ihn an und erreichte Hergeth an der
Schule in Frankfurt, an der er seit zwei Jahren unterrichtete.
Ein Mann mit fester Stimme. Selbstbewusst. Robust. Dühnfort kam gleich zur Sache und erklärte ohne Umschweife,
worum es ging.

Hergeth hatte keine Postkarte erhalten, und es gab auch
keine anderen Merkwürdigkeiten, wie anonyme Anrufe oder
Mails. Sollte er dergleichen bekommen, würde er sich melden.

Dühnfort gab ihm seine Handynummer und verabschiedete sich.

Im Laufe der folgenden Stunden las er sich noch einmal durch alle Zeugenaussagen. Dabei fiel ihm auf, dass eine Zeugin Eugen Voigt am Fenster seines Schlafzimmers gesehen hatte. Kurz vor dem Unfall. Er aber behauptete, mit einer Wärmeflasche im Bett gelegen zu sein. Dass er nachgesehen hatte, was passiert war, nachdem es gekracht hatte, war logisch. Aber vorher? Hatte er auf dem Weg ins Bett den gewohnten Blick aus dem Fenster geworfen, oder hatte er Gina angelogen und doch eine Beobachtung gemacht? Dühnfort wollte das klären und wählte die Nummer von Eugen Voigt. Doch er meldete sich nicht.

Sein Magen knurrte. Schon halb drei. Höchste Zeit für ein Mittagessen. Dühnfort ging zu Marcellos Espressobar am Rindermarkt, aß ein Tramezzino mit Thunfisch, trank den gewohnten Espresso multikulti und kehrte an seinen Schreibtisch zurück, aus dem er die angebrochene Tafel Schokolade zog, von der nur noch eine Rippe übrig war. Der bittere Geschmack lag ihm noch auf der Zunge, als er Eugen Voigts Nummer erneut wählte. Doch wieder meldete sich niemand.

Dühnfort schlüpfte in den Mantel und fuhr zu Voigt. Der Mann war nicht zu Hause. Eine Nachbarin erklärte, dass Voigts Auto nicht auf dem gewohnten Platz stand und er es selten benutzte. Eigentlich nur, wenn er zu einer Verwandten an den Tegernsee fuhr. Also war er dort. Am See. Sonst wäre das Auto ja da, so ihre Schlussfolgerung. Eine Adresse hatte sie nicht. Nur den Nachnamen. Denn der war Voigt. Sie ließ sich noch eine Weile darüber aus, wie korrekt Voigt immer alles nahm. Den Putzdienst im Treppenhaus, den Räumdienst im Winter, die Regelungen über die Lautstärke von Fernsehapparaten und Radios, und dass er sich vermutlich vor Ärger ein Monogramm in den Hintern gebissen hatte, weil ihm der Mord an dem Architekten entgangen war.

An diesem Punkt vibrierte das Handy in Dühnforts Tasche. Gina meldete sich. Sie hatte eine weitere Überschneidung gefunden. »Bei beiden Unfällen war dasselbe Kriseninterventionsteam im Einsatz. Subvento. So nennen die sich. Gründer und Leiter ist ein Arzt im Ruhestand, Dr. Stefan Neumeier. Mit dem sollten wir mal reden.«

»Wo haben die ihren Sitz?«

»Sommerstraße.«

Da Dühnfort ohnehin in der Gegend war, übernahm er das. Bevor er losfuhr, bat er Gina, die Adressen aller Frauen ausfindig zu machen, die den Nachnamen Voigt trugen und am Tegernsee wohnten. Über die Einwohnermeldeämter der Gemeinden musste das relativ schnell zu erledigen sein.

»Voigt? Die Mutter von Knöllchen-Eugen?«, wollte Gina wissen.

»Eine Verwandte jedenfalls.«

»Okay. Und warum?«

»Ich bin mir nicht sicher, ob er den Unfall nicht doch gesehen hat.«

»Der hat seit Jahren davon geträumt, sich mal als Zeuge wichtigzumachen. Warum sollte er jetzt schweigen?« Sie beantwortete sich die Frage umgehend selbst. »Du glaubst, er hat den Fahrer erkannt und erpresst ihn?«

»Kurz vor dem Unfall lag er nicht im Bett. Er wurde am Fenster gesehen. Ich würde mich gerne mit ihm unterhalten.«

»Okay. Ich mache die Voigts rund um den Tegernsee ausfindig. Wenn du ihn befragst, wäre ich gern dabei.«

»Natürlich. Sag mal ... ganz andere Frage. Magst du Woody Allen?«

»Nicht alles von ihm, aber einiges. Wieso?«

»Im Filmcasino läuft heute Abend *Match Point*. Hast du Lust hinzugehen?«

»Du willst dir einen Film angucken, in dem ein Mörder ungestraft davonkommt? Klar bin ich dabei. Wann?«

»Um acht.«

»Prima. Dann treffen wir uns vorm Kino. Oder kommst du vorher noch mal ins Büro?«

Es war bereits halb sieben. »Vermutlich nicht.«

Als Dühnfort einige Minuten später in seinem Auto saß, fragte er sich, woher es kam, dass er nach außen so ganz anders wirkte, als er sich fühlte. Sogar Gina kannte ihn nicht. Er musste ihr die Möglichkeit dazu geben, sich mehr öffnen, mehr reden. Über sich und seine Gedanken und Gefühle. Doch das fiel ihm seit jeher schwer.

Die Isar führte Hochwasser. An der Reichenbachbrücke überquerte er sie. Graubraune Fluten brausten gen Norden. Er bog in die Eduard-Schmid-Straße ein, die parallel zum Fluss verlief, und erreichte die Sommerstraße.

In den Tiefen seines Gedächtnisses schlummerte noch ein Rest Lateinvokabeln. Subvento. Das bedeutete so viel wie *zu Hilfe kommen*. Die Geschäftsräume des Kriseninterventionsteams Subvento waren im Erdgeschoss eines schmucklosen Gebäudes aus den Siebzigerjahren untergebracht. Ein Vorplatz mit Empfangstheke. Weiter hinten stand eine zweiflüglige Tür zu einem Zimmer offen. Flipchart, Leinwand. Mehrere Stuhlreihen, die lose besetzt waren. Es sah so aus, als würde demnächst eine Schulung beginnen. Gesprächsfetzen drangen aus dem Raum.

Von dort kam eine Frau auf ihn zu. Sie war groß und kräftig. Etwa Anfang dreißig. Praktische Kurzhaarfrisur. Musternder Blick. Ein Namensschild am Sweatshirt wies sie als Mitglied des Kriseninterventionsteams aus. Ulrike Rodewald. »Kann ich etwas für Sie tun?« Ihre Stimme klang so robust, wie die ganze Frau wirkte. Dühnfort traute ihr sofort zu, einen Einsatz zu leiten, Anweisungen zu geben und den Überblick zu behalten.

Er stellte sich vor. »Ich ermittle in zwei Mordfällen. Beide Opfer waren vor Jahren in tödliche Unfälle verwickelt, und in beiden Fällen wurde dieses KIT gerufen. Ich wüsste gerne, welche Mitarbeiter damals im Einsatz waren.«

Im Gesicht der Frau ging eine Veränderung vor sich. Der eben noch freundliche Ausdruck wurde ernst. Mit einer Hand wies Ulrike Rodewald auf ein Büro, dessen Tür offen stand. Ein Mann mit hellem Haar und gepflegtem Bart unterhielt sich dort mit einem Mitarbeiter, der Rettungsweste und weiße Jeans trug. »Stefan kann Ihnen am besten weiterhelfen.« Sie begleitete Dühnfort zum Büro.

»Stefan, hier ist jemand von der Kripo für dich.«

Dr. Neumeier unterbrach sein Gespräch und reichte Dühnfort die Hand. Sie war trocken wie Pergament. »Eine schreckliche Geschichte. Wir sprachen gerade darüber.«

Seit Tagen arbeitete Dühnforts Team in mühseliger Fieselarbeit daran, Zusammenhänge im Leben der Opfer aufzuspüren, und hier hatte man längst einen entdeckt und es nicht für nötig befunden, die Polizei zu kontaktieren. Dühnforts Laune rutschte um ein paar Grad Richtung Gefrierpunkt. »Wann haben Sie diese Verbindung erkannt?«

»Verbindung? Das ist doch nur ein Zufall.«

»An Zufälle zu glauben, habe ich mir schon lange abgewöhnt.«

Neumeier fuhr sich durch den Bart. »Falls Sie annehmen, in unseren Reihen sei ein Mörder zu finden, dann ist das ziemlich absurd. Wir sind Helfer.« Er verschränkte die Arme.

Der Mann neben ihm ergriff das Wort. »Das glauben Sie doch nicht wirklich.«

Das Namensschild an der Rettungsweste wies ihn als

Thorsten Languth aus. Ein drahtiger Mann Anfang dreißig mit dichtem Haar und einem markanten Kinn.

»Für mich zählen Fakten. Und Fakt ist, dass bei beiden Unfällen dieses KIT von der Einsatzzentrale angefordert wurde. Ihnen war das bewusst, und Sie haben es nicht für nötig befunden, uns zu informieren. Es hätte uns eine Menge Arbeit erspart.«

Neumeier gab seine abwehrende Haltung auf und ließ die Arme sinken, offenbar in der Bemühung, sich kooperativ zu zeigen. »Uns war nicht klar, dass Sie einen Zusammenhang sehen, sonst hätte ich Sie natürlich angerufen. Im Übrigen werden den Kriseninterventionsteams die Einsatzgebiete von der Rettungsleitstelle zugeteilt. Wo wir unsere Arbeit tun, liegt also nicht in unserer Entscheidung.«

»Ich würde gerne Personalunterlagen, Dienstpläne und Einsatzprotokolle einsehen, und zwar vom November 2006 und Mai 2008.«

Bedauernd breitete Neumeier die Hände aus. »Tut mir leid. Das ist nicht möglich.«

»Weshalb?«

»Unser Archiv ist im Keller untergebracht. Beim Sommerhochwasser vor zwei Jahren wurde er überschwemmt. Alle Unterlagen seit der Gründung bis August 2009 wurden vernichtet.«

Merde, fluchte Dühnfort lautlos. »Gut. Dann bitte ich Sie, Ihr Gedächtnis zu strapazieren. Können Sie eine Liste aller Mitarbeiter zusammenstellen? Auch der inzwischen ausgeschiedenen?«

»Puh.« Neumeier stieß die Luft aus. »Ich werde es versuchen.«

»Wissen Sie noch, wer bei den beiden Unfällen im Einsatz war?« Eine Frage, die vermutlich nach so langer Zeit nicht zu beantworten war. Doch Thorsten Languth erinnerte sich. »Bei Flade hatte ich Dienst. Natürlich nicht alleine, wir waren zu dritt. Franz Meer und Uli Rodewald waren an dem Einsatz beteiligt.«

»Und bei Martina Oberdieck?«

Bedauernd schüttelte Languth den Kopf. »Keiner meiner Einsätze. Da bin ich mir ganz sicher.«

»Aber jemand hat sich an Martina erinnert. Sie haben ja gerade über sie und Flade gesprochen.«

»Sie und Jens haben ein paar Mal eine Selbsthilfegruppe besucht, die ich mit meiner Exfreundin gegründet habe.«

»Welche Selbsthilfegruppe?«

Languth lehnte sich gegen die Tischkante. »Meistens gibt es bei tödlichen Unfällen einen Schuldigen, jemanden, der einen Fehler gemacht oder nicht aufgepasst hat, der betrunken war oder unter Drogeneinfluss stand. Die Fronten sind klar. Die Rollen verteilt in Opfer und Täter, wenn ich das mal so krass formulieren darf. Die Hinterbliebenen haben jemanden, den sie verantwortlich machen können. Das ist einfacher, als an eine schicksalhafte Fügung zu glauben. Es sei denn, man ist gläubig. Doch wer ist das heute noch?« Ein Schulterzucken folgte. »Derjenige, der die Verantwortung trägt, wird zur Rechenschaft gezogen. Er wird bestraft. Alles hat seine Ordnung. Irgendeine Form von Gerechtigkeit entsteht. Das macht es für alle Beteiligten leichter. Nicht wirklich gut, aber erträglicher.

Doch es gibt diese seltenen Fälle, bei denen sich niemand etwas vorzuwerfen hat. Niemand hat schuldhaft oder fahrlässig gehandelt. Keiner hat etwas versäumt oder übersehen. Und trotzdem ist es passiert. Ein Mensch stirbt. Und niemand trägt die Verantwortung. Es gibt keinen Schuldigen und keine Strafe. Damit umzugehen ist schwer. Nicht nur für die Hinterbliebenen, sondern oft auch für diejenigen, die unschuldig schuldig wurden. Denn so fühlen sich viele von ihnen. Schuldig. Sie quälen sich mit unsinnigen Fragen, leiden manchmal unter Depressionen bis hin zu Suizidvorstellungen. Und manche, die dachten, sie wären darüber weg, werden Jahre später von einer Posttraumatischen Belastungsstörung eingeholt. Am Tod eines Menschen beteiligt zu sein, das steckt man nicht so einfach weg. Ehen scheitern, Karrieren gehen in die Brüche und das ganze Leben den Bach hinunter, wenn eine PTBS nicht erkannt und behandelt wird.«

Languth sprach ruhig, konzentriert und dennoch mit einer unterschwellig spürbaren Leidenschaft.

»Und für diese Menschen haben Sie eine Selbsthilfegruppe gegründet. Sind Sie Psychotherapeut?«

»Ich bin Altenpfleger. Stellvertretender Leiter einer Pflegestation, um genau zu sein. Daneben habe ich ein abgebrochenes Studium in Psychologie vorzuweisen und daher auf diesem Gebiet ein profundes Dreiviertelwissen.« Languth lächelte entschuldigend. »Um Ihre Frage zu beantworten: Meine Lebenspartnerin ist Psychotherapeutin. Also eigentlich Ex-Lebenspartnerin. Wir haben die Gruppe gemeinsam gegründet. Jetzt betreut sie die allein.«

»Welche Hilfsangebote machen Sie den Betroffenen?«

»Gesprächskreise, Gruppenabende und Vermittlung von Therapeuten und Therapieeinrichtungen. Je nachdem, was angebracht ist.«

»Jens Flade und Martina Oberdieck waren also Mitglieder der Gruppe.«

Languth zog die Schultern hoch. »Jens hat nur an zwei oder drei Sitzungen teilgenommen, und das ist lange her.«

Dühnfort stutzte. »Weshalb erinnern Sie sich dann so gut an ihn?«

»Ich habe ein gutes Gedächtnis. Aber das ist nur die halbe Antwort. Ich habe Jens nach dem Unfall betreut. Länger, als das eigentlich üblich ist. Damals war er noch Single. Seine

Familie lebt nicht in München, er hatte also niemanden, der ihn auffing, und er war dabei, in eine Depression zu rutschen. Also habe ich mich um ihn gekümmert und ihm die Gruppe empfohlen. Ihm hat dieser ganze *Psychokram*, wie er unsere Arbeit genannt hat, dann doch nicht zugesagt.«

»Und Martina Oberdieck?«

»Bei ihr war es ähnlich. Sie ist auf Drängen ihrer Eltern zur Gruppe gekommen. Ich habe mir gleich gedacht, dass sie nicht lange bleibt.«

»Wie viele Mitglieder hat die Gruppe?«

Languth zog die Schultern hoch. »Das wechselt. Manche kommen, manche gehen. Allzu häufig geschehen derartige Unfälle auch nicht. Vielleicht acht bis zehn.«

»Sie haben sich aus der Gruppenarbeit zurückgezogen?«

»Nach der Trennung war das besser so.«

»Wenn ich eine Liste der Mitglieder haben will, wende ich mich also am besten an Ihre Ex. Können Sie mir die Adresse geben?«

»Sie wird die Namen aber nicht freiwillig herausrücken. Und ich würde das auch nicht ohne richterlichen Beschluss tun. In unseren Reihen nach einem Mörder zu suchen, ist geradezu lächerlich. Wir helfen den Leuten. Wir gehören zu den Guten, wenn Sie so wollen.«

Interessanter Aspekt, dachte Dühnfort. »Wie kommen Sie auf die Idee, ich würde dort den Täter suchen?«

»Tun Sie das nicht?«

»In erster Linie wollen wir potenzielle Opfer ausfindig machen und schützen.«

40

Sanne saß an der Werkbank und nahm behutsam den alten Cellobogen auseinander. Der Frosch aus Schildpatt hatte Risse und war an zwei Stellen gebrochen. Unterhalb des Schiebers war eine Metallschiene zur Stabilisierung eingebaut worden. Wer machte denn so etwas? Der Frosch war vermutlich nicht zu retten. Sie würde ihn ersetzen müssen.

Es war schon nach acht, als sie den Bogen in seine Bestandteile zerlegt und diese gereinigt hatte. Sie räumte die Werkstatt auf und wollte gerade das Licht löschen, als es an der Haustür klingelte. Vielleicht Laura.

Doch es war Niklas Domegall. Unrasiert, das lange Haar im Nacken zusammengefasst und die Ärmel des Flanellhemdes aufgekrempelt, stand er im Nieselregen. »Sie werden das jetzt für einen plumpen Annäherungsversuch halten. Aber haben Sie ein Pflaster, das Sie mir borgen könnten?« Auf den linken Daumen drückte er ein Papiertaschentuch, das bereits mit Blut vollgesogen war. »Ich habe mich geschnitten und finde den Erste-Hilfe-Kasten nicht. Steckt vermutlich noch in einem Umzugskarton.«

Wenn das ein Annäherungsversuch war, dann war der Highlander bereit, Opfer zu bringen. Und mit einem Pflaster war es nicht getan. Das sah man ja auf den ersten Blick. »Kommen Sie rein.« Wieder einmal klang sie unfreundlich. Sie bugsierte ihn in die Küche und holte Verbandszeug aus dem Bad.

Ein paar Minuten später war der Schnitt gesäubert und verarztet. »Danke.« Domegall stand auf. »Sie kriegen den Verband frisch gewaschen und gebügelt wieder.« Ein Grinsen konnte er sich nicht verkneifen.

»Nicht nötig. Wirklich nicht.«

Auf dem Weg zur Haustür kamen sie am Wohnzimmer vorbei. Herr Kater, der dort auf dem Sofa lag, blickte auf und spitzte die Ohren.

»Ach, da fällt mir ein, für Herrn Kater habe ich ja etwas.« Domegall zog aus einer der zahlreichen Taschen seiner Hose einen Katzenstick. »Den trage ich schon seit Tagen mit mir rum. Auch er hat eine Entschuldigung verdient. Darf ich ihm den geben?«

Irgendwie war Domegall nicht der Kotzbrocken, den Sanne gerne in ihm gesehen hätte. Eigentlich war er ganz nett. Sie nickte und folgte ihm ins Wohnzimmer.

Herr Kater reckte sich, als Domegall ihn begrüßte, und sprang hoch, als er die Folie vom Stick zog. Ratzfatz war der leckere Happen verschlungen und die Entschuldigung offenbar angenommen. Doch Domegall ging noch nicht. Ihm fiel der Sekretär ihrer Urgroßmutter auf. An mehreren Stellen hatte das Furnier Risse. Er bot ihr an, das bei Gelegenheit zu reparieren. »Natürlich zu einem Freundschaftspreis.«

Ehe sie es sich versah, saß er auf ihrem Sofa und erzählte von seiner Arbeit, die ursprünglich ein Hobby gewesen war, und dass er eigentlich Zahnarzt war und die Praxis zugunsten der alten Möbel aufgegeben hatte. Seine Ehe hatte diese Entscheidung nicht überlebt. »Monikas Zuneigung galt wohl eher meinem Bankkonto. Vor drei Wochen hat sie wieder geheiratet. Den Finanzvorstand eines Konzerns. Ende gut, alles gut. Wenigstens Hamlet ist bei mir geblieben.« Lächelnd erhob er sich. »Ich halte Sie schon zu lange auf und sollte jetzt langsam mal gehen.«

Diese Gelassenheit, die er ausstrahlte, war irgendwie faszinierend. Wie gelang einem das?

Ein Bild tauchte aus ihrer Erinnerung hervor. Eine schemenhafte Figur im Morgengrauen auf der Wiese. Weiche, fließende Bewegungen. War das Tai-Chi oder Chi Gong? Vielleicht wäre das etwas für mich, überlegte Sanne, während sie Domegall zur Tür brachte.

»Danke fürs Verarzten.« Er hob die verbundene Hand zum Gruß und wechselte auf die andere Seite der Straße, zu seinem Haus. Während sie ihm nachsah, kam ein Auto den Weg vom Dorf heruntergefahren. Die Lichter schaukelten in der Dunkelheit. Wer mochte das sein? Die Straße endete hier. Vermutlich jemand, der zu Domegall wollte, denn sie erwartete niemanden. Doch dann erkannte sie ein Fahrzeug der Seniorenresidenz. Thorsten. Seit sie nach Martinas Beisetzung im Streit auseinandergegangen waren, hatten sie nicht miteinander gesprochen. Einerseits freute sie sich, dass er sie besuchte, bemerkte aber gleichzeitig eine Spur von Verärgerung. Er kam wieder einmal unangemeldet. Woher nahm er die Sicherheit, dass sie da sein würde, und wie konnte er annehmen, dass ihr sein Besuch immer gelegen kam? Ein wenig überheblich war das schon. Sanne schüttelte den Kopf, als könnte sie so diese ungewohnten Gedanken vertreiben. Bisher hatte sie sich doch nie daran gestört, dass Thorsten kam, wann er wollte. Ganz im Gegenteil. Er war ihr stets willkommen gewesen.

Er parkte neben dem Porsche und stieg aus. War sein Auto noch immer in Reparatur?

»Hallo, Sanne.« Er nahm sie in den Arm. »Ich hoffe, du bist nicht mehr sauer auf mich.«

»Weshalb sollte ich denn sauer sein?«

»Na, wegen meines Abgangs neulich, nach Martinas Beerdigung, und wegen dieser blöden Bemerkung, die ich gemacht habe. Es tut mir leid. Mir geht das offenbar mehr an die Nieren, als ich wahrhaben will. Und das wollte ich dir persönlich sagen. Nicht am Telefon. Und außerdem wollte ich dich fragen, ob du morgen Abend mit mir essen gehst.«

Sanne zögerte. Ob das eine gute Idee war?

»Es gibt etwas zu feiern. Ich habe die Stelle bekommen. Ab
ersten März bin ich Pflegedienstleiter.«

»Hey. Das ist ja toll!« Sie trat zur Seite. »Jetzt komm schon
rein. Auf die Beförderung müssen wir anstoßen. Magst du ein
Glas Wein?«

»Klar.«

Sanne nahm Gläser aus dem Schrank, holte eine Flasche
Wein aus dem Abstellraum, die ihr Frederick mal für besondere Gelegenheiten geschenkt hatte, und ging damit ins
Wohnzimmer. Thorsten entkorkte sie und schenkte ein. Sie
stießen auf seine neue Position an, und Thorsten verhielt sich
wie immer. Keine Annäherungsversuche. Sanne war froh, dass
er ihr die Zurückweisung nicht übelnahm. Er schien ganz der
Alte zu sein. Sie sprachen über seine Arbeit und dann über die
bevorstehende Skisaison. Thorsten wollte mit dem Tourengehen beginnen und fragte, ob Sanne nicht auch Lust dazu
hätte. Skifahren war eigentlich nicht so ihr Ding. Ewig am
Lift anzustehen, um dann in drei Minuten eine Piste herun-
terzujagen, machte wenig Spaß. Doch auf Skiern den Berg zu
besteigen, um dann abzufahren, stellte sie sich reizvoll vor.
Sie wollte es sich überlegen.

Irgendwann kam Thorsten auf Ludwigs Todestag zu sprechen. Er wollte wissen, ob sie ihn gut hinter sich gebracht
hatte. »Ich wäre gerne bei dir gewesen. Aber die Arbeit ...
Zwei unserer Pflegerinnen sind ausgefallen. Ich musste eine
zweite Schicht übernehmen.«

»Das ist doch in Ordnung. Ich muss alleine damit klarkommen, und inzwischen überstehe ich den Tag ganz gut.«
Sie erzählte ihm weder von der Begegnung mit Evelyn und
Nils noch von ihrem neuen Rekord. München-Ostkreuz bis
Nürnberg-Fischbach. 166 Kilometer in 57 Minuten. 57 Minuten, in denen sie nichts dachte, nichts denken konnte. Er
würde ihr Vorhaltungen machen, genau wie ihr Vater.

»Und die Tage davor? Hast du wieder schlecht geschlafen und nach den verlorenen Sekunden gesucht?« Diese Frage klang in Sannes Ohren seltsam vorwurfsvoll. Instinktiv spürte sie, dass es besser war, sich diesem Thema zu entziehen.

»Es wird langsam besser«, log sie. »Ich frage mich nicht mehr so häufig, was geschehen ist. Eigentlich weiß ich es ja. Ich habe getan, was ich immer getan habe. Ludwig zugedeckt, ihm eine gute Nacht gewünscht, Spielzeug aufgeräumt, und dann bin ich gegangen. Meine Hand lag auf der Türklinke, als Ludwig … als er … als es passiert ist.«

»Aber sicher bist du dir nicht?«

Was war das jetzt für eine Frage?

»Natürlich nicht. Ich kann mich schließlich nicht erinnern. Aber ich weiß, was ich immer getan habe. Weshalb hätte ich etwas anderes machen sollen als sonst?« Unwillkürlich war sie in Abwehrhaltung gegangen und verteidigte sich. Obwohl sie sich nicht rechtfertigen musste.

Thorsten stützte die Ellenbogen auf und legte die Handflächen aneinander. Er wirkte nachdenklich, in sich gekehrt und irgendwie besorgt. »Ich habe vor einigen Tagen einen Artikel in einer Fachzeitschrift gelesen.«

Thorsten und sein Interesse an allen Arten von Wissenschaft. Bevorzugt Psychologie. Ständig sah er Wissenssendungen und kaufte sich all diese Zeitschriften, die ihr Geld damit verdienten, wissenschaftliche Themen so aufzubereiten, dass die Allgemeinheit sie verstand. Sanne war gespannt, was jetzt kommen würde.

»Diese Amnesie hat einen Grund. In den Sekunden, an die du dich nicht erinnern kannst, muss etwas Entscheidendes geschehen sein.«

Ja! Natürlich! Ludwig ist zu Tode gestürzt! Schon vergessen?

»Etwas, das dich traumatisiert hat. Du wirst erst damit abschließen können, wenn du dich erinnern kannst.«

»Das weiß ich selbst«, fuhr sie ihn an und schämte sich sofort für diesen unangebrachten Tonfall. Versöhnlich fügte sie hinzu: »Ich bemühe mich doch seit Jahren. Aber es geht nicht. Da ist nur ein schwarzes Loch!«

Er griff nach ihrer Hand und drückte sie. In seinen Augen lag Sorge. Wie so häufig. »Manchmal, wenn du so in Abwehrhaltung gehst ... Sei mir nicht böse, Sanne, ich sage nur, wie ich es empfinde ... Kann es sein, dass du dich nicht erinnern willst?«

Wie bitte?

Sie wünschte sich nichts verzweifelter, als endlich zu wissen, was geschehen war. An jedem Augenblick dieses schrecklichen Abends. Wie konnte er ihr unterstellen, sie wolle sich nicht erinnern? Glaubte er am Ende ...?

Sie war doch mehr als drei Meter entfernt gewesen. Wieder sah sie das Bild vor sich: ihre Hand auf der Türklinke ...

Weshalb war dieses Bild für sie so wichtig? Weshalb klammerte sie sich daran wie an einen Rettungsring? Panik schlug in einer gigantischen Welle über ihr zusammen. Sie sprang auf. Der Stuhl krachte hinter ihr zu Boden. »Wenn du das glaubst, dann solltest du jetzt gehen.«

41

Beim Morgenmeeting war Dühnfort auf angenehme Weise ein wenig unausgeschlafen.

Gestern Abend war es ihm nicht mehr gelungen, mit Lydia van Gierten zu sprechen und eine Liste der Teilnehmer an den Gruppensitzungen zu erhalten. Die Praxis war bereits geschlossen gewesen. Er hatte an der Wohnung geklingelt, die sich im selben Haus befand, und als sich dort nichts rührte, hatte er eine Nachricht auf der Mailbox hinterlassen und um Rückruf gebeten. Das war um zehn vor acht gewesen, und Gina hatte bereits vor dem Filmcasino auf ihn gewartet.

Der Vorspann lief schon, als sie den Vorführraum betreten hatten und sich in eine der hinteren Reihen setzten. Danach eine Quiche und ein Glas Wein im Oskar Maria, gefolgt von einem Spaziergang durch die Innenstadt zu seiner Wohnung. Die Luft prickelte. Die Schaufenster waren erleuchtet. Weihnachtsdekorationen überall. Verheißung lag über der Stadt. Mit Gina an seiner Seite war das Leben so viel schöner.

Die Nacht war kurz. Sie liebten sich. Er fragte, ob sie Lust hätte, Weihnachten mit ihm und seiner Familie auf Sylt zu verbringen. Sie hatte. Er warnte sie, dass Julius und Victoria jede Minute durchplanen würden.

»Wenn uns das zu viel wird, flüchten wir uns in lange Strandspaziergänge«, erwiderte sie, »oder, falls wir ein eigenes Zimmer haben, machen wir einfach die Tür hinter uns zu. Haben wir?«

»Ja. Das haben wir.« Er nahm sie in den Arm. So schliefen sie ein.

Und nun saß Dühnfort angenehm unausgeschlafen im

Meeting, und sein Ärger, dass Alois zu spät kam, hielt sich in Grenzen.

Der Stand der Ermittlungen wurde besprochen. Sie gingen nur zäh voran. Die Rekonstruktion der letzten Stunden in Martinas Leben hatte der Soko keinen weiteren Ermittlungsansatz beschert. Schülkes Alibi für den Fall Flade war bestätigt. Er war bei einer Familienfeier in einem Lokal gewesen, das sich allerdings in der Nähe des Tatorts befand. Fünf Minuten mit dem Auto entfernt. War er kurz von der Feier verschwunden? Doch der Fahrer hatte etwa 15 Minuten auf Flade gewartet. Beinahe eine halbe Stunde Abwesenheit wäre den Gästen dieser Feier sicher aufgefallen. Und welches Motiv konnte er haben?

Gina war noch damit beschäftigt, die Einwohnermeldeämter der Tegernseegemeinden zu kontaktieren, um die Verwandte von Eugen Voigt aufzutreiben und somit ihn.

Blieb noch die Postkarte. Flade hatte definitiv keine erhalten, berichtete Alois. Dühnfort beauftragte ihn, mit seiner Gruppe Mitarbeiterlisten aller Kriseninterventionsteams in München zu besorgen und diese mit der Namensliste abzugleichen, die Dr. Stefan Neumeier im Laufe des Tages zufaxen würde. Vielleicht hatte jemand das KIT gewechselt.

Dann informierte er die Soko über die Selbsthilfegruppe *Schuldlos schuldig* der Psychotherapeutin Lydia van Gierten. »So, wie sich das für mich darstellt, findet der Täter seine Opfer in dieser Gruppe. Falls ich die Mitgliederliste von der Leiterin nicht freiwillig bekomme, werde ich einen Herausgabebeschluss beantragen, damit wir potenzielle Opfer ausfindig machen können.«

Russo blickte auf. »Wir können die Fieselarbeit in der Vorgangsverwaltung also einstellen?«

»Besser, ihr bleibt da dran. Ich bin mir nicht sicher. Beide Opfer waren zwar Mitglieder dieser Selbsthilfegruppe, aber beide waren das nur sehr kurze Zeit. Wir sollten nichts übersehen. Wenn wir Pech haben, hat das nichts zu bedeuten.«

Dühnfort bemerkte, wie Alois auf den Kugelschreiber starrte, dessen Enden er mit beiden Händen umspannte, als wollte er ihn jeden Augenblick durchbrechen.

»Gibt es noch etwas? Wenn nicht, dann machen wir uns jetzt an die Arbeit.« Dühnfort beendete das Meeting. Stühle wurden gerückt, Füße scharrten.

Im Flur holte Alois ihn ein. »Kann ich dich kurz sprechen?«

»Natürlich. Was gibt es?«

»Den Beschluss für die Mitgliederliste dieser Gruppe ... Du brauchst ihn nicht zu beantragen.«

»Weshalb?«

Aus der Sakkotasche zog Alois einen zweimal gefalteten Bogen Papier und reichte ihn Dühnfort. »Deswegen war ich heute zu spät. Ich habe ihn schon.«

Wie bitte?

Bleib ruhig, befahl Dühnfort sich. Alois hielt seinem Blick stand. Gina und Sandra gingen vorbei. Russo unterhielt sich mit Stahl einige Meter entfernt. »Wie bist du auf die Gruppe gekommen?«

»Lenas Mutter kennt sie.«

»Du hast mit Lydia van Gierten gesprochen?«

»Eine Zimtzicke. Unkooperativ. Deshalb habe ich gestern Abend den Beschluss beantragt.«

Der Druck in Dühnforts Hals stieg. Er wies hinter sich auf den Besprechungsraum. »Mir fällt nur ein Grund ein, warum du das beim Meeting verschwiegen hast.« Seine Kiefermuskeln mahlten. »Wir arbeiten als Team. Wenn du denkst, dass du als Einzelkämpfer besser bist als wir alle zusammen, dann geh zur GSG 9 oder zu den KSK-Einsatzkräften. Dann bist du hier fehl am Platz.«

Alois löste den Blick, ließ ihn zur Wand gleiten. »Okay. Das war nicht korrekt. Ich gebe es zu. Und nun ist es gut.«

»Wenn du dich für eine Führungsposition qualifizieren willst, dann halte dich an die Regeln. Noch so ein Alleingang, und du fliegst aus meinem Team. So, und jetzt bringst du das zu Ende.« Dühnfort reichte ihm den Beschluss.

In Alois' Gesicht ging eine Veränderung vor sich. Für einen Moment erschien ein gehässiger Zug darin. »Ach ja, an die Regeln halten. Gilt das nicht für alle? Auch für dich?« Auf dem Absatz machte er kehrt und ging den Flur hinunter.

Dühnfort unterdrückte den Impuls, ihm die Frage nach-zurufen, was diese Anspielung bedeuten sollte. Er hatte eine Vermutung, was Alois meinte. Merde!

42

Bis Mittag legte Alois die Mitgliederliste der Selbsthilfegruppe vor. Jens Flade, Martina Oberdieck und vierzehn weitere Namen befanden sich darauf. Zu allen wurde Kontakt aufgenommen. Jeder wurde befragt. Am späten Nachmittag wussten sie, dass niemand eine Postkarte oder eine Drohung in anderer Form erhalten hatte.

Dühnfort starrte auf den überlebensgroßen Latinlover im Traueranzug auf dem Baugerüst jenseits seines Bürofensters und bekam Lust auf einen Espresso. Auf einen richtigen.

War ihre Theorie falsch? Suchte der Täter seine Opfer nicht in dieser Gruppe? War es Zufall, dass Flade und Martina ihr angehört hatten? Doch beide waren nicht lange dabei gewesen. Eine weitere Gemeinsamkeit. War dies für den Täter das entscheidende Kriterium? Jemand, der nicht bestraft worden war und es obendrein ablehnte, seine Verstrickung in den Tod eines anderen therapeutisch zu bewältigen?

Dühnfort zog die elektronische Ermittlungsakte zu Rate. Auf der Liste war neben den Namen das Eintrittsdatum vermerkt und im Falle eines Austritts auch dieser Zeitpunkt. Außer Jens und Martina war niemand nur kurzfristig dabei gewesen. Dühnfort schloss die Datei und stand auf, um sich endlich den Espresso zu machen. Von der Schokolade war nur die Verpackung übriggeblieben. Er warf sie in den Papierkorb. Zeit, für Nachschub zu sorgen.

Möglicherweise war es damit erledigt. Keine Serie. Zwei Morde und Ende. Doch Erleichterung wollte sich bei diesem Gedanken nicht einstellen. Die Angst, der Täter würde erneut zuschlagen, lauerte im Hintergrund.

Auch die Personalliste von Subvento lag inzwischen vor. Hoffentlich vollständig von Dr. Stefan Neumeier rekonstruiert. Ein Team arbeitete sie ab. Jeder Mitarbeiter und auch alle Exmitarbeiter wurden befragt. Wer war bei dem Unfall von Martina Oberdieck und Steffi Schünemann im Einsatz gewesen?

Dühnfort rief Steffis Eltern an. Sie erinnerten sich zwar, dass Mitarbeiter eines Kriseninterventionsteams bei ihnen gewesen waren, konnten sich aber weder an Namen noch Gesichter erinnern. Eine Einladung zu einem Gesprächskreis hatten sie nie erhalten und wiesen die Vorstellung empört zurück, sich mit *solchen Leuten* an einen Tisch zu setzen.

Hier kam Dühnfort nicht weiter. Er ging in Ginas Büro. Sie war allein, der Stuhl von Alois leer. »Ist Voigt inzwischen aufgetaucht?«

Sie zog die Schultern hoch. »Es gibt achtzig Voigts rund um den Tegernsee. Ich telefoniere mir grad den Mund fusslig.«

Mit einem Mal hatte Dühnfort ein schlechtes Gefühl. Ein Gefühl wie heißes Blei, das seinen Magen füllte. Eine Gewissheit ohne jeglichen Beweis dafür: Voigt hatte den Unfall gesehen und den Fahrer erkannt. Entweder war er aus Angst vor ihm abgetaucht, oder er hatte ihn erpresst und war mit dem Geld verschwunden.

Dühnfort lehnte sich an die Schreibtischkante. »Hol dir zwei Leute aus dem Sachbearbeiterteam. Sie sollen dir helfen. Wenn wir Voigt am Tegernsee nicht auftreiben, müssen wir seine Wohnung auf den Kopf stellen.«

»Weshalb das?«

Ihr konnte er es sagen. Das hatte er schon immer gekonnt. Schon vor ihrer Beziehung. »Bauchgefühl. Mit diesem Argument bekomme ich aber keinen Beschluss zur Hausdurchsuchung. Erst muss klar sein, dass Voigt vermisst wird.«

»Ich hatte nicht den Eindruck, dass er mich angelogen hat. Gesundheitlich war er nicht auf der Höhe. Außerdem ist er ein Wichtigtuer. Der hätte noch am selben Abend mit seinem Wissen geprahlt, wenn er etwas gesehen hätte.«

»Nicht zwangsläufig.«

»Du glaubst wirklich, Voigt ist ein Erpresser, und dass er das bitter bereut hat und seine Leiche längst entsorgt ist?«

Er hätte das nicht so flapsig ausgedrückt. »So ungefähr.«

»Gut. Dann borge ich mir wohl besser drei Leute. Sollen die sich ans Telefon hängen, und ich rede mit Voigts Nachbarn, ob ihnen etwas an ihm aufgefallen ist und ob sie einen Plan haben, wo er sein könnte. Kommst du mit?«

Während Dühnfort noch überlegte, vibrierte das Handy in seiner Jackentasche. Moritz Russo war dran. »Es geht voran mit der Fieselarbeit. Wir haben neue Namen. Bist du im Haus?«

»Ja.«

»Bei mir oder bei dir?«

»Ich komme zu dir.« Dühnfort legte auf.

»Was gibt es?«, fragte Gina.

»Russo hat weitere potenzielle Opfer ausfindig gemacht.«

»Okay. Dann rede ich wohl besser alleine mit Voigts Nachbarn. Wir sehen uns.« Sie zwinkerte ihm zu. Er umarmte sie und ging dann zu Russo.

Der saß mit aufgekrempelten Ärmeln an seinem Schreibtisch. »Hallo Tino. Das ist wirklich wie die Suche nach der Stecknadel im Heuhaufen. Hoffentlich lohnt sich der Aufwand. Und hoffentlich übersehen wir niemanden.«

Das hoffte Dühnfort auch. »Wie lange werdet ihr noch brauchen?«

Russo zog die Stirn kraus. »Wir sind jetzt bei 2007. Drei bis vier Tage wirst du dich schon noch gedulden müssen, bis wir sieben Jahre durchforstet haben.«

Das Gefühl, nicht genügend Zeit zu haben, stellte sich wieder ein.

Russo griff nach zwei Ausdrucken. »Hier unsere Ausbeute. Margarethe Hasler, Rentnerin, wohnhaft in der Aidenbachstraße. Sie hatte am 8. März 2007 Übernachtungsbesuch von ihrer Enkelin Anne Prokop, 22 Jahre alt, Studentin. Anne klagte über Kopfschmerzen und legte sich hin. Mitten in der Nacht wurden die Kopfschmerzen offenbar quälend. Sie ging ins Bad, suchte nach einem Schmerzmittel, verwechselte die Blisterpackungen, die lose in einer Schublade lagen, und schluckte das Herzmedikament ihrer Oma. Das wäre nicht wirklich schlimm gewesen. Doch bei Anne setzte eine allergische Reaktion ein. Die Atemwege schwollen zu. Es gelang ihr nicht, sich bemerkbar zu machen. Sie starb an einem Quincke-Ödem. Das Ermittlungsverfahren gegen Margarethe Hasler wurde im Mai 2007 eingestellt.

Und dann haben wir noch Phillip Heitmann, Verwaltungsfachwirt. Er fuhr mit seiner Freundin Isabella Mair am 22. Dezember 2008 nach Garmisch zum Weihnachtsurlaub. Am folgenden Tag machten sie einen Spaziergang um einen zugefrorenen See. Heitmann konnte seine Freundin nicht davon abhalten, das Eis zu betreten. Als sie etwa fünfzig Meter vom Ufer entfernt einbrach, blieb ihm nichts anderes übrig, als den Notruf zu wählen und hilflos zuzusehen, wie seine Freundin unterging. An der Unfallstelle gab es keine Rettungsmittel. Weder Leiter, Seil noch einen Rettungsring. Verfahren eingestellt.« Russo legte die Ausdrucke beiseite. »Das war es.«

Beide Namen standen nicht auf der Liste der Selbsthilfegruppe. Kaum dachten sie, es gäbe einen Ansatzpunkt, da flutschte ihnen dieser wie Seife aus den Händen.

Dühnfort dankte Russo. »Hast du aktuelle Kontaktdaten der beiden?«

Russo zog ein weiteres Blatt aus seinen Unterlagen und reichte es Dühnfort. »Beide wohnen noch in München.«

»Wisst ihr, welche KITs bei den beiden im Einsatz waren?«

»Im Fall der Studentin wurde das Kriseninterventionsteam des Arbeiter-Samariter-Bundes hinzugezogen und in Garmisch … Keine Ahnung.« Russo zuckte die Schultern. »Ich mache mich schlau. Aber ganz sicher nicht Subvento. Die arbeiten nur in München.«

43

Dühnfort rief Margarethe Hasler um kurz nach zwei an. Als die alte Dame sich nicht meldete, wählte er die Büronummer von Phillip Heitmann, der Sachbearbeiter bei einer Versicherung war. Leider war er heute nicht da. Wie Dühnfort von einer Kollegin erfuhr, war Heitmann zurzeit krankgeschrieben. »Ist er ja häufig, seit der Sache mit Isabella«, meinte sie.

Doch auch zu Hause ging Heitmann nicht ans Telefon und ebenso nicht an das Handy. Dühnforts Unruhe verstärkte sich. Er fuhr nach Sendling zu einem modernen Wohnblock, in dem Heitmann in der vierten Etage wohnte. Dühnfort klingelte. Nichts rührte sich. Eine junge Frau verließ mit einem Kinderwagen das Haus. Dühnfort hielt ihr die Tür auf und schlüpfte hinein. Mit dem Lift fuhr er nach oben und klopfte an Heitmanns Wohnung. Schritte waren zu hören. Doch niemand öffnete. Er klopfte erneut. »Herr Heitmann? Dühnfort, Kripo München. Ich muss Sie sprechen. Es ist wichtig.«

Es dauerte einen Moment, dann wurde der Schlüssel im Schloss gedreht und die Tür einen Spaltbreit geöffnet. Verstrubbeltes Haar, Dreitagebart und Ringe unter den Augen, wie Pete Doherty. Mit stumpfem Blick musterte Heitmann ihn. Dühnfort zeigte seinen Ausweis und trat ein.

Die Wohnung war dreckig, die Luft abgestanden. Es roch nach miefigen Klamotten, verdorbenen Lebensmitteln und Zigaretten. Dühnfort folgte dem schweigenden Heitmann ins Wohnzimmer. Anscheinend hatte er auf dem Sofa geschlafen. Mehrere Decken und Kissen lagen darauf. Die Jalousien waren heruntergelassen. Eine Deckenlampe brannte. Auf dem Couchtisch lag ein Stapel ungeöffneter Post, zwischen Zeitschriften, Medikamentenpackungen und einem ärztlichen Rezept, das offenbar für Nachschub sorgen sollte. Eine Postkarte konnte Dühnfort nicht entdecken.

Der Mann war nicht auf dem Damm. Besser, man fiel nicht mit der Tür ins Haus. Mit ein paar einleitenden Sätzen pirschte Dühnfort sich an den Grund seines Besuchs heran. Und irgendwann kam er auf den Punkt und fragte, ob Heitmann eine Postkarte mit diesem Schiller-Zitat erhalten hatte, oder anonyme Anrufe oder Mails.

Heitmann schüttelte den Kopf.

»Sicher? Sie haben seit Tagen Ihre Post nicht geöffnet.« Dühnfort wies auf den Couchtisch.

»Sehen Sie nach.«

Das tat Dühnfort, doch er entdeckte weder eine Karte noch einen verdächtigen Brief. Er bat Heitmann, sich zu melden, falls sich das ändern sollte. »Nehmen Sie das nicht auf die leichte Schulter. Der Mann ist gefährlich. Wir haben bereits zwei Todesfälle.«

Durch Heitmann, der ihm bisher mehr oder weniger teilnahmslos zugehört hatte, ging ein kleiner Ruck. »Mir wäre das ganz recht. Dann muss ich es nicht selbst tun.«

»Was nicht tun?«

Heitmann ließ sich aufs Sofa fallen und starrte zwischen seinen Beinen hindurch auf den Teppichboden. »Ich konnte ihr nicht helfen. Sie ist übers Eis gegangen, und auf einmal war sie weg. Kein Knacken oder Kirschen. Sie war einfach verschwunden. Können Sie sich vorstellen, wie das ist? Fünfzig Meter und doch unerreichbar. Besser, ich hätte es versucht und wäre mit ihr gestorben.« Heitmann schlang die Hände ineinander. »Doch ich habe mich nicht getraut. Ich war feig. Eine feige Sau. Und jetzt muss ich damit leben, und sie ist tot. Soll er nur kommen, dieser Mann, der solche wie mich umbringt. Dann muss ich das nicht selbst tun.«

Dühnfort besah sich die Medikamentenpackungen genauer. Antidepressiva. Nicht zu knapp. Und dazwischen zwei Schachteln mit rezeptpflichtigen Schlafmitteln. »Sie haben hoffentlich nicht vor, es doch selbst zu erledigen?«

Ein Schulterzucken war die Antwort.

»Herr Heitmann, was machen diese Berge von Tabletten auf Ihrem Couchtisch?«

»Das sind Schläfer.« Ein feines Lächeln umspielte die Lippen.

Schläfer? Alles, was Dühnfort dazu einfiel, war die todbringende Kraft von Terroristen, die zuvor unauffällig und angepasst unter ihren potenziellen Opfer gelebt hatten.

»Ich denke, es wäre besser, wenn Sie mit Ihrem Arzt sprechen. Ich rufe ihn jetzt an. In Ordnung?«

Wieder ein Schulterzucken. Dühnfort griff nach dem Rezept, auf dem sich ein Stempel mit Adresse und Telefonnummer des Arztes befand, ging in den Flur und schilderte Dr. Friedrich Dahlberg, welchen Eindruck Heitmann auf ihn machte, dass seiner Meinung nach ein Suizidversuch nicht auszuschließen war. Es wäre nicht der erste, meinte Dahlberg.

Zehn Minuten später verließ Dühnfort gemeinsam mit Heitmann das Haus. Das Taxi, das ihn zu seinem Arzt bringen würde, wartete bereits.

Vom Auto aus versuchte Dühnfort Margarethe Hasler zu erreichen. Vergeblich. Bis zur Aidenbachstraße, wo sie wohnte, war es nicht weit. Dühnfort entschloss sich, dorthin zu fahren.

Regen pladderte auf die Windschutzscheibe. Eine rote Ampel. Bremslichter leuchteten auf. Aus seinem Mantel stieg eine muffige Erinnerung an Heitmanns Wohnung. Dühnfort öffnete das Seitenfenster einen Spaltbreit.

Wie lebte man mit einer schuldlosen Schuld? Heitmann

hätte seine Freundin nicht retten können. Er wäre selbst gestorben. Doch die Selbstvorwürfe blieben. Der Tod schien verlockender, als mit dieser Qual zu leben.

Plötzlich waren sie wieder da. Diese Bilder. Diese Erinnerungen! Wirbelnde Gischt, Blasen vor seinem Gesicht, der Druck auf seiner Lunge, die Gier zu atmen. Er spürte die Kraft, die ihn in die Tiefe des Sees zog, fühlte die Kälte, die sich in seine Glieder fraß, und sah Ginas Schokoladenaugen. Er atmete durch, versuchte sich auf die Gegenwart zu konzentrieren.

Sie hatte ihn gerettet. Gemeinsam mit dem Schorsch. *Ich wäre lieber mit dir gestorben, als ohne dich zu leben.* Das hatte sie gesagt. Plötzlich verachtete er Heitmann, der diesen Mut nicht aufgebracht hatte, und fühlte sich im selben Moment schäbig. Es stand ihm nicht zu, über ihn zu urteilen. Keiner wusste, wie er sich in einer derartigen Situation verhalten würde.

Die Ampel schaltete auf Grün. Einige Minuten später stoppte er in einer Parkbucht unter kahlen Bäumen. Ein weiterer schmuckloser Wohnblock. Tiefgarage. Hinterhof mit Müllcontainern. Vier Etagen. Glasbausteine im Eingangsbereich. Den Namen Hasler entdeckte er auf dem Klingelbord im ersten Stock. Er betätigte den Knopf. Nichts rührte sich. Dühnfort probierte den danebenen. Mittermüller. Der Summer an der Eingangstür ertönte.

Im Treppenhaus roch es nach Essen. Er stieg in den ersten Stock. Eine Wohnungstür wurde geöffnet. Die Frau, die einen Blick ins Treppenhaus warf und ihn dann verwundert ansah, trug Jeans und Sweatshirt. »Haben Sie geklingelt?«

»Ich will zu Frau Hasler. Aber sie öffnet nicht. Wissen Sie, wo sie ist?«

»Keine Ahnung. Normalerweise ist sie daheim. Sie geht nie viel aus. Weshalb wollen Sie das wissen?«

Er zog seinen Dienstausweis aus der Tasche. »Eine Routinebefragung.« Hinter ihr ertönte die Klingel. Sie trat einen Schritt zurück und betätigte den Türöffner. »Eigentlich müsste sie daheim sein. Einkaufen geht sie immer gleich in der Früh. Aber jetzt, wo Sie fragen ... Ich habe heute noch nichts von ihr gehört oder gesehen.« Schritte klangen durchs Treppenhaus. Ein etwa achtjähriger Junge kam nach oben. Er trug Anorak, Mütze und Handschuhe und auf dem Rücken einen bunten Schulranzen. »Tim. Da bist du ja.«

»Hallo, Mam.«

»Wie war es in der Schule?«

»Passt schon.«

»Geh schon mal rein. Ich komme sofort.« Nach diesen Worten trat sie vor, beugte sich über das Treppengeländer und spähte hinunter auf den Vorplatz im Erdgeschoss. »Komisch. Ihre Zeitung steckt noch im Briefkasten«, sagte sie an Dühnfort gewandt. »Die holt sie immer als Erstes rauf. Manchmal schon um halb sechs in der Früh.«

Innerhalb eines Sekundenbruchteils stellte sich das Gefühl ein, zu spät zu kommen.

»Haben Sie einen Schlüssel für die Wohnung?«

Frau Mittermüller nickte. »Sicherheitshalber hat sie mir einen gegeben. Falls sie sich mal aussperrt.«

Dühnfort ließ ihn sich aushändigen. Tim, der inzwischen Anorak und Mütze ausgezogen hatte, trat neben seine Mutter und musterte ihn neugierig.

»Ich glaube, es ist besser, wenn Sie mit Ihrem Sohn hineingehen.«

Instinktiv umfasste sie die Schultern des Jungen und blickte Dühnfort fragend an. Er sah die Beunruhigung in ihren Augen.

Erst als sie die Wohnungstür schloss, klopfte er bei Frau Hasler. Hinter der Tür blieb es still. Er benutzte den Schlüssel, trat ein und nahm sofort einen schwachen Leichengeruch wahr. Im Flur brannte Licht. Die Tür zum Bad stand offen. Dort lag sie nicht. Die Jalousien in Küche und Wohnzimmer waren heruntergelassen. Überall waren die Lichter eingeschaltet.

Er fand sie im Schlafzimmer auf dem Bett liegend, als sei sie dort gesessen und einfach hintenübergekippt. Offene Augen starrten zur Decke. Das Kinn war heruntergeklappt, der Mund weit geöffnet. In einem Augenwinkel saß eine Stubenfliege.

44

Dr. Ursula Weidenbach reichte Dühnfort die Blisterpackung eines Herzglykosids, die ursprünglich zwölf Tabletten enthalten hatte, jetzt aber leer war und auf dem Teppichboden neben dem Bett gelegen hatte. »Wenn sie davon zu viel genommen hat, ist sie an Herzrhythmusstörungen gestorben. Ich vermute eine ventrikuläre Tachykardie mit Kreislaufkollaps und anschließendem Herzstillstand. Morgen weiß ich mehr.«

Dühnfort steckte den Blister in einen Spurenbeutel.

»Falls das ein Selbstmord sein sollte, dann ein ungewöhnlicher.«

»Wir gehen nicht davon aus, dass sie die Tabletten freiwillig genommen hat. Gibt es Spuren von Gewaltanwendung?«

»Das werden wir gleich wissen.« Weidenbach schnitt die Kleidungsstücke von der Leiche und bat Dühnfort, ihr beim Umdrehen zu helfen. Dafür musste sie die voll ausgeprägte Leichenstarre an den großen Gelenken brechen. Die alte Frau war schwer. Der Geruch nach Urin und Exkrementen wurde stärker, als sie die Tote anhoben. Bei Eintritt des Todes entleerten sich Darm und Blase. Dühnfort bemühte sich, möglichst flach zu atmen, während Weidenbach der Toten die letzten Kleidungsstücke abstreifte, bis der Körper bloß vor ihnen lag. Eine wellige Lebenslandschaft, voller Falten und Dellen, bleich wie Abendnebel und von der Zeit jeder Schönheit beraubt.

Weidenbach untersuchte die Hautoberfläche. »Keine sichtbaren Verletzungen.«

Dühnfort fuhr aus seinen Gedanken hoch.

»Vielleicht wurde sie mit vorgehaltener Waffe gezwungen, die Tabletten einzunehmen.« Weidenbach schob die Brille, die ihr den Nasenrücken hinuntergerutscht war, wieder hinauf.

Die Vorstellung, der Täter könnte bewaffnet sein, gefiel Dühnfort nicht. Er wandte sich ab und begann nach einer Postkarte zu suchen. Dabei ging er Buchholz im Wege um, der grantelnd seinem Missfallen Ausdruck verlieh.

Dühnfort fand die Karte nicht. Auch nicht im Abfall. Weder im Papierkorb noch im randvollen Müllbeutel, den er aus dem Behälter unter dem Spülbecken zog, und ebenso wenig im Abfallbehälter im Badezimmer, der ebenfalls geleert gehörte.

Er überließ der Spurensicherung das Feld. Im Treppenhaus sah er aus dem Fenster und beobachtete die Schutzpolizisten, die unter der Führung von Alois mit der Nachbarschaftsbefragung begannen. Im Haus gingen sie bereits von Tür zu Tür.

Weshalb fehlte die Postkarte? Offenbar war sie bei Martina die Ausnahme gewesen. In einem anderen Punkt bestätigte sich allerdings ihre Theorie: Der Täter wählte seine Opfer nach den vermuteten Kriterien aus und tötete sie auf dieselbe Weise, auf die sie in den Tod eines anderen verstrickt waren.

Wie fand er seine Opfer? Der Name Hasler stand nicht auf der Teilnehmerliste der Selbsthilfegruppe. Beim Tod von Margarethe Haslers Enkelin war nicht das KIT von Neumeier im Einsatz gewesen, sondern das des ASB. Was bei Flade und Martina passte, passte bei Hasler nicht.

Der Abgleich der Personaldaten beider KITs musste schnellstmöglich vorangebracht werden. Gab es personelle Überschneidungen? Dühnfort rief Alois an und bat ihn, die Nachbarschaftsbefragung abzugeben und mit seiner Gruppe den Datenabgleich voranzutreiben. Wieder einmal bekam er als Antwort ein lang gezogenes *Okay*.

Drei Tote. Es war Zeit, Alexander Boos mit seinen Fallanalytikern in die Ermittlungen miteinzubeziehen. Aber vorher musste er mit Lydia van Gierten sprechen. Ihre Nummern hatte er eingespeichert.

Nachdem er es in der Praxis und in der Wohnung versucht hatte, erreichte er sie auf dem Mobiltelefon. »Sagt Ihnen der Name Margarethe Hasler etwas?«

»Hasler? Hm, so spontan fällt mir nichts dazu ein.«

»Eine ältere Frau. Ihre Enkelin starb vor vier Jahren, nachdem sie irrtümlich das Herzmedikament ihrer Oma eingenommen hatte.«

»Nein. Ich glaube nicht.«

»Auf der Mitgliederliste der Gruppe steht sie nicht. Vielleicht war sie Patientin oder hat an einem Gesprächskreis teilgenommen.«

Ein Seufzer klang durchs Telefon. »Meine Patientendaten unterliegen der Schweigepflicht. Wie oft muss ich das noch wiederholen.«

»Was ich im Moment brauche, sind keine vertraulichen Informationen. Ich will nur wissen, ob Margarethe Hasler Ihre Patientin war. Und diese Information unterliegt nicht der Schweigepflicht.«

»Aber dem Bundesdatenschutzgesetz.«

Herrgott!

Wie hatte Alois sie bezeichnet? Eine unkooperative Zimtzicke hatte er sie genannt. Dühnfort stimmte ihm spontan zu.

»Diese Gesprächskreise … Wie kommen Sie an die Namen der Teilnehmer, die Sie dazu einladen? Verraten Sie mir das, oder ist das auch topsecret?«

»Die Gesprächskreise haben wir aus dem Programm

genommen. Zu konfliktträchtig. Organisiert hat sie immer mein Ex. Thorsten Languth.«

Das war etwas, was Dühnfort irritierte. Languth war von Beruf Altenpfleger. Weshalb engagierte er sich in dieser Gruppe? Er fragte Lydia van Gierten.

»Thorsten ist ein mitfühlender Mensch, einer, der sich gerne für andere einsetzt. Ihm würde etwas fehlen, wenn er nicht helfen könnte. In seinem ersten Beruf war er Rettungsassistent. Das hat er über zehn Jahre gemacht. Bis er nicht mehr konnte. In seinem Leben hat er zu viele Tote und Halbtote gesehen. Das verkraftet man nicht auf Dauer. Deshalb hat er umgeschult und engagiert sich seither ehrenamtlich im KIT und im Verein. Als Ausgleich gewissermaßen.«

Dühnfort verabschiedete sich und kehrte zurück in Haslers Wohnung. Die Sache mit der Postkarte ließ ihm keine Ruhe.

45

Alois stieg in seinen Mini, um zurück ins Präsidium zu fahren. An seinen Schreibtisch. Er unterdrückte den Ärger und versuchte das objektiv zu sehen. Okay. Er durfte wieder mal Aktenstaub schlucken. Der Abgleich der Mitarbeiterdaten war wichtig. Klar. Tino dachte, dass ihr Mann bei einem der KITs zu finden war. Nicht ganz von der Hand zu weisen. Doch Alois glaubte eher, dass die Fäden bei Lydia van Gierten zusammenliefen.

Die Absperrung war errichtet. Rotweiße Bänder flatterten im Wind. Kollegen der Schutzpolizei verhinderten, dass Neugierige oder Presseheinis sich Zugang verschafften. Die Fahrzeuge der KTU parkten auf dem Gehweg, flankiert von Streifenwagen und Einsatzfahrzeugen. In Schutzanzüge gehüllte Gestalten wuselten ebenso herum wie uniformierte. Dazwischen Kräfte in Zivil. Es war ein toller Anblick, der die Kripo so zeigte, wie Alois sie sah. Kompetent, geschäftig, gebündelte Power, und all das im Einsatz für den Bürger. Alois liebte das. Er wäre gerne mittendrin gewesen. Doch er musste zurück ins Büro. Mist! Verdammte Kacke! Oder, um es mit Tinos Worten zu sagen: Merde! Klar, Tino würde niemals das Wort *Scheiße* über die Lippen kommen. Zu vulgär.

Alois schob den Schlüssel ins Zündschloss, drehte ihn aber nicht herum. Ein Telefonat noch. Er zog das Handy aus der Halterung am Gürtel.

Die alte Hasler hatte bei der Selbsthilfegruppe nicht mitgemacht. Das hatte er schon gecheckt. Aber vielleicht hatte sie an dieser Gesprächsrunde teilgenommen oder gehörte zu den Patienten der Sozpäd. Er wählte ihre Nummer. Besetzt.

Kurz darauf probierte er es noch einmal. Noch immer besetzt. Daraufhin rief er Franziska Meinhardt an. Der Name Hasler sagte ihr nichts. Sie hatte auch nie von einer alten Frau gehört, deren Enkelin durch ein irrtümlich eingenommenes Medikament gestorben war.

Alois verordnete sich zwei Minuten Wartezeit, bevor er zum dritten Mal Lydia van Giertens Nummer wählte, und beobachtete dabei das Treiben vorm Haus.

Noch immer besetzt.

Die Kollegen der Schutzpolizei ließen den Müllwagen passieren. Er fuhr in den Hinterhof des Anwesens.

Ein Ruck ging durch Alois. Er wählte Tinos Nummer. »Sag mal, hat die Hasler auch eine Postkarte bekommen?«

»Wir suchen noch danach. Warum fragst du?«

»Nur so. Ist schon okay.« Alois beendete das Gespräch, knallte die Wagentür hinter sich zu und spurtete über die Straße.

Der Müllwagen stand mit rotierender Trommel vor den Abfallbehältern. Ein Kerl in orangeroter Montur zerrte die gelbe Wertstofftonne zum Wagen. Alois zog seinen Ausweis hervor und hielt ihn dem Mann vor die Nase. »Sorry. Das muss warten. Sie rühren hier nichts an. Auch die anderen Tonnen nicht. Ich bin in einer Minute zurück.«

Der Mann ließ den Behälter an Ort und Stelle stehen. »Des is ja wia im Krimi.«

Alois holte Ganzkörperkondom und Latexhandschuhe aus seinem Auto. Als er zurückkam, war der Müllmann dabei, sich eine Zigarette anzuzünden. »Sorry. Auch das geht nicht.«

»Ja, guad. Wie lang wird des dauern?« Mit dem Kinn wies er auf die drei Tonnen im Hof und schob die Zigarette samt Zippo zurück in die Packung.

Alois zuckte mit den Schultern, schlüpfte in den Einwegoverall und machte sich an die Arbeit. Zuerst die Papiertonne. Sie war nicht ganz voll und seine Hoffnung groß, dass die alte Dame ihren Müll ordentlich getrennt hatte. Gott sei Dank regnete es ausnahmsweise einmal nicht. Systematisch arbeitete er sich durch den Inhalt, schichtete Zeitungen, Illustrierte, Cornflakespackungen, Werbesendungen, Kataloge, Pizzakartons und sogar benutzte Papiertaschentücher zu Haufen unter dem Vordach. Nichts. Mist!

Der Müllmann saß neben seinem Kollegen im Führerhaus und beobachtete, wie Alois die Tonne für Wertstoffe hervorzog. Joghurtbecher, Konservenbüchsen, Alufolien, Plastikpackungen, Milchtüten. Vieles davon blitzblank. Alois kapierte das nicht. Die Leute spülten ihren Müll, um die Umwelt zu schonen, und verbrauchten dafür Strom, Wasser und Spülmittel. Normal war das nicht.

Auch in dieser Tonne fand er nichts. Verdammt! Sollte er sich jetzt auch noch durch den Restmüll wühlen? Seine Lust dazu tendierte gegen minus unendlich. Doch er hatte das angefangen, also würde er es auch zu Ende bringen. Er nahm sich die Tonne vor. Langsam wurde es widerlich. Aus den Plastikbeuteln stank es nach faulem Fleisch und gärenden Obst- und Gemüseresten. Kurzentschlossen kippte Alois den Inhalt in den Hof. Der meiste Müll blieb in den Tüten.

Das Fenster des Müllwagens wurde heruntergekurbelt. Der Kopf des Fahrers erschien. »He, Kumpel! Die Sauerei räumst du wieder auf. Damit das klar ist.«

Das werden wir ja sehen, dachte Alois und nahm sich einen Müllbeutel nach dem anderen vor. Als Erstes erwischte er eine offene Packung mit vergammeltem Bierschinken, aus der eine stinkende Flüssigkeit troff, schnitt sich dann beinahe an einer Raviolidose und entdeckte zwei benutzte Kondome. Okay. Ganz sicher keine Tüte aus Haslers Haushalt. Die legte er gleich beiseite.

Während er sich durch die Beutel arbeitete, wurde ihm

kalt und seine Finger klamm, und der Gestank nervte allmählich. Verschimmeltes Brot, klebrige Marmeladengläser, vollgeschissene Pampers, davonlaufender Camembert, ein Tampon, benutzt. Er pfefferte die erst halb durchsuchte Tüte auf den Haufen der durchsuchten. Aus dem Alter war die Hasler definitiv raus gewesen. Nächste Tüte. Leere Shampooflasche, Kosmetiktücher mit Make-up-Resten, Wachsstreifen, an denen Haare klebten. Sicher nicht von der Hasler. Nächster Beutel. Er fasste in eine Filtertüte mit Kaffeesatz, förderte etliche Brillenputztücher zutage, eine leere Tube Haftcreme folgte. Das sah schon mal gut aus. Dann mehrere nicht ausgefüllte Lottoscheine, ein Kreuzworträtselheft und bingo: Da war sie. Eine Postkarte. DIN-A6-Format. Vorne drauf ein Foto. Alois wettete seine Budapester: Das Bild war selbstgemacht. Der Fotograf hatte Talent. Auf einem schwarzen Hintergrund lagen Dutzende weißer Pillen zu einem Totenschädel angeordnet. Darunter stand in Computerschrift das Schiller-Zitat. *Das Leben ist der Güter höchstes nicht, der Übel größtes aber ist die Schuld.* Yes! Alois' Hand schoss in die Höhe, umschloss einen imaginären Griff und riss ihn herunter. Das hatte sich gelohnt.

Die Anschrift war aufgeklebt. Ein selbst ausgedrucktes Etikett, über dem eine Marke pappte. Der Stempel war verschmiert. Buchholz würde den schon entziffern. Alois zog einen Spurenbeutel hervor und sicherte das Beweisstück. Endlich konnte er das Ganzkörperkondom und die Latexhandschuhe ausziehen. Er knüllte beides zusammen und stopfte es in die Restmülltonne.

Die Türen des Müllwagens öffneten sich. »Hast g'funden, was du g'sucht hast?«, fragte der eine.

»Kann man so sagen.«

»Und jetzt wird aufgeräumt, Kumpel.« Der Fahrer baute sich vor Alois auf. Ein Kerl wie ein Schrank.

»Ist okay. Könnt ihr machen. Ich bin damit durch.«

»Wir?« Der Schrank rückte näher. Alois wich nicht zurück. Wenn der eine Schlägerei provozieren wollte, bitte, an ihm sollte es nicht liegen. Hugo-Boss-Anzug hin oder her. Er hatte lange genug geboxt, um dem ordentlich eine aufs Maul zu geben.

Sie standen sich gegenüber und maßen sich mit Blicken. Der seines Gegenübers glitt an ihm hinab, sondierte die Muskelpakete unter dem Sakko und entdeckte die von der Heckler & Koch verursachte Ausbuchtung auf der linken Brustseite. Unwillkürlich wich er zurück. Damit war es entschieden.

Alois ließ die beiden stehen und machte sich auf die Suche nach Buchholz. Im Flur vor der Wohnung begegnete er Tino. Der hatte wieder mal dieses mürrische Gesicht auf, das signalisierte, dass die Ermittlungen nicht so liefen, wie er sich das vorstellte. Als er nun Alois entdeckte, verstärkte sich dieser Ausdruck. »Ich dachte, du machst den Abgleich der Personaldaten.«

»Vorher habe ich noch etwas für die KTU.« Er hörte diesen triumphierenden Unterton selbst und ärgerte sich darüber. Er hatte seinen Job gemacht. Mehr nicht. Wortlos drückte er Tino den Spurenbeutel mit der Postkarte in die Hand.

Er war schon auf dem Weg ins Erdgeschoss. Als Tinos Worte ihn erreichten. »He, Alois. Klasse Arbeit!«

46

Dühnfort sah ihm nach und wusste nicht so recht, was er von Alois halten sollte. Einerseits diese Eigenmächtigkeiten, andererseits zeigte er neuerdings richtig Biss.

Languth. Immer wieder tauchte dieser Name in den Ermittlungen auf. Da er hier im Moment nur Buchholz und seine Leute störte, entschloss sich Dühnfort, mit dem Mann zu reden. Er fuhr nach Aschheim und klingelte an der Tür eines Reihenhauses.

Eine Sekunde später öffnete Languth. Ein irritierter Blick folgte. »Was wollen Sie denn?« Offenbar hatte er jemand anderen erwartet.

»Routine. Kann ich reinkommen?«

»Wenn es sein muss.« Widerwillig trat Languth zur Seite. Dühnfort folgte ihm durch den Flur.

Ein Junggesellenhaushalt. Allerlei Sportgerät, wo sonst ein Essplatz zu erwarten war. Ein Mountainbike stand vor dem Fenster. Ein zweites lag in seine Einzelteile zerlegt auf dem mit Wellpappe geschützten Boden. Carver und Snowboard lehnten an der Wand. Zwei Böcke mit Holzplatte dienten als Arbeitstisch. Darauf lag jede Menge Werkzeug und dazwischen die Fahrradkette und die abmontierten Bremsen.

Languth blieb im Flur stehen. Seine Hände waren schmutzig. Vermutlich hatte Dühnfort ihn bei der Reparatur des Rades gestört. Etwas arbeitete in ihm. Ein Muskel zuckte unter dem Lid. »Ich erwarte Besuch. Eine Freundin. Wir wollen essen gehen.«

»Es dauert nicht lange. Kennen Sie Margarethe Hasler?«

»Hasler? Nein. Wer ist das?«

»Eine ältere Frau. Ihre Enkelin starb, nachdem sie versehentlich die Herztabletten ihrer Großmutter eingenommen hatte. Das ist jetzt vier Jahre her.«

Dühnfort beobachtete Languths Reaktion. In seinem Gesicht rührte sich nichts. »Nein. Dazu fällt mir nichts ein.«

»Sie war also nicht Mitglied in der Selbsthilfegruppe und hat auch an keinem Gesprächskreis teilgenommen?«

»Ganz bestimmt nicht.«

»Die Gesprächskreise, zu denen auch Nichtmitglieder eingeladen wurden, wie viele gab es davon?«

»Das haben wir nur ein- oder zweimal gemacht.«

»Wie lange ist das her?«

Mit der Hand fuhr Languth sich durchs Haar. »Der letzte war vor etwa drei Jahren.«

»Frau Hasler könnte also daran teilgenommen haben.«

»Hat sie aber nicht. Ich erinnere mich an die Leute, und diese Frau kenne ich nicht.«

»Gibt es ein Teilnehmerverzeichnis dieser Gesprächsrunden?«

Er verdrehte die Augen. »Wir sind keine Behörde.«

Dühnfort fluchte lautlos. »Wie haben Sie die Personen gefunden, die Sie zum Gesprächskreis einluden?«

»Ich betreue Menschen in Krisensituationen und biete Hilfe an.«

»Also durch Subvento.«

»Ja, unter anderem. Lydia ist sehr aktiv, was Öffentlichkeitsarbeit angeht. Es gab einige Artikel über die Gruppe und auch einen kurzen Filmbeitrag im Bayerischen Fernsehen. Nach solchen Veröffentlichungen melden sich regelmäßig Betroffene.«

Noch immer standen sie im Hausgang. Languth hatte offenbar nicht vor, Dühnfort einen Platz anzubieten. Er wollte das Gespräch so schnell wie möglich hinter sich bringen.

Dühnfort knöpfte den Mantel auf. Ein Zeichen, dass es noch ein wenig dauern würde. »Sie setzen sich in Ihrer Freizeit ehrenamtlich für traumatisierte Menschen ein. Das ist bewundernswert.«

»Das sollte es aber nicht sein. Dass einer dem anderen hilft, dass die Starken für die Schwachen einstehen, halte ich für selbstverständlich.«

Der verächtliche Zug, der sich um Languths Mundwinkel eingrub, entging Dühnfort nicht. »Hat Ihr Engagement einen besonderen Grund?«

»Ich verstehe die Frage nicht. Ich habe Ihnen doch gerade gesagt, dass ich soziales Engagement für die natürlichste Sache der Welt halte.«

»Ich dachte dabei an ein auslösendes Ereignis. Einen Unfall, einen Schicksalsschlag. Etwas in dieser Art, das den Anstoß gegeben hat.«

»Nein. Es gab nichts dergleichen. Warum stellen Sie all diese Fragen?«

»Reine Routine.«

»Und das soll ich glauben?« Die Arme wanderten nach oben, legten sich wie ein Bollwerk vor den Brustkasten. Die Hände rutschten unter die Achseln. »Sie denken doch hoffentlich nicht, dass ich etwas mit diesen Morden zu tun habe?«

»Noch glaube ich gar nichts. Ich mache mir ein Bild. Das ist alles.«

Einen Moment maßen sie sich mit Blicken. Hatte Languth etwas zu verbergen? Dühnfort war sich nicht sicher. »Haben Sie vor Subvento in anderen Kriseninterventionsteams gearbeitet?«

»Nein.«

»Kann es sein, dass Frau Hasler Patientin bei Frau van Gierten ist?«

»Das müssen Sie Lydia fragen. Was haben Sie nur mit dieser Frau Hasler?«

»Sie wurde heute tot aufgefunden.«

Schlagartig ging eine Veränderung mit Languth vor sich. Er machte dicht. Sein Gesicht wurde glatt, der Blick eisig. »Sie meinen das ernst, oder? Sie glauben wirklich, ich hätte etwas damit zu tun. Dann ist es wohl besser, wenn ich kein Wort mehr sage. Das ist mein gutes Recht.«

Die Leute sahen einfach zu viel fern. »Ich unterhalte mich nur mit Ihnen. Das Aussageverweigerungsrecht steht Ihnen als Beschuldigter zu, und das sind Sie nicht.«

Dühnfort erbat sich die Alibis und notierte sie.

Als er vor das Haus trat, setzte Schneeregen ein. Er war gerade in sein Auto gestiegen, als ein knallroter Porsche auf den Garagenvorplatz fuhr. Eine junge Frau stieg aus, schloss den Wagen ab und ging zum Eingang. Das Auto war sicher beinahe so alt wie sie.

47

Sanne stoppte vor Thorstens Haus. Schnee mischte sich in den Regen. Warum hielt sie eigentlich die Verabredung zum Essen ein? Vermutlich rechnete Thorsten gar nicht mit ihr, nachdem sie ihn gestern mehr oder weniger hinausgeworfen hatte. Und sie tat so, als ob nichts geschehen sei. Total harmoniesüchtig. Ging's noch?

Sanne atmete durch. Sie hatte überreagiert. Thorsten hatte eine Frage gestellt, die aus seiner Sicht berechtigt war und die keinen Angriff gegen sie beinhaltete. Und sie war ausgetickt und hatte ihn gebeten zu gehen. Das hatte er nicht verdient. Hoffentlich konnte sie das wieder geraderücken.

Sie stieg aus und schloss den Wagen ab. Am Straßenrand wurde ein Motor gestartet. Einen Augenblick blieb sie noch stehen und spürte einem Gedanken nach, der sie während der Fahrt begleitet hatte und nun wieder in den Vordergrund drängte.

Domegall. Der Highlander. Ein merkwürdiger Mann. Warum er wohl auf die gutbürgerliche Existenz verzichtete, die er sich aufgebaut hatte? Auf ein sicher phantastisches Einkommen, seine Ehe und jede Menge Luxus. Was verbarg sich wohl in Wahrheit hinter dieser radikalen Veränderung? Denn so ganz glaubte sie ihm seine Geschichte nicht.

Der Regen wurde heftiger. Sanne schob die Gedanken an ihren Nachbarn beiseite. Seine Geheimnisse gingen sie nichts an. Sie klingelte an Thorstens Tür, die beinahe sofort geöffnet wurde. Helle Augen, die sie freundlich taxierten, das blonde Haar war ein wenig verstrubbelt. Norwegerpulli zur Jeans und Schmiere an den Fingern. »Hallo, Sanne.« Er nahm sie in den Arm. Bussi rechts und links. »Ich bin noch nicht umgezogen. Dauert nur fünf Minuten. Magst du solange im Wohnzimmer warten?«

Er hatte also doch mit ihr gerechnet. »Klar. Lass dir Zeit.«

Während sie ins Wohnzimmer ging, verschwand er nach oben. Wochen waren seit ihrem letzten Besuch vergangen. Seither hatte sich einiges verändert. Ein Teil der Möbel war verschwunden. Vermutlich hatte Lydia sie geholt. Darunter die Regalwand. Bücher und Zeitschriften stapelten sich auf dem Boden und dem Fensterbrett. Sogar auf dem Sofa lagen einige Fachzeitschriften. Sanne griff nach einer und blätterte darin. Nanotechnik. Das interessierte sie nicht sonderlich. Auch mit Psychologie wollte sie sich momentan lieber nicht beschäftigen. Sie schlug das Heft wieder zu, stand auf und ging zum Fenster. Schwarz lag der Novemberabend dahinter. Ihr Gesicht spiegelte sich in der Scheibe. Sie wandte sich um und setzte sich in Thorstens Lieblingssessel. Auf dem Tischchen daneben lag ein aufgeschlagenes Magazin. *Gedächtnisforschung. Das Leben als Erfindung?* So lautete die Überschrift eines Artikels.

Eine Erfindung? Vermutlich ein wenig übertrieben, aber nicht ganz daneben, dachte sie. Wir alle manipulieren unsere Erinnerungen, blenden unerfreuliche aus und überhöhen schöne.

Thorsten kam herein. »Fertig.«

Das war ja schnell gegangen. Er trug eine beige Feincordhose und dazu einen moosgrünen Pullover. »Die Farbe steht dir gut.«

»Ich habe einen Tisch bei Pietro für uns reserviert.«

Das war ihr Lieblingsitaliener, und bei dessen Erwähnung bemerkte Sanne, wie hungrig sie war. »Wunderbar.«

Er lächelte. »Können wir mit deinem Wagen fahren? Meiner ist noch immer in der Werkstatt. Jetzt spinnt die Hydraulik.«

Zu Pietro war es nicht weit. Sanne fand direkt vor dem Lokal einen Parkplatz.

Der Abend verging wie im Flug. Gutes Essen. Ein Glas Wein. Sie stießen auf Thorstens Beförderung an, und Sanne wunderte sich, dass er alleine mit ihr feierte. Warum nicht auch mit Stefan und Uli, mit Franz und Andreas aus dem KIT und seinen Kollegen? Nach dem Dessert fragte der Kellner, ob noch Kaffee gewünscht wurde.

»Den Kaffee nehmen wir bei mir, oder?« Abwartend sah Thorsten Sanne an.

Hoffentlich kein Versuch, die Grenzen der Freundschaft erneut in Frage zu stellen. Bei dieser Überlegung zuckte sie innerlich zusammen. Langsam wurde sie paranoid. Es sollte doch kein Problem sein, bei Thorsten eine Tasse Kaffee zu trinken und den Abend bei einem weiteren Glas Wein ausklingen zu lassen. So, wie sie das schon oft gemacht hatten. »Gerne.«

Thorsten zahlte. Sie brachen auf, und eine Viertelstunde später saß Sanne mit angezogenen Beinen auf dem ausladenden Sofa in Thorstens Wohnzimmer. Aus der Küche drang Geschirrklappern und Kaffeeduft. Eine Ikea-Lampe mit Papierschirm war die einzige Lichtquelle und spendete ein gemütliches Zwielicht.

Thorsten kam mit dem Tablett herein und schaltete im Vorübergehen die Musikanlage an. Loungemusik, die Sanne vollends entspannen ließ. Endlich wieder mal, nach langer, langer Zeit, ein schöner Abend.

Er reichte ihr eine Tasse und nahm neben ihr Platz. Der Kaffee war genau so, wie sie ihn mochte. Wenig Kaffee, viel heiße Milch und noch mehr Schaum. Gemeinsam tranken und schwiegen sie und hingen ihren Gedanken nach. Das war nicht ungewöhnlich. Thorsten war kein Vielredner. Mit ihm hatte sie schon immer gut schweigen können.

Ihre Gedanken wanderten und gelangten überraschend schnell wieder beim Highlander an, der aussah wie ein harter Kerl, und dennoch vermutete Sanne unter dieser Oberfläche einen verletzlichen Mann. Wenn sie ehrlich war, musste sie sich eingestehen, dass er ihr irgendwie gefiel. Diese ruhige, bestimmte Art. Seine Besonnenheit und Unaufgeregtheit. Einer, der sich nicht verstellte. Domegall war mit sich im Reinen, und das strahlte er mit jeder Faser seines Körpers aus. Doch ein Geheimnis umgab ihn. Seine Worte über das Schicksal. Sie waren nicht von ungefähr gekommen.

Nachdem die Tassen geleert waren, verschwand Thorsten in der Küche und kehrte mit zwei Weingläsern zurück. Schwer und ölig schwappte ein Roter darin. Sie stießen an. Ein voller, weicher Geschmack, ein wenig Johannisbeere und Lakritz. Sehr lecker und sehr süffig. Wenn sie den trank, würde sie nicht mehr Auto fahren können.

»Du kannst im Gästezimmer schlafen«, sagte Thorsten, als habe er ihre Gedanken gelesen.

Das hatte sie lange nicht mehr getan. Das letzte Mal vor zwei Jahren, als sie ebenfalls hier versackt war. Alleine mit Thorsten, da Lydia auf einer Fortbildung gewesen war. Auch damals hatten sie Rotwein getrunken und im Laufe der Nacht zwei Flaschen geköpft, oder waren es gar drei gewesen?

Herr Kater hatte Futter in seinem Napf, und auch das Wasserschälchen war gefüllt. Die Tür zum Vorratsraum stand offen. Dort befand sich neuerdings ein Katzenklo für ihn. Bis morgen früh kam er ohne sie klar. Also entschied sie zu bleiben.

Sie unterhielten sich im Halbdunkel, das es leichter machte, die Worte löste, und tranken dabei diesen leckeren Rotwein. Musik schwebte durch den Raum. Thorsten vertraute ihr an, dass er eine neue Kollegin mehr als nur attraktiv fand, und darüber war Sanne froh, denn damit war der ursprüngliche Zustand einer Freundschaft ohne die Erwartung einer Beziehung wieder hergestellt. Sollte sie ihm vom Highlander erzählen?

Auch wenn sie selbst noch nicht wusste, was sie sich erhoffte, es tat gut, über ihn zu sprechen, über seine ruhige, selbstbewusste Art, dass er Tai-Chi machte oder so etwas Ähnliches, dass sein Hund Hamlet hieß und irgendein Geheimnis ihn umgab. Thorsten hörte ihr zu, ohne sie zu unterbrechen, schenkte Wein nach, sein Gesicht lag im Schatten. Sanne konnte nicht erkennen, wie er auf ihre Worte reagierte. Doch schließlich riet er ihr, sich endlich wieder auf eine Beziehung einzulassen. »Du bist schon zu lange alleine.«

Über fünf Jahre schon. Manuel hatte sich nach Ludwigs Tod bemüht, sie zu trösten, ihr die Schuldgefühle auszureden, und irgendwann hatte er es nicht mehr ausgehalten und sich von ihr getrennt. *Ich erkenne dich nicht wieder. Du bist nicht mehr die Susi, die du mal warst.*

In der Tat.

Die Susi war sie nicht mehr.

»Ich hole Nachschub. Oder?« Thorsten stand auf.

Nachschub? Was meinte er? Den Wein? Die Flasche war tatsächlich schon leer. Sanne fühlte sich gut. Wohlig und total entspannt. Zwei Gläser Wein. Das war genug. Sie legte ihre Hand übers Glas, als Thorsten mit der neuen Flasche aus der Küche kam und nachschenken wollte. »Für mich nicht mehr.«

Er füllte seines, zog den Sessel näher ans Sofa heran und setzte sich. Weshalb wechselte er den Platz? Aber eigentlich war ihr das recht. So konnte sie die Beine ausstrecken. Die Musik war schön, irgendwie schwebend. So ruhig und ausgeglichen, so gelöst hatte sie sich lange nicht mehr gefühlt. Wenn das am Wein lag, dann sollte sie sich allerdings nicht daran gewöhnen. Obwohl sie normalerweise anders auf Alkohol reagierte. Er stieg ihr schnell zu Kopf, machte sie zuerst albern und dann müde, bleiern. Heute fühlte sie sich jedoch leicht und unbeschwert, irgendwie offen, abwartend. Als könnte in dieser Nacht alles geschehen. Ihr Leben sich in eine andere Richtung drehen. Zum Guten oder zum Schlechten. Bei diesem Gedanken fuhr sie zusammen und griff nun doch nach dem Glas, das Thorsten inzwischen halbvoll geschenkt hatte.

Er fing wieder von dem Streit an, wie er ihr vorgeworfen hatte, sich selbst zu bestrafen. Es tat ihm leid. Doch er hatte eine Wahrheit ausgesprochen.

Konnte er das Thema nicht endlich ruhen lassen? Bisher war der Abend so schön gewesen. Sanne schloss die Augen, hätte aber am liebsten die Ohren geschlossen. Leise drangen seine Worte in sie. Und plötzlich erkannte sie, dass er recht hatte. Sie bestrafte sich selbst. Wenn sie ehrlich zu sich war, gestand sie sich nicht zu, glücklich zu sein. Denn dann würde das Schicksal zuschlagen, würde die Waagschalen ins Gleichgewicht bringen. Ludwig war tot. Für immer und ewig. Er war schon länger tot, als sein Leben gewährt hatte. Wie konnte sie das Leben genießen? Wenn sie das tat, wäre es, als tanze sie auf seinem Grab.

Thorstens Hand legte sich auf ihre. Warm, fest, vertraut. »Sanne. Erinnerst du dich, als wir vor zwei Jahren auch so hier gesessen sind? Lydia war bei einem Workshop. Wir haben gekocht.«

Und ob sie sich erinnerte. Sie musste plötzlich kichern. »Natürlich. Mir ist es gelungen, die Tomatensoße anbrennen zu lassen. Was heißt anbrennen? Verkohlen. Eine schwarze Schicht klebte im Topf.«

»Genau. Wir haben nackte Nudeln gegessen. Mit Salz und Olivenöl und Parmesan.«

»Und dabei haben wir uns so auf die Nachspeise gefreut. Du hattest Panna cotta gemacht, und dann ist dir die Schüssel heruntergefallen und zerbrochen. Tausend Scherben und Splitter. Das Dessert fiel aus. Ein total verunglücktes Essen.«

Noch immer lachte Sanne bei dieser Erinnerung, die so lebendig vor ihr stand. Beinahe konnte sie die angebrannte Soße riechen, das Bersten der Schüssel auf dem Fliesenboden hören. Sie hatte wirklich zu viel von diesem Wein intus.

»Wir haben Kaffee gemacht und dann Rotwein getrunken ...«

»Zuerst draußen auf der Terrasse. Es war eine warme Sommernacht. Ich erinnere mich. Sehr gut. Der Jasmin im Nachbargarten hat geblüht. Der Duft lag in der Luft. Warum fragst du?«

»Als es kühler wurde, sind wir ins Wohnzimmer umgezogen. Du aufs Sofa. Ich hier in den Sessel. Wir haben zwei Flaschen gekillt.« Seine Stimme wurde ernst. »Und irgendwann hast du es mir erzählt.«

Ein unangenehmes Gefühl breitete sich in Sanne aus. »Was habe ich dir erzählt?«

»Du hast mir erzählt, was an dem Abend passiert ist, als Ludwig starb.«

Das konnte nicht sein. Das war nicht wahr. Was sollte das? Blei legte sich in ihren Magen. »Das ist nicht wahr. Ich weiß nicht, was geschehen ist. Ich kann mich nicht erinnern.« Sie wollte aufstehen, gehen. Der Fluchtimpuls wurde übermächtig. Doch sie konnte sich nicht bewegen. Thorstens Hand auf ihrer schien sie daran zu hindern. Er sah ihr in die Augen, soweit das in diesem Zwielicht ging.

»Doch, Sanne. Es ist wahr. Du hast es mir erzählt, und das weißt du, auch wenn du dich sofort wieder ins Verdrängen geflüchtet hast.« Seine Stimme war leise, eindringlich, lähmte sie, fesselte sie, hinderte sie davonzulaufen. »Du musst das endlich zulassen und die Konsequenzen tragen. Erst dann wirst du dein Leben wieder auf die Reihe kriegen.«

»Was denn? Was habe ich dir denn erzählt?« Angst stieg in ihr auf. Ihre Stimme schien ihr nicht zu gehören. Sie klang fremd und schrill.

»Ludwig war den ganzen Abend schon sehr aufgedreht gewesen, ein richtiger kleiner Schachtelteufel. Immer wenn du dachtest, er würde endlich liegen bleiben und schlafen, ist er wieder aufgesprungen, wollte spielen oder noch eine Geschichte vorgelesen bekommen, sogar noch einmal Zähne putzen. Es ging schon anderthalb Stunden so. Du warst am Ende deiner Kräfte und am Ende deiner Nerven.«

Seine Stimme schien sich von ihm zu lösen. Worte zogen durch den Raum, wurden von Musik getragen, drangen in ihr Bewusstsein.

Ludwig stand auf dem Hochbett. Er sprang auf der Matratze, wie auf einem Trampolin. *Du bist keine Befehlerin! Du bist keine Befehlerin! Du bist keine Befehlerin!* Hochrot der Kopf. Schweißperlen auf der Stirn. Der Pirat auf seinem Schlafanzugshirt grinste. Sie griff nach seinem Bein. Er plumpste in die Kissen. *Noch mal! Noch mal! Noch mal!* Sie deckte ihn zu. Doch er sprang wieder auf. *Noch mal! Noch mal! Noch mal!* Wieder zog sie ihn am Knöchel. Er stürzte … nicht in die Kissen … aus dem Bett. Ein grauenhaftes Geräusch. Verrenkte Glieder. Ein fadendünnes Rinnsal Blut. Sie lief aus dem Zimmer. Ihre Hand auf der Türklinke.

»So hast du es mir erzählt, Sanne.«

»Nein!« Ihr war übel. Ihr Magen drehte sich um, sie sprang auf, schaffte es bis ins Gästeklo. Dort würgte sie den Inhalt ihres Magens ins Waschbecken. Kalter Schweiß setzte sich auf ihre Stirn.

Thorsten trat hinter sie, hielt sie, reichte ihr ein Glas Wasser zum Mundausspülen und nahm sie in die Arme. Sie war nassgeschwitzt und fror. »Nein. Das habe ich nicht gesagt. Ich kann mich nicht erinnern«, wimmerte sie.

»Doch, Sanne. Das hast du mir so erzählt. Wort für Wort.«

48

»Doch, Sanne. So hast du es mir erzählt. Wort für Wort. Ich erinnere mich sehr genau an diese Nacht. Kein Wunder, oder?«

Frierend saß sie neben ihm am Küchentisch und presste die Zähne aufeinander, damit sie nicht klapperten. Wieder griff Thorsten nach ihrer Hand. Sie war warm und hielt ihre fest, als hätte er Angst, sie würde davonlaufen. Doch der Fluchtimpuls war erloschen. Sie fühlte sich wie betäubt und konnte keinen Gedanken fassen. Nicht, weil Tausende durch ihren Schädel gejagt wären. Daran lag es nicht. Ganz im Gegenteil. Etwas in ihr hatte das Denken eingestellt. Mühsam brachte sie einen Widerspruch hervor. Sie konnte sich nicht erinnern.

»Doch, Sanne. Du kannst, wenn du willst. Damals vor zwei Jahren hast du es auch gekonnt. Du hast die Ereignisse jenes Abends sehr präzise geschildert, und vor allem sehr logisch.«

Thorsten erzählte ihr die ganze Geschichte noch einmal. Wie sie gekocht hatten, wie die Schüssel mit Panna cotta auf den Boden fiel, wie sie Wein im Garten tranken, wie der Jasmin duftete, wie sie ins Haus gingen, als es kühler wurde. Wie sie begann, ihm vom Unglücksabend zu erzählen, und ihm die Wahrheit anvertraute. *Ludwig war den ganzen Abend schon sehr aufgedreht gewesen, ein richtiger kleiner Schachtelteufel. Immer wenn du dachtest, jetzt würde er liegen bleiben und schlafen, ist er wieder aufgestanden.*

Ihr fehlte die Kraft, sich gegen diese Worte zu wehren, die in sie drangen wie Gift. Noch immer weigerte sich ihr Hirn zu denken, entgegnende Worte zu produzieren. Sie fühlte sich so unendlich müde.

»Schlaf eine Nacht darüber. Morgen solltest du überlegen, ob du nicht endlich Ludwigs Eltern die Wahrheit sagst und zur Polizei gehst. Mach reinen Tisch und trage die Konsequenzen.«

Sie war so müde! Thorsten brachte sie nach oben. Ins Gästezimmer. Einen leeren Raum. Eine Matratze lag auf dem Boden. Das Bettzeug war frisch bezogen. Er hatte also von Anfang an damit gerechnet, dass sie über Nacht bleiben würde.

Wie betäubt zog sie ihre Sachen aus, warf sie achtlos auf den Boden und schlüpfte unter die Decke. Schlafen. Schlafen und nichts denken. Nie wieder aufwachen.

Er löschte das Licht und wünschte ihr eine gute Nacht. Wie konnte er nur?

Obwohl sie glaubte, kein Auge zutun zu können, fiel sie in einen unruhigen Halbschlaf. Bildfetzen. Der grinsende Pirat. Angebrannte Tomatensoße. Schweißperlen auf Ludwigs Stirn. *Noch mal! Noch mal! Noch mal!* Fliegende Locken. Scherben auf dem Küchenboden. Ihre Hand an Ludwigs Knöchel. Keuchend schreckte sie hoch. Wieder war sie nassgeschwitzt. Zitternd setzte sie sich auf und starrte in die Dunkelheit. Wie rasend schlug ihr Herz gegen die Rippen. Ihre Hand an Ludwigs Knöchel. Sie zog daran. Er stürzte.

Nicht ins Bett!

Nicht ins Bett! Was hatte sie nur getan!

Sanne sprang auf. Irgendwie gelang es ihr, in Jeans und Pulli zu schlüpfen.

Ihre Hand an Ludwigs Knöchel!

Noch mal!

Von der Garderobe riss sie Jacke und Tasche, suchte fieberhaft nach dem Autoschlüssel.

Röhrend schoss der Porsche vom Vorplatz.

Leere Straßen. Dunkle Häuser. Schwarze Nacht.

Die Autobahn. Ein paar einsame Trucks. Die Tachonadel zitterte. Lichter wischten vorbei.

Ihre Hand an Ludwigs Knöchel! *Noch mal!*

Die Fanfare eines LKW. Links vorbei.

Ihre Hand an Ludwigs Knöchel!

Grauer Beton einer Autobahnbrücke. Lichter einer Raststätte. Bremslichter. Ausweichen. Grauer Beton einer Autobahnbrücke.

Grauer Beton.

Eine Wand wie aus Stahl.

Die Tachonadel bei 195.

Eine Sekunde. Nur eine Sekunde. Wenn überhaupt. Eine Zehntelsekunde. Und …

Blaulichter hinter ihr!

Ein BMW zog mit zuckenden Lichtern vorbei. Leuchtschrift auf dem Dach. *Bitte folgen.*

Adrenalin schoss durch Sannes Körper. Vibrierender Puls in der Halsschlagader. Arschlöcher! Sie trat das Gaspedal durch, ließ das Polizeifahrzeug hinter sich.

Es verschwand.

Tauchte wieder auf.

Trotzdem! Ihren Porsche schafften die nicht. Er schoss über den Asphalt, lag auf der Straße wie auf Schienen. Das Gaspedal bis zum Bodenblech durchgedrückt. Der Auspuff röhrte, der Motor brüllte. Die Blaulichter blieben zurück.

Eine langgezogene Kurve. Vorbei an einem Truck. Eine Steigung.

Blaulichter vor ihr.

Dutzende!

Scheiße! Straßensperre!

Stoppen? Gas geben?

Schluss! Es war genug!

Sanne trat auf die Bremse, schoss auf die querstehenden Streifenwagen zu. Zu schnell.

Pumpen!

Sie ließ die Bremse los und trat sie sofort wieder durch.

Das schaffte sie nicht!

Eine Lücke zwischen Mittelleitplanke und Einsatzfahrzeugen.

Zu knapp! Schleuderwende!

Sie zog die Handbremse. Der Porsche drehte. Die Reifen quietschten.

Ein Schlag.

Das Heck krachte in die Leitplanke. Ihr Körper schleuderte nach vorne. Der Gurt straffte sich, hielt sie fest. Der Wagen stand.

Quer zur Fahrbahn. Die Scheinwerfer leuchteten in den Wald.

Nach einer gefühlten Ewigkeit näherte sich ein Polizist. Hand an der Waffe. Er öffnete die Tür, sah sie überrascht an und schüttelte den Kopf. »Mädla, Mädla. Des war aweng z'schnell.«

49

Der Morgen hing wie ein grauer Lappen über der Stadt. Die Türme der Frauenkirche hüllten sich in Nebel, als hätten sie etwas zu verbergen. Regen fiel in feinen Tröpfchen, wie zerstäubt.

Der Spurenbericht im Fall Hasler lag vor. Dieselben schwarzen Fasern wie im Fall Oberdieck. Außerdem ein Fingerabdruck an der Medikamentenpackung, den Buchholz bereits durch die Datenbank gejagt hatte. Kein Treffer. Der Täter war also bisher polizeilich nicht in Erscheinung getreten. Verschiedene DNA-Spuren am Tatort, die noch ausgewertet wurden.

Dühnfort rief Alexander Boos an, dem die Abteilung Operative Fallanalyse beim LKA unterstellt war. Er erreichte ihn auf dem Handy und, wie sich herausstellte, in Nürnberg, wo Boos mit einem Team die Ermittlungen in einer Mordserie unter Teenagern unterstützte. Dühnfort umriss die Fälle in München. Doch Boos war unabkömmlich. Er sagte zu, Julian Heinen zu informieren, der ihn in München vertrat.

Kurz vor zehn erschien Heinen in Dühnforts Büro. Anfang dreißig. Tweedanzug mit Lederflecken an den Ärmeln. Dunkles Haar. Groß und schlank. Kräftiger Händedruck. Ein in sich gekehrter Mann, der Dühnfort aufmerksam zuhörte, als der die Fälle darlegte, sich Notizen machte und ab und an eine Frage stellte. Kein Mann der großen Worte. Irgendwann fiel Dühnfort ein nervöser Tick an Heinen auf. In regelmäßigen Abständen wischte er mit dem kleinen Finger nicht vorhandene Krümel von der Oberlippe.

Dühnfort bot Heinen einen Espresso an, den dieser freundlich ablehnte. Zu basisch. Was auch immer das sein mochte, Dühnfort bereitete für sich eine Tasse zu und zeigte Heinen Fotos der Tatorte. Die Wohnung Hasler war der einzige, den Heinen sich selbst ansehen konnte. Dühnfort verschob das Brainstorming mit dem Team auf den Nachmittag und fuhr mit ihm in die Aidenbachstraße.

Schweigend schritt Heinen durch die Räume, verharrte ziemlich lange im Schlafzimmer, machte sich Notizen und ging Dühnfort mit seiner Introvertiertheit langsam auf die Nerven. Mit Boos konnte man sich austauschen und Hypothesen aufstellen. Mit Heinen gelang das nicht.

»Es wird ein paar Tage dauern, bis wir ein Profil erstellt haben«, sagte Heinen schließlich.

»Natürlich.« Dühnfort war das klar. »Es ist Zeit fürs Meeting. Kommen Sie mit?«

»Natürlich.« Heinen lächelte.

Eine halbe Stunde später versammelten sich die Mitglieder der Soko *Rache* im Besprechungsraum. Dühnfort stellte Heinen vor. Die Begeisterung hielt sich in Grenzen. Weder Stahl noch Russo waren Fans der Profiler. *Die haben noch keinen Fall gelöst, heimsen aber gerne die Lorbeeren ein.* Heinen setzte sich in die erste Reihe und wischte nicht vorhandene Krümel von der Oberlippe.

Dühnfort begrüßte die Truppe und griff dann zum Filzstift, der quietschte, als er die Namen Flade, Oberdieck und Hasler aufs Flipchart schrieb.

»Wie findet unser Täter seine Opfer? Wenn wir das wissen, dann haben wir ihn.«

Unter die Namen schrieb Dühnfort Subvento, Schuldlos schuldig und ASB. »Jens Flade und Martina Oberdieck wurden von Subvento betreut und waren Mitglied in der Gruppe von Lydia van Gierten.« Mit Pfeilen verband er Opfernamen und Hilfsdienste. »Bei Frau Hasler war das Kriseninterventionsteam des ASB im Einsatz. Laut Aussagen von Thorsten Languth und Lydia van Gierten ist ihnen Frau Hasler unbekannt. Es gibt also keine Überschneidungen mit Subvento und der Selbsthilfegruppe. Angeblich. Hier werden wir nachhaken. Wer befragt Freunde und Verwandte, Nachbarn und Bekannte von Frau Hasler, ob sie den Verein nicht doch kannte?«

Nicolas Stahl meldete sich. »Das können wir übernehmen.«

»Gut. Außerdem sollten wir uns diese Selbsthilfegruppe jetzt ganz genau anschauen und auch die Patientendatei von Lydia van Gierten, ob der Name Hasler dort auftaucht. Moritz, kannst du das mit deinem Team übernehmen?«

»Kein Problem.«

»Dann kommen wir zur Postkarte. Flade hat keine erhalten, die beiden anderen Opfer schon. Meiner Meinung nach liegt das daran, dass diese erste Tat nicht oder nur rudimentär geplant war. Sie erfolgte mehr oder weniger spontan. Der Täter konnte seine Rache nicht richtig auskosten. Flade starb, ehe er wusste, wie ihm geschah. Deshalb die Postkarte bei Martina und Hasler. Damit kündigt er an, was geschehen wird …«

Heinen hob den Arm halb. »Wenn ich eine kurze Anmerkung machen darf. Das Verschicken einer Postkarte ist ziemlich altbacken. In den Zeiten von Internet und Telefon wären Drohanrufe oder Mails eher zu erwarten. Weshalb schickt er also Postkarten? Entweder hat er keinen PC …«

»Und vermutlich auch kein Telefon«, murmelte Russo halblaut.

Heinen ignorierte die Bemerkung. »Oder er hat eine generelle Abneigung gegen moderne Kommunikationsmittel. In diesem Fall müssten Sie nach einem Außenseiter suchen, einer Art Kauz.«

Dühnfort wandte sich an Heinen. »Über diese Postkarten haben wir uns natürlich auch Gedanken gemacht. Sie sind nachhaltiger. Eine Mail löscht man, und sie ist weg. Einen Anruf kann man verdrängen. Doch diese Postkarte liegt erst einmal da. Sie ist physisch vorhanden. Martina und Frau Hasler haben die Karten zwar weggeworfen, doch vermutlich erst, nachdem sie sich eingehender damit beschäftigt hatten, als sie das mit einem Anruf oder einer Mail getan hätten. Abgesehen davon hat Frau Hasler keinen PC. Und: Die Drohwirkung ist größer. Mit den Karten kündigt er nicht nur an, was passieren wird. Sie enthalten weitere Informationen. Martina hat er den Tatort gezeigt und Frau Hasler, wenn man so will, die Tatwaffe. Außerdem offenbart er sein Motiv. Gerechtigkeit. Doch beide haben die Warnung nicht ernst genommen und die Karten weggeworfen. Damit hat er sicher nicht gerechnet, aber er hat es auch nicht erfahren. Es sei denn, er bewegt sich im direkten persönlichen Umfeld seiner Opfer und konnte die Reaktion beobachten. Da ich mir nicht vorstellen kann, dass ihn alleine die Vorstellung befriedigt, seine Opfer in Angst zu versetzen, vermute ich, dass er beide auch angerufen und beobachtet hat. Er will ihre Angst sehen und spüren. Da die alte Dame weder PC noch Handy besaß, konnte er nur über Festnetz und Post Kontakt zu ihr aufnehmen.«

Als Heinen schwieg, wandte Dühnfort sich an Meo. »Liegen die Verbindungsdaten für Haslers Festnetzanschluss schon vor?«

»Sind angefordert, werden wir aber erst im Laufe des Nachmittags erhalten.«

»Wir sollten mit allen Anrufern sprechen. Was war der Grund ihres Anrufs? Kennen sie die Selbsthilfegruppe, kennen sie Subvento? Sagen ihnen die Namen Flade und Oberdieck etwas? Was wissen sie über die Todesfälle Lena Meinhardt,

Steffi Schünemann und Anne Prokop? Gina, kannst du das mit ein paar Leuten übernehmen?«

»Natürlich.«

»Dass wir die Postkarte im Fall Hasler haben, verdanken wir Alois, der sich durch den Müll des gesamten Hauses gegraben hat.« Dühnfort nickte Alois zu, der kurz von seinem Handy aufblickte und dann weiter an einer SMS schrieb.

»Wie machen wir weiter? Was bei Flade und Martina passt, passt bei der Hasler nicht. Wie findet unser Mann seine Opfer? Zeitungsartikel, Fernsehen, Notarzt, Polizei, Ermittlungsbehörden. Wir haben keine Überschneidungen gefunden. Bis auf Schülke, den Staatsanwalt, der bei Flade und Martina die Ermittlungsverfahren einstellen musste. War er auch in den Fall Hasler involviert?« Gina hatte das überprüfen wollen.

Sie schüttelte den Kopf. »Der Fall Hasler ist nicht auf seinem Tisch gelandet. Und im Fall Flade steht sein Alibi.«

Weshalb ging nichts voran? Arbeiteten sie mit einem falschen Ansatz? »Wem fällt dazu etwas Neues ein?« Dühnfort sah in die Runde.

Gina ergriff das Wort. »Ich frage mich gerade, warum wir eigentlich von *ihm* sprechen. Schließen wir eine Frau aus?«

Es lag an den Tatausführungen. Frauen mordeten anders. Und aus anderen Motiven. Trotzdem eine gute Frage, dachte Dühnfort.

Heinen erhob sich und trat neben Dühnfort. »Wenn ich kurz dazu etwas sagen darf?«

»Bitte.«

»Das erste Opfer wurde überfahren. Das zweite ertränkt. Dieser Einsatz von brachialer Gewalt ist männertypisch. Martina hat sich verzweifelt gewehrt und wurde dennoch unter Wasser gedrückt. Sie war eine gesunde und kräftige junge Frau, ihr Gegner war ihr körperlich überlegen.

Nur im Mordfall Hasler ist die Waffe eigentlich frauentypisch. Ein Medikament. Das hat in diesem Fall aber keine Bedeutung, die Rückschlüsse auf eine Täterin zulassen. Denn die Mordwaffe ist den Umständen des ursächlichen Unfalls angepasst. Außerdem ist anzunehmen, dass die Frau mit einer Waffe gezwungen wurde, die tödliche Dosis Tabletten zu schlucken. Vermutlich mit einem Messer oder einer Schusswaffe. Das spricht ebenfalls für einen Mann.

Frauen morden sehr selten, und dann mit anderen Mitteln und aus anderen Motiven. Und noch seltener sind Serienmörderinnen. Sie suchen einen Mann.«

Zustimmendes Raunen. Heinen setzte sich, und Russo ergriff das Wort. »Keine Einbruchsspuren bei der Hasler. Sie hat ihrem Mörder also die Tür geöffnet, und Martina muss freiwillig mit ihm gefahren sein. Das heißt, er wirkt entweder vertrauenerweckend, oder beide kannten ihn. Das spricht für die Annahme, dass er sich in ihrem Umfeld bewegt.«

Dühnfort setzte sich auf die Kante des Tischs. »Martina wohnte in Schwabing und ging zur Uni. Frau Hasler lebte am anderen Ende der Stadt in Sendling und verließ ihre Wohnung nur für Besorgungen. Wo kann es da Übereinstimmungen im Bereich des täglichen Kontakts geben?«

Gina schob eine Haarsträhne hinters Ohr. »Vielleicht ein Arzt oder der Fahrer vom Paketdienst oder ein Pizzaservice. Etwas in der Art. Ich checke das mal.«

»Ich glaube, dass wir unseren Mann im Umfeld des KIT oder der Selbsthilfegruppe finden werden. Es ist kein Zufall, dass beide miteinander verstrickt sind und bei zwei der drei Fälle im Einsatz waren. Wir müssen uns jeden Mitarbeiter noch einmal vornehmen.«

Alois meldete sich zu Wort. »Die KITler sind Helfer. Die machen das ehrenamtlich in ihrer Freizeit. Warum sollte einer, der sich *good guy* auf die Fahnen geschrieben hat, plötzlich zum Mörder werden?«

Das war die Frage, die Dühnfort auch beschäftigte. Seine Vermutung ging in Richtung Kompensation. Jahrelang hatte der Täter sein Rachebedürfnis unter Kontrolle, und dann war etwas geschehen, das diese wacklige Balance aus Rachebedürfnis und Selbstbeherrschung zusammenfallen ließ wie ein Kartenhaus.

»Warum rächt sich unser Täter an Menschen, die ihm nichts getan haben? Vermutlich hat er selbst etwas Ähnliches erlebt wie die Meinhardts, die Schünemanns und die Eltern von Anne Prokop. Ein ihm nahestehender Mensch starb, und es gab keine Gerechtigkeit. Der archaische Wunsch nach Rache ist da, doch etwas hindert ihn daran, zur Selbstjustiz zu greifen. Moralvorstellungen? Sein Glaube? Die Angst vor Strafe? Vielleicht auch sein Selbstbild. Er ist ein guter Mensch und will das bleiben. Das Engagement in einer Hilfsorganisation kompensiert den Wunsch nach Rache und stärkt seine Eigenwahrnehmung. Doch dann geschieht etwas, das ihn aus der Bahn wirft und zum auslösenden Ereignis für die erste Tat wird. Deshalb ist der Mord an Flade ungeplant und beinahe dilettantisch geschehen. Er muss seit langer Zeit eine Art Liste mit diesen Fällen unglückseliger Todesfälle haben.«

Die Kante des Tischs drückte. Dühnfort stand auf. Voigt fiel ihm ein. Er fragte Gina, wie weit sie mit der Suche nach ihm war.

»Ich habe seine Cousine aufgetrieben. Bei ihr ist er nicht, und er hat sich auch seit Wochen nicht bei ihr gemeldet.«

Alois reckte sich im Stuhl. »Was ist mit Knöllchen-Eugen? Weshalb rückt der in den Fokus?«

Dühnfort erklärte, dass Voigt seit Tagen nicht aufzutreiben war und keiner seiner Nachbarn wusste, wo er sich aufhielt. Und nun hatte sich auch noch die Vermutung zerschlagen, er könnte zu einem Verwandtenbesuch an den Tegernsee gefahren sein. »Mir gefällt das nicht. Ich befürchte, dass er den Fahrer erkannt hat. Wir geben die Fahndung nach ihm raus und sollten uns in seiner Wohnung umsehen. Ich werde einen Beschluss beantragen.«

50

Wo war die Verbindung? Wie sollten sie weitermachen? Etwas lag in der Luft.

Dühnfort wählte Buchholz' Nummer und fragte, ob die Auswertung der DNA-Spuren im Fall Hasler inzwischen abgeschlossen war. »Ich wollte dich grad anrufen. Es gibt tatrelevante DNA. Einige Speichelspuren an der Bluse der Hasler. Der Täter hat gehustet, so wie es aussieht. Ich hab sie schon durch die Datenbank geschickt. Kein Treffer.«

Erleichterung stellte sich ein. »Endlich geht etwas voran. Danke.« Dühnfort legte auf. Eine Spur. Doch solange es keinen Verdächtigen gab, blieb nur der freiwillige Speicheltest.

Das Handy in der Tasche begann zu vibrieren. Marion Höffken war dran, Heigls Sekretärin. »Bist du im Haus?«

»Ja.«

»Der Chef will dich sprechen. Kannst du kurz heraufkommen?«

»Bin gleich da.« Dühnfort ging durchs Treppenhaus eine Etage höher und betrat das Vorzimmer seines Vorgesetzten, Kriminaloberrat Leonhard Heigl. Marion Höffken blickte vom PC auf. »Grüß dich, Tino.«

Marion war eine vollschlanke Niederbayerin mit einem Faible für Trachtenmode. Nicht für diesen schrecklichen Jodlerlook, der alljährlich zur Wiesnzeit die Kaufhäuser der Stadt verstopfte, sondern für traditionelle Tracht. Heute trug sie ein Winterdirndl aus brombeerfarbenem Stoff mit hellen Tupfen, langen Ärmeln und Stehkragen. »Hallo, Marion.«

»In zehn Minuten muss er los, ins Innenministerium zu

einer Präsentation. Das Kopfwaschen wird also nicht lange dauern.«

Das Kopfwaschen. Natürlich. Die Medien machten Druck. Dühnfort betrat das Büro seines Chefs.

Heigl war ein Mann mit kantigem Gesicht, klarem Blick und vollem Haar. Er saß hinter dem Schreibtisch, das Sakko seines italienischen Anzugs über die Stuhllehne gehängt, die Ärmel des Hemds aufgekrempelt, und hackte auf die Tastatur seines Laptops ein. »Verdammtes Powerpoint. In Zukunft nehme ich mein MacBook mit. Warum sich mit Powerpoint quälen, wenn es Keynote gibt? Setz dich, Tino.« Heigl ließ von der Tastatur ab und krempelte die Ärmel runter. Dühnfort nahm Platz. Heigl griff nach einem Stapel Zeitungen. »Die Medien machen Stimmung. Sie schießen sich auf uns ein und lassen uns als einen Haufen unfähiger Deppen dastehen. Wie schaut es aus? Habt ihr einen Tatverdächtigen?«

Dühnfort legte Heigl den unbefriedigenden Stand der Ermittlungen dar und fühlte sich nicht wohl dabei. In sieben Jahren Arbeit bei der Mordkommission hatte er noch keinen derart festgefahrenen Fall gehabt. »Seit einer halben Stunde haben wir im Fall Hasler eine tatrelevante DNA, allerdings ohne Referenz in der Datenbank.«

»Dann macht einen Speicheltest unter allen Männern, die in den Ermittlungen bisher in Erscheinung getreten sind.«

»Das habe ich vor. Doch das geht nur auf freiwilliger Basis.«

»Wer sich weigert, macht sich verdächtig, und den klopft ihr dann ab, bis der Putz bröckelt.«

»Es gibt einen zweiten Ansatzpunkt: einen Zeugen im Fall Flade, der den Täter erkannt haben könnte. Er ist seit Tagen verschwunden. Die Fahndung nach ihm läuft. Ich werde mir jetzt bei Leyenfels einen Durchsuchungsbeschluss für die Wohnung holen.«

Heigl nickte. »Macht Druck. Da muss jetzt was vorangehen. Wenn du mehr Leute brauchst, sag Bescheid. Die Information über die Täter-DNA und den Speicheltest werde ich an die Presse geben. Das kommt immer gut an. Und halte mich auf dem Laufenden.«

»Natürlich.« Dühnfort verabschiedete sich und veranlasste, dass alle in Frage kommenden Männer zum freiwilligen Speicheltest geladen wurden. Dann suchte er Leyenfels auf. Es war bereits kurz nach fünf, und der Staatsanwalt fuhr gerade seinen PC herunter.

»Hast du noch fünf Minuten für mich? Ich brauche einen Durchsuchungsbeschluss.«

Leyenfels sah auf die Uhr. »Wofür?«

»Für die Wohnung eines Zeugen, der verschwunden ist. Eugen Voigt. Er muss den Täter im Fall Flade erkannt haben und ist entweder aus Angst vor ihm untergetaucht oder hat versucht, ihn zu erpressen, und hat das möglicherweise mit dem Leben bezahlt. Unsere Suche nach ihm hat zu nichts geführt.«

Leyenfels nahm sein Handy vom Schreibtisch und schob es in die Sakkotasche. »Gibt es Beweise oder Aussagen, dass Voigt den Fahrer erkannt hat?«

»Eine Zeugin hat Voigt kurz vor dem Unfall am Fenster gesehen.«

»Kurz vorher?«

»Zwei oder drei Minuten vorher. Sie war auf dem Weg zum Supermarkt.«

»Du vermutest also nur, dass Voigt den Fahrer erkannt hat. Vielleicht ist Voigt verreist oder er liegt im Krankenhaus. Möglich, dass er irgendwo versumpft ist, oder er hat die Frau seines Lebens gefunden und vögelt sie, während du ihn six feet under wähnst. Tausend Möglichkeiten. Womit soll ich den Antrag vor einem Richter begründen? Du hast nichts in der Hand. Habt ihr die Kliniken schon durchtelefoniert und die Fahndung nach seinem Fahrzeug rausgegeben?«

»Die Fahndung läuft.« Dühnfort atmete durch. Leyenfels hatte recht. Er hatte nichts in der Hand. Er hatte nur ein schlechtes Gefühl. »Ich schlage dir einen Deal vor. Wir telefonieren die Krankenhäuser durch und intensivieren die Fahndung nach Voigts Opel. Wenn das alles bis morgen früh um zehn zu keinem Ergebnis führt, haben wir Grund zu der Annahme, dass Voigt etwas zugestoßen ist, und ich bekomme den Beschluss.«

Leyenfels griff nach seinem Mantel, der am Bügel neben der Tür hing. »Gut. Einverstanden.«

Auf dem Rückweg zum Büro begegnete Dühnfort Gina im Flur. Sie hatte mit Haslers Verwandten und Nachbarn und der besten Freundin gesprochen. Niemand hatte je von der Selbsthilfegruppe gehört, und auch die Namen Flade, Oberdieck, Schünemann und Meinhardt sagten niemandem etwas.

»Es ist Zeit, für heute Schluss zu machen. Gehen wir zu mir oder zu dir?« Sie sah müde aus und frustriert.

»Ich muss noch ein paar Telefonate führen. Vielleicht liegt Voigt in einem Krankenhaus. Du kannst ja schon vorgehen. Zu mir. In Ordnung? Da warten bereits eine Quiche Lorraine und ein Pinot Grigio im Kühlschrank.«

»Klingt gut, und dabei gucken wir eine DVD. Heute brauche ich einen richtigen Schmachtfetzen. Wie wäre es mit *Stolz und Vorurteil*?«

Dühnfort lachte. Das war Ginas Art, von der Arbeit zu entspannen. Liebesfilme, Komödien und neuerdings Bollywoodfilme. Da verzog er sich allerdings lieber ins Schlafzimmer zum Lesen. »Solange nicht Shah Rukh Khan mitspielt, ist mir alles recht.«

»Nur kein Neid.« Mit einem Mal verschwanden Müdigkeit und Frustration aus ihrem Blick. Das freche Funkeln erschien. »Mit dem musst du dich nicht messen. Ich stehe nicht so auf gestählte Bodys.« Mit der Hand strich sie über seine Brust.

Genau in diesem Moment bog Alois um die Ecke.

51

Aber hallo! Hatte er das jetzt gerade richtig gesehen? Gina und Tino. Da lief also doch etwas zwischen den beiden. Und damit war auch klar, weshalb Gina zur Fortbildung durfte und nicht er.

Alois ging an den beiden vorbei und tat, als hätte er nichts gesehen.

Das war nicht fair. Gina war zwar länger im Team, das war aber nicht automatisch ein Grund, sie zu fördern. Und auch er hatte Erfolge vorzuweisen. Beim Raubmord im Herbst hatte er das Alibi des Verdächtigen geknackt. Und außerdem hatte er Familie und Gina nicht. Okay, Familie war übertrieben. Aber der Unterhalt für Simon riss ein Loch in sein Budget, und eine Besoldungsstufe höher wäre nicht schlecht.

Er schloss die Bürotür hinter sich, setzte sich an seinen Arbeitsplatz und starrte auf den gegenüberliegenden. Ginas Platz.

Mist! Korrekt war das nicht. In die Kiste steigen konnte Tino, mit wem er wollte. Das war Alois egal, solange Tinos Bettgeschichten nicht Einfluss aufs Team hatten. Doch davon waren sie in diesem Fall meilenweit entfernt. Er war ihr Vorgesetzter. So ging das nicht! Damit würde er nicht durchkommen. Tino würde seinen Entschluss wegen des Lehrgangs noch einmal überdenken müssen. Doch zu Heigl rennen und seinen Vorgesetzten hinzuhängen war nun gar nicht sein Ding. Überhaupt nicht. Er war kein Denunziant. Nie gewesen. Keiner, der zum Lehrer rannte und petzte. Keiner, der beim Bund die Kameraden nach einem entwürdigenden Aufnahmeritual anschwärzte. Keiner, der es einem Kumpel steckte, wenn die Frau fremdging. Was sollte er tun?

Genau betrachtet, konnte er nicht sicher sein, ob Tino und Gina tatsächlich miteinander ins Bett gingen. Was hatte er gesehen? Eine vertrauliche Geste. Mehr nicht. Genau genommen. Und doch: Wie Tino sie dabei angesehen hatte. Da lief etwas zwischen den beiden. Er würde ihn zur Rede stellen. Unter vier Augen.

Kurz darauf erschien Gina im gemeinsamen Büro und packte ihre Sachen zusammen. »Ich mach Schluss für heute. Also, bis morgen.« Grüßend hob sie die Hand und verschwand aus dem Zimmer.

Sie wirkte so unbefangen, als hätte sie nichts zu verbergen. Täuschte er sich? War da nichts? Dann würde er sich lächerlich machen, bei diesem Vieraugengespräch. Was wollte er damit eigentlich erreichen? Alois war sich darüber nicht so ganz im Klaren. Es ging nicht nur um den Kurs im Herbst. Er wollte sich nicht länger verarschen lassen. Er wollte nicht der Dumme sein, der auf ewig außen vor war in diesem Team. Team? Ein Pärchen und ein Kuli.

Und wenn da doch nichts war?

Alois schrieb noch ein Protokoll, griff dann nach iPhone und Mantel und verließ eine halbe Stunde nach Gina das Büro. In Tinos brannte noch Licht. Er telefonierte. Alois sah rein und verabschiedete sich. Tino wünschte ihm einen schönen Abend und sagte, dass auch er gleich gehen würde.

Okay. Alois wollte das jetzt wissen. Und er hatte auch schon eine Idee, wie er das machen würde. Dennoch fühlte er sich einen Moment lang unbehaglich.

52

Am Autobahnkreuz München-Nord begann sich Schnee in den Regen zu mischen. Er fiel in dicken, nassen Flocken, klatschte auf die Windschutzscheibe des gemieteten Golfs und wurde beseitegefegt. Fallen, wischen. Fallen, wischen. Im monotonen Takt verrichteten die Scheibenwischer ihre Arbeit. Schwarzgraue Wolkenkissen hingen über der Landschaft, als wollten sie alles Leben ersticken.

Sanne hatte sich auf der rechten Spur hinter einen LKW gehängt. Seit zwei Stunden fuhr sie mit neunzig über die Autobahn. Nicht wetterbedingt. Der Schnee taute sofort auf dem noch warmen Asphalt.

Ihr Porsche stand im Hof eines Abschleppunternehmens in Fischbach. Wirtschaftlicher Totalschaden. Eine Reparatur wäre pure Liebhaberei. Doch sie hatte Anweisung gegeben, den Wagen nicht zu verschrotten. Sie überlegte, ob sie ihr Sparbuch plündern sollte, um ihn instand setzen zu lassen. Doch das war ihr kleinstes Problem.

Der Bußgeldbescheid würde ihr in den nächsten Tagen zugehen, und dann musste sie den Führerschein für drei Monate abgeben. Drei Monate ohne Auto in einem Kaff. Wie sollte das gehen? Doch das war momentan ihre geringste Sorge. Sie stierte auf die Lichter des vorausfahrenden Lasters und hielt einen üppigen Sicherheitsabstand ein, denn sie konnte sich nicht auf den Verkehr konzentrieren.

Thorstens Worte arbeiteten in ihr wie eine Abrissbirne. Fragen donnerten gegen die Mauer des Vergessens und rissen sie weiter ein. Woher kam sie, wer hatte sie errichtet? Ihre kranke Psyche vielleicht? Sanne lachte auf.

War sie in der vergangenen Nacht wirklich drauf und dran gewesen, gegen einen Brückenpfeiler zu rasen? Ihrem Leben ein Ende zu machen? Wie hatte sie nur vergessen können, was in jener Nacht geschehen war?

Entscheidende Momente werden nicht erinnert. Immer häufiger auftretende Flashbacks, Panikanfälle, deine Flucht aus dem Leben, deine Schlafstörungen und Alpträume, dieses Gefühl von Bedrohung, Sanne. Das sind Symptome einer Posttraumatischen Belastungsstörung. Warum weigerst du dich, das zu erkennen und endlich eine Therapie zu machen? Zählt das auch zu deiner Selbstbestrafung, wie dein Selbstboykott, glücklich zu werden? Ist das deine Art von Sühne?

Litt sie wirklich an einer Posttraumatischen Belastungsstörung, wie Thorsten das schon seit Jahren behauptete? Wie hatte sie nur vergessen können, dass ...

Hier verhakten sich ihre Gedanken in einer Endlosschleife, die sich immer wieder neu bei der unausgesprochenen Frage zu drehen begann, wie sie das hatte vergessen können.

Wieder sah sie ihre Hand, die nach Ludwigs Knöchel griff.

Sanne zuckte zusammen und verriss beinahe das Steuer. Dabei entdeckte sie das Hinweisschild zur Ausfahrt. Fast wäre sie vorbeigefahren und schaffte es gerade eben, die Autobahn zu verlassen. Sie musste sich konzentrieren. Fünf Minuten noch, dann war sie daheim. Mit einem Griff schaltete sie das Radio ein. Verkehrsmeldungen. Aufgrund des ersten Schneefalls gab es Unfälle auf der A99. Auf der Wasserburger Landstraße wartete eine Radarfalle kurz vor Haar stadteinwärts auf Raser. Stau auf dem Mittleren Ring. Der Moderator kündigte den nächsten Song an. »Und nun Musik. Eric Clapton, unplugged. Tears In Heaven.«

Gitarrenmusik und Claptons spröde Stimme erklangen. Ein trauriges Lied. Was sonst? Sanne wollte ausschalten, doch etwas hinderte sie daran. Die Melodie ergriff Besitz von ihr, die Worte hallten in ihr nach. Jedes einzelne.

Would you know my name, if I saw you in heaven?
Would it be the same, if I saw you in heaven?

Ihre Hand an Ludwigs Knöchel.

Sanne keuchte auf. Warum hatte sie das nur getan!

So hast du es mir erzählt, Sanne. Du musst endlich die Konsequenzen tragen. Erst dann wirst du dein Leben wieder auf die Reihe kriegen. Thorstens Stimme dröhnte in ihrem Schädel, als säße er neben ihr.

Would you hold my hand, if I saw you in heaven?
Would you help me stand, if I saw you in heaven?

Ihre Hand hatte nicht auf der Türklinke gelegen!

Sie hatte Ludwig umgebracht!

Kälte füllte ihre Brust.

Beyond the door, there's peace I'm sure.
And I know there'll be no more … tears in heaven.

Sanne schaltete das Radio aus.

Als sie endlich den Leihwagen parkte und die Haustür aufsperrte, hatte sie all ihre Kraft gebraucht, um heil nach Hause zu kommen. Sie fühlte sich erschöpft und unendlich müde. Warum hatte Thorsten sie mit dieser furchtbaren Wahrheit konfrontiert? Weshalb hatte er sie aus dem Vergessen geholt?

Was sollte sie tun?

Wie würde ihr Leben weitergehen?

Natürlich musste sie die Konsequenzen tragen. Alles würde sich ändern.

Herr Kater kam aus der Küche gelaufen und schoss durch den noch offenen Türspalt hinaus. Der arme Kerl. Seit gestern Nachmittag war er alleine hier gewesen.

Sie musste zur Polizei gehen. Oder besser zu einem Anwalt.

Morgen. Heute fehlte ihr die Kraft dafür. Nachdem sie diesen Entschluss gefasst hatte, fühlte sie sich nicht besser. *Stelle dich deiner Tat. Nimm die Strafe auf dich.* Es fühlte sich unwirklich an. Ihr Leben geriet jeden Tag ein Stück mehr aus den Fugen. Alles verschob sich. Wann hatte das begonnen? Und weshalb fühlte es sich so seltsam und verstörend falsch an?

Tief in ihr arbeitete eine brodelnde Unruhe. Sanne griff nach dem Putzzeug und schrubbte das Bad, danach wusch sie Wäsche, bezog das Bett neu, räumte die Küche auf. Sie machte Ordnung. Genau das sollte sie auch in ihrem Leben tun. Es wurde schon dunkel, als sie völlig erschöpft Eimer und Schrubber wegstelle, sich ein Glas Wein einschenkte und auf das Sofa sank. Im Fernsehen lief eine Serie. Die sah sie sich an. Besser nichts denken.

In der Werbepause klingelte das Telefon. Sicher Thorsten. Vermutlich machte er sich Sorgen, weil sie letzte Nacht einfach abgehauen war. Doch es meldete sich niemand.

Stille. Schweigen. Atmen. So wie neulich.

Herrgott! Was sollte der Scheiß? Wut flammte auf und vertrieb Erschöpfung und Lethargie. »Aha. Ein neuer Versuch. Gilt unsere Wette noch? Diesmal gewinne ich!«

Der Anrufer schwieg weiter. Na klar. Das gehörte zu seiner Rolle. Aber diesmal würde er nicht triumphieren. Sanne presste den Hörer ans Ohr. Leises Atmen. Kein Keuchen oder sonstige obszöne Geräusche. Im Hintergrund bellte ein Hund. Nur einmal. Ganz kurz.

Hamlet?

War ihr Nachbar etwa der Anrufer? Der Highlander?

Etwas in ihr weigerte sich, das zu glauben. Doch was wusste sie schon von ihm? Nichts. Sie legte das Mobilteil lautlos aufs Sofa, schlich in die Küche und sah aus dem Fenster. Bei ihm brannte Licht.

Die Werbepause war vorbei. Der Film lief weiter. Musik und Dialoge klangen bis in die Küche. Prima. Er würde denken, sie wäre noch dran. Auf leisen Sohlen ging sie in die Werkstatt, verließ ihr Haus durch die Hintertür und kletterte über den Gartenzaun. Im Schatten der Hausmauern überquerte sie die Straße, stieg über Domegalls Zaun und näherte sich seinem Haus von hinten. Ihr Herz schlug viel zu schnell. Es hämmerte gegen den Rippenbogen. Ihr Atem klang laut wie ein Orkan. Ihre Hände wurden feucht. Sie fror, und eine Mischung aus Kälte, Anspannung und Angst ließ sie zittern. Egal. Sie wollte Gewissheit. Im Schutz der Dunkelheit tastete sie sich bis zur hellerleuchteten Fensterfront vor, hinter der Domegalls Wohnzimmer lag.

Er stand mit dem Rücken zu ihr, das Telefon in der Hand! Sanne drückte das Ohr an die Scheibe. Sprach oder schwieg er?

Ein Schatten. Kläffendes Gebell. Hamlet sprang an der Scheibe hoch. Sanne schrak zurück. Blut rauschte in ihren Ohren, ihr Herz wollte bersten. Domegall fuhr herum. Ihre Blicke trafen sich.

53

Dühnfort telefonierte erfolglos alle Kliniken Münchens nach Eugen Voigt durch. Anschließend bat er die Kollegen der Schutzpolizei, die Fahndung nach Voigts Opel zu intensivieren, und machte sich eine Viertelstunde, nachdem auch Alois gegangen war, auf den Heimweg.

Die Läden schlossen bereits. Dühnfort nahm seine tägliche Route durch die Fußgängerzone Richtung Marienplatz und ließ sich mit dem Strom der Menschen weiter in die Sendlinger Straße treiben. Vorbei an Läden und Schaufenstern. Überall breiteten sich Weihnachtsdekorationen aus wie eine Krankheit. Echte und künstliche Tannen. Sterne, Schleifen, Kugeln, Pakete. Flitter und Kunstschnee. Weihnachtsmänner und Engel. Überall glitzerte und glänzte es. Alles war zu viel.

Die Luft war kalt und feucht. Am Sendlinger-Tor-Platz roch es nach Glühwein und Abgasen. Weihnachtslieder, die aus dem Lautsprecher eines Verkaufsstandes für heiße Maroni dudelten, vermischten sich mit dem Brausen des Verkehrs. Stille Nacht. Fürwahr.

Im Zwischengeschoss des U-Bahnhofs paarten sich Ausdünstungen verschiedenster Art. Bier und Brezen. Schweiß und Parfum. Feuchter Hund und Urin. Neonlicht flackerte. Plötzlich hatte er das Gefühl, beobachtet zu werden, und sah sich um. Pendler, die nach Hause wollten, wurden von den Rolltreppen hinunter zu den Bahnsteigen befördert, Ankommende nach oben. Beim Bierausschank lehnten drei zerlumpte Gestalten am Tresen. Am Fahrkartenautomaten studierte eine Gruppe asiatischer Touristen das Tarifsystem. Ein sinnloses Unterfangen. Das verstand man frühestens nach fünf Jahren in dieser Stadt. Der Kiosk schloss. Ebenso der Blumenstand. Nichts. Da war niemand. Dühnfort verließ das Zwischengeschoss und fuhr mit der Rolltreppe auf der anderen Seite des Sendlinger-Tor-Platzes wieder an die Oberfläche.

Er schlug den Weg zum Stephansplatz ein und entschied so, seinen Heimweg wie meistens mit dem kleinen Umweg über den Alten Südfriedhof zu beenden.

Der Gemüseladen in der Thalkirchner Straße hatte noch geöffnet. Dort kaufte er, einem spontanen Entschluss folgend, zwei Portionen Feldsalat und ein Schälchen Datteltomaten. Er musste mehr für seine Gesundheit tun. Mehr Sport, weniger Wein. Mehr frisches Obst und Gemüse. Weniger Espresso und Schokolade.

Das Eisentor am Friedhofseingang quietschte. Der Lärm der Stadt drang nur gedämpft herein. Ruhe umfing ihn. Etwas von der Anspannung des Tages fiel von ihm ab. Der Schein aus den Fenstern der angrenzenden Wohnhäuser und das Licht der Straßenlaternen jenseits der Mauern erhellten die Dunkelheit ein wenig. Nach einer Minute hatten seine Augen sich an das Dämmerlicht gewöhnt. Der Kiesweg lag hell vor ihm. Dühnfort stattete dem Grab des Musikers einen kurzen Besuch ab, nickte der Frau zu, die dick vermummt auf dem Rad an ihm vorbeifuhr. Das Knirschen des Kieses unter den Reifen wurde leiser. Stille kehrte ein. Auf dem Weg hinter ihm wurde der gleichmäßige Schlag von Schritten lauter. Ein Jogger überholte ihn und entfernte sich rasch. Aus dem Gebüsch jenseits des Weges erklang ein Rascheln. Ein Schatten löste sich daraus. Dühnfort nahm die Bewegung aus dem Augenwinkel wahr, spürte Gefahr, doch noch ehe er reagieren konnte, legte sich ein klammernder Griff um Brustkorb und Oberarme.

Helmbichler!

Gleichzeitig ein metallisches Schnappen. Kalt spürte Dühnfort den Stahl an seiner Kehle. Sein Herz raste. Die Tüte mit dem Feldsalat fiel zu Boden.

»So, Sauhund. Jetzt ist Zahltag! Jetzt wird abgerechnet!«

Seine Waffe.

Unerreichbar unter dem Mantel. Keine Bewegungsfreiheit, kein Spielraum, um sich zu verteidigen.

Dann die Erkenntnis: Helmbichler würde ihm nicht die Kehle durchschneiden. Zu viel Blut, das ihn besudelte. Beweismaterial. Er würde ihm das Messer in die Brust rammen. Ins Herz. Sofortiger Tod. Keine Blutfontäne. Einen Augenblick dehnte sich dieser Gedanke.

Unerbittlich presste Helmbichler Dühnforts Körper gegen seinen. Er stank nach Schweiß. Aus den Klamotten stieg ein saurer Geruch auf.

Er musste Zeit gewinnen.

»Herr Helmbichler. Immer mit der Ruhe. Wir können über alles reden.«

»Da gibt es nichts mehr zu reden. Ausg'redt ist. Scho lang!«

54

Alois stand Tinos Wohnung gegenüber im Schatten eines mannshohen Grabsteins und fühlte sich nicht wohl in seiner Haut. Aber er hatte sich nun mal dazu entschlossen, also würde er das jetzt auch durchziehen.

Oder nicht?

Es war scheißkalt. Kälte kroch aus dem feuchten Gras und Moos nach oben, die Beine entlang. Die Handschuhe hatte er im Büro liegenlassen. Seine Hände wurden langsam klamm. Er schob sie in die Manteltaschen. Fünf Minuten noch, dann würde er gehen. Der Gedanke fühlte sich derart gut an, dass er eigentlich auch gleich gehen konnte. Tino auszuspionieren, sich im Schatten zu verstecken und zu lauern wie ein Verbrecher, das passte nicht zu ihm. Warum machte er es dann?

Weil er wissen wollte, ob er richtiglag.

Oben tat sich etwas. Das Licht in der Küche ging an. Gina trat ein und holte aus dem Kühlschrank eine Flasche Wasser, trank direkt daraus und ging ans Küchenfenster. Sie blickte hinunter auf den Friedhof. Unwillkürlich zog Alois sich tiefer in den Schatten zurück, obwohl er wusste, dass sie ihn nicht sehen konnte. Gina war also in Tinos Wohnung und bediente sich, als wäre sie dort zu Hause. Er konnte gehen. Alles war klar. Er lag richtig. Yes!

Das Handy begann zu vibrieren. Mist. Es steckte noch in der Halterung am Gürtel. Alois knöpfte den Mantel auf. Evi. Ne, auf die hatte er jetzt keine Lust. Er drückte das Gespräch weg und schob das Handy zurück.

Wieder blickte er nach oben. Gina verschwand vom Fenster. Und gut war es. Er wusste Bescheid und streckte den Rücken, als er Schritte hörte, die sich näherten. Ein Jogger. Er passierte Alois' Versteck und bog auf den Weg ein, der zum Ausgang in der Pestalozzistraße führte. Kaum aufgetaucht, war er auch schon außer Sichtweite.

Zeit, diesen ungastlichen Ort zu verlassen. Alois machte einen Schritt Richtung Weg. Weiter hinten rührte sich etwas.

Sein Boss!

Fuck!

Aus der Dunkelheit schnellte ein Schatten, stürzte sich auf Tino. Wortfetzen. *Sauhund … Zahltag.*

Ein Adrenalinstoß. Ein tausendmal geübter Griff. Die Heckler & Koch glitt aus dem Holster in Alois' Hand. Das Entsichern geschah automatisch.

Ein metallisches Schnappen. *Ausg'redt is.* Helmbichler! Von Tino verdeckt. Ein ausholender Arm. Ein Messer. Fünf Meter. Mieses Licht.

Die Klinge schoss auf Tino zu.

Right between the eyes. Schaffe ich das?

Ja!

Alois zog den Abzug durch.

55

»Du Idiot! Du hirnrissiger Wahnsinniger! Wie kannst du nur so blöd sein!« Gina schob ihre Arme unter seinen Achseln hindurch und klammerte sich an ihn. Wo kam sie so plötzlich her? Seit dem Schuss schien noch keine Sekunde vergangen zu sein. »Ich habe dich doch gewarnt, dass der das ernst meint. Du damischer Depp.« Sie hatte offenbar einen Schock, während er sich ganz ruhig fühlte. Seltsam ruhig und gelassen. Völlig unwirklich.

Alois stand zwei Meter entfernt und telefonierte. Er forderte die Kollegen an und informierte die Staatsanwaltschaft. Im Halbdunkel vor ihm, auf dem Kiesweg, lag Helmbichler ausgestreckt auf dem Rücken und starrte mit leerem Blick auf einen Marmorengel, der seit mehr als einem Jahrhundert steinerne Tränen am Grab eines viel zu früh verstorbenen Kindes vergoss. Kopfschuss. Tot. »Es ist ja nichts passiert.« Das Butterflymesser lag einen Meter entfernt auf einer bröckelnden Grabplatte.

»Nichts passiert? Geht es noch? Wenn Alois nicht so schnell gewesen wäre, würdest du jetzt da liegen.« Ein Zittern durchlief sie. »Und wenn er nicht ein so verdammt guter Schütze wäre, dann auch.«

»Es ist, wie es ist: Mir ist nichts passiert.« Mit einer Hand fasste er in ihr Haar, mit der anderen zog er sie näher an sich heran. Sie roch so gut. Er sog diesen Duft ein. Äpfel. Zimt. Karamell. Es war nichts passiert. Ihm ging es gut. Sie küssten sich. Es war völlig egal, ob Alois das sah.

Gina machte sich los. »Aber wenn es anders wäre, dann wäre es anders.« In ihren Schokoladenaugen spiegelten sich

Angst, Entsetzen, Zorn. Noch immer hielt sie ihn fest, als wollte sie ihn nie wieder loslassen.

In wenigen Minuten würde hier die übliche Routine einer Todesermittlung beginnen. Staatsanwalt. KTU. Kollegen einer MK. Vermutlich die von Mertens. Absperrung. Spurensicherung. Zeugenbefragung. Einleitung einer Vorermittlung wegen Totschlags. Er musste eine Aussage machen. Alois hatte Nothilfe geleistet. Das war nicht strafbar.

Die ersten Martinshörner waren zu hören. Alois ging zum Eingang an der Pestalozzistraße und öffnete das Tor. Eine Minute später zuckten Blaulichter, beugte sich ein Notarzt über Helmbichler und schüttelte den Kopf. Die Arbeit begann. Leyenfels erschien. In gewohnt gebückter Haltung kam er auf Dühnfort zu. Bedächtig, behäbig. Dühnfort machte seine Angaben. Alois ebenfalls. Für Leyenfels war die Sache klar. Morgen sollten sie ihre Aussagen zu Protokoll geben. Eine amtsärztliche Untersuchung lehnte Dühnfort ab. Es war ja nichts passiert. Buchholz erschien mit seinem Trupp, gefolgt von Mertens. Alois händigte ihm die Waffe aus, und dann rollte auch schon der Leichenwagen des Städtischen Bestattungsinstituts über den Kiesweg, um Helmbichler in die Rechtsmedizin zur Obduktion zu bringen. Doch erst musste die Weidenbach sich das ansehen. Alles ging seinen Gang. Alles ganz normal. Sein täglich Brot.

Plötzlich verspürte Dühnfort Hunger, und außerdem hatte er Lust auf einen richtigen Drink. Er hob den Beutel mit Feldsalat und Datteltomaten auf, der noch auf dem Kiesweg lag, dort, wo er ihn hatte fallen lassen. »Zeit fürs Abendessen. Kommst du mit, Alois? Es gibt Quiche. Die reicht auch für drei. Und außerdem brauche ich jetzt einen Whisky.«

Den verwunderten Blick, den Gina mit Alois tauschte, bemerkte er, fragte sich aber nicht, was er bedeuten sollte. Ein langer und anstrengender Tag lag hinter ihm. Er wollte jetzt endlich Feierabend machen. »Gehen wir? Die kommen hier ohne uns klar.«

In der Wohnung hängte er den Mantel auf den Bügel im Flur, schaltete den Ofen an und schob die Quiche zum Aufwärmen hinein. Während er den Salat anmachte, trank er ein Glas vom eiskalten Pinot Grigio, lauschte dem Klappern des Geschirrs, mit dem Gina den Tisch deckte, hörte Alois im Flur telefonieren. Evi. War das seine neueste Eroberung?

Unten auf dem Friedhof hatte Buchholz Scheinwerfer aufgestellt. Vermutlich suchten sie noch nach der Patronenhülse. Dr. Ursula Weidenbach war inzwischen eingetroffen. Leyenfels verabschiedete sich von Mertens und marschierte Richtung Ausgang.

Quiche und Salat waren fertig. Sie setzten sich zu Tisch, aßen und tranken Wein. Dühnfort entspannte sich.

»Voigt liegt in keinem Krankenhaus. Die Fahndung nach seinem Wagen läuft. Wenn sich bis morgen zehn Uhr nichts tut, dann bekommen wir den Durchsuchungsbeschluss.«

Wieder tauschten Gina und Alois diesen erstaunten Blick. Was sollte das? Herrgott! Dachten sie, er müsste jetzt in Schockstarre verfallen oder in Panik ausbrechen, oder besser noch, sich traumatisiert in psychologische Behandlung begeben? Es war nichts passiert! Es ging ihm gut! Er hatte Glück gehabt! »Jetzt guckt doch nicht so besorgt. Lasst uns anstoßen, dass ich …« Die Worte *dass ich das überlebt habe* wollten ihm nicht über die Lippen kommen. »… dass es so glimpflich abgegangen ist. Und natürlich auch auf Alois. Danke! Beim Schießen bist du wirklich der bessere von uns.« Dühnfort hob das Glas. Sie stießen an.

Alois sah mitgenommen aus. Seltsam käsig. »Das ist alles Übungssache.«

»Jetzt mach dich mal nicht klein. Das war ein Meisterschuss. Bei dieser miesen Sicht.« Gina stellte ihr Glas ab. »Wie geht es dir damit?«

Ein Schulterzucken war die Antwort. »Ich habe noch nie auf jemanden geschossen, immer nur auf die Pappfiguren. Und dann gleich ...« Einen Augenblick starrte er auf seine Fingernägel. Tadellos maniküriert, bemerkte Dühnfort.

Alois ließ die Hände sinken. »Hast du vorher nicht etwas von einem Whisky gesagt?«

Dühnfort holte die Flasche aus dem Schrank. Ein siebzehn Jahre alter Bowmore Islay Single Malt. Etwas für besondere Stunden. Damit stießen sie an. Gina griff nach seiner Hand und drückte sie. »Dass wir zusammen sind, das hast du ja vorher mitgekriegt«, sagte sie an Alois gewandt.

Der grinste. »Bei *Idiot* ist der Groschen noch nicht gefallen. Erst als du Tino einen *hirnrissigen Wahnsinnigen* genannt hast, habe ich das kapiert.«

Wieder einmal schob Gina sich mit dieser Geste, die Dühnfort so mochte, eine Haarsträhne hinters Ohr. »Sag mal, was hast du eigentlich da unten gemacht?«

Das Lächeln fror ein.

»Einen Mann erschossen. Und Tino das Leben gerettet.«

56

Domegall öffnete die Tür zur Terrasse und beruhigte Hamlet, der bellend an Sanne hochsprang. »Das ist kein Einbrecher, Hamlet, nur unsere unfreundliche Nachbarin. Also mach sitz.« Hamlet gehorchte. Domegall hob das Telefon ans Ohr. »Vincent? Ich melde mich morgen ... Ja ... Alles in Ordnung. Bis dann.« Er legte auf.

Sanne stand da wie eingefroren, registrierte allerdings zu ihrer großen Erleichterung, dass ihr Herz nicht barst, sondern sich beruhigte. Gott, war das peinlich. Wie eine Einbrecherin, nein, schlimmer noch, wie eine Stalkerin hatte Domegall sie erwischt. Fieberhaft suchte sie nach einer Erklärung für ihre Anwesenheit auf seiner Terrasse. Doch ihr fiel keine ein.

»Ist etwas passiert? Sie sehen aus, als würden Sie gleich umkippen.«

Einen Moment war sie versucht, dem Impuls zu folgen, hinüberzulaufen in ihr Häuschen, um sich zu vergewissern, dass der Anrufer noch dran war, ob er noch atmete und schwieg. Domegall war es offenbar nicht gewesen. Eigentlich sollte sie darüber erleichtert sein. Er war es nicht! Doch wer dann? »Umkippen? ... Nein ... es ist nur ... es ist alles ...« Meine Güte, weshalb stotterte sie so herum? Sie konnte ihm doch nicht sagen, dass sie ihn verdächtigt hatte.

»Es ist nur ...?« Abwartend sah er sie an.

Sollte sie ihm erzählen, was los war? »Ich bekomme anonyme Anrufe. Den letzten gerade ... vor ein paar Minuten.«

Verwunderung zog über sein Gesicht, dann Verstehen. »Sie dachten, ich ...?« Er wies auf das Telefon in seiner Hand, und dann lachte er. Dieses offene und entwaffnende Lachen.

»Kommen Sie rein. Von mir haben Sie nichts zu befürchten. Außer einem Becher Tee. Oder vielleicht lieber ein Pflümli auf den Schreck? Selbst gebrannt von einem Freund aus Baden.« Er legte seinen Arm um ihre Schultern und bugsierte sie ins Haus.

»Ein Tee wäre nicht schlecht.« Sanne ließ sich in einen Ledersessel plumpsen. Sie kam sich völlig lächerlich vor, total idiotisch. Hamlet trottete herein und legte sich neben dem Sessel auf den Boden, als ob er sie bewachen wollte. »Oder doch lieber einen Schnaps.«

Domegall schmunzelte. »Ist sicher besser fürs Nervenkostüm.«

Die Einrichtung gefiel ihr. Lauter alte Möbel. Ein schrundiger Tisch von vier verschiedenen Stühlen umgeben, von denen jeder eine andere Geschichte zu erzählen hätte. Aber hunderte Bücher in Regalen. Gegenüber ein Sofa, das durch seine schlichte Form bestach und sicher achtzig Jahre auf dem Buckel hatte. Vor dem Clubsessel, in dem sie saß, stand eine Fußbank.

Domegall hantierte in einer Küchenecke, die aus den fünfziger Jahren stammen musste. Weiter hinten entdeckte Sanne zwei Rollladenschränke aus dunklem Holz, die sicher vor annähernd hundert Jahren in einem Büro gestanden hatten, in dem das Personal Ärmelschoner trug und Bakelitlampen Licht spendeten. Art déco oder Jugendstil? Jedenfalls wunderschön. Nun dienten sie als Raumteiler.

Domegall kam mit zwei Gläsern. Auch sie waren alt. Bleikristall. Vierziger Jahre, schätzte Sanne. »In Ihrem Haushalt gibt es wohl nichts, das jünger ist als sechzig Jahre.«

Er reichte ihr ein Glas und setzte sich. »Hamlet. Hast du das gehört?« Der Hund hob den Kopf. »Sind wir jetzt beleidigt? Was meinst du?«

»O Gott. Nein. So habe ich das nicht gemeint.«

Domegall lachte sein breites, offenes Lachen. Plötzlich fragte Sanne sich, wie sie ihm anfangs so ablehnend hatte gegenüberstehen und ihn sogar für einen Macho der übelsten Sorte hatte halten können.

»Trinken wir jetzt auf gute Nachbarschaft?« Er hob sein Glas.

»Einen Versuch wäre es wert.« Der Pflaumenschnaps war weich und mild, allerdings brannte er in der Kehle.

Die Tür zu ihrer Werkstatt stand noch offen. Ob sie schnell rübergehen sollte, um sie zu schließen? Doch hier brach niemand ein.

»Diese Anrufe, geht das schon lange?«

Jetzt würde er vermutlich denken, sie sei hysterisch, dennoch antwortete sie wahrheitsgemäß. »Es waren erst zwei. Ich weiß auch nicht, weshalb sie mich so durcheinanderbringen. Momentan verändert sich zu viel in meinem Leben. Vielleicht liegt es daran.«

Frederick, der die Werkstatt verkaufen wollte. Wenn sie nicht mit einstieg, sondern ein anderer Bogenbauer, würde sie ihre Existenzgrundlage verlieren. Thorsten, der es nicht hatte lassen können, ihr diese schreckliche Wahrheit bewusstzumachen, und sich nun nicht darum kümmerte, wie es ihr ging. Noch immer hatte er sich nicht gemeldet. Evelyn, mit ihren Vorwürfen und dem schrecklichen Auftritt auf dem Friedhof, und nun auch noch anonyme Anrufe.

»Haben Sie eine Vermutung, wer dahinterstecken könnte? Ich meine, außer mir.« Diesmal lachte er nicht.

»Entweder irgendein Spinner oder Evelyn. Evelyn Wiedemann.«

»Wer ist das?«

»Ludwigs Mutter.«

»Ludwigs Mutter? Und warum sollte sie Ihnen Angst einjagen?«

Sie wollte nicht darüber reden. Nicht mit ihm. Eigentlich mit niemandem. Dennoch antwortete sie.

»Ludwigs Todestag ... Er hat sich vor ein paar Tagen gejährt. Ich bin ... Also, es lag an mir ... Er ist aus seinem Hochbett gestürzt.« Sie starrte auf den Boden. Als sie wieder aufblickte, sah sie in honigbraune Augen. Plötzlich spürte sie mit jeder Faser ihres Körpers, dass sie sich ihm anvertrauen wollte. Er würde zuhören, verstehen, sie nicht verurteilen und sie zu nichts drängen.

»Es war ein Unfall. Ein schrecklicher Unfall. Ludwig ... Er war so lebhaft, ein unruhiges Kind. Immer in Bewegung. Hyperaktiv nennt man das wohl. Ich war seine Babysitterin und kam eigentlich gut mit ihm zurecht. An dem Abend, als es passiert ist ... An diesem Abend war er total aufgedreht, wollte nicht schlafen, und es ist mir ewig nicht gelungen, ihn zu beruhigen. Er ist in seinem Bett herumgehüpft, bis er nicht mehr konnte und ich ihn an einem Bein gezogen habe. Da ist er in die Kissen geplumpst. Ich habe ihn zugedeckt, doch er ist wieder aufgesprungen und wollte, dass ich ihn noch mal am Bein ziehe, damit er wieder in die Kissen fällt. Ich habe ... ich habe ...« Sanne verdrängte die Bilder, die in ihr aufstiegen. Mit einem Schluck leerte sie das Glas und spürte das Brennen in Mund und Kehle kaum. »Ich habe noch mal an seinem Bein gezogen! Dabei ist er aus dem Bett gestürzt ... und hat sich ... Er hat sich das Genick gebrochen.« So, nun war es raus. »Ich habe das doch nicht gewollt.«

Domegall griff nach ihrer Hand. Seine fühlte sich rau an.

»Bis vorgestern hatte ich das vergessen.« Sie erzählte ihm von den entscheidenden Sekunden, die sie komplett verdrängt hatte. Bis auf ein einziges Mal, als sie sich Thorsten anvertraut hatte.

»An diesem schrecklichen Abend kam die Polizei ... Ich habe nicht absichtlich gelogen. Ich konnte mich wirklich nicht erinnern, was in diesen zwei oder drei Sekunden geschehen ist. Es war einfach weg.« Sanne schlang die Hände ineinander und sah Domegall an. Sie wollte nicht, dass er sie für eine Lügnerin hielt. Sein Blick war offen und abwartend. »In meiner Erinnerung lag meine Hand auf der Türklinke, als Ludwig aus dem Bett fiel. Das habe ich jedenfalls geglaubt, und so habe ich es auch bei der Polizei ausgesagt. Dabei muss diese Erinnerung Sekunden später entstanden sein, als ich aus dem Zimmer gerannt bin, um den Notarzt zu rufen.«

»Und seit ein paar Tagen ist die Erinnerung an das tatsächliche Geschehen wieder da? Ihr Freund Thorsten dachte, es wäre an der Zeit, dass Sie die Wahrheit zulassen?«

Sanne zog die Schultern hoch. »Ich werde mir morgen einen Anwalt suchen und dann zur Polizei gehen.«

»Gab es denn kein Ermittlungsverfahren?«

»Doch. Schon. Evelyn … Sie hat von Anfang an geglaubt, dass ich … dass ich daran mitgewirkt habe. In irgendeiner Form. Sie hat bei der Polizei ausgesagt, ich wäre unzuverlässig und labil, nicht belastbar, mir wäre schon mal die Hand ausgerutscht. Das war gelogen. Ich habe Ludwig nie geschlagen. Ich weiß nicht, wie sie dazu kam, das zu behaupten.« Sanne fuhr sich durch die Haare, als könnte sie so die aufkommende Gedankenflut stoppen. Ihr Leben, das sie sich so mühsam aufgebaut hatte, brach auseinander, zerfiel wie ein Mosaik, aus dessen Fugen der Kitt bröckelte.

Domegalls Hand lag noch immer auf ihrer. »Sie braucht jemanden, dem sie die Schuld geben kann. Das macht es für sie leichter. Wie soll man denn weiterleben mit dem Wissen, dass unser Leben der Willkür einer Macht unterworfen ist, auf die wir keinen Einfluss haben, die jederzeit zuschlagen kann und die wir Schicksal nennen? Man kann es nicht besänftigen, nicht bändigen, nicht friedlich stimmen, seine Gunst erringen. Weder durch Glauben noch Opfergaben noch Wohlverhalten. Es macht uns ohnmächtig, und dagegen kämpfen wir an, indem wir nicht an Schicksal glauben wollen. Wir suchen Erklärungen.« Während er sprach, wurden seine Augen dunkler, entfernte sein Blick sich von ihrem, richtete sich nach innen. Sanne fragte sich unwillkürlich, was ihm widerfahren war und zu solchen Überlegungen veranlasste.

»Wenn Ludwigs Eltern Sie bei der Polizei belastet haben, muss es doch ein Ermittlungsverfahren gegeben haben und einen Prozess. Oder?«

»Das Verfahren wurde eingestellt.«

»Dafür müssen handfeste Gründe vorgelegen haben. Ich meine, wirklich handfeste. Wenn nur ein Hauch von Verdacht auf fahrlässige Tötung oder Totschlag bestanden hätte, wäre es zu einem Prozess gekommen, um das zu klären.«

»Natürlich hat es die gegeben. Ich habe ja ausgesagt, dass ich an der Tür stand, als Ludwig aus dem Bett stürzte.«

Domegall lächelte. »Sie waren die Beschuldigte in diesem Verfahren. Es wurde ganz sicher nicht eingestellt, weil die Beschuldigte die Tat bestreitet.« Nun grinste Domegall. »Vincent, mein bester Freund, mit dem ich übrigens gerade telefoniert habe, als Sie hier erschienen, wie von Geistern gejagt, ist Anwalt für Strafrecht. Er redet gerne über seinen Beruf, daher weiß ich solche Dinge. Haben Sie schon mal Einsicht in die Ermittlungsakten beantragt?«

Sanne schüttelte den Kopf. Warum hätte sie das tun sollen? Sie war so erleichtert gewesen, als der Brief der Staatsanwaltschaft kam und den Alptraum beendete, in dem sie seit dem Unfall lebte. Jedenfalls hatte sie gehofft, dass er ein Ende haben würde.

57

»Bevor Sie sich selbst anzeigen, beantrage ich erst einmal Akteneinsicht. Wenn das Ermittlungsverfahren in einem derartigen Fall eingestellt wurde, dann gibt es stichhaltigere Gründe als die Behauptung der Beschuldigten, nicht schuld zu sein. Das dürfen Sie mir schon glauben.«

Sanne konnte zwar nicht sehen, wie Niklas' Freund, der Rechtsanwalt Dr. Vincent Becker, am Telefon schmunzelte, aber sie meinte, es zu hören.

»Wollen wir das so machen?«

»Ja. Gut. Vermutlich ist es besser so.« Ein wenig Erleichterung breitete sich in ihr aus.

»Ich schicke Ihnen per Mail eine Vollmacht. Wenn Sie die unterschrieben an mich zurücksenden, werde ich mich umgehend um Akteneinsicht bemühen.«

»Ich bin heute Mittag ohnehin in der Stadt. Dann bringe ich sie gleich vorbei.«

»Wunderbar. Ich freue mich, Sie kennenzulernen.« Becker verabschiedete sich.

Einen Moment blieb Sanne mit dem Telefon in der Hand stehen und blickte aus dem Fenster. Es war schon nach neun. Wo Herr Kater blieb? Gestern Nacht war er irgendwann zur offenen Werkstatttür hinausspaziert, während sie bei Niklas Pflümli getrunken hatte.

Gestern Nacht … Irgendwann hatte Niklas ihr das Du angeboten. Das Gespräch mit ihm hatte ihr gutgetan. Er hörte zu, reagierte ruhig und überlegt und erteilte ihr nicht unzählige Ratschläge wie Thorsten und Lydia. Außer dem einen, einen Anwalt mit der Akteneinsicht zu beauftragen. »Vincent ist auf Strafrecht spezialisiert, und er ist gut. Falls du einen Verteidiger brauchst, bist du bei ihm in guten Händen.«

Er hatte ihr Adresse und Telefonnummer gegeben und Sanne nach Hause begleitet. Ganz Gentleman. Die Hintertür zur Werkstatt hatte noch offen gestanden. In der Wohnung hatte es seltsam gerochen. Fremd. Als ob jemand da gewesen wäre. Doch alles war wie vorher, als sie gegangen war, um bei Niklas über den Zaun zu steigen. Nichts fehlte. Nichts war verrutscht. Wurde sie langsam paranoid?

Auf dem Feld bewegte sich etwas. Aber es war nur eine Krähe. Herr Kater würde schon noch kommen.

Sanne zündete den Spiritusbrenner an, band sich die Schürze um und machte sich an die Arbeit. Frederick wartete auf zwei Bögen, die heute von ihren Eigentümern abgeholt werden sollten. Die Ruhe in ihrer Werkstatt und der Geruch nach Holz und Leim, Pferdehaar und Kolophonium ließen sie wieder einmal ruhiger werden.

Thorsten hatte recht. Es war Zeit, sich ihrer Schuld zu stellen. Nach der Akteneinsicht würde sie gemeinsam mit Vincent Becker zur Polizei gehen und erzählen, was in jener Nacht wirklich geschehen war und dass sie nicht absichtlich die Unwahrheit gesagt hatte. Hoffentlich glaubte man ihr. Sicher gab es Studien, die belegten, wie Verdrängung funktionierte, dass sie nichts dafür konnte.

Doch bei diesen Gedanken verflog die Ruhe wie ein Vogel in der Nacht. Wenn sie nun ins Gefängnis musste? Alleine die Vorstellung verursachte eine nervöse Übelkeit. Warum nur hatte Thorsten ihr reinen Wein eingeschenkt? Wenn er sie wirklich mochte, vielleicht sogar liebte, warum schützte er sie nicht weiter vor dieser schrecklichen Wahrheit? Zwei Jahre hatte er sie schon gekannt und geschwiegen. Warum jetzt?

Sanne hielt inne, legte das Bündel Pferdehaar ab.

Vielleicht rächte er sich so für ihre Zurückweisung?

War das möglich?

Nein. Ganz sicher nicht. Er war ihr Freund.

Aber er ist auch ein gekränkter Mann, mahnte ihre innere Stimme. Weshalb meldet er sich denn nicht?, insistierte sie. Du bist einfach nachts aus seinem Haus verschwunden, und er ruft nicht an. Es interessiert ihn nicht, wie es dir geht, nachdem er dir unter die Nase gerieben hat, was du getan hast. Es ist ihm egal, ob du gegen einen Brückenpfeiler …

Sanne legte das Stück Kolophonium beiseite. Nein. Das hatte sie nicht vorgehabt. Nicht wirklich. Für einen Augenblick war es ihr als verlockende Lösung erschienen. Das war verständlich, nach allem, was sie Stunden zuvor erfahren hatte. Und dann noch der Wein.

Wie hatte sie die Wahrheit nur so lange verdrängen und vergessen können?

Plötzlich sah sie die Zeitschrift wieder vor sich, die bei Thorsten im Wohnzimmer gelegen hatte. *Das Leben als Erfindung?* Natürlich. Man frisierte seine Erinnerungen, merkte sich angenehme, schöne, erfreuliche Begebenheiten und schob die hässlichen, peinlichen, schrecklichen beiseite. Das war doch verständlich. Sie hatte sich das nicht ausgesucht. Es war ohne ihr Zutun geschehen.

»So. Jetzt ist es gut. Schluss mit der Gedankenwenderei«, rief sie sich zur Ordnung. Den entscheidenden ersten Schritt hatte sie getan. Sie hatte einen Anwalt.

Bis Mittag arbeitete sie so konzentriert es unter diesen Umständen ging und schaffte es, die Bögen zu behaaren. Inzwischen war die Mail von Vincent Becker im Postfach gelandet. Sie druckte sie aus, unterschrieb sie und fuhr in die Stadt. Zuerst lieferte sie die Bögen bei Frederick ab und nahm neue Aufträge mit, anschließend fuhr sie in die Nymphenburger Straße, suchte die Kanzlei von Dr. Vincent Becker auf und gab bei seiner Sekretärin die Vollmacht ab, denn Becker war unerwartet zu einem Mandanten gerufen worden.

Gegen drei Uhr war Sanne wieder daheim. Sie hatte insgeheim gehofft, Herr Kater würde schon auf sie warten.

Doch er war nirgendwo zu sehen.

58

Durch drei Whisky befördert, hatte Dühnfort tief und traumlos geschlafen. Am Morgen stand er früh auf und ging auf den Balkon.

Nebel hing zwischen den Bäumen des Friedhofs. Ab und an hörte er den dumpfen Aufprall einzelner Tropfen auf dem nassen Teppich aus Laub, der Wege und Gräber bedeckte. Der Friedhof lag unter ihm wie immer, scheinbar unberührt von Einsatzfahrzeugen und Spurensicherung. Gestern Abend. Es kam ihm unwirklich vor. Als wäre all das nicht geschehen. Er fühlte sich merkwürdig ruhig, wie heruntergedimmt. Wie lange hatte das Ganze gedauert? Zehn Sekunden? Fünfzehn? Ihm war nichts geschehen. Er hatte Glück gehabt. Alois. Ohne zu zögern ... kaltblütig den Sekundenbruchteil nutzend ... Wenn er nicht ...

Er war aber da gewesen. Warum auch immer. Dühnfort atmete kühle Luft ein und verbannte Helmbichlers Gestank, seine Worte, das Klappen des Butterflymessers, in eine Kammer seiner Erinnerungen und schloss die Tür. Es ist, wie es ist, dachte er. Mir geht es gut. Ich habe Glück gehabt. Es hat keinen Sinn, darüber zu grübeln. Jede Menge Arbeit liegt vor mir. Vor uns. Darauf sollte ich mich konzentrieren. Wenn mir das nicht gelingt, wird es weitere Tote geben.

Aus der Küche drang ein Klappern. Gina schaltete die Espressomaschine an, kam zu ihm auf den Balkon und umarmte ihn. Gemeinsam schwiegen sie und blickten auf Grabtafeln, Kreuze, Ewige Lichter.

»Wie geht es dir?«

»Gut«, sagte er.

»Du steckst das ziemlich locker weg.«

Er zog sie an sich und sog diesen wunderbaren Ginaduft ein. »Wäre es dir lieber, wenn ich mir ausmalen würde, jetzt auf einem Tisch der Weidenbach zu liegen, oder wenn ich mich in unsinnige Sinnfragen versteigen würde? Ich lebe, und es gibt einen Haufen Arbeit. Dafür brauche ich meine Energie.«

»Klingt alles sehr vernünftig. Passt aber nicht zu dir.«

»Gelte ich sonst als eher unvernünftig?« Lachend nahm er sie in die Arme. »Gina. Alles ist gut. Wirklich.«

Gemeinsam frühstückten sie in der Küche, tranken Cappuccino, aßen aufgebackene Croissants und machten sich auf den Weg. Alles wie immer. Und doch fühlte sich alles anders an. Ein wenig wattig und entfernt.

Im Präsidium angekommen, suchte er Mertens auf, der die Ermittlung im Fall Helmbichler leitete, und machte seine Aussage. Dann ging er ins Büro. Die Fahndung nach Voigts Fahrzeug war nach wie vor erfolglos. Es war schon kurz vor elf und damit der Deal mit Leyenfels gültig. Er wollte sich gerade auf den Weg zu ihm machen, als er auf seinem Handy Heigls Nachricht entdeckte mit der Bitte, bei ihm im Büro zu erscheinen.

Sein Vorgesetzter zeigte sich besorgt über Helmbichlers Angriff und bat Dühnfort, gegebenenfalls psychologische Hilfe in Anspruch zu nehmen. Gott sei Dank würden die Zeitungen erst morgen darüber berichten. Der Zwischenfall hatte sich nach Redaktionsschluss ereignet und daher keinen Eingang mehr in die Printausgaben gefunden. Online war er natürlich längst Thema. In einer halben Stunde begann die Pressekonferenz, an der Dühnfort teilnehmen sollte. Dieses Ansinnen wies er von sich. Zu viel Arbeit. Er hatte einen Mörder zu finden, der immer skrupelloser und schneller wurde. Heigls Protest prallte an ihm ab. Keine Zeit. Es war, als ob er alles durch Milchglas wahrnähme. Er kehrte in sein Büro zurück und brachte sich anhand der elektronischen Akte auf den aktuellen Stand.

Hatten sie etwas übersehen? Wo gab es Überschneidungen? Mit zwei Espressi bekämpfte er die Müdigkeit, doch das wattige Gefühl blieb.

Irgendwann überfiel ihn die Angst, den Überblick zu verlieren. Sein Kopf dröhnte. Er brauchte frische Luft.

Es war noch nicht Mittag, doch Dämmerung lag über der Stadt wie ein Kissen, das alles erstickte.

Wohin?

Er ging einfach los. Mied die Fußgängerzone. Zu hektisch. Zu laut. Er suchte Ruhe. Flirrender Glanz überall. Weihnachtsmusik. Glühweingeruch. Überfüllte Gehwege. Menschen. Überall Menschen. Beladen mit Tüten. Vermummt in Mänteln, Mützen, Schals. Instinktiv mied er die Schatten. Er suchte Stille, Einsamkeit, passierte die Theatinerkirche. Hier vielleicht? Er war nicht gläubig. Eine Frau rempelte ihn an. Ein *Biss*-Verkäufer bot ihm die Obdachlosenzeitschrift zum Kauf an. Die Rolltreppe schaufelte Menschen vom U-Bahnhof an die Oberfläche. Eine Gruppe Touristen kam aus der Kirche. Bevor sich die Tür hinter ihnen schloss, trat Dühnfort ein.

Klare Helligkeit. Friede. Seine Schritte hallten auf dem Steinboden nach. Weite. Ruhe. Hoch über ihm wölbte sich die weiße Kuppel. Nur wenige Besucher gingen zwischen den Bankreihen aus dunklem Holz umher. Dühnfort setzte sich. Weiter vorne war eine alte Frau ins Gebet vertieft. Im Seitenschiff kaufte jemand eine Kerze und zündete sie an. Dühnfort bedeckte sein Gesicht mit den Händen und versuchte die Tränen zu bezwingen, die ohne Vorwarnung in ihm aufstiegen.

59

Alois saß an seinem Schreibtisch und starrte auf den Monitor. Dort sah er Helmbichlers Gesicht, obwohl der Bildschirm die Eingabemaske für ein Protokoll zeigte. Auch wenn er aus dem Fenster schaute oder an die Wand blickte, überall erschien Helmbichler.

Right between the eyes.

Er hatte es geschafft. Er hatte ein Leben gerettet.

Und eines ausgelöscht.

Es war Nothilfe gewesen. Eine Sekunde später und sie würden demnächst auf Tinos Beisetzung gehen. Er hatte keine Wahl gehabt. Das würde er bald amtlich haben. Die Untersuchung lief. Seine Aussage hatte er gemacht. Konnte sein, dass Mertens das Geschehen nachstellen wollte. Das würde sich morgen entscheiden.

Kopfschuss.

Ein kleines Loch. Kaum Blut. Helmbichlers Augen. Gebrochen und doch Überraschung darin. Und Anklage.

Weshalb ließ ihm Helmbichlers Tod keine Ruhe? Er war ein Verbrecher gewesen. Heimtückisch und hinterrücks hatte er versucht, Tino abzustechen. So eine Drecksau. Verflucht! Und über so einen zerbrach er sich den Kopf!

Das Handy klingelte. Moni war dran. Moni Weiss. Mit ihr hatte er sich vor ein paar Tagen in der Havana-Bar getroffen. Nicht so ganz das Ambiente, das er bevorzugte. Doch Moni gefiel es dort. Und Moni gefiel ihm. Sehr weiblicher Typ mit superlangen Beinen und trockenem Humor. Sie arbeitete als freie Journalistin.

Während des Abends war sie auf einen Prozess zu sprechen

gekommen, dem Schülke vorsaß, der Richter, der kein Pardon kannte. Alois hatte nachgefragt, ob sie wusste, weshalb der so drauf war. Eine Familientragödie, meinte sie. Vor Jahren hatte sie mal etwas in der Art gehört und Alois versprochen, im Zeitungsarchiv nachzuforschen. Nun meldete sie sich deswegen. »Ich musste zwar Staub schlucken und tatsächlich Mikrofilme raussuchen, so lange ist das her. Aber nun bin ich bestens informiert. Treffen wir uns in einer Viertelstunde im Glockenspiel?«

Alois war froh, aus dem Büro zu kommen. »Perfekt. Bis gleich.«

Er schlüpfte in den Mantel, griff nach Schal und Lederhandschuhen und sah zu, dass er rauskam.

Graues Licht lag über der Stadt. In der Fußgängerzone roch es nach Lebkuchen, heißen Maroni und gebrannten Mandeln. Menschenmassen schoben sich durch die Kaufingerstraße. Überall bunte Lichter und Weihnachtsdeko. Er liebte das. Bei Kaufhof passierte er die Betonsäulen neben dem Eingang, als sich ein Schatten dahinter löste. Adrenalin schoss durch seinen Körper. Der Griff ging automatisch zur Waffe. Die war unter dem Mantel verborgen. Panik flutete in ihm an. Doch es war nur eine Frau, die ihre Hand in einer Tüte Magenbrot versenkte und achtlos an ihm vorbeiging.

Schweiß war ihm aus allen Poren gebrochen. Alois knöpfte den Mantel auf. Es kam ihm vor, als ob er dampfte.

Was war das denn gewesen?

Während sich sein Herzschlag langsam beruhigte, steuerte er die Passage an, in der sich der Eingang zum Café Glockenspiel befand, und fuhr mit dem Lift in die fünfte Etage. Suchend sah er sich im Café um. Beinahe alle Tische waren besetzt. Der Duft nach Kaffee vermischte sich mit den Gerüchen der Mittagsgerichte und frisch gebackenem Kuchen. Es war laut, neben ihm fiepte ein Handy. Moni war noch nicht da. Von hinten legte ihm jemand die Hände über die Augen. Wieder wollte sein Körper mit dem Ausstoß von Adrenalin reagieren, doch gleichzeitig nahm er Monis Duft nach Verbene und einem Hauch Lavendel wahr. Entwarnung. Vorsichtig löste er die Finger und begrüßte sie mit einem Bussi auf jede Wange. Gut sah sie aus. Dunkelbraune Kurzhaarfrisur, leuchtende Augen, Stupsnase und volle Lippen.

Sie fanden einen Platz am Fenster. Alois half ihr aus dem brombeerfarbenen Mantel und hängte ihn neben seinen an die Garderobe. Als er zum Tisch zurückkehrte, hatte Moni bereits zwei Latte bestellt und dazu Apfelkuchen. Als Mittagessen! »Hausgemacht. Du wirst ihn lieben.«

Bevor sie mit den Ergebnissen ihrer Recherche rausrückte, wollte sie wissen, was da gestern auf dem Friedhof passiert war. Ein Bericht aus seinem Mund würde ihrem Artikel Authentizität verleihen.

Er erzählte es ihr. Sachlich und seltsam unbeteiligt, als hätte nicht er Helmbichler erschossen, sondern irgendein Kollege. Und das veranlasste Moni prompt zu der Bemerkung, dass er ja ganz schön kaltblütig sei.

»Das ist mein Job. Es gehört dazu. Mit diesem Risiko muss man leben. Und auch wenn es so aussieht: Es geht mir nicht am Arsch vorbei.«

Kaffee und Kuchen wurden gebracht, und Moni erzählte, was sie über Schülke herausgefunden hatte. »Er stammt aus einem Kaff in der Nähe von Freising. Sein Vater war Leiter der Sparkasse und seine Mutter eine brave Hausfrau, die sich um Mann und Söhne kümmerte. Schülke hatte nämlich einen zwei Jahre jüngeren Bruder.« Moni schob etwas Kuchen in den Mund und verdrehte genüsslich die Augen. »Hm! Superlecker!«

Er mochte es, ihr beim Essen zuzusehen. Die meisten Frauen aßen, als wäre ein voller Teller ihr Feind. Kritisch wurde gemustert, was darauflag, inspiziert, gewendet, aussortiert und beiseitegeschoben und manchmal auch in den Mund. Moni war da ganz anders. »Hatte. Das heißt, der Bruder ist tot?«

»Sehr scharf kombiniert, Herr Kommissar.« Sie sprach mit vollem Mund, und auch das mochte er.

»Sylvester hieß er. Wie man seinem Kind diesen Namen antun kann? Ich weiß ja nicht. Aber er musste nur sechs Jahre damit leben. Also: Sylvester ist an einem nebligen Novembertag im Jahr … Hm? Vergessen. Irgendwann in den Siebzigern jedenfalls. Musst du das genau wissen? Dann gucke ich noch mal nach.«

Als Alois abwinkte, wollte sie fortfahren. Doch sein iPhone begann die CTU-Melodie zu spielen. Sicher Tino. Aber es war Evi. Was wollte sie schon wieder? Eigentlich hatte er keine Lust, mit ihr zu sprechen. Im selben Moment dachte er, es könnte etwas mit Simon sein. »Dauert nur einen Moment«, sagte er zu Moni und ging in den Vorraum, um das Gespräch anzunehmen. »Hallo, Evi. Was gibt es denn?«

Einen Augenblick blieb es still. »Hat sich grad erledigt.«

»Was denn?«

»Du bist genervt wie immer. Also geht es dir gut. Das hab ich wissen wollen.«

Musste er das jetzt verstehen? Immer das Indirekte. Das lag ihm nicht. »Und warum?«

»Du hast einen erschossen. Oder? Alois F. Das bist doch du. Ich hab's im Internet gelesen.«

»Meine Güte. So etwas passiert. Das gehört zum Berufsrisiko.«

»Du musst dich doch ned rechtfertigen.« Ihre Stimme klang weich durchs Telefon. Die Spur von Dialekt darin hatte er schon immer gemocht. Ein Stück Heimat. Ein Stück Halt.

»Ich hab nur wissen wollen, wie's dir damit geht. Ob es dir arg zu schaffen macht.«

Geht schon, wollte er sagen. Alles paletti, im grünen Bereich. Alles easy. Was man halt so sagte. »Doch. Schon«, sagte er stattdessen.

»Magst red'n?«

Reden? Warum glaubten Frauen, dass man mit Reden so etwas aus der Welt schaffen konnte?

So etwas.

Er hatte einen Menschen erschossen. »Ja … Vielleicht.«

»Soll ich kommen?«

»Na. Ned. Wenn ma … Wir haben hier grad einen Haufen Arbeit. Wenn wir damit durch sind, dann komme ich nach Regensburg. Okay?«

»Ja. Guad. Pass auf dich auf, gell.«

»Mach ich.« Er beendete das Gespräch und kehrte zu Moni zurück. Verwundert bemerkte er, dass er sich besser fühlte. Ein wenig leichter.

Moni hatte inzwischen den Kuchen aufgegessen und kratzte die Krümel zusammen. »Wo waren wir stehengeblieben?«

»Bei Sylvester, der seinen Freund besuchen wollte.«

Sie schob die Krümel in den Mund. »Der Freund wohnte am anderen Ende des Dorfes. Habe ich schon gesagt, dass das Dorf durch die Bahnlinie geteilt wird? Nicht, oder? Sylvester stapft also los und durch Nebel so dick wie Zuckerwatte. Die Andreaskreuze am Bahnübergang waren damals noch ohne rotes Blinklicht.« Moni trank einen Schluck vom Latte. »Langer Rede kurzer Sinn: Sylvester wurde von einem Zug erwischt. Die Leichenteile lagen über hundert Meter verteilt. Das muss echt grauslich gewesen sein.«

Diese Bilder wollte Alois sich eigentlich nicht ausmalen.

»Der Lokführer hat den Unfall nicht bemerkt«, fuhr Moni fort. »So wie es aussieht, hat Schülke seinen Bruder gefunden, als er von der Chorprobe kam. Besser gesagt, er hat Sylvesters Kopf gefunden. Der reinste Horror. Da war Schülke acht.«

Alois war erschüttert und wusste nicht, was er sagen sollte. Ihm fielen nur hohle Worte ein. Und das wunderte ihn. Er hatte schon Dutzende Tote gesehen, und nie war ihm das an die Nieren gegangen. Doch nun machte ihn alleine die Vorstellung fertig, wie ein Junge den abgetrennten Kopf seines Bruders fand. »Wie ging es weiter? Gab es ein Verfahren?«

Moni nickte. »Es gab mehrere Prozesse. Jedes Mal wurde die Bahn freigesprochen. Die Sicherungsmaßnahmen am Bahnübergang entsprachen den damals geltenden Vorschriften. Es war ein schreckliches Unglück. Doch damit wollte Schülkes Vater sich nicht abfinden. Er ging durch alle Instanzen und verlor immer wieder.«

Alois blickte aus dem Fenster und sah Monis Gesicht in der spiegelnden Scheibe. Ein schreckliches Unglück. Niemand war schuld. Das war doch genau das, wonach Tino suchte.

60

Die Ruhe der Kirche tat ihm gut. Sie legte sich schützend um ihn, ließ die Gedanken klarer werden und auch die Gefühle. Er hatte Glück gehabt. Verdammtes Glück. Er ließ die Vorstellung zu, was ohne Alois geschehen wäre.

Helmbichler hätte ihm das Messer direkt ins Herz gestoßen.

Wäre er sofort tot gewesen? Wie lange dauerte es, bis es zu Ende war? Hätte er Schmerzen gehabt? Was wären die letzten Worte gewesen, die er hörte, die letzten Bilder, die er sah? Hätte er noch gespürt, wie Kälte und Feuchtigkeit des Bodens durch den Mantelstoff drangen, und den modrigen Geruch des welkenden Laubs gerochen und die kühle Nässe des Nieselregens im Gesicht gefühlt?

Er hätte erfahren, ob man wirklich dieses weiße Licht sah, von dem die sprachen, die zurückgekehrt waren. Und hätte mit diesem Wissen nichts mehr anfangen können. Es wäre aus. Vorbei. Sein Körper eine nutzlose Hülle, die bald verrottete, und seine Seele … Wo wäre sie? Das, was ihn ausmachte, wäre das einfach gelöscht, wie Daten auf einer Festplatte? Oder würde seine Seele irgendwo Unterschlupf finden? Vielleicht in einem Schmetterling, von denen man im antiken Griechenland geglaubt hatte, sie seien die Seelen der Toten. Das hatte er im Sommer während einer Mordermittlung herausgefunden. Die Seelen der Toten. Wohin gingen sie?

Nirgendwohin, fürchtete er. Der Glaube an ein Leben nach dem Tod war eine romantische Vorstellung oder eine eitle. Je nachdem. Wenn es aus war, war es aus. Dühnfort war kein gläubiger Mensch. Auch wenn er sich manchmal wünschte, einer zu sein. Vor allem in Lebenssituationen, in denen der Glaube Halt geben konnte, es leichter machen würde, sein Schicksal anzunehmen.

Er war auch keiner, der sein Herz auf der Zunge trug, kein Mann der überschwänglichen Worte. Alois hatte ihm das Leben gerettet, und dafür war er ihm unendlich dankbar. Mehr als er je in Worte fassen konnte. Es war ein Gefühl, das sich in ihm weitete, ihn leichter und ruhiger werden ließ.

Es war richtig gewesen, Ruhe zu suchen. Und nun war es an der Zeit, wieder an die Arbeit zu gehen.

Dühnfort erhob sich aus der Bank und verließ die Kirche. Als er auf dem Weg zurück ins Präsidium die Fünf Höfe passierte, klingelte das Handy. Alois meldete sich. Im Hintergrund war der Geräuschpegel eines Lokals zu hören. Geschirrklappern, Gesprächsfetzen. »Du suchst doch nach einem, der durch einen Unfall einen geliebten Menschen verloren hat.«

Diese Worte holten Dühnfort vollends zurück in die Gegenwart. Plötzlich war er hellwach. »Ja?«

»Schülke.« Alois berichtete, was er über ihn und den Tod seines Bruders in Erfahrung gebracht hatte, und dass es aus Sicht der Eltern keine Gerechtigkeit gegeben hatte. Wie Schülke das sah, konnte man ihn ja mal fragen und auch, ob er ein Alibi für den Mordfall Hasler hatte.

»Prima Arbeit, Alois. Wirklich. Du machst dich. Mit Schülke würde ich gerne selbst reden. Ist das ein Problem?«

»Passt schon.«

»Gut. Dann knöpfe ich mir den jetzt vor.« Dühnfort betrat die Fünf Höfe, diese Einkaufsmeile für die besser verdienenden Münchner, und suchte nach einem ruhigeren Platz zum Telefonieren. Den fand er vor einer Galerie. Offenbar wollte niemand Gemälde zu Weihnachten verschenken. Er rief im Gericht an und erfuhr, dass der Richter zu Mittag außer Haus war. Dühnfort wählte die Handynummer und hatte mehr Glück. Schülke war bereit, sich mit Dühnfort zu einem Gespräch zu treffen, und gab auch Ort und Zeitpunkt vor. »Beim Oberpollinger. Oben im Restaurant. In fünfzehn Minuten.«

Dühnfort mied die überfüllte Fußgängerzone und betrat das Kaufhaus durch den Eingang an der Maxburgstraße.

Glänzende Steinböden, große Glasflächen, helles Licht und weite Räume. Alles in allem ein luxuriöses Ambiente. Mit dem Lift fuhr Dühnfort in die fünfte Etage und erreichte das LeBuffet, ein Selbstbedienungsrestaurant. Er hielt nach Schülke Ausschau und entdeckte ihn an einem Tisch vor der Glasfront zur Dachterrasse.

Mehrere Einkaufstüten standen auf dem Stuhl neben ihm und unter dem Tisch, vor ihm ein Teller mit den Resten von Kotelett und Kartoffelsalat. So wie es aussah, hatte der Richter Weihnachtseinkäufe gemacht. Als Dühnfort an den Tisch trat, sah er auf. Ein unverbindlicher Blick über die randlose Brille. Sie begrüßten sich. Dühnfort legte den Mantel über die Stuhllehne und setzte sich.

»Keine schöne Sache, die Ihnen da auf dem Friedhof widerfahren ist«, meinte Schülke und tupfte sich die Lippen mit einer Papierserviette ab.

»So etwas lässt sich nie restlos ausschließen. Gut, dass ich fähige Kollegen habe.«

»Das war ja ein preiswürdiger Schuss. Einfach phänomenal. Bei dieser Sicht und Distanz. Eines ist mir allerdings nicht klar. Weshalb war Ihr Mitarbeiter überhaupt auf dem Friedhof?«

»Er war auf dem Weg zu mir. Es gab etwas zu besprechen.«

»Und zufällig wählt er denselben Umweg wie Sie über den Friedhof?«

»Glück gehabt«, erwiderte Dühnfort.

Schülke schob den Teller beiseite. »Also, worum geht es?«

»Es gibt einen dritten Mord. Margarethe Hasler. Sie haben davon gehört?«

»Natürlich.«

»Wir haben es mit einem Täter zu tun, der nicht an unser Rechtssystem glaubt. Er nimmt das Recht, besser gesagt das, was er dafür hält, selbst in die Hand. Er tötet Menschen, die seiner Meinung nach nicht bestraft wurden, obwohl sie bestraft gehörten. Und beim Strafmaß geht er weit über das hinaus, was der vermeintlich Schuldige bei einem Prozess zu erwarten gehabt hätte. Wir fragen uns, was kann das Motiv für diese Taten sein?«

»Und deshalb wollen Sie mich sprechen?« Schülke lehnte sich im Stuhl zurück. Eine Restaurantmitarbeiterin, die Tabletts abräumte, warf einen kurzen Blick auf den Tisch und ging weiter. Eine junge Frau bugsierte einen Kinderwagen zwischen den Reihen hindurch und setzte sich an den Nebentisch, an dem zwei ältere Damen in ein Gespräch vertieft waren. Dühnfort wartete auf eine Reaktion. Er sah, dass in Schülke etwas arbeitete.

»Kalt«, sagte er schließlich und beugte sich vor. »Ganz kalt. Aber eines muss man Ihnen lassen: Den Ruf, gründlich zu arbeiten, haben Sie nicht umsonst. Respekt.« Er straffte die Schultern und legte die Arme auf den Tisch.

Dühnfort schwieg. Er hatte die Erfahrung gemacht, dass dieses Schweigen in der Regel den Redefluss des Gesprächspartners förderte. Offenbar hatte Schülke erkannt, worüber Dühnfort nachdachte. Mal sehen, was noch kam.

»Sie sind tatsächlich in die Archive gestiegen und haben diese alte Geschichte zutage gefördert.«

»Nicht ich. Ein Kollege.«

»Wie lange ist das her?« Einen Augenblick überlegte

Schülke. »38 Jahre. Fast auf den Tag genau. Gut: Ich verstehe Ihre Überlegungen. Theoretisch ist das nachvollziehbar. Und ich räume ein, dass mein Entschluss, Jura zu studieren und Richter zu werden, auf den Ereignissen von damals beruht. Die Macht eines Konzerns in Staatshand hat mehr Gewicht als die Fakten und das Leid einer Familie aus der Provinz.«

»Sie zweifeln an der Unabhängigkeit unserer Justiz?«

Schülkes Brauen stiegen in die Höhe. Wieder beugte er sich über den Tisch und senkte dabei die Stimme. »Unter vier Augen: gelegentlich schon. Das ist eine ehrliche Antwort. Genau wie diese: Sie glauben, ich wäre der Mann, den Sie suchen. Aber ich bin es nicht.« Er richtete sich auf.

Dühnfort ließ sich das Alibi im Mordfall Hasler geben und erhielt es in Begleitung eines amüsierten Lächelns. »Ich war bei einem Vortrag des Innenministers.«

»Wir haben eine tatrelevante DNA-Spur. Leider ohne Referenz. Stehen Sie uns für einen freiwilligen Speicheltest zur Verfügung?«

Schülke legte die Hände aneinander. Sein Gesicht nahm wieder jenen glatten, unverbindlichen Ausdruck an, der keine Rückschlüsse auf Emotionen zuließ. »Dafür besteht kein Grund. Und kommen Sie mir jetzt nicht mit dem Argument, ich würde mich mit dieser Weigerung verdächtig machen. Das mag vielleicht bei anderen ziehen, die ihre Rechte nicht kennen.«

Da Schülke der Ruf vorauseilte, ein Prinzipienreiter zu sein, konnte seine Ablehnung daher kommen. Mal sehen. Falls eines seiner Alibis nicht standhielt, würde Dühnfort die Speichelprobe anordnen lassen.

Der Richter sah auf die Uhr und stand auf. »Meine Mittagspause ist vorbei. Viel Erfolg bei Ihren Ermittlungen.«

Dühnfort sah ihm noch einen Augenblick nach.

Auf dem Weg zurück ins Präsidium fiel ihm ein, dass er

seit Wochen eine CD für Gina kaufen wollte. Sie war ein Fan von Vienna Teng. Nicht so ganz sein Musikgeschmack. Zu gefühlsbetont, zu romantisch, zu süß. Doch Gina gefiel das. In der CD-Abteilung von Beck entdeckte er eine, die sie noch nicht hatte. *Warm Strangers*. Er hörte hinein. *All I want is to be your harbor.* Ganz und gar nicht sein Geschmack. Er kaufte die CD und ließ sie als Geschenk einpacken.

Als er aus der Kaufhaustür trat, fiel im Voigt wieder ein. Es war höchste Zeit für den Durchsuchungsbeschluss.

61

Am frühen Nachmittag öffnete der Mitarbeiter eines Schlüsseldienstes die Tür zu Voigts Wohnung. Dühnfort trat ein. Gina und Alois folgten ihm.

Die Luft roch abgestanden. Im Flur hing ein Bügel an der Garderobe. Die Küche war aufgeräumt, der Kühlschrank gefüllt. Im Badezimmer lagen Rasierzeug und Waschutensilien. Im Kleiderschrank schien nichts zu fehlen. Ein Rollkoffer befand sich in der Abstellkammer. Absolut nichts deutete darauf hin, Voigt könnte verreist sein. Die mannshohen Pflanzen im Wohnzimmer schienen allerdings schon einige Zeit zu darben. Ihre Blätter hingen welk an den Stängeln, die Erde war knochentrocken. Auf dem Couchtisch entdeckte Dühnfort einen Stapel Reiseprospekte für Kreuzfahrten. Auf einigen Seiten fanden sich handschriftliche Notizen.

Gina kam herein. »Sieh mal. Das habe ich im Schlafzimmer gefunden.« Sie legte einen Block auf den Tisch. Seitenweise Tabellen. Datum, Uhrzeit, Kennzeichen, Art des Verstoßes. Mit steiler Handschrift hatte Voigt die Spalten gefüllt. »Leider fehlt das Blatt vom Unfalltag. Jemand hat es herausgerissen.«

»Wir sollten alle Kennzeichen dieser Listen überprüfen. Vielleicht taucht ein vertrauter Name auf.«

Alois gesellte sich zu ihnen. »In dieser Wohnung fehlt allerhand.« Er wies auf den Schreibtisch in einer dunklen Nische neben der Tür. »Keine Kamera, kein PC, kein Drucker und überhaupt keine Datenträger. Nur der Monitor steht noch da. Du scheinst recht zu haben. Voigt hat unseren Mann erkannt.«

Die Wohnungstür war verschlossen und unbeschädigt gewesen. Kaltblütig. Planend. Berechnend. Der Täter war hier mit Voigts Schlüssel reinmarschiert und hatte alles mitgenommen, was ihn belasten konnte. »Wir brauchen Buchholz.« Dühnfort zog das Handy hervor und informierte den Leiter der KTU über das neue Betätigungsfeld. Danach nahm er sich den Schreibtisch vor und durchsuchte ihn Schublade für Schublade. In einer fand er einen Hefter mit Kontoauszügen. Voigt bezog als ehemaliger Verwaltungsangestellter eine nicht sehr üppige Frührente. Das Sparbuch wies ein Guthaben von 853,47 Euro auf. Die Reiseprospekte auf dem Couchtisch offerierten Luxuskreuzfahrten. Voigt hatte das Geld schon verplant, das er nie erhalten hatte.

Im Regal standen Ordner. Dühnfort sah sie durch. Einer enthielt die Gehaltsabrechnungen der letzten Jahre bis zum Renteneintritt. Als sein Blick auf die Angaben zum Arbeitgeber fiel, hätte er fast gelacht.

Er reichte Gina den Ordner. »Voigt hat den Fahrzeughalter nicht zufällig erkannt. Er hat ihn ausfindig gemacht. Es war zu einfach. Zu verlockend.«

Sie las und verdrehte die Augen. »Ist nicht wahr.«

Auch Alois warf einen Blick in die Unterlagen. »Kfz-Zulassungsstelle? Da hat Voigt gearbeitet?«

Dühnfort klappte den Ordner zu. »Ich fahre jetzt dorthin. Auf diesem Weg kommen auch wir an die Daten. Wir sollten trotzdem noch einmal versuchen, Voigts Handy zu orten. Kümmert ihr euch darum?«

Alois zog die Schultern hoch. »Ich muss gleich los. Mertens will noch mal mit mir reden.«

»Weshalb? Das war Nothilfe. Es ist doch alles klar.«

»Er meint, ich hätte auf die Beine zielen sollen, und will die Situation nachstellen, um zu sehen, ob das möglich gewesen wäre.«

Ein Druck setzte sich in Dühnforts Hals. »Aber sonst geht es ihm gut?«

»Cool down.« Alois hob beschwichtigend die Hände. »Für mich ist das in Ordnung. Right between the eyes. Es gab keine andere Möglichkeit. Dein Körper hat seinen verdeckt. Und ich bin froh, wenn das einwandfrei dokumentiert wird.«

»Also gut. Wenn du mich brauchst, ruf an.«

»Mache ich. Falls es nötig werden sollte. Glaube ich aber nicht.«

Dühnfort fuhr nach Grasbrunn. Um vier Uhr hielt er auf dem Parkplatz der Kfz-Zulassungsstelle. Für den Parteienverkehr hatte das Amt bereits geschlossen. Dühnfort klingelte. Die Gegensprechanlage begann zu rauschen. Er brachte sein Anliegen vor und wurde kurz darauf von einer Frau eingelassen.

Er folgte ihr durch die verwaisten Flure, vorbei an Warteinseln und geschlossenen Schaltern zum Büro von Anton Behnke, dem Leiter der Zulassungsstelle. Behnke war ein stattlicher Mann mit lichtem Haar und rosigem Teint. Die Krawatte gelockert, die Ärmel aufgekrempelt, saß er in seinem überheizten Büro am Schreibtisch und fragte Dühnfort, was ihn denn hierher führte. »Normalerweise geht es um gefälschte Kennzeichen, wenn wir mit der Kripo zu tun haben. Aber die Mordkommission ...« Bedächtig neigte er den Kopf.

»Erinnern Sie sich an Eugen Voigt?«

»Ein zuverlässiger Mitarbeiter. Pünktlich. Fleißig. Leider musste er vor einigen Monaten in Frührente gehen. Er hat sich von einem Sturz nie ganz erholt. Was ist mit ihm?« Die unausgesprochene Befürchtung, Voigt könnte etwas zugestoßen sein, schwang in der Frage mit.

»Er wird vermisst. War er in letzter Zeit hier?«

»Nicht dass ich wüsste. Und ich wüsste das.«

»Gibt es Kollegen, mit denen er befreundet ist?«

Behnke wiegte den Kopf. »Befreundet? So richtig befreundet war er hier mit keinem. Aber mit Hilmer ist er gut klargekommen. Karl Hilmer.«

»Ist er im Haus?«

»Glaub schon.« Behnke griff zum Telefon und bestellte Hilmer in sein Büro.

»Kann ich irgendwo ungestört mit ihm sprechen?«

»Nehmen Sie doch mein Büro. Falls Sie mich brauchen, finden Sie mich am Kaffeeautomaten.«

Kurz darauf klopfte es. Der Mann, der eintrat, trug einen beachtlichen Bierbauch vor sich her. Mit einer Hand strich er die graumelierten Haare seiner Halbglatze glatt, mit der anderen schloss er einen Knopf seines Sakkos. Sein Blick wanderte von seinem Vorgesetzten zu Dühnfort.

Behnke stellte die beiden einander vor und verließ den Raum. In der Ecke neben dem Fenster standen zwei gepolsterte Stühle und ein Tisch. Dühnfort wies darauf. »Setzen wir uns doch.«

Ächzend nahm der Mann Platz. »Es geht um Ihren ehemaligen Kollegen Eugen Voigt. War er in letzter Zeit hier oder haben Sie ihn getroffen?«

»Im September waren wir mal Kegeln. Seither habe ich nichts von ihm gehört.« Hilmer wich Dühnforts Blick aus. Die zu erwartende Frage, warum die Kripo das wissen wollte, erfolgte nicht.

»Voigt ist verschwunden.«

»Wie verschwunden?« Hilmer richtete sich auf.

»Verschwunden eben. Wir würden uns gerne mit ihm unterhalten und können ihn nicht finden. Voigt war Zeuge eines Verkehrsunfalls und hat ihn fotografiert. Von seinem Hobby wissen Sie?«

Hilmer ersparte sich eine Antwort. Er nickte.

»Wir nehmen an, dass er den Fahrzeughalter auf eigene Faust ausfindig gemacht hat.« Wieder hielt Hilmer Dühnforts Blick nicht stand. »War Voigt in letzter Zeit hier?«

»Nein.«

Die Antwort kam zu schnell. Der Mann log. »Weshalb sind Sie so sicher?«

»Weil Eugen nicht hier aufgekreuzt wäre, ohne bei mir vorbeizuschauen.«

»Sie verbindet also mehr als nur Kollegialität?«

»Freunde sind wir nicht, falls Sie das meinen. Wir haben zwanzig Jahre zusammengearbeitet. Wenn Eugen uns einen Besuch abgestattet hätte, wüsste ich das.«

»Er war also nicht hier?«

»Nein.«

»Er hat Sie nicht gebeten, eine Halterabfrage für ihn zu machen?«

Alles an Hilmer wurde Abwehr. »Natürlich nicht. Und wenn, ich hätte es nicht getan.«

Dühnfort wartete und beobachtete, wie Hilmer seine Hände ineinanderschob und dann aufblickte. »Sie erfahren das ja sowieso. Also, vor zwei Jahren habe ich privat eine Halterabfrage gemacht. Für einen Freund ... Seine Frau hatte was mit einem anderen. Er wollte wissen, wer das war ... Das ist herausgekommen, und ich hatte ein Disziplinarverfahren am Hals. Meinen Sie, ich mache so etwas noch einmal? Dann fliege ich hier fristlos raus und verliere den Pensionsanspruch. Ich riskiere doch nicht meine Existenz. Selbst für meinen besten Kumpel würde ich so etwas nicht noch einmal machen. Und mein bester Kumpel ist Eugen wirklich nicht.«

»Hat Voigt außer Ihnen hier noch Freunde? Gibt es jemanden, der die Halterabfrage durchgeführt hätte?«

Bedächtig fuhr Hilmer sich übers Kinn. »Nein.«

»Voigt hätte sich also an Sie gewandt ...«

»Hat er aber nicht.«

»Eine Falschaussage ist strafbar. Herr Hilmer, haben Sie für Voigt eine Halterabfrage gemacht?«

»Diese Frage habe ich grad beantwortet.«

»Und ich glaube Ihnen nicht.«

»Ihre Sache.«

Einen Moment maßen sie sich mit Blicken. Ein sturer Hund, das erkannte Dühnfort schnell. Er musste zu anderen Mitteln greifen. Nur zu welchen? Um Hilmer als Beschuldigten zu vernehmen, fehlte jeder Beweis.

»Wie Sie wollen. Sie können wieder an Ihren Platz gehen. Wenn Sie das Haus verlassen möchten, wüsste ich das gerne.«

Dühnfort suchte Behnke und fand ihn vor dem Kaffeeautomaten mit einem Plastikbecher in der Hand.

»Voigts Verschwinden steht in Zusammenhang mit einem Verkehrsunfall. Ich denke, Voigt hat den Halter ausfindig gemacht, und zwar mit einer Halterabfrage ...«

»Unmöglich. Wie hätte er die durchführen sollen? Er ist in Rente, seine Zugangsdaten für unser System sind gelöscht, und keiner der Kollegen wird seinen Arbeitsplatz aufs Spiel setzen. Schon gar nicht für Voigt. Sonderlich beliebt war er hier nicht. Ein ewiger Besserwisser.«

»Vielleicht war er mit einem doch besser befreundet, oder er hat eine Schuld eingefordert. Hilmer ist wirklich der Einzige, zu dem er einen guten Kontakt pflegte?«

Auf Behnkes Stirn erschienen nachdenkliche Falten. »Hilmer hatte vor einiger Zeit ein Disziplinarverfahren am Hals, weil er es mit dem Datenschutz nicht so genau genommen hat. Ein zweites Mal macht er das nicht.«

»Hätte Voigt sich mit den Zugangsdaten eines Kollegen einloggen können?«

Behnke drehte den Kaffeebecher zwischen den Fingern.

»Theoretisch wäre das möglich. Aber Voigt war nicht mehr hier, seit wir ihn verabschiedet haben.«

»Dann muss es jemand anderen als Hilmer geben, der für Voigt die Halterabfrage gemacht hat. Ich möchte mit Ihren Mitarbeitern reden.«

Dühnfort nahm sich einen nach dem anderen vor. Zehn Leute insgesamt. Niemand hatte Voigt in letzter Zeit gesehen. Mit niemandem hatte er telefoniert. Hilmer war der Einzige, mit dem Voigt sich gut verstanden hatte. Darin waren sich alle einig. Um sechs Uhr war Dühnfort keinen Schritt weiter.

Er suchte Behnke in dessen Büro auf. »Ich brauche eine Aufstellung der Datensätze, die Hilmer in letzter Zeit abgefragt hat.«

Behnke drehte den Kopf bedächtig von links nach rechts. »Ich denke nicht, dass unsere Datenschutzbestimmungen das zulassen.«

»Herr Behnke, ist Ihnen klar, dass Eugen Voigt sich in Lebensgefahr befindet? Wir können keine Zeit mit einem Behördenhindernislauf verlieren.«

Einen Augenblick überlegte Behnke und starrte dabei auf den Bildschirmschoner seines PCs, als wäre dort die richtige Antwort abzulesen. »Es tut mir leid. Auch wenn das Zeit kostet. Es gibt Gesetze. Und an die halte ich mich. Besorgen Sie sich einen Beschluss. Ich will da auf der sicheren Seite sein.«

Eine Ader begann an Dühnforts Schläfe zu pochen. Merde. Mist! Verdammte Scheiße! »Gut. Wenn Sie meinen! Ich nehme Hilmer zur Befragung mit. Außerdem brauche ich eine Liste aller Telefonate, die Hilmer in den letzten drei Wochen geführt hat.«

Mit einer müden Geste stellte Behnke den Kaffeebecher ab. »Sie bekommen all diese Daten umgehend, sobald Sie mir einen Herausgabebeschluss präsentieren.«

62

Hilmer entpuppte sich als der sture Hund, für den Dühnfort ihn von Anfang an gehalten hatte. Die wenig komfortable Gesprächsatmosphäre im Präsidium beeindruckte ihn nicht. Er blieb dabei, Voigt das letzte Mal beim Kegeln im September gesehen und gesprochen zu haben. Das taten sie ab und an. Nicht regelmäßig, sondern nach Gusto, vielleicht zwei oder drei Mal im Jahr.

Ebenso wenig beeindruckte ihn Dühnforts Sorge, Voigt könnte sich in Lebensgefahr befinden, weil er einem Mörder in die Quere gekommen war.

Hilmer hörte nicht zu, machte dicht. Er ließ Dühnforts Worte an sich abperlen, als sei sein Gewissen imprägniert. Nur nicht den Job riskieren, die Pension, den gesicherten Lebensabend mit Kegelrunde und Campingurlaub am Gardasee. Herrgott! Und dann verlangte Hilmer nach einem Anwalt. Als Zeuge! Das kam selten vor. Da schickte Dühnfort ihn heim. Ein Anwalt würde ihm raten, den Mund zu halten. Er musste sich nicht selbst belasten. Aber auch als Beschuldigter konnte er schweigen. Sackgasse.

Wenn er nur einen Hauch von Beweis hätte, dass Hilmer die Halterabfrage gemacht hatte, dann könnte er ihn als Beschuldigten vernehmen und vielleicht zum Reden bringen.

Dühnfort ging zu Leyenfels, um den Herausgabebeschluss für die von Hilmer abgefragten Datensätze zu beantragen.

»Wurde Voigt in der Zulassungsstelle gesehen?«, fragte Leyenfels.

»Nein. Angeblich war er nicht da.«

»Aber Hilmer und Voigt sind nicht nur ehemalige Kollegen, sondern beste Freunde. Wenn einer ihm diesen Gefallen getan hätte, dann Hilmer. Oder?«

»Er ist der Einzige, zu dem er einen besseren Kontakt hatte.«

Leyenfels warf einen Blick auf die Uhr. Die reguläre Dienstzeit war längst vorüber. »Gibt es einen Grund, weshalb Hilmer für seinen ehemaligen Kollegen, den er nicht sehr geschätzt hat, gegen alle Dienstvorschriften und das Datenschutzgesetz verstoßen sollte? Noch dazu, wo seine Personalakte eine Abmahnung aus demselben Grund enthält?« Leyenfels sah genervt aus. »Wenn du mich fragst, ich denke, Hilmer wäre genau der Mann, zu dem Voigt nicht gegangen wäre.«

»Wie soll er sonst an das Kennzeichen gekommen sein? Jemand muss ihm geholfen haben.«

»Ist er denn an das Kennzeichen gekommen? Weißt du das?«

»Meine Güte! Sein Rechner ist weg. Seine Kamera ist weg. Alle Datenspeicher sind weg. Die Liste mit seinen Aufzeichnungen vom Unfalltag ist weg. Voigt ist weg. Aber seine Klamotten sind da. Sein Koffer ist da. Sein Rasierzeug ist da. Seine Unterhosen sind da und sein Sparbuch auch.«

»Das kann andere Gründe haben, als du vermutest. Wie soll ich den Antrag zur Herausgabe begründen? Kein Richter gibt uns einen Beschluss, in den Daten der Zulassungsstelle zu wühlen, wenn du nichts in der Hand hast. Hilmer ist nicht Voigts bester Kumpel und Busenfreund, oder habe ich dich da falsch verstanden? Er ist ein ehemaliger Kollege. Mehr nicht. Sie haben sich seit Monaten nicht gesehen. Voigt hat seinem alten Arbeitsplatz keinen Besuch abgestattet. Beweise das Gegenteil, und du bekommst den Wisch.«

Dühnforts Kiefer mahlten. Herrgott! Er wusste, was er wusste. Damit er es beweisen konnte, brauchte er den Beschluss zur Datenherausgabe. Wortlos verließ er Leyenfels'

Büro und beherrschte sich, um die Tür nicht hinter sich zuzuknallen.

Es war dunkel geworden. Die Turmuhr schlug achtmal mit hellem Klang, als Dühnfort in sein Büro zurückkehrte. Mit einer Hand schaltete er die Espressomaschine an, mit der anderen warf er die Tür hinter sich ins Schloss.

Giamaica. 100 % Arabica. Feinste Röstung. Sein derzeitiger Lieblingsespresso. Cremig, ein Hauch von Nougat. Der Geschmack versöhnte Dühnfort nicht und vertrieb auch nicht den Zorn. Mistiger Datenschutz! Scheiß Bürokratie! Sie waren so kurz davor. So kurz!

Er griff zum Telefon und rief Meo an. Die Verbindungsdaten von Voigts Telefonen lagen vor. Kein Kontakt zu Hilmer. Kein Anruf bei der Kfz-Zulassungsstelle. Gut, dann war das so. Dann war Voigt vorsichtiger gewesen, als Dühnfort vermutet hatte, und hatte Hilmer nicht angerufen, sondern persönlich aufgesucht. Nach Feierabend. Daheim.

Dühnfort trat ans Fenster, sah in die lichterflirrende Dunkelheit und dachte, wie paradox das doch war. Scharf getrennt und doch so nah. Blendende Helligkeit, tiefe Schatten. *Ausg'redt is. Scho lang.*

Dühnforts Schultern versteiften sich. Nichts war passiert. Es ging ihm gut. Eine Welle von Glück durchfuhr ihn. Er presste die Lippen aufeinander, bis sie schmerzten. Alles war gut. Alles war gut.

Jemand klopfte kurz an die Tür und öffnete sie. Gina. Er wusste es, bevor er sie sah, sammelte sich und drehte sich um.

»Hat Hilmer den Mund aufgemacht?«

»Er spielt die drei Affen. Er hat von Voigt nichts gesehen, nichts gehört und auch nicht mit ihm geredet. Und er lügt.«

Die Falte an der Nasenwurzel erschien. »Ist was mit dir?«

»Was soll denn sein? Ich bin müde und hungrig. Wir sollten langsam Feierabend machen. Morgen ist auch noch ein Tag. Ist Alois eigentlich schon von Mertens zurück?«

»Bis jetzt nicht.«

»Gibt es Unklarheiten?«

»Du kennst doch Mertens. Der ist noch penibler als du.«

Dühnfort gefiel das nicht. Alois hatte sich nichts zuschulden kommen lassen. Er hatte korrekt gehandelt, und das rasend schnell und unter widrigen Umständen. Wehe, wenn Mertens ihm was am Zeug flicken wollte.

Gemeinsam mit Gina machte er sich auf den Heimweg. Die Fußgängerzone leerte sich.

Die grellen Lichter der Stadt, der über allem wabernde Geruch nach Glühwein und Lebkuchen und das ständige Gedudel von Weihnachtsliedern gingen Dühnfort auf die Nerven. Am liebsten wäre er rausgefahren, an den Starnberger See, zu seinem Boot. Sich an Deck setzen, in den Himmel sehen, nach *Le Casserole* suchen und seine Gedanken in der Stille der Nacht schweifen lassen, das war es, wonach er sich in diesem Moment sehnte. Doch sein Boot lag im Winterquartier, und der Himmel war bedeckt.

63

Am nächsten Morgen war Alois wieder an seinem Platz. Dühnfort fragte, wie es ihm bei Mertens ergangen war.

»Alles paletti. Ich hatte nur diese eine Möglichkeit. Nun ist das amtlich und erledigt, und die Presse geht mir sowieso am Arsch vorbei. Sollen sie schreiben, was sie wollen. Heute Abend liegt das im Altpapier, und morgen ist es vergessen.«

Dühnfort hatte die Headlines gesehen. Überwiegend waren sie sachlich. *Polizist erschießt in Nothilfe Malermeister. Ex-Knacki bei Mordversuch von Polizei erschossen. Mordversuch an Kriminalbeamten auf dem Friedhof. Täter von Polizei erschossen.* Doch eine der Boulevardzeitungen hatte das Thema reißerischer aufgemacht: *High Noon auf dem Gottesacker. Münchner Polizist überfordert?*

Dühnfort lehnte sich an die Kante des Fensterbretts. Es war Zeit, das Thema ganz zu klären. »Ich nehme an, du hattest eine Vermutung, wie Gina und ich zueinander stehen, und wolltest eine Bestätigung dafür. Deshalb warst du auf dem Friedhof. Von dort hat man eine tolle Aussicht auf meine Wohnung. Oder?«

Ein Schulterzucken war die Antwort. Alois lehnte sich im Bürostuhl zurück und wich Dühnforts Blick nicht aus. Mal sehen, was da kommt, drückte seine Haltung aus, und gleichzeitig Abwehr, als er die Arme verschränkte.

»Ich weiß, dass meine Beziehung zu Gina arbeitsrechtlich gesehen problematisch ist. Wir sind dabei, das zu lösen. Gib uns noch ein wenig Zeit. Ihr fällt die Entscheidung schwer, das Team zu verlassen. Und glaub mir: Meine Entscheidung, dass sie zur Weiterbildung geht, hat damit nichts zu tun. In dieser Ermittlung arbeitest du hervorragend. Das muss auch mal gesagt werden. Beim nächsten Mal bist du dran.«

»Dann ist es ja gut.« Alois gab die abwehrende Haltung auf. »Und alles gesagt.«

Offenbar hatte er keine Lust, weiter auf seine Anwesenheit auf dem Friedhof einzugehen. Sie war ihm wohl peinlich. Ganz ähnlich war Dühnforts Gefühlslage. Die Vorstellung, dass er sein Leben dem Umstand verdankte, dass sein Mitarbeiter ihn ausspioniert hatte, hinterließ ein beklemmendes Gefühl.

Gina kam zur Tür herein. »Da seid ihr ja. Ich glaube, Voigt taucht demnächst wieder auf. Eine Streife hat sein Auto entdeckt. Es steht auf dem Parkplatz am Feringasee. Bachmaier und seine Taucher habe ich schon angefordert. Buchholz ist auch unterwegs. Packen wir's?«

Zwanzig Minuten brauchten sie durch die Stadt bis zum Biergarten am See, der seit Wochen geschlossen war. Voigts Opel stand unter einer kahlen Eiche, der grüne Bus der Polizeitaucher am Ufer. Als Dühnfort daneben parkte, kam Bachmaier mit zwei seiner Leute heraus. Er in Zivil. Sie in Tauchanzügen, die Flossen in der Hand.

Bachmaier begrüßte Dühnfort mit Handschlag. »Ihr denkt, der Wagenbesitzer liegt da drin?« Er wies auf die Wasseroberfläche, die sich im Wind kräuselte.

»Da wir ihn nirgendwo finden können, ist das eine Möglichkeit.«

Dühnfort schob die Hände in die Manteltaschen. Vom Ufer aus verfolgten sie, wie die beiden Taucher die Flossen anzogen und ins Wasser stiegen. Dicke Neoprenanzüge, Handschuhe, Füßlinge und Kappen aus demselben Material, Stirnlampen, die sie nun einschalteten. Stablampen in den Händen. Schritt für Schritt versanken sie im dunklen Wasser, bis sie ganz darin verschwanden und für einen Moment Blasen die Wasseroberfläche in Unruhe versetzten.

Der Wind pfiff über die freie Fläche. Dühnforts Ohren wurden kalt.

»Wenn er da ist, werden wir ihn im Uferbereich finden«, meinte Bachmaier und rieb sich die Hände. »Keine nennenswerte Strömung im See. Kein Boot weit und breit. Den kann niemand allzu weit reingeschleppt haben. Es sei denn, er hat ein Boot mitgebracht oder besitzt eine Tauchausrüstung. Eine wintertaugliche. Zefix, ist das saukalt heute.« Wieder rieb er die Hände aneinander.

»Ich schau mir mal Voigts Auto an.« Dühnfort ging zum Wagen unter der Eiche, zog Latexhandschuhe über und öffnete die Tür. Sie war nicht verschlossen.

Ein Fernglas auf dem Beifahrersitz. Daneben ein Buch über Ornithologie. Im Handschuhfach einige Straßenkarten. Mehr nicht. Natürlich. Was hatte er denn erwartet? Er stieg aus und reckte sich.

Das Abschleppfahrzeug der KTU fuhr vor. Buchholz und einer seiner Mitarbeiter stiegen aus.

»Können wir den mitnehmen?« Buchholz wies auf den Opel.

Dühnfort nickte und kehrte zurück zu Bachmaier, Alois und Gina. Gemeinsam blickten sie aufs Wasser. Der Wind trieb kleine Wellen ans Ufer. Grau spiegelte sich der Himmel in der Oberfläche. Dühnfort fror. Der Wind ging durch und durch. Irgendwann rührte sich endlich etwas.

Die Taucher erschienen und wateten langsam aus dem See. Einer hob den Daumen. Sie zogen etwas hinter sich her. Ein Paket, aus heller Plane und mit einem orangefarbenen Seil verschnürt.

Die Taucher zerrten es auf den Kiesstreifen. Wasser lief daraus hervor und versickerte sofort. Bachmaier rieb sich die Hände, während sich die Taucher die Flaschen vom Rücken zogen und die Masken hochschoben. »So, das war es.«

»Danke.« Dühnfort sah Bachmaier nach, der mit seinen Leuten umgehend im Bus verschwand. Buchholz verfolgte das Geschehen vom Abschleppwagen aus, auf den Voigts Opel mittlerweile verladen worden war. Dühnfort gab ihm ein Zeichen, zu kommen, und beugte sich dann über das Paket.

Die Plane war weiß. Es gab allerdings eine Stelle aus durchsichtiger Folie. »Das ist ein Teil von einem Gartenpavillon.« Dühnfort war überrascht. »Im November kann man die bestimmt nicht kaufen. Langsam wird er unvorsichtig und macht Fehler.«

Alois stand im Kaschmirmantel vor dem Bündel und wies auf die Verschnürung. »Und das ist ein Kletterseil, und zwar kein billiges. Sicher hat er das daheim gehabt und für diesen Zweck geopfert. Und das bedeutet, dass er im Stress war und improvisieren musste.«

»Wenn das Seil aus seinem privaten Fundus stammt, dann klettert er womöglich. Ein sportlicher Typ, sicher schlank und gut trainiert«, meinte Gina.

Der Kies knirschte. Buchholz kam. »Noch mehr Arbeit. Na wunderbar. Wir haben ja nicht schon genug zu tun.« Grummelig wie meistens wies Buchholz alle an, im Auto zu warten. Oder sonst wo. Erst musste er das Paket fotografieren, vor allem die Knoten, und dann konnte man ans Öffnen gehen.

Als es so weit war, setzte wieder Regen ein. »Wasser ist Wasser, der ist ohnehin tropfnass«, meinte Buchholz, holte dann aber doch einen Pavillon aus dem Bus, baute ihn über dem Bündel auf und begann die Knoten zu lösen.

Bis er den Leichnam freigelegt hatte, dauerte es einige Minuten. Bäuchlings lag er auf der Plane, von etlichen Pflastersteinen umgeben, im Hinterkopf ein Loch. Sehr präzise, mit Stanzmarke. Ein aufgesetzter Schuss. Eine Hinrichtung.

Erst als Dr. Ursula Weidenbach eintraf und den Toten umdrehte, hatten sie Gewissheit. Entweder war er noch nicht lange tot oder das kalte Wasser hatte den Verwesungsprozess verlangsamt. Die Leiche sah frisch aus. Gina nickte und ging vor dem Toten in die Hocke. »Das ist Eugen Voigt.«

Das Geschoss war am Haaransatz ausgetreten und hatte eine klaffende Wunde hinterlassen, aus der Gehirnmasse quoll.

Alois wandte sich ab und ging ans Ufer.

Ein Bleigewicht wollte Dühnfort niederdrücken. Dieser dumme Mann! Wie konnte er nur so blöd sein, sich mit einem Mörder anzulegen? Er hatte doch mit eigenen Augen gesehen, mit wem er es zu tun hatte. Mit einem, der kaltblütig war und vor nichts zurückschreckte. Doch vielleicht hatte Voigt nicht geglaubt, es mit einem Mörder zu tun zu haben, sondern mit einem, der Unfallflucht begangen hatte. Vielleicht hatte er die Gefährlichkeit des Mannes einfach nicht erkannt. Einen Moment tat Voigt ihm leid, im nächsten kam die Wut. Wenn Voigt ausgepackt hätte, wären Martina Oberdieck und Margarethe Hasler noch am Leben. Und er selbst auch. Wie konnte man nur so dämlich sein! Herrgott!

64

»Wir haben Voigt vor zwei Stunden aus dem Feringasee gezogen. Genickschuss. Eine Hinrichtung. Glaubst du nun, dass er Flades Mörder ausfindig gemacht hat?«

Dühnfort stand in Leyenfels' Büro vor dem Schreibtisch. Regen rann an den Scheiben hinab. Im Zimmer brannte Neonlicht, das dem Staatsanwalt eine ungesunde Gesichtsfarbe verlieh. Über die Lesebrille hinweg sah er Dühnfort an.

»Voigt wurde also von Flades Mörder erschossen? Woher weißt du das?«

Dühnfort spürte, wie sein Blutdruck stieg. Er zwang sich, ruhig zu bleiben. »Der kausale Zusammenhang liegt auf der Hand. Voigt hat den Unfall fotografiert. Als ehemaliger Mitarbeiter der Zulassungsstelle verschafft er sich die Halterdaten, vermutlich mit Hilfe Hilmers. Er erpresst Flades Mörder und bezahlt das mit dem Leben. Wir brauchen Einblick in die Abfragen, die Hilmer gemacht hat. Bekomme ich jetzt den Beschluss, den du gestern nicht rausrücken wolltest?«

»In sich logisch. Aber du hast für keinen einzigen Punkt deiner Kausalkette auch nur einen Beweis. Wo sind ...«

Dühnfort verlor die Geduld. »Herrgott! Muss ich ...«

»Wo sind die Fotos? Gibt es einen Zeugen, der gesehen hat, wie Voigt fotografierte? Lag irgendwo ein Zettel mit Kennzeichen und Halterdaten und ein Erpresserschreiben? Hat jemand Voigt in der Zulassungsstelle ...«

»Vermutlich ist er gar nicht tot und springt gleich vom Tisch der Weidenbach und ruft April, April! Verdammt.« Dühnfort spürte seinen Pulsschlag im Hals vibrieren. Mit einem Griff zog er den Besucherstuhl heran. Die Metallbeine quietschten auf dem Boden. Er setzte sich, stützte die Unterarme auf den Schreibtisch und fixierte Leyenfels' Blick. Diesen Raum würde er erst verlassen, wenn der Beschluss beantragt war. »Voigt ist aber tot. So was von tot, und sei froh, dass er das schon seit Tagen ist und du dein Gewissen nicht mit der Frage nach einer eventuellen Mitverantwortung strapazieren musst.«

Leyenfels lehnte sich hinter seinem Schreibtisch zurück und legte die Handflächen aneinander. »Also gut. In diesem Fall geht das wohl.«

»In diesem Fall? Du tust, als wäre das ein Gnadenakt.«

»Tino, so kenne ich dich nicht. Wenn Helmbichlers Angriff dich psychisch belastet, solltest du ärztlichen Rat suchen.«

Dühnfort stand auf. Er hatte erreicht, was er wollte, und außerdem die Sorge, gleich laut zu werden. Richtig laut. »Sag Bescheid, wenn der Beschluss da ist.« Mit diesen Worten verließ er Leyenfels und kehrte in sein Büro zurück.

Es lag nicht an Helmbichlers Attacke. Es lag an den Ermittlungen. Vier Tote, und nichts ging wirklich voran. Sie brauchten die Halterdaten, und dann würde sich das schlagartig ändern. Dann hatten sie ihn!

Eine Stunde später rief Leyenfels an. Der Beschluss war da. Dühnfort schickte Meo damit los.

Am frühen Nachmittag kehrte Meo mit den Datensätzen zurück. Erwartungsgemäß waren es nicht viele, denn die Polizei machte ihre Halterabfragen selbst. Eine knappe Seite mit Kennzeichen und Angaben zu den Fahrzeughaltern, die Hilmer abgefragt hatte. Im fraglichen Zeitraum waren es nur drei. Sie glichen sie mit den Namen aller bisher in den Ermittlungen aufgetauchten Personen ab.

Es war keiner dabei, der ihnen etwas sagte. Und vor allem keines der Fahrzeuge. Ein Fiat Punto, ein 3er BMW, ein

Lieferwagen. Zwei Anfragen von Versicherungen, eine von einem Rechtsanwalt. Alles korrekt.

Kein SUV weit und breit. Merde! Wieso das? Dühnfort glaubte das nicht. Verflucht noch mal!

Er traute seiner Intuition. Hilmer hatte Voigt die Daten besorgt. Nur wie? Kannte er die Logindaten eines Kollegen und hatte damit die illegale Abfrage gemacht?

Zum zweiten Mal ließ Dühnfort Hilmer zur Zeugenbefragung bringen und wählte dafür den Vernehmungsraum. Vielleicht machte das mehr Eindruck auf den Mann als die freundliche Büroatmosphäre.

Kaltes, abweisendes Neonlicht, ein Einwegspiegel an der Wand. Im Raum dahinter saß normalerweise ein Kollege, der die Vernehmung aufnahm. Doch es war keine Vernehmung, sondern eine Befragung.

Und Hilmer blieb stur. Er wich nicht aus und log auch nicht. Er machte einfach den Mund nicht auf.

Eine halbe Stunde ging das so, bis Dühnfort die Geduld verlor und zu anderen Mitteln griff. Wenn es mit Gutzureden nicht ging und auch nicht mit Druckmachen, dann eben so.

Er zog seine letzte Trumpfkarte und knallte die Fotografien von Voigts Leiche vor Hilmer auf den Tisch. Gnadenlos ausgeleuchtete Bilder. »Hier. Sehen Sie gut hin. Tot. Erschossen. Hingerichtet! Das war mal Ihr Kollege und Kegelbruder. Und jetzt erzählen Sie mir nicht, Sie hätten den Halter nicht für ihn ausfindig gemacht.« Idiotische Formulierung, dachte Dühnfort im selben Moment. Der Kerl erzählte ja ganz und gar nichts.

Hilmer blickte auf die Fotos und atmete hörbar.

Dühnfort wartete auf ein paar Worte, die ein Gespräch in Gang setzen würden. Sie kamen nicht. »Herr Hilmer, Ihnen scheint die Tragweite dieser Aufnahmen nicht klar zu sein. Jemand hat Ihren Freund erschossen, weil er zu viel wusste.

Und derjenige schreckt vor nichts zurück. Er hat nichts mehr zu verlieren. Mittlerweile haben wir vier Tote. Vier! Die auf sein Konto gehen. Haben Sie sich schon einmal gefragt, ob Eugen dichtgehalten hat, bevor er hingerichtet wurde? Das hat er sicher nicht. Er wird Ihren Namen genannt haben. Es gibt also noch eine weitere Person, die den Täter identifizieren kann, und das sind Sie. Und das bedeutet, dass Sie in Gefahr sind. Ist Ihnen das klar?«

Hilmer schob die Fotos zu einem Haufen zusammen, den er auf der Tischfläche zu einem ordentlichen Stapel richtete wie ein Päckchen Spielkarten und dann mit der Rückseite nach oben ablegte. Endlich erblickten einige Worte das Licht der Welt. »Ich habe für Eugen keine Daten abgefragt. Vielleicht hat er den Unfallverursacher ...«

»Mörder, Herr Hilmer. Wir werden das jetzt nicht schönreden.« Dühnfort griff nach dem Bilderstapel und breitete die Bilder erneut vor Hilmer aus.

Hilmer sah an die Wand. »Wie Sie meinen. Vielleicht musste Eugen keine Halterabfrage machen. Vielleicht hat er den Mörder gekannt. Haben Sie daran schon einmal gedacht?«

»Sie bleiben also dabei: Eugen Voigt hat Sie nicht gebeten oder unter Druck gesetzt, ein Kennzeichen für ihn zu überprüfen?«

»Nein. Das hat er nicht.« Hilmers Blick hielt nicht stand.

»Gut. Wenn das so ist, dann brauchen Sie keinen Polizeischutz. Dann haben Sie ja nichts zu befürchten.«

»Das heißt, ich kann gehen?« Mit einem Ruck schob Hilmer den Stuhl zurück, stand auf und starrte auf die Fotografien. Nur eine Sekunde lang. Dann riss er sich davon los.

»Ja. Gehen Sie! Hauen Sie ab. Ich weiß, dass Sie lügen!« Normalerweise wurde Dühnfort unheimlich ruhig, wenn er richtig wütend war. Doch heute war es anders. Er hatte das Gefühl, gleich zu explodieren. Herrgott! Dieser kalte, gleichgültige Beamtenarsch! »Wenn Ihnen Ihre Pension mehr wert ist als Ihr Leben, dann verschwinden Sie!«, brüllte er, riss Hilmers Mantel von der Stuhllehne, drückte ihn dem Mann in die Arme und riss die Tür auf. »Raus mit Ihnen! Verschwinden Sie! Hauen Sie ab! Sie jämmerliches Stück Elend!«

»Wie reden Sie mit mir!« Hilmer schlüpfte in den Mantel. »Ich werde mich beschweren!«

»Tun Sie, was Sie nicht lassen können. Und jetzt raus!« Eilig verließ Hilmer den Vernehmungsraum. Dühnfort folgte ihm und donnerte die Tür hinter sich zu. Es klang wie das Grollen eines nahenden Gewitters. Russo, der gerade aus seinem Büro kam, blieb stehen und starrte Dühnfort an.

»Und eines schwöre ich Ihnen«, rief er Hilmer nach. »Wenn es weitere Morde gibt, weil Sie feige Sau den Mund nicht aufmachen, dann kriege ich Sie dran, dann werden Sie Ihren Scheißruhestand im Knast erleben.«

Russo trat näher. »Tino? Was ist los? Ein solcher Auftritt von dir ... Das gab es ja noch nie. So kenne ich dich nicht.«

Mit den Händen fuhr Dühnfort sich durch die Haare. Ich mich auch nicht, dachte er. »Premiere. Jetzt ist mir mal der Kragen geplatzt.« Ruhiger fuhr er fort. »Hilmer weiß, wer Voigt erschossen hat. Er weiß, wen wir suchen, und er hält die Klappe, weil er sonst seinen Arbeitsplatz verlieren wird und seine Pension.«

Russo zog die Stirn kraus. »Wie sieht es mit Polizeischutz aus? Wenn du recht hast, dann ist Hilmer in Gefahr.«

»Wir werden ihn nicht pampern. Wir werden ihn observieren. Und zwar so, dass er das merkt. Dem soll der Arsch auf Grundeis gehen, bis er endlich sagt, was er weiß. Kümmerst du dich darum? Und ich werde Frau Hilmer einen Besuch abstatten. Vielleicht ist sie gesprächiger.«

In seinem Büro angekommen, aß er drei Rippen Schokolade. Danach hatte er sich beruhigt und rief bei Hilmer zu

Hause an. Der Anrufbeantworter schaltete sich ein. Dühnfort hatte gerade aufgelegt, als Gina ins Zimmer kam. »Alles okay mit dir?«

»Hat Russo dich geschickt?«

Sie lehnte sich ans Fensterbrett. »Dein Auftritt war nicht zu überhören.«

Sie hatte Angst, dass er Helmbichlers Angriff psychisch nicht verkraftete. Doch er kam gut damit zurecht. Auch wenn er das Gefühl hatte, dass sich seither in seinem Leben etwas wie in Zeitlupe veränderte und neue Koordinaten setzte. Noch immer hatte er das Gefühl, nicht richtig da zu sein, durch etwas Ungreifbares von den anderen getrennt zu werden.

Er umarmte Gina. »Nichts ist los. Ich habe mich über Hilmer geärgert und habe diesem Ärger Luft gemacht. Das ist eine relativ normale Reaktion. Auch wenn sie für mich nicht typisch ist.« Er berichtete ihr von dem Gespräch mit Voigts Kollegen.

»Hm?« Gina zog die Unterlippe unter die Schneidezähne und ließ sie vorschnalzen. »Vielleicht lügt Hilmer nicht. Voigt wurde laut Weidenbach vor sieben oder acht Tagen erschossen. Wenn er Hilmer tatsächlich verpfiffen hätte, wäre der doch längst tot. Ich meine, der Täter wird doch nicht das Risiko eingehen, dass wir Hilmer vor ihm erwischen. Vielleicht hat Voigt unseren Mann wirklich erkannt.« Ginas Brauen stiegen in die Höhe. »Oder das Kennzeichen. Wenn er die Nummer nicht zum ersten Mal notiert hat. Ich checke das mal und gleiche die Kennzeichen seiner Anzeigen mit denen ab, die uns bisher in dieser Ermittlung begegnet sind.«

»Gute Idee. Mach das.«

Wieder zog Gina kurz die Unterlippe unter die Schneidezähne. »Wegen Alois … Ich mach mir Sorgen. Er scheint den Tod von Helmbichler nicht so einfach wegzustecken. Du solltest mit ihm reden. Oder noch besser: Ihr beide solltet vielleicht zum Psychologischen Dienst gehen. Dafür haben wir den ja.«

Wie Alois sich heute Morgen von der Leiche abgewandt und minutenlang über den See gestarrt hatte, als wäre er nicht anwesend. Dühnfort war das aufgefallen. Wenn er selbst es gewesen wäre, der so Abstand suchte, hätte es ihn nicht beunruhigt. Bei ihm war das ganz normal. Bei Alois nicht.

Er strich Gina eine Haarsträhne aus dem Gesicht. »Ich werde mit ihm reden. Meinetwegen musst du dir keine Sorgen machen. Alles ist gut. Nichts ist passiert.«

»Meinst du?«

Er nickte. »Falls ich mich irren sollte, werde ich Hilfe in Anspruch nehmen. Versprochen.«

»Dann ist es ja gut.« Sie strich ihm über den Arm.

Nachdem Gina gegangen war, rief Dühnfort Buchholz an, um zu erfahren, was es an Spuren im Mordfall Voigt bisher gab. Bei der Waffe handelte es sich um eine 9-Millimeter-Beretta. An der Folie befanden sich Spuren von Fett, vermutlich Schuhcreme, das noch näher analysiert werden musste. Voigts Brieftasche fehlte, ebenso die Schlüssel. Sein Mörder hatte sie aus Voigts Mantel gezogen. Dort waren einige Fasern sichergestellt worden. Schwarz, Schurwolle. Nach DNA wurde noch gesucht.

65

Es war schon nach zwei Uhr. Bevor er mit Hilmers Frau rede-
te, brauchte Dühnfort etwas zu essen und suchte Marcellos
Espressobar am Rindermarkt auf. Wie meistens um diese
Zeit, war das kleine Lokal gut besucht. Es roch nach Kaffee
und getoastetem Weißbrot. Geschirrklappern verwob sich
mit Gesprächsfetzen zu einer gleichmäßigen Geräuschkulisse.
Ab und zu schwappte kalte Luft herein, wenn jemand kam
oder ging. Dühnfort ergatterte einen Platz am Tresen. Marcello begrüßte ihn. »Wie immer?«, fragte er, während er zwei
Latte über die Theke reichte. Ein Nicken war Dühnforts Antwort, mit dem er ein Tramezzino mit Mortadella und einen
Espresso multikulti bestellte. Während er darauf wartete, zog
er das Handy aus der Tasche und rief seinen Vater an, um
ihm endlich mitzuteilen, dass er Weihnachten mit der Familie
auf Sylt feiern und Gina mitbringen würde.

Eine halbe Stunde später fuhr er auf der Wasserburger
Landstraße Richtung Haar. Vielleicht hatte Gina recht und
Voigt hatte das Kennzeichen erkannt und daher gewusst, wer
der Halter war. Doch weshalb schwieg Hilmer dann? Wort-
reiche Erklärungen, mit Voigts Machenschaften nichts zu tun
zu haben, wären in diesem Fall die angemessene Reaktion
gewesen.

An der Kreuzung Vockestraße bog Dühnfort ab und passierte das Bezirkskrankenhaus Haar, dessen Gründerzeitfassaden
hinter kahlen Bäumen schimmerten. Vor einigen Jahren hatte
man es in Isar-Amper-Klinikum München-Ost umgetauft.
Wieder einmal dachte er, dass Worte wie Farbe sein konnten.
Bezirkskrankenhaus. Das klang nach Nationalsozialismus,

Euthanasie und Hungerhäusern. Statt die Geschichte des Klinikums aufzuarbeiten, hatte man es umbenannt. So einfach ging das. Augen zu und durch. Schwamm drüber. Erinnern? Wozu? An wen? An die über vierhundert schwerstbehinderten *Ballastexistenzen*, die man hier während der Nazizeit auf preiswerte Art ermordet hatte, indem man sie hungern ließ, bis sie weniger und weniger wurden und *von selbst gingen*?

Herrgott! Mit einer Hand hieb er auf das Lenkrad und wunderte sich im selben Moment darüber. Irgendwie war er dünnhäutiger geworden, empfindlicher. Etwas in ihm geriet in Schieflage. Warum? Doch nicht Helmbichlers Messerattacke? Sicher nicht. Er war überarbeitet. Das war alles.

Das Ortsschild Ottendichl erschien im Blickfeld. Dühnfort bog in eine Seitenstraße ab und parkte vor einer Doppelhaushälfte aus den siebziger Jahren. Auf der anderen Straßenseite stand ein grauer Golf. Die Observierung lief. Kölle saß am Steuer, Rauchenbichler auf dem Beifahrersitz. Hilmer war also daheim und nicht an seinem Arbeitsplatz. Verdammter Mist!

In der Hoffnung, Frau Hilmer würde öffnen, klingelte Dühnfort. Doch es war ihr Mann. Er wirkte keineswegs überrascht. »Was soll das Theater?« Er wies auf den Golf. »Verschwendung von Steuergeldern ist das, und außerdem Rufmord. Was meinen Sie, wie sich die Nachbarn das Maul zerreißen, wenn hier die Polizei vor der Tür steht und mich observiert wie einen Verbrecher.«

»Die Kollegen sind zu Ihrer Sicherheit da. Auch wenn ich mich wiederhole ...«

»Jetzt wiederhole ich mich«, fiel Hilmer ihm ins Wort. »Ich habe keine Halterabfrage für Eugen gemacht. Das haben Sie doch inzwischen schwarz auf weiß.« Hilmer lief rot an. An der Schläfe pochte eine Ader.

»Ich würde gerne Ihre Frau sprechen.«

»Sie ist nicht da. Und jetzt verschwinden Sie. Jetzt hauen Sie hier ab!« Einen Moment lang maßen sie sich mit Blicken. Eine Spur von Angst lag in Hilmers. Die Tür schlug zu.

Gut, dann musste das anders gehen. Dühnfort wechselte auf die gegenüberliegende Straßenseite und klopfte an die Scheibe des Golfs. Kölle ließ sie herunter. Eine Wolke von Zigarettenrauch wehte Dühnfort entgegen. Er grüßte die Kollegen und fragte, ob Frau Hilmer daheim war. Kölle nahm die Zigarette aus dem Mund und stippte den Aschekegel aus dem Fenster. »Sie ist vor zwanzig Minuten weggefahren und hatte ein Netz voller Bälle dabei. Falls dir das weiterhilft.«

»Mal sehen.« Dühnfort rief Gina an. Er erfuhr, dass Erika Hilmer an einer Hauptschule in Haar Deutsch und Sport unterrichtete, und fuhr dorthin.

Die Aula lag still und verlassen vor ihm. Durch eine Glasfront blickte er auf den Schulhof. Das Gebäude war in L-Form gebaut. Am westlichen Flügel befand sich weit oben eine Reihe schmaler Fenster. Vermutlich die Turnhalle. Dühnfort folgte einem Flur und erreichte die Halle, aus der Geschrei erklang, das Quietschen von Turnschuhen auf Holzboden und in regelmäßigen Abständen der schrille Klang einer Trillerpfeife.

Noch zehn Minuten, bis die Stunde beendet war. Dühnfort wartete, bis der Gong erklang, die Türen sich öffneten und eine Horde Kinder lärmend an ihm vorbei zu den Umkleideräumen stürmte. Eine kleine, drahtige Frau mit dunkler Kurzhaarfrisur, deren Ansätze grau herausgewachsen waren, folgte ihnen. Mit federndem Schritt ging sie über den Kunststoffnoppenboden und zog ein Netz voller Bälle hinter sich her. Als sie sich Dühnfort näherte, taxierte sie ihn mit einem Blick von Kopf bis Fuß. Energisch und durchsetzungsstark. Das war Dühnforts Eindruck. Er stellte sich vor und fragte, ob sie ein paar Minuten Zeit hätte.

»Ach, Sie sind das.« Die Lippen kräuselten sich. »Das hat keinen Sinn. Karl hat sich nichts vorzuwerfen.«

»Sind Sie sich da absolut sicher?«

Den Bruchteil einer Sekunde zögerte sie. »Man kann sich nie sicher sein. Letztlich kennt man nur sich selbst, und auch das oft nicht wirklich. Also: nein. Absolut sicher bin ich mir nicht. Da es aber nicht zu Karl passt und ich keine Möglichkeit sehe, wie Eugen ihn dazu gebracht haben könnte, gegen alle Vorschriften zu verstoßen, bin ich mir nur annähernd absolut sicher. Reicht Ihnen das?«

Es reichte ihm nicht. »Sie kannten Eugen Voigt?«

Sie nickte. »Flüchtig. Von einem Fest der Zulassungsstelle, und ein paar Mal waren wir Kegeln. Voigt war niemand, mit dem man sich anfreundete. Er war einer, der immer alles besser wusste. So macht man sich keine Freunde.«

»Hat Voigt in letzter Zeit angerufen oder Ihren Mann aufgesucht?«

»Seit Eugen in Rente ist, hat es keinen Kontakt zwischen Karl und ihm gegeben. Habe ich das nicht schon gesagt?« In ihrer Stimme lagen Tadel und Ungeduld.

Ein Junge kam aus dem Umkleideraum gelaufen. »Frau Hilmer, der Alex ist hingefallen. Er blutet!«

»Ich muss. Entschuldigen Sie.« Sie packte das Netz mit Bällen und zerrte es hinter sich her, ohne Dühnfort eines weiteren Blickes zu würdigen.

66

Als er wieder im Auto saß, fühlte er sich müde und zerschlagen. Minutenlang starrte er durch die Windschutzscheibe auf die Mauer, die den Parkplatz begrenzte. Grauer Beton. Ein Graffiti. *Schule macht Angst.* Es regnete. Tropfen lösten sich aus der Wolkendecke, die wie ein Deckel über der Stadt lag, und fielen auf die Scheibe.

Und nun? Er wollte heim. Sich ins Bett legen. Schlafen.

Quatsch. Er musste arbeiten. Ein Espresso doppio, und er war wieder fit. Er startete den Wagen und fuhr Richtung Innenstadt. Dabei hielt er Ausschau nach einem Café. Alles, was er fand, war eine Bäckerei mit Stehtischen. Espresso gab es nicht. Er bestellte einen Milchkaffee und kaufte eine Tafel Schokolade. Während er den Kaffee trank, aß er Schokolade und dachte nichts. Sein Hirn brauchte offenbar eine Pause. Regen lief an der Scheibe herab. Dahinter verschwammen Gehweg und Straße grau in grau. Ab und zu ein vorübereilender Farbtupfer. Lichter. *Darf es noch was sein?* Er bestellte einen zweiten Kaffee.

Das Handy vibrierte in seiner Tasche. Er zog es heraus. Gina. Er vermisste den freudigen Schreck, der ihn sonst durchlief, wenn er ihren Namen im Display sah.

»Wir sind mit Martinas Anrufern durch.« Ihre Stimme klang so lebhaft.

»Ja? Hatten wir das nicht schon abgehakt?«

»Nicht ganz. Du wolltest, dass wir mit jedem Anrufer sprechen.«

»Ja. Natürlich.« Das hatte er ganz vergessen.

»Und jetzt halte dich fest. Erinnerst du dich, dass Meo von

einer alten Dame gesprochen hat, von der Martina zwei Anrufe bekommen hat? Irma Freude.«

»Ja.« Langsam wurde er wach. »Eine Verwandte.«

»Da hat Meo sich geirrt. Die Anrufe kamen von ihrem Handy. Nachdem ich sie auf dem nie erreichen konnte, habe ich nach ihrer Festnetznummer gesucht und grad mit ihr telefoniert. Sie kennt Martina nicht und hat sie auch nicht angerufen, denn ihr Handy hat sie vor vier Wochen verloren.«

Mit einem Schlag war er hellwach. »Wo?«

»Das weiß sie nicht. Wir sollten ihr einen Besuch abstatten, oder? Magst du mit ihr reden, oder soll ich?«

»Wo wohnt die Frau?«

»Berg am Laim. Josephsburgstraße. Seniorenresidenz Mozart.«

»Ich komme gerade aus Haar. Das liegt auf dem Weg.«

»Prima. Und sonst? Wie war es bei Frau Hilmer?«

Er berichtete ihr von seinem erfolglosen Versuch und erzählte ihr dann, dass er seinen Vater angerufen hatte, um die Weihnachtseinladung anzunehmen. Sie freute sich und wollte Flüge buchen. Aber er flog nicht gerne und bat sie, Bahntickets zu besorgen. Als er auflegte, überrollte ihn, aus dem Nichts kommend, eine Welle von Freude. Sylt. Ruhe. Strandspaziergänge. Das Kreischen der Möwen. Regenfäden an den Scheiben. Feuer im Kamin. Das Rollen der Brandung. Die Weite des Himmels und des Wassers.

Er brauchte einfach mal Ruhe. Urlaub. Zeit für sich. Abstand zur Arbeit.

Er zahlte und ging. Irgendetwas war mit einer Seniorenresidenz. Eine Information wollte an die Oberfläche, schaffte es aber nicht.

Das Altenheim befand sich gegenüber der St.-Michaels-Kirche. In Weiß und Toskanagelb leuchteten Türme und Kirchenschiff vor dem grauen Himmel. Grüne Patina über-

zog die Turmhauben. Dühnfort parkte vor einem mehrstöcki-
gen Haus. Rauputz, klare Linien, viel Glas, funktional und
modern. Ein überdachter Eingang. Er trat ein und fand sich
in einer Art Hotellobby wieder. Hinter dem Empfangstresen
saß ein älterer Herr mit dichtem weißem Haar. Dühnfort er-
kundigte sich nach Frau Freude, woraufhin er gefragt wurde,
ob er sich angemeldet habe. Da er das nicht hatte, musste
Dühnfort einen Anruf der Portiers abwarten und wurde dann
gebeten, sich ins Café zu begeben. Frau Freude würde gleich
kommen.

Er folgte der Beschilderung und betrat einen gemütlich
eingerichteten Raum. Dunkles Holz, helle Stoffe, Kerzen und
Adventsgestecke auf den Tischen. An einem saß eine Canasta-
runde. Drei weißhaarige Damen, ein glatzköpfiger Mann.
Hinter der Theke dampfte ein Gaggia-Vollautomat. Espresso
in Sicht. Er bestellte einen Doppio und wurde tatsächlich
gefragt, ob es ein Decaffeinato sein sollte. Das aufsteigende
Lachen unterdrückte er und verneinte. Bis er koffeinfreien
Kaffee trinken würde, musste noch ein gefühltes Jahrhundert
ins Land gehen.

Was geschah mit ihm? Woher kamen diese Stimmungsschwankungen? In einem Moment fühlte er sich alt und
kraftlos, im nächsten albern und ausgelassen. Was schob sich
zwischen ihn und die anderen, wie Milchglas?

Während er noch auf den Espresso wartete, betrat eine
zierliche Frau das Café. Ihr Haar war nussbraun gefärbt und
lag in gepflegten Wellen um den Kopf. Sie trug einen grauen
Hosenanzug mit vanillegelber Bluse und dazu eine schmale
Goldkette mit Brillantanhänger.

Suchend sah sie sich um und steuerte auf die Theke zu.
»Herr Dühnfort, nehme ich an?« Ihre Stimme war hell und
klar.

»Frau Freude. Schön, dass Sie Zeit haben.«

»Zeit hat man in meinem Alter mehr als genug.«

Der Espresso war fertig. Er fragte, ob sie etwas trinken wollte, und bestellte das gewünschte Kännchen Tee. In einer Fensternische war ein Tisch frei. Dort setzten sie sich.

»Es geht um mein verschwundenes Handy, nehme ich an.«

Dühnfort nickte und trank den Espresso in zwei Schlucken. Er war heiß und stark. »Es spielt in einer Ermittlung eine Rolle. Sie haben es verloren?«

Der Tee wurde gebracht. Sie schenkte sich die Tasse voll. »Es ist vor etwa vier Wochen verschwunden. Ich verwende es nur, wenn ich in die Stadt fahre. Dann nehme ich es von der Kommode und lege es in die Handtasche. In meiner Wohnung benutze ich nur das normale Telefon. Also das mit Kabel. Wobei das ja auch kein Kabel hat. Sie wissen schon, was ich meine.«

Dühnfort nickte.

»Jedenfalls, vor vier Wochen lag es nicht dort. Ärgerlich. Ich fühle mich damit einfach besser. Es ist komfortabel, sich immer und überall ein Taxi rufen zu können. Aber es war nicht aufzufinden. Ein paar Tage zuvor hatte ich einen Stadtbummel gemacht und in einem Lokal zu Mittag gegessen. Dort habe ich mit meiner Tochter telefoniert. Und danach war das Handy weg. Wie gesagt. Was ich aber erst Tage später bemerkt habe. Ich habe in dem Restaurant angerufen. Leider war es nicht abgegeben worden. Also bin ich in den Handyladen hier an der Ecke gegangen und habe mir ein neues gekauft. Was soll's? Es ist sogar viel schicker. Ein Smartphone mit GPS. Wenn ich mal senil bin und verlorengehe, kann man mich so jederzeit ausfindig machen. Toll, nicht?«

Die alte Dame gefiel ihm. »In welchem Lokal haben Sie das Handy denn liegenlassen?«

»Im Trachtenvogl in der Reichenbachstraße. Kennen Sie das?«

Natürlich kannte er es. Ein Szenelokal mit Hirschgeweihen und Kuckucksuhren an den Wänden und Plüschmöbeln der vergangenen Jahrzehnte eingerichtet. »Haben Sie mal versucht, Ihr Handy anzurufen, um herauszufinden, wo es abgeblieben ist?«

»Auf die Idee bin ich nicht gekommen.« Verblüfft stellte sie die Teetasse ab. »Aber Sie haben das sicher gemacht?«

»Es ist ausgeschaltet. Warum haben Sie es nicht sperren lassen?«

»Das habe ich ja versucht. Aber dafür muss man ein Passwort wissen, und das habe ich vergessen und dann den Zettel nicht gefunden, auf dem ich es notiert hatte. Natürlich geht das auch mit Vorlage des Personalausweises. Ich hätte es längst erledigen sollen. Ich mache das gleich morgen.«

»Mir wäre es ganz lieb, wenn Sie das nicht tun würden.«

Erst stutzte sie, dann blitzten ihre Augen vergnügt. »Ach ja, stimmt. Das Handy spielt eine Rolle in Ihrer Ermittlung. Ein böser Bube hat es an sich genommen, und wenn er es wieder einschaltet, dann können Sie ihn orten und erwischen. Aber mein altes Handy hat kein GPS. Das klappt also nicht.«

»Es gibt noch andere Möglichkeiten zur Handyortung.« Dühnfort drehte die leere Espressotasse zwischen den Händen. »Da ist etwas, das mich wundert. Der Mann, der Ihr Handy hat, schaltet es an und aus. Dafür braucht er die PIN.«

»Na, die hat er doch. Ich habe die ständig vergessen. Also habe ich sie auf die Rückseite des Handys geklebt. Sehen Sie. So mache ich das.« Sie zog aus der Handtasche ihr neues Smartphone und reichte es ihm. Ein schmaler Streifen Papier war dort mit Tesafilm aufgeklebt. 5793.

»Machen Sie das bei Ihrer Bankkarte auch so?«

»Wo denken Sie hin! Natürlich nicht. Da könnte mir ein finanzieller Schaden entstehen, wenn sie gestohlen wird.«

»Beim Handy aber auch. Der Mann telefoniert auf Ihre Kosten.«

»Aber nur so lange, bis die Prepaid-Karte leer ist. Viel kann nicht mehr drauf sein. Vielleicht zwanzig Euro. Mein neues Handy läuft jetzt mit Vertrag. Zwei Jahre. Der Verkäufer hat mir das aufgeschwatzt. Wer weiß, ob ich überhaupt noch so lange lebe. Wenn nicht, dann hat er halt Pech gehabt.« Vergnügt zuckte sie die Schultern.

»Die PIN sollten Sie trotzdem geheim halten.« Dühnfort reichte ihr das Smartphone zurück. »Sind Sie sicher, dass Sie das Handy im Trachtenvogl haben liegenlassen?«

Ihre Stirn kräuselte sich zu Falten. »Was ist schon sicher? Ich habe es dort zuletzt benutzt, und als ich es das nächste Mal benutzen wollte, war es weg. Vielleicht habe ich es liegenlassen. Vielleicht hat es mir aber auch jemand in der Straßenbahn aus der Tasche geklaut oder in der U-Bahn.«

»Dass es aus Ihrer Wohnung verschwunden ist, schließen Sie aus?«

»Das Personal ist korrekt. Ich wohne jetzt seit einem Jahr hier, und noch nie ist etwas gestohlen worden. Ich denke, ich habe es in dem Lokal liegenlassen.«

Dühnfort begleitete Irma Freude bis zum Lift, der sie nach oben zu ihrer Wohnung brachte. »Danke für das nette Gespräch.« Zum Abschied reichte er ihr die Hand. Die Türen schlossen sich. Er zog das Handy aus der Tasche und rief Gina an, um sie zu bitten, eine Aufstellung aller Telefonate zu veranlassen, die von Irma Freudes Handy geführt worden waren. Sie hatte es bereits getan. Da es noch immer ausgeschaltet war, konnte Meo es nicht orten, versuchte es aber immer wieder.

Der Lift kehrte zurück ins Erdgeschoss, die Türen glitten auseinander, und Thorsten Languth betrat die Eingangshalle.

Hoppla, dachte Dühnfort. »Herr Languth?«

Languth stutzte. »Herr Dühnfort. Was machen Sie denn hier?«

»Meine Arbeit, und Sie?«

»Ebenfalls.«

Jetzt fiel es ihm ein. Languth war stellvertretender Pflegedienstleiter einer Seniorenresidenz. Dieser also.

Languth zog einen Autoschlüssel aus der Jackentasche und wollte weitergehen.

»Haben Sie eigentlich nur zu den Heimbewohnern Kontakt, die auf der Pflegestation betreut werden?«

»Die meisten Bewohner leben in ihren eigenen vier Wänden. Bei einer leichten Erkrankung kümmern wir uns dort um sie.«

»Gibt es für Notfälle Zweitschlüssel?«

»Natürlich. Die liegen bei der Heimleitung.«

»Ist Frau Freude in den letzten Wochen in ihrer Wohnung betreut worden?«

Languth überlegte und schüttelte den Kopf. »Weshalb fragen Sie?«

»Ihr Handy ist verschwunden.«

Es dauerte einen Moment, bis Languth verstand. »Und jetzt denken Sie, ich oder einer meiner Kollegen hätte es geklaut? Verstehe ich nicht. Das kann ein Besucher gewesen sein, oder sie hat es verloren oder verschusselt, was ich für wahrscheinlicher halte. Wenn es tatsächlich gestohlen wurde, dann sicher nicht von einem Angestellten des Heims. In diesem Haus gelten hohe Ansprüche an die Mitarbeiter, und daher werden sie sehr genau ausgewählt. Das sind Vertrauensstellungen.« Mit einem Blick auf die Uhr wandte Languth sich Richtung Ausgang. »War's das? Ich habe einen Termin und muss los.«

67

Dühnfort wollte Gina und Alois in ihrem Büro aufsuchen. Doch dort war niemand. Im Flur lief ihm Alois über den Weg. Er kam gerade von Voigts Obduktion. Der unverwechselbare Geruch des Sektionssaals stieg aus seiner Kleidung wie eine schwache Mahnung, sich der eigenen Vergänglichkeit bewusst zu sein. »Hat sich dabei etwas Neues ergeben?«

»Nichts, was wir nicht schon wussten.«

»Wie sieht es eigentlich mit Languths Alibis aus?«

»Die sind überprüft. Im Fall Flade hatte er Dienst und bei Martina einen Arzttermin. Ich habe nachgefragt. Er war da. Bei der Hasler war er angeblich in der Stadt, um Weihnachtseinkäufe zu machen. Was ist mit ihm?«

»Er arbeitet in der Seniorenresidenz, aus der das Handy verschwunden ist. Mir taucht er zu häufig in unseren Ermittlungen auf. Den sehen wir uns jetzt genau an.«

»Ich rede mit seiner Ex, dieser Sozpäd.«

Nachdem Alois gegangen war, vertiefte Dühnfort sich in die Unterlagen. Alle Mitarbeiter von Subvento waren unter die Lupe genommen worden. Nichts Ungewöhnliches bei Languth. Dühnfort sprach mit den Mitgliedern der Soko, die die Daten zusammengetragen hatten, und erhielt keine Informationen, die nicht auch in den Unterlagen zu finden waren.

Dühnfort rief Frau Freude an und fragte, ob Languth in letzter Zeit bei ihr in der Wohnung gewesen war oder ob es eine Gelegenheit für ihn gegeben hatte, an das Handy zu gelangen. Beides schloss sie aus.

Was fehlte, waren ein Motiv oder Indizien, um Languth richtig in die Mangel zu nehmen.

Wie sollten sie weitermachen? Es klopfte kurz. Alois kam herein. »Ich habe mit Lydia van Gierten gesprochen. In Languths Umfeld gibt es keine traumatischen Unfälle. Sie hält ihn für eine Persönlichkeit mit narzisstischen Anteilen und einem Hang, andere zu manipulieren, aber nicht für gewalttätig. Er ist Gutmensch durch und durch. Was vielleicht daran liegt, dass sein Selbstwertgefühl ein paar Punkte mehr auf der Ich-bin-ein-toller-Kerl-Skala vertragen könnte. Als Retter in der Not unterwegs zu sein, damit kann er punkten. Deshalb war er früher Rettungsassistent. Mit Blaulicht und Signalhorn durch die Stadt zu düsen, hat ihm Macht und Status gegeben. Aber irgendwann hat er das nicht mehr gepackt.«

Schon beinahe acht Uhr. Eigentlich Zeit, nach Hause zu gehen. Doch Dühnfort fuhr zu Thorsten Languth. Im Haus brannte Licht. Musik drang nach draußen. Gedämpfte Beats. Auf dem Weg zur Tür warf er einen Blick durch das Garagenfenster. Kein Fahrzeug. Dafür allerlei Sportgerät. Kurz nachdem Dühnfort geklingelt hatte, wurde die Musik leiser, Schritte näherten sich. Languth öffnete. Die kurzen Haare verschwitzt. Das Gesicht gerötet. Der sehnige Körper steckte in Funktionsshirt und Trainingshose. Schweiß stand in feinen Perlen auf der Stirn. »Sie schon wieder. Was gibt es denn noch?«

»Ein paar Fragen. Reine Routine.«

»Ich bin mitten im Training.«

»Dauert nur fünf Minuten. Kann ich reinkommen?«

»Wenn es sein muss.« Languth trat zur Seite.

Das Esszimmer hatte sich seit Dühnforts letztem Besuch vollständig in eine Werkstatt für Sportgerät verwandelt. Zu den Mountainbikes hatten sich ein Rennrad und Skating-Roller für das Langlauftraining gesellt. Auf der Werkbank lag ein Snowboard, dessen Belag einer Ausbesserung bedurfte.

Languth ging ins Wohnzimmer und schaltete die Musikanlage aus. Auch hier hatte sich einiges verändert. Statt der Couchgarnitur stand vor dem Panoramafenster eine Multi-funktions-Kraftstation mit Latissimus- und Curlstange und einem Bankdrückmodul.

Languth zog die Handschuhe aus, deren Fingerlinge nur knapp über die Knöchel reichten, und zog sich ein Sweatshirt über. »Also. Welche Fragen haben Sie noch?«

»Zuerst die nach Ihrem Auto. In der Garage steht keines.«

»Es ist in der Werkstatt. Wieder einmal.«

»Warum?«

Bevor Dühnfort eine Antwort bekam, griff Languth nach einer Dose mit einem Isodrink und leerte sie. Mit dem Handrücken wischte er sich über den Mund. »Die Hydraulik. Sie bockt ständig.«

»Was für ein Modell fahren Sie?«

»Einen uralten Citroën Xantia Break.«

»Kann ich die Papiere sehen?«

»Gut, dass ich die aus dem Handschuhfach genommen habe.« Languth verließ den Raum und kehrte kurz darauf mit den Wagenpapieren zurück. Ein Xantia Kombi, Baujahr 1998, nachtblau. Dühnfort notierte das Kennzeichen.

»Beeindruckend, was Sie alles an Sport treiben.«

»Ein wenig könnte Ihnen auch nicht schaden.« Languths Blick heftete sich auf Dühnforts Körpermitte.

»Gehen Sie auch in die Berge?«

»Skifahren? Tourengehen? Klettern?«

»Klettern.«

Ein Frotteetuch lag auf der Sessellehne. Languth wischte sich damit die Stirn trocken. »Das Klettern habe ich vor zwei Jahren aufgegeben. Meine Ex hatte Angst, dass ich abstürze. Mal sehen, ob ich wieder damit anfange.«

»Haben Sie die Ausrüstung noch?«

Ein Kopfschütteln folgte. »Die habe ich verkauft.«

»Von den Kletterseilen haben Sie also keines mehr?«

»Sag ich doch. Wollen Sie sich selbst davon überzeugen? Dann nur zu.«

Plötzlich war es da, das ungute Gefühl. Languth bot großzügig Einblick in Keller und Schränke, obwohl ihn Dühnforts Anwesenheit und Fragen sichtlich nervten. Das passte nicht zusammen. Natürlich nahm Dühnfort das Angebot an. Er ließ sich zuerst die Garage zeigen. Keine Kletterseile. Kein Gartenpavillon. Dann ging es weiter in den Keller. Waschküche, Heizungskeller, ein Hobbyraum, der wohl bis vor kurzem Fitnessraum gewesen war. Hanteln und Trainingsmatte lagen noch auf dem Boden.

Sie gingen wieder nach oben und blieben im Flur stehen. Languth lehnte sich neben einer Reihe gerahmter Fotografien an die Wand. »Sie glauben doch nicht, dass ich etwas mit diesen Morden zu tun habe?«

»Wir gehen jedem Hinweis nach.«

»Was für einen Hinweis gibt es denn auf mich?«

»Nicht speziell auf Sie. Subvento kreuzt allerdings immer wieder unsere Bahn. Natürlich sehen wir da genau hin.«

»Also nicht nur bei mir?«

»Wir überprüfen alle Mitarbeiter von Subvento.«

»Wir sind Helfer. Warum sollte einer von uns zum Mörder werden?«

Einen Augenblick überlegte Dühnfort, wie offen er sein sollte, und entschloss sich dann, seine Theorie darzulegen. »Wir gehen davon aus, dass der Täter jahrelang sein Rachebedürfnis kompensiert hat, indem er Gutes tat, und dann ist etwas geschehen, das den Deckel von diesem Topf gesprengt hat.«

»Und deswegen bringt er Menschen um, die ihm nichts getan haben? Die Logik verstehe ich nicht.«

»Wir haben Gründe für diese Annahme.«

Dühnfort betrachtete die Bilder an der Wand. Familien-fotos. Vermutlich Languths Eltern. Er erkannte die Ähnlich-keit zum Vater. Languth beim Skifahren und Skaten, beim Gleitschirmfliegen und Fallschirmspringen. Daneben das Foto eines Teenagers. Languths Schwester oder vielleicht seine Tochter?

Dühnfort überlegte, wie weit er in seiner Offenheit gehen sollte. »Wir vermuten, dass der Täter jemanden durch einen Unfall verloren hat. Jemanden, der ihm sehr nahe stand.«

»Ach. Deshalb neulich die Fragen nach dem besonderen Grund für meine ehrenamtliche Arbeit.« Mit vor der Brust verschränkten Armen lehnte Languth an der Wand. Schutz? Abwehr? Ein Bollwerk jedenfalls. »Haben Sie sich auch schon mit Arno befasst?«

»Mit welchem Arno?«

»Arno Rodewald, Ulis Mann. Also, ihr geschiedener Mann.«

»Was ist mit ihm?«

»Als Schüler hatte er einen Unfall. Gut, das ist ewig her. Sicher elf oder zwölf Jahre.« Languth breitete die Arme aus, wie zu einer Entschuldigung. »Arno war in der zwölf-ten Klasse Gymnasium und Besitzer einer Vespa, die er ein wenig getuned hatte. An einem Sommertag ist er mit seiner Freundin zur Eisdiele gefahren. Helme waren ziemlich un-cool. Sie fuhren ohne. Es war nicht weit. Ein Autofahrer hat sie beim Abbiegen übersehen. Ulrike hatte einen Schutzengel. Eine offene Unterschenkelfraktur war alles. Aber Arno hat es schlimm erwischt. Schädelbruch. Monatelanger Kranken-hausaufenthalt, dann Reha. Seither leidet er an Konzentra-tionsstörungen. Das Abi konnte er sich abschminken und damit den Traum vom Physikstudium an der TU. Sein Ziel war es immer, irgendwann in der Forschung zu arbeiten. Na-türlich mit Doktortitel und Professur. Trotzdem hatte Arno mehr Glück als Verstand. Er hätte tot sein können. Er hat zwar niemanden bei dem Unfall verloren, aber er konnte seinen Lebenstraum in die Tonne treten.«

»Gab es einen Prozess?«

Languth nickte. »Der Unfallverursacher wurde wegen Körperverletzung verurteilt. Arno bekam eine Geldstrafe. Er war ja mitschuldig.«

Ein schlimmer Unfall. Doch wofür sollte Arno Rodewald sich rächen wollen? Er trug eine Mitschuld. Außerdem hatte es einen Prozess gegeben und eine Bestrafung des Unfallgegners. Das war nicht das, wonach Dühnfort suchte. Dennoch würde er die Unfallakten anfordern.

Wieder fiel sein Blick auf das Foto des Mädchens. »Ihre Schwester?«

Languth nickte. Ein Schatten legte sich über sein Gesicht. »Das letzte Foto von ihr. Eine Woche später war sie tot.«

Dühnfort wollte schon nachhaken. Doch Languth kam ihm zuvor. »Nein. Nicht, was Sie jetzt denken. Kein Unfall. Ein Blinddarmdurchbruch. Sepsis. Und das war es dann gewesen.«

»Ich würde Sie gerne als Verdächtigen ausschließen. Dafür brauche ich eine Speichelprobe von Ihnen. Sind Sie dazu bereit?«

Verblüfft sah Languth ihn an. »Sie haben eine DNA-Spur?«

»Natürlich.«

»Und keinen Treffer in Ihrer Datenbank. Toll. Und jetzt drehen Sie den Spieß um. Jetzt werden aus unschuldigen Bürgern potenzielle Täter und deren DNA erfasst und abgespeichert. Und dann ist man drin in der Kartei von Gewaltverbrechern. Ne. Nicht mit mir. Andersherum wird ein Schuh daraus. Sie müssen den Schuldigen finden und nicht ich beweisen, dass ich unschuldig bin.«

68

Auf dem Heimweg rief Gina an, um zu sagen, dass sie den Abend zu Hause verbrachte. »Meine Mutter hat morgen ein Vorstellungsgespräch. Das erste seit einem halben Jahr. Sie ist so aufgeregt wie vor ihrem ersten Rendezvous. Ich schau mal, ob ich sie ein bisschen erden kann.«

Kurz vor neun Uhr berat Dühnfort seine Wohnung. Sie war dunkel und kalt. Er nahm den Rest der Quiche aus dem Tiefkühlfach und schob sie in die Mikrowelle. Bis sie aufgetaut war, sah er eine Quizsendung und trank ein Glas Wein. Ohne Gina bedrückte ihn die Stille der Wohnung. Seltsam. Früher hatte er diese Ruhe genossen. Wie schön es wäre, wenn sie jetzt neben ihm säße.

Als er gegen elf zu Bett ging, war die Flasche beinahe leer. Eine bleierne Müdigkeit ließ ihn sofort einschlafen. Gegen drei Uhr erwachte er schweißgebadet und mit rasendem Herz. Er hatte geträumt, erinnerte sich aber nicht was. Richtig einzuschlafen gelang ihm nicht mehr. Er wälzte sich im Bett und stand kurz nach fünf auf. Eine heiße Dusche, ein Cappuccino und dazu Bauernbrot mit Butter und Honig, und er fühlte sich so einigermaßen fit für den Tag. Kurz nach sechs machte er sich auf den Weg zur Arbeit. Die Friedhofstore waren noch verschlossen. Er war sich nicht sicher, ob er bei geöffneten Toren heute diesen Weg genommen hätte, ob er ihn jemals wieder nehmen würde.

Um halb sieben betrat er sein Büro, schaltete Licht und Pavoni an und startete den Computer. Bis kurz vor acht las er in den Ermittlungsunterlagen, forderte dann die Unfallakten von Arno Rodewald an. Sie lagen in irgendeinem Archiv. Da

Dühnfort kein Aktenzeichen hatte, musste man erst dieses finden. Kurzum: Es würde dauern.

Kaum hatte er das Gespräch beendet, kam Gina. Sie umarmten sich, tauschten einen heimlichen Kuss und gingen zum Morgenmeeting.

Bis auf Meo waren alle da. Dühnfort beschloss, mit der Besprechung zu beginnen. Erste freiwillige Speichelproben lagen vor. Die Auswertung lief. Das Seil, mit dem Voigts Leiche verschnürt worden war, stammte von einem norwegischen Hersteller, dessen Artikel im deutschen Fachhandel und über Internetplattformen vertrieben wurden. Die Plane war ebenfalls Massenware. Die Gartenpavillons wurden in China für einen niederländischen Großhändler gefertigt und europaweit vertrieben. Sackgasse.

In der folgenden Diskussion stellten sie ihre Theorie auf den Prüfstand. War der Täter bei Subvento oder im Umfeld der Gruppe *Schuldlos schuldig* zu finden, oder hatten sie sich verrannt? Schied Schülke als Verdächtiger tatsächlich aus? »Languth und Schülke weigern sich, am freiwilligen DNA-Test teilzunehmen. Ihre Alibis sind alles andere als in Stein gemeißelt. Ich schlage vor, dass wir uns die jetzt noch einmal ganz genau ansehen.«

Gina räusperte sich und hob die Hand. »Ich habe gestern Abend eine meiner Quellen bei der Staatsanwaltschaft angezapft. Schülke hat zwar den Fall Hasler damals nicht auf seinem Schreibtisch gehabt. Das stimmt schon. Doch als die Enkelin von Frau Hasler starb, hat Schülke der Gruppe *Kapitalverbrechen* angehört. Die haben auch ihre Teambesprechungen, und dabei muss er eigentlich von den Ermittlungen gegen Frau Hasler gehört haben. Damit ist Schülke der Einzige, der in Zusammenhang mit allen Opfern steht. Wir sollten den jetzt festnageln.«

Das war es, was er an Gina so mochte. Sie bohrte nach.

»Gut. Dann prüfen wir jetzt jedes seiner Alibis auf Herz und Nieren. Und fragt in der Seniorenresidenz nach, ob er dort gesehen wurde. Vielleicht lebt da jemand aus seiner zahlreichen Verwandtschaft. Wenn das nichts bringt, dann zeigt sein Bild im Trachtenvogl herum. Wenn er unser Mann ist, muss er an das Handy von Irma Freude gekommen sein.«

Meo war noch immer nicht da, was Dühnfort langsam sauer aufstieß. Er fasste das Gespräch mit Languth zusammen und bat Russo, herauszufinden, ob der Tod von Languths Schwester ein gerichtliches Nachspiel gehabt hatte. Er wollte auf Nummer sicher gehen, nichts übersehen. Mit Rodewald wollte er selbst sprechen.

Endlich kam Meo und setzte sich. »Sorry, dass ich zu spät bin. Aber ich musste noch ein paar Daten auswerten.« Mit einer Hand griff er nach der Thermoskanne und schenkte sich Kaffee ein, mit der anderen zog er ein Blatt Papier aus der Brusttasche seines Flanellhemdes und strich es glatt.

Alle warteten.

Gina verschränkte die Hände und lehnte sich zurück. »Hast du einen Kurs in Dramaturgie besucht, oder weshalb machst du es so spannend?«

Meo richtete das Blatt im rechten Winkel zur Tischkante aus. »Bin nur nicht multitaskingfähig.« Die Spur eines Lächelns zog über sein Gesicht. »Also, von dem geklauten Handy wurden insgesamt vier Anrufe geführt. Und zwar zwei mit Martina Oberdieck und zwei ...«

»Sag nicht, mit der Hasler?« Gina richtete sich auf.

Meo zuckte mit den Schultern. »Ob er es bei ihr probiert hat, weiß ich nicht. Es heißt ja Verbindungsdaten. Es gibt nur Daten von zustandegekommenen Verbindungen. Die Hasler war schwerhörig. Vielleicht hat er versucht, sie anzurufen. Keine Ahnung.«

Mit einem Mal war Dühnfort hellwach. »Wen hat er noch angerufen?«

»Eine Susanne Möbus, wohnhaft in Paschkofen. Das ist ein Kaff hinter Poing.«

Dieser Name war bisher nicht in den Ermittlungen aufgetaucht, was in Dühnfort sofort die Sorge weckte, etwas übersehen zu haben.

»Und warum ich zu spät bin, das liegt daran.« Meo beförderte zwei weitere Ausdrucke aus seiner Tasche. »Das sind die Funkzellen, in denen sich der Täter aufgehalten hat, während er telefonierte. Die Daten habe ich erst heute Morgen bekommen. Bei Martina stand er etwa zwanzig Meter von ihrer Wohnung entfernt in der Gabelsbergerstraße. Auf dem Land sind die Funkzellen größer, deshalb kann ich nicht genau ausmachen, wo er sich befand, als er mit Susanne Möbus telefonierte. Auf alle Fälle war er ganz in der Nähe. Ich wette, er beobachtet sie. Genau, wie du vermutet hast.«

69

Fischgrätparkett, Stuckdecke, moderne Möbel. Sanne sah sich im Büro des Rechtsanwalts Vincent Becker um, während er für sie eine Tasse Kaffee holte.

Heute Morgen hatte er angerufen. Die Akte war da, er wollte ihr etwas zeigen, ob sie kommen könnte.

Angst hatte sich klamm in ihren Magen gelegt. »Was denn?«

»Das sehen Sie sich besser mit eigenen Augen an. Es ist unbeschreiblich, eigentlich ungeheuerlich. Aber kein Grund zur Sorge. Sondern das Gegenteil. Wann können Sie kommen?«

»Am liebsten sofort«, hatte Sanne geantwortet, und nun saß sie hier. Becker kehrte mit einem Becher Milchkaffee zurück und reichte ihn ihr. »Bitte.«

»Danke.« Sanne trank einen Schluck und musterte Becker. Zurückgegeltes Haar, gestreiftes Businesshemd mit gelockerter Krawatte. Am Ringfinger einen Ehering, auf dem Schreibtisch ein silbergerahmtes Bild von Frau und Tochter. Das Gegenteil von Niklas Domegall. Und auch von ihr. Jemand, der sein Leben im Griff hatte. Nun setzte Becker sich auf die andere Seite des Schreibtischs.

»Wie gesagt, die Ermittlungsakte liegt mir vor und die Aussage von Evelyn Wiedemann belastet Sie schwer. Ihr Verhältnis war wohl nicht so gut?«

»Eigentlich schon. Aber dann … Ludwig war ein hyperaktiver Junge, kaum zu bändigen, immer in Bewegung. Ich bin gut mit ihm klargekommen. Doch eines Abends hat er beim Essen derart herumgezappelt, dass er mitsamt seinem Kinderstuhl umgefallen ist. Er hatte eine Platzwunde über der

Augenbraue, die genäht werden musste. Evelyn ist ausgetickt und hat mir unterstellt, ich hätte Ludwig geschlagen.«

»Aber sie hat Sie weiter als Babysitterin behalten?«

Sanne nickte. Zwei oder drei Wochen vor Ludwigs Tod war das gewesen. »Nils, ihr Mann, hat mir geglaubt. Schließlich hatte ich schon seit zwei Jahren auf Ludwig aufgepasst, und ich war immer geduldig mit ihm. Nie ist etwas passiert. Ich verstehe nicht, weshalb Evelyn mir unterstellt hat, ich hätte Ludwig geschlagen. Sie hat sich da richtig hineingesteigert.«

»Das erklärt einiges.« Becker klappte den Laptop auf, der vor ihm auf dem Schreibtisch stand. »Ich will Ihnen etwas zeigen. In der Ermittlungsakte lag eine CD. Nils Wiedemann hat sie der Polizei ausgehändigt. Daraufhin wurde das Verfahren eingestellt.«

Wieder legte sich kalte Angst in Sannes Magen. Was für eine CD denn?

Becker schob sie ins Laufwerk, drehte den Monitor so, dass Sanne ihn sehen konnte, und startete den Videoplayer.

Grobkörnige Schwarzweißbilder erschienen. Ludwigs Zimmer.

Sannes Schultern versteiften sich.

Dort stand sie, und dort war das Hochbett. Ludwig sprang auf der Matratze wie auf einem Trampolin. Sie konnte nicht hören, was er rief, denn der Film war ohne Ton. Doch niemals würde sie diese Sekunden vergessen. *Ich will nicht schlafen! Ich will nicht schlafen! Ich will nicht schlafen!* Das Bett wackelte. Der Lattenrost ächzte. Seine Locken flogen.

»Wer hat diese Aufnahme gemacht?«, brachte sie mühsam hervor.

»Ludwigs Mutter. Sie hat Ihnen nicht vertraut und eine Überwachungskamera auf einem Schrank installiert.«

Was? Evelyn hatte sie überwacht?

Das Band lief weiter. Sanne sah, wie sie Ludwig am Bein

zog, wie er in die Kissen fiel, sah das lautlose Rufen. *Noch mal! Noch mal! Noch mal!* Doch er blieb erschöpft liegen. *Morgen. Versprochen. Morgen toben wir. Jetzt musst du schlafen.* Sie deckte ihn zu, strich ihm über das Haar.

Ihr Herz begann zu rasen. Doch Becker hatte gesagt: kein Grund zur Sorge. Eher im Gegenteil. Was war geschehen in diesen Sekunden?

Ludwig rollte sich auf die Seite. Sie wandte sich um.

In Sanne verkrampfte sich jeder Muskel. Sie wollte das nicht sehen.

Becker hielt den Film an. »Sie können nichts dafür. Ich zeige Ihnen den Sturz nicht. Aber ich zeige Ihnen, was davor geschehen ist. Sie sind nicht schuld an Ludwigs Tod. Niemand hat Schuld. Es war ein Unfall.« Becker drückte auf eine Taste. Der Film lief weiter.

Sanne sah, wie sie sich vom Bett abwandte, bückte, einige Plastikautos aufhob, die auf dem Teppich lagen, und ins Regal neben dem Fenster stellte. In diesen wenigen Sekunden wandte sie Ludwig den Rücken zu. Er schob die Decke zurück, kniete sich mit den Unterschenkeln auf die Absturzsicherung, die das Bett umgab, beugte sich vor und versuchte ein Mobile aus Dinosauriern zu erreichen, das etwa einen Meter entfernt von der Decke hing.

Becker drückte eine Taste. Die Bilder stoppten. »Ludwig hat nach dem Mobile gegriffen und dabei das Gleichgewicht verloren. Sie können nichts dafür.«

Sanne brach in Tränen aus. Sie konnte es nicht verhindern. Eine Welle von Gefühlen schlug in ihr hoch. Schrecken und Entsetzen. Mitleid. Wut. Fassungslosigkeit. All die Jahre hatte Evelyn die Wahrheit gekannt. Und bezichtigte dennoch sie. Das Mobile! Stunden zuvor hatte Evelyn es aufgehängt. Warum nicht über dem Bett?

Dann kam die Erleichterung. Grenzenlose Erleichterung.

Sie war nicht schuld. Becker lächelte. »Manchmal bin ich froh, wenn aus einem Mandat nichts wird.«

Sie dankte Becker. Er brachte sie zur Tür. Als sie vor das Haus trat, fühlte sie sich leicht wie nie in ihrem Leben, beinahe schwebend. Es regnete, der Himmel lag wie grauer Zement über der Stadt. Doch all das sah sie nicht. Sie fühlte sich wie von einer schweren Krankheit genesen. Noch ein wenig schwach, aber gut.

Sie stieg in den Leihwagen und beschloss, den Porsche instand setzen zu lassen. Egal, was das kostete. Sie wollte ihn wiederhaben.

Als sie den Rotkreuzplatz überquerte, fiel ihr Thorsten ein. Ein tiefer Schatten legte sich über das Gefühl von Leichtigkeit. Thorsten. Ihr einziger Freund. Warum hatte er das getan?

Warum? Das war doch klar. Sie hatte ihn abgewiesen. Und dafür hatte er sich gerächt. Perfide gerächt.

War das so einfach?

Vielleicht hatte sie ja auch ihre unausgesprochene Angst, an Ludwigs Tod schuldig zu sein, Thorsten anvertraut? Diese Angst, doch noch einmal an Ludwigs Bein gezogen zu haben. Und Thorsten hatte das falsch verstanden …

Quatsch. Das hatte sie nicht. Daran würde sie sich doch erinnern.

Er hatte sie manipuliert.

Seine Rache tat weh. Beinahe konnte sie seine eindringliche Stimme hören: *Doch, Sanne. Es ist wahr. Du hast es mir erzählt, und das weißt du, auch wenn du dich sofort wieder ins Verdrängen geflüchtet hast.*

Was er ihr alles erzählt hatte … Erstunken und erlogen! Doch er hatte so lange insistiert, bis sie ihm nicht nur geglaubt hatte, sondern sich sogar daran zu erinnern meinte. Das war doch unmöglich. Lag es am Rotwein? Sie hatte eindeutig zu viel getrunken. Oder hatte er etwa etwas hineingetan? Und plötzlich hatte sie eine Vermutung.

Natürlich!

Der dumpfe Schmerz wich Wut. Sanne gab Gas und sah zu, dass sie nach Hause kam. Sie wollte das jetzt wissen.

Eine halbe Stunde später parkte sie den Wagen neben dem Waschhaus und hielt wieder einmal Ausschau nach Herrn Kater. Diese treulose Seele hatte sich seit Tagen nicht blicken lassen. Er fehlte ihr. Sein Schnurren, wenn sie ihn streichelte, seine Anwesenheit in diesem leeren Haus, die ein wenig von ihrer Einsamkeit vertrieb.

Sie sperrte die Haustür auf, schlüpfte aus dem Steppmantel, startete den Laptop und gab den Titel des Artikels in die Suchmaske ein, den sie bei Thorsten gesehen hatte. Der erste Treffer führte zur Webseite des Magazins.

Das Leben als Erfindung.

Unser Gedächtnis ist nicht fotografisch. Es selektiert und entstellt Erinnerungen an wichtige Begebenheiten. Wissenschaftlern in den USA ist es nun sogar gelungen, falsche Erinnerungen zu erzeugen – beispielsweise an Zugfahrten, die nie stattgefunden haben. Was geradezu unglaublich klingt, ist notwendig für unsere Orientierung im Alltag.

Begierig las Sanne den Beitrag, und dann war alles klar. Er enthielt quasi eine Art Anleitung, wie man Menschen dazu brachte, sich an Ereignisse zu erinnern, die nie stattgefunden hatten. Es ging verblüffend einfach, wenn man psychologische Kenntnisse hatte und das Opfer einem vertraute.

Thorsten. Ihm hatte sie vertraut, und er hatte dieses Vertrauen missbraucht. Für eine billige, schäbige Rache. Wenn Evelyn nicht so misstrauisch gewesen wäre, wäre sein Plan aufgegangen, sie zu zerstören. Weil sie ihn abgewiesen hatte! Deshalb sollte sie sich auf ewig schuldig fühlen, ins Gefängnis gehen. Für eine Tat büßen, die sie nicht begangen hatte!

Ihre Knie gaben nach. Sie musste sich setzen.

Und von dem hatte sie geglaubt, er sei ihr Freund! So ein Arschloch! Doch in all die Wut mischte sich auch Schmerz.

Wütend knallte sie den Laptop zu. Es klingelte an der Tür. Sanne öffnete. Der Postbote brachte das Päckchen mit dem Wölbungshobel, den sie vor einigen Tagen bestellt hatte. Sie quittierte den Empfang und wollte die Haustür schon schließen, als sie Niklas entdeckte. Er stand in seinem Garten, beinahe verborgen vom Kompostbehälter, und hob ein Loch aus. Nun stellte er den Spaten beiseite, bückte sich und nahm etwas auf. Ein graues Bündel. Ein Fellbündel.

Herr Kater!

70

Dühnfort folgte den Anweisungen des Navigationsgeräts und bog auf einen gekiesten Weg ein, der am Gut Paschkofen vorbei zu einer Handvoll kleiner Gebäude führte. Der Regen hatte nachgelassen. Die Wolken hingen tief, ein frostkalter Wind jagte sie über den Himmel.

Das letzte Haus dort hinten musste es sein. Er stoppte neben einem Golf mit Nürnberger Kennzeichen.

Auf dem Nachbargrundstück stritten sich ein Mann und eine Frau. Dühnfort klingelte. Nichts rührte sich. Der Streit nebenan verstummte. Die Frau sah zu ihm herüber. »Wollen Sie zu mir?«

Er hatte sie schon einmal gesehen. Vor Languths Haus. Dühnfort trat an den Gartenzaun. Der Mann, mit dem sie in das Wortgefecht verwickelt gewesen war, hielt eine Katze in den Armen. Der Kopf hing schlaff herunter. Vermutlich Genickbruch. »Sind Sie Frau Möbus?«

Ein taxierender Blick streifte ihn. »Ja.«

Eine zierliche Frau. Nicht im landläufigen Sinne schön, aber attraktiv. Dunkles, schulterlanges Haar, ein zu groß geratener Mund, ein wenig zu weit auseinanderstehende Augen und ein spitzes Kinn.

»Mein Name ist Dühnfort.« Er zog den Dienstausweis aus der Tasche und reichte ihn ihr. »Ich würde Sie gerne sprechen.«

»Mich? Weshalb?«

Der Mann ging in die Hocke und legte die Katze in das ausgehobene Loch.

»Es geht um zwei Anrufe, die Sie erhalten haben. Anonym, wie wir annehmen.«

»Woher wissen Sie das? Wird mein Telefon etwa abgehört?«

»Wir haben Verbindungsdaten eines Handys ausgewertet, das in unseren Ermittlungen eine Rolle spielt. Können wir das unter vier Augen besprechen?«

Einen Moment wirkte sie unentschlossen, sah zu der Grube, in der inzwischen die tote Katze lag, dann wieder zu Dühnfort. »Ja. Gut. Gehen wir rein.« Sie stieg über den niedrigen Holzzaun. Er folgte ihr zum Haus.

»Was ist mit der Katze passiert?«

Sie zog den Schlüssel aus der Tasche und sperrte auf. »Mit dem Kater. Jemand hat ihm das Genick gebrochen.« Sie presste die Lippen aufeinander. Eine Zornesfalte erschien an der Nasenwurzel.

»War das Ihr Kater?«

»Nein. Eigentlich nicht. Herr Kater hat niemandem gehört. Nur sich selbst. Er hat tot hier vor meiner Haustür gelegen.« Sie wies auf die Fußmatte. »Das sagt jedenfalls mein Nachbar, der ihn gefunden hat, während ich unterwegs war.«

»Sie glauben ihm nicht?«

Eine Sekunde zögerte sie. »Doch. Eigentlich schon.«

»Weshalb dann der Streit?«

»Weil er mir das nicht gesagt hätte. Er wollte Herrn Kater heimlich bestatten und mir die Wahrheit ersparen.« Sie wies auf die Tür. »Gehen wir rein?«

Er folgte ihr in ein ärmlich möbliertes Zimmer. Eine abgewetzte Couch, ein wackliger Tisch. Obstkisten als Regale. Über ein ausreichendes Einkommen schien Susanne Möbus nicht zu verfügen. Sie bot ihm einen Platz am Tisch an und setzte sich ihm gegenüber.

»Sie haben also ein Handy überprüft und festgestellt, dass ich zweimal angerufen wurde. Woher wissen Sie, dass das anonyme ...« Plötzlich richtete sie sich auf. »Wem gehört es?«

»Einer alten Dame, der es gestohlen wurde. Sie sind nicht die Einzige, die solche Anrufe bekommen hat.«

»Wer denn noch?«

»Sagt Ihnen der Name Martina Oberdieck etwas?«

Ihr Teint wurde aschfahl. »Martina? Natürlich.«

»Woher kennen Sie sie?«

»Durch eine Selbsthilfegruppe, die mir ein Bekannter empfohlen hat.«

»Doch nicht Thorsten Languth?«

»Sie kennen Thorsten?«

Languth. Schon wieder. »Waren Sie an einem Unfall beteiligt, bei dem jemand gestorben ist?«

Sie umfasste ihre Ellenbogen, zog die Arme an sich, als sei ihr plötzlich kalt. »Was hat das alles zu bedeuten?«

»Kennen Sie auch Jens Flade und Margarethe Hasler?«

»Jens? Ja. Natürlich ... auch durch die Selbsthilfegruppe. Die Frau kenne ich nicht.«

»Martina hat nicht nur anonyme Anrufe bekommen, sondern auch eine Postkarte mit einem Zitat ...«

Fröstelnd zog sie die Arme um sich. »*Das Leben ist der Güter höchstes nicht, der Übel größtes aber ist die Schuld.*«

»Haben Sie die Karte noch?«

Sie schüttelte den Kopf und stockte. »Obwohl ... Sie könnte noch im Altpapier sein.«

Sie stand auf. Er folgte ihr in einen Nebenraum mit Waschmaschine und Trockengestell. Dühnfort zog Latexhandschuhe aus der Sakkotasche und streifte sie über. In einem Pappkarton lagen Zeitungen, Zeitschriften und Reklamesendungen. »Das mache besser ich.« Er durchsuchte die Kiste und fand die Karte beinahe sofort. Das Bild zeigte die Aussicht auf einen verlassenen Parkplatz aus einigen Metern Höhe. Auf der Rückseite stand das Zitat, daneben klebte eine Briefmarke. Die Adresse war ebenfalls aufgedruckt worden.

»Wissen Sie, wo diese Aufnahme gemacht wurde? Kennen Sie das Gelände?«

Susanne Möbus schüttelte den Kopf. »Was hat das alles zu bedeuten?«

Wie sollte er ihr schonend beibringen, in welcher Gefahr sie schwebte?

Wieder schlang sie die Arme um sich. »Es gibt sie also, diese Liste mit den Namen der Davongekommenen, und meiner steht darauf?«

Dühnfort wurde hellhörig. »Wie kommen Sie darauf?«

»Wir haben darüber gesprochen. Auf Martinas Beerdigung. Thorsten und ich. Es war so eine Idee von mir. Er fand sie lächerlich. Aber es scheint zu stimmen. Jemand bringt Menschen um, die in den Tod eines anderen verwickelt sind und nicht bestraft wurden. Thorsten fand die Idee abstrus. Aber das ist sie nicht. Oder?«

»Nein. Das ist sie nicht.« Weshalb war der Name Susanne Möbus nicht auf Russos Liste aufgetaucht? Was hatten sie übersehen?

Susanne Möbus erzählte ihm von dem Jungen, der in ihrer Obhut aus dem Bett gestürzt war und sich das Genick gebrochen hatte. Im November 2005. Vor sechs Jahren. Russos Team war auf der Suche nach derartigen Fällen erst im Jahr 2006 angelangt. Sie waren nicht schnell genug.

Dühnfort betrachtete das Foto auf der Karte. Jemand hatte vor, Susanne Möbus aus einem Fenster oder von einem Balkon auf diesen Parkplatz zu stürzen. Sie mussten herausfinden, wo die Aufnahme gemacht worden war.

»Wie gut kennen Sie Thorsten Languth?«

Ihr Gesicht verschloss sich. »Nicht wirklich gut.«

»Könnte er der anonyme Anrufer gewesen sein und derjenige, der dem Kater das Genick gebrochen hat?«

»Ich weiß es nicht. Vielleicht.« Ihre Stimme wurde leise. »Aber aus anderen Gründen, als Sie vermuten. Ich habe ihn zurückgewiesen. Damit kommt er nicht klar. Ich glaube nicht, dass er Martina umgebracht hat oder Jens. Das sicher nicht.«

Dühnfort tendierte nicht unbedingt dazu, diese Ansicht zu teilen.

»Es wäre besser, wenn Sie das Haus für einige Zeit verlassen würden. Können Sie bei Freunden unterkommen oder bei Ihren Eltern?«

»Nein. Das geht nicht. Ich habe meine Werkstatt hier und muss arbeiten.«

Eigentlich war es egal, ob sie hier war oder anderswo Unterschlupf fand. Susanne Möbus brauchte Polizeischutz. So oder so.

71

Er fuhr ins Präsidium, fotokopierte die Postkarte und gab das Original bei Buchholz ab und die Kopien bei Alois und Meo. Sie sollten herausfinden, wo die Aufnahme entstanden war. Dann setzte er das Team von Nicolas Stahl darauf an, die Alibis von Languth zu knacken, und veranlasste dessen Observierung. Ab jetzt wollte er über jeden Schritt informiert werden, den der Mann tat.

In seinem Büro angekommen beschlich ihn das Gefühl, sich zu verrennen. Ordnete er etwas nicht richtig zu, übersah er etwas?

Möglichkeit. Motiv. Mittel. Wenn die Alibis nicht standhielten, hatte Languth die Möglichkeiten gehabt. Das Motiv konnte im Tod der Schwester liegen. Was war damals geschehen? Und die Mittel. Kletterseil, Gartenpavillon. Eine Beretta. Ein SUV. Tabletten.

Languth kletterte, und er bewohnte ein Haus mit Garten. Dühnfort rief Lydia van Gierten an und fragte, ob sie den Gartenpavillon nach der Trennung mitgenommen hatte. »Was für einen Pavillon denn? Wir hatten nie einen.«

Gut, das hieß aber nicht, dass Languth sich zwischenzeitlich nicht einen besorgt hatte. »Erinnern Sie sich an die Kletterausrüstung?«

»Natürlich. Er hat sie allerdings vor einiger Zeit verkauft.«

»Alles? Oder hat er ein Seil behalten?«

»Er hat den ganzen Plunder bei eBay versteigert.«

»War ein orangefarbenes Seil dabei?«

Ein ungeduldiges Schnauben klang durchs Telefon. »Orange. Rote. Grüne. Blaue. Weshalb wollen Sie das wissen? Sie denken doch nicht wirklich, dass Thorsten ein Mörder ist? Das ist lächerlich. Er hat zwar seine Macken, er ist eitel und selbstgefällig und kann mit Zurückweisungen nicht umgehen. Aber er ist kein Mörder.«

»Besitzt er eine Waffe?«

Ein helles, rollendes Lachen klang durch den Hörer. »Ganz sicher nicht. Thorsten ist Pazifist. Er hat aus Überzeugung den Wehrdienst verweigert. Wenn Sie dem eine Waffe in die Hand drücken, er wüsste nicht, wie er sie halten, geschweige denn bedienen sollte. Herr Dühnfort, lassen Sie es gut sein. Sie verrennen sich.«

»Eine letzte Frage noch: Der Tod seiner Schwester, wie geht er damit um?«

Ein Seufzer klang durch das Telefon. »Angemessen. Er geht angemessen damit um. Sabine war seine Zwillingsschwester. An ihrem Geburtstag und am Todestag besucht er das Grab und bringt Blumen. Er spricht nicht viel über sie. Das ist nach all den Jahren normal. Das war es dann?«

»Nicht ganz. Ein dunkler SUV spielt in unseren Ermittlungen eine Rolle ...«

»Thorsten fährt einen uralten Kombi. Haben Sie das noch nicht gecheckt?«

»Mich interessiert, ob er sich ein solches Fahrzeug im Freundes- oder Bekanntenkreis ausgeliehen haben könnte.«

»Ein dunkler SUV? Hm. Nein. Da fällt mir niemand ein.«

Dühnfort beendete das Gespräch. Die Pavoni war aufgeheizt. Er machte sich einen Espresso und holte aus der Schreibtischschublade etwas vom Schokoladennachschub, für den er inzwischen gesorgt hatte. Mit diesem Mittagessenersatz setzte er sich an den Schreibtisch.

Mit zwei Schlucken leerte er die Tasse, spürte dem bittersüßen Geschmack nach, brach eine Rippe Schokolade ab und aß dann doch die halbe Tafel.

Wieder fiel ihm Hilmer ein. Wenn er den Mund aufmachen würde ... Herrgott! Die Ermittlungen würden innerhalb weniger Stunden zum Erfolg führen.

Dühnfort legte die angebrochene Tafel zurück und suchte Leyenfels auf.

Grau drang das Tageslicht durch die Fenster in das Büro des Staatsanwalts. Der Raum war überheizt, die Luft trocken und staubig. Neben dem Schreibtisch ließ eine Yuccapalme die Blätter hängen. Leyenfels sah auf, als Dühnfort eintrat. »Hallo Tino. Was gibt es?«

»Ich weiß, dass du gleich bedenklich den Kopf wiegen wirst. Aber ich weiß auch, dass Hilmer die Halterabfrage gemacht hat. Er muss sich mit den Zugangsdaten eines Kollegen eingeloggt haben. Ich brauche einen Beschluss zur Einsicht in die Halterabfragen aller Mitarbeiter der Zulassungsstelle.«

»Ach komm, Tino. Das hatten wir doch schon. Wie soll ich das begründen?«

»Mit einem Toten vielleicht? Voigt wurde erschossen, weil er den Fahrzeughalter ausfindig gemacht hat. Und zwar nicht über eine seiner zahlreichen Anzeigen. Wir haben das geprüft. Es bleibt nur diese Möglichkeit. Voigt muss die Daten aus der Zulassungsstelle bekommen haben. Und zwar von Hilmer. Warum sollte der sonst das Maul nicht aufmachen?«

»Das Bundesdatenschutzgesetz ist nicht auf meinem Mist ...«, begann Leyenfels.

Dühnforts Schultern verspannten sich. Er versuchte ruhig zu bleiben, doch es gelang ihm nicht. »Jetzt vergiss den Datenschutz! Herrgott! Wir haben vier Tote! Und ein potenzielles Opfer. Vielleicht gibt es noch mehr. Vielleicht macht er weiter. Schon heute. Oder morgen. Und das willst du zulassen? Wenn es dazu kommt, dann mache ich das öffentlich. Ich lass mein Team nicht von der Presse grillen, weil du ein feiger Schisser bist. Willst du wirklich noch eine weitere Leiche auf Weidenbachs Tisch, bevor wir genau hinsehen dürfen? Ja? Ist es das, was du brauchst, um endlich den Arsch hochzukriegen?«

Leyenfels' Brauen stiegen in die Höhe, seine Augen weiteten sich ungläubig. »Wenn du den Angriff auf dich nicht packst, dann geh zum Psychologischen Dienst.«

Dühnfort riss sich zusammen, schluckte eine Antwort herunter und blickte Leyenfels unverwandt in die Augen.

»Bekomme ich nun den Beschluss, oder willst du warten, bis uns die Medien in der Luft zerreißen?« Dieses Argument hatte schon häufiger gezogen. Nichts hasste Leyenfels mehr als schlechte Presse. Einen Augenblick wog er das Für und Wider ab, verschränkte dann die Hände in einer pastoralen Geste vor sich auf dem Schreibtisch und nickte. »Also gut. Ich rede mit dem Richter und sehe zu, was ich tun kann.«

72

Der Beschluss kam im Laufe des Nachmittags. Dühnfort suchte Meo auf und schickte ihn damit zur Zulassungsstelle. Er sollte die Daten sichern und auswerten.

Der Personenschutz für Susanne Möbus stand. Martin Hartung und sein Team hatten das übernommen. Hartung war zuverlässig, wachsam und präzise. Sie war in besten Händen. Languth wurde observiert. Kein Grund, sich Sorgen zu machen. Dühnfort legte die Hände in den Nacken, starrte an die Decke und folgte den Verzweigungen und Verästlungen der feinen Risse im Putz.

Es klopfte. Eine der Bürofeen trat ein und reichte ihm ein Kuvert. »Das wurde grad für dich abgegeben.«

Es enthielt die Unterlagen zum Unfall von Arno Rodewald, die er vor zwei Tagen angefordert hatte. Während er sie las, aß er den Rest der Schokolade. Der Unfall hatte sich im Sommer 1999 in Zorneding ereignet. Beim Linksabbiegen hatte der ortsansässige Rentner Karl Oberhausner den Gymnasiasten Arno Rodewald übersehen, der ihm auf seiner Vespa entgegenkam. Trotz Vollbremsung und Ausweichmanöver hatte er die Vespa erwischt. Rodewald erlitt schwere Kopfverletzungen, seine Begleiterin, Ulrike Kehlinghaus, Hautabschürfungen, eine Gehirnerschütterung und eine offene Unterschenkelfraktur. Im Prozess erhielt der Unfallverursacher die zu erwartende Geldstrafe wegen fahrlässiger Körperverletzung. Außerdem wurde ihm für einige Zeit der Führerschein entzogen. Da Arno Rodewald eine Mitschuld trug, wurde auch er zu einer Geldstrafe verurteilt und Schadenersatz und Schmerzensgeld nur anteilig beglichen.

Ulrike Rodewald arbeitete bei Subvento, genau wie ihr Mann es getan hatte, wenn auch nur für einige Zeit. War ihr Mädchenname Kehlinghaus? Vermutlich hatte Arno seine Jugendfreundin geheiratet.

Kein Motiv in Sicht, und dennoch arbeitete etwas in Dühnfort. Languth hatte von zerbrochenen Lebensträumen gesprochen. Arno Rodewald konnte wegen der Unfallfolgen nicht studieren und musste seinen Berufswunsch aufgeben.

Zerbrochene Träume. Vielleicht hatten sie ihren Ansatz zu eng gefasst. Dühnfort stand auf und ging im Zimmer auf und ab. Etwas ließ ihm keine Ruhe. Eine Idee drängte an die Oberfläche. Wie ging man mit zerbrochenen Träumen um? Rodewald war daran allerdings nicht unschuldig. Doch Schuld von sich zu weisen war nur allzu menschlich. Genauso, sie anderen in die Schuhe zu schieben. Lastete Rodewald seine zerborstene Lebensplanung vielleicht ausschließlich dem Rentner an? Und reichte das, um ein krankhaftes Rachebedürfnis aufzubauen und an Unschuldigen auszuleben? Dann musste Karl Oberhausner bereits tot sein. Falls das so war, war es höchste Zeit, mit Rodewald zu reden.

Mit einem Ruck richtete Dühnfort sich auf und wählte die Nummer des Einwohnermeldeamts in Zorneding. Zwei Minuten später wusste er, dass Karl Oberhausner in der Woche vor dem Mord an Jens Flade im Alter von 86 Jahren in Zorneding verstorben war.

Dühnfort bedankte sich für die Auskunft und rief den Kollegen Rinke an, der bei der Polizeiinspektion Vaterstetten Dienst tat. Während einer Ermittlung im Sommer hatten sie miteinander zu tun gehabt und sich schätzen gelernt. Zu Rinkes Revier gehörte Zorneding, und er war einer, der mit den Leuten gut konnte. Dühnfort fragte ihn, ob er Karl Oberhausner gekannt hatte. »Na klar. Der war im Schützenverein und viele Jahre bei der Freiwilligen Feuerwehr. Vor einigen

Wochen ist er gestorben. Schlaganfall, Pflegeheim und aus war es. Wieso interessierst du dich für den?«

»Hat sich bereits erledigt. Schlaganfall. Das ist sicher? Da hat niemand nachgeholfen?«

»So sicher, wie es jetzt fünf Uhr ist und ich Feierabend mache. Wer hätte denn da nachhelfen sollen?«

»War nur so eine Idee. 1999 hatte Oberhausner einen Unfall. Kennst du Arno Rodewald, den er damals von der Vespa geholt hat?«

»Neunundneunzig. Das war vor meiner Zeit. Leider.«

Dühnfort verabschiedete sich und legte auf.

Eigentlich konnte er einen Haken hinter diesen Namen machen. Languth hatte versucht, von sich abzulenken. Doch etwas hinderte ihn daran. Es konnte nicht schaden, mit Rodewald zu reden. Da er ohnehin auf die Auswertung der Daten aus der Zulassungsstelle warten musste, rief er Languth an. Rodewald war Zahntechniker und arbeitete in der Sonnenstraße. Dühnfort machte sich auf den Weg.

Der Wind war schneidend kalt, riss an Haaren und Schal. Dühnfort schlug den Mantelkragen hoch und ging durch die Fußgängerzone Richtung Karlstor. Der Duft von heißen Maroni stieg ihm in die Nase. Am Stachus wurde eine Eisfläche für Schlittschuhläufer aufgebaut. Weihnachten auf Sylt. Gina kam mit. Eine leise Welle Glück brandete in ihm an.

Kurz darauf betrat er die Geschäftsräume der Neumeister Zahntechnik GmbH. Gut ausgeleuchtete Räume. Weiß und Grau. Ein Geruch nach etwas undefinierbar Chemischem. Linker Hand stand eine Tür offen. Eine mollige Frau in Jeans und roséfarbenem Twinset stand vor einer Hängeregistratur und musterte ihn. »Was kann ich für Sie tun?«

»Ich möchte Herrn Rodewald sprechen.«

»Wenn es um Zahnersatz geht, wenden Sie sich besser an meinen Chef.«

Dühnfort zeigte ihr seinen Ausweis. »Nur ein paar Fragen.« Ein irritiertes Lächeln erschien. »Ich hole ihn.«

Sie ging den Flur entlang und verschwand in einem Raum. Einen Augenblick später erschien sie wieder, gefolgt von einem Mann. Ein mittelgroßer Durchschnittstyp um die dreißig mit modischer Frisur und einem unverbindlichen Lächeln. Über der schwarzen Jeans trug er einen weißen Laborkittel. An einer Hand haftete ein Rest rosa Kunststoffmasse. »Natalie sagt, Sie wollen mich sprechen?«

»Können wir irgendwo ungestört reden?«

Natalie wies auf eine Tür gegenüber. »Der Konfi ist frei.«

Rodewald ging voran und schloss die Tür hinter Dühnfort. Ein Konferenztisch, von einem Dutzend Stühle umgeben. Flipchart, Beamer, Leinwand. Rodewald blieb stehen. »Was wollen Sie?«

»Eine Routinebefragung. Es geht um den Unfall vor zwölf Jahren.«

Rodewald schien überrascht. »Diese alte Geschichte? Das ist ewig her, und der alte Oberhausner ist vor ein paar Wochen gestorben.«

»Sie standen also in Kontakt mit ihm?«

»Mit dem Oberhausner? Wirklich nicht.«

»Woher wissen Sie, dass er verstorben ist?«

»Keine Ahnung, worauf Sie hinauswollen …« Er zuckte mit den Schultern. »Letztes Wochenende habe ich meinen Vater besucht. Er lebt noch in Zorneding. Er hat es mir erzählt.«

»Dieser Unfall … Da hat jemand eine Sekunde nicht aufgepasst, und das hatte Folgen für Ihr Leben, für Ihre Pläne, Ziele und Träume. Wie kommen Sie damit zurecht?«

Rodewalds Augen wurden schmal, der Blick ging knapp an Dühnfort vorbei. »Ich verstehe nicht, warum Sie das interessiert, nach all dieser Zeit.«

Auch eine Antwort, dachte Dühnfort. »Kennen Sie Jens Flade?«

»Flade? Nein. Nie gehört.«

»Ihre Frau kennt ihn. Hat sie nie von ihm gesprochen?«

»Wir sind geschieden.«

»Das ist schon einige Jahre her. Sie hat ihn durch ihre Arbeit beim KIT kennengelernt. Hat sie ihn nie erwähnt?«

»Kann schon sein«, räumte Rodewald ein. »Übers KIT hat sie viel geredet. Ich habe mir nicht alles gemerkt.«

»Martina Oberdieck und Margarethe Hasler? Haben Sie diese Namen schon einmal gehört?«

»Nein.«

Bemerkenswert schnell kamen die Antworten.

»Fahren Sie einen SUV?«

»Nein. Und jetzt verraten Sie mir, weshalb Sie all das fragen.«

»Wie gesagt, Routine. Ich bin schon fertig.«

Rodewald begleitete Dühnfort zum Ausgang. »Was ich nicht verstehe: Oberhausner ist schuld daran, dass Sie Ihre Lebensträume nicht verwirklichen konnten, und Sie werfen ihm das nicht vor?«

»Was soll ich denn einem Toten vorwerfen? Ich lebe schon zwölf Jahre mit diesem Handicap. Man gewöhnt sich daran. Die Konzentrationsstörungen haben nachgelassen, gegen die Kopfschmerzen nehme ich Tabletten, und die Narbe ...« Rodewald blickte für einen Augenblick über Dühnforts Schulter ins Leere. »Ist der Oberhausner etwa ermordet worden? Sind Sie deshalb da?«

»Nein. Nicht er.«

»Sondern?«

»Jens Flade. Martina Oberdieck. Margarethe Hasler. Und Eugen Voigt. Der Name ist Ihnen vermutlich auch nicht bekannt.«

»Was?« Rodewald lehnte sich gegen den Türstock, als suche er Halt.

»Kennen Sie Voigt?«

»Nein. Ich kenne keinen von denen.« In Rodewalds Gesicht ging eine Veränderung vor sich. Es verschloss sich.

Das Handy vibrierte. Meo meldete sich. »Bingo. Wir haben einen Treffer. Ob das Hilmer war oder doch seine Kollegin, das kannst du ja später klären. Aber wir haben den SUV. Ein Honda CR-V, Baujahr 1997, schwarz. Zwei Tage nach dem Mord an Flade wurde er an einen Autoankäufer verhökert, der die alten Karren in die ganze Welt verscherbelt. Aber bis vor drei Wochen war er auf Arno Rodewald zugelassen.«

73

Gina leitete die Hausdurchsuchung. Alois versuchte den Honda aufzutreiben. Dühnfort saß mit Rodewald im Vernehmungsraum.

Er entschloss sich, mit dem Fall Flade zu beginnen, und ließ sich das Alibi dafür geben.

»Das war der Tag meiner Scheidung. Ich habe sie mit Jana, meiner Freundin, gefeiert. In Garmisch. Im Wellnesshotel Hubertus.«

Dühnfort schrieb eine Mail an Moritz Russo. Er sollte das prüfen. Rodewald saß in sich gekehrt auf dem Stuhl und studierte die Maserung der Tischplatte, als müsste er sie demnächst aus dem Gedächtnis zeichnen können.

Dühnfort schob seinen Stuhl ein Stück zurück. Das Quietschen ließ Rodewald aufblicken.

»Weshalb haben Sie gelogen, als ich nach dem SUV gefragt habe?«

»Ich habe nicht gelogen. Sie haben gefragt, ob ich einen SUV fahre, und das tue ich nicht. Jedenfalls seit drei Wochen nicht mehr. Seit ich meinen neuen Wagen habe.«

»Und Jens Flade? Sie kennen ihn wirklich nicht? Er wurde mit Ihrem SUV überfahren. Wir werden das nachweisen.«

»Da bin ich mal gespannt, wie Sie das hinbekommen wollen. Denn mit meinem Auto wurde niemand überfahren. Jedenfalls nicht, solange es mir gehört hat.«

Es klopfte. Alois trat ein und reichte Dühnfort den Kaufvertrag, den Gina gerade geschickt hatte. Ein Autohändler aus Düsseldorf hatte den Honda zwei Tage nach dem Mord an Flade angekauft. Laut Übergabeprotokoll hatte das Fahrzeug bis auf ein paar kleinere Lackschäden keine Mängel aufgewiesen. Von einem zerbrochenen Scheinwerferglas war nicht die Rede. Alois beugte sich zu Dühnfort und flüsterte. »Ich habe mit dem Abholer telefoniert. Das Auto war gut in Schuss und alle Scheinwerfer intakt.«

»Dann telefoniere alle Honda-Werkstätten durch, ob im fraglichen Zeitraum ein Scheinwerfer repariert oder ein Scheinwerferglas verkauft wurde, und an wen.«

Als Alois gegangen war, überlegte Dühnfort, wie er das Gespräch weiterführen sollte. Denn noch war es ein Gespräch. Den Status eines Beschuldigten würde Rodewald erlangen, sobald Beweise vorlagen, aber das war nur noch eine Frage der Zeit.

Er kehrte noch einmal zum Unfall vor zwölf Jahren zurück. Doch es gelang ihm nicht, Rodewald wesentlich andere Äußerungen zu entlocken als am Nachmittag. Er warf Oberhausner nichts vor. Nicht mehr. Früher schon. Das war alles so lange her. Gut, er hatte das Abitur wegen des Unfalls nicht geschafft und damit sein Physikstudium vergessen können, wie jedes andere Studium auch. Okay, er hatte seine Träume aufgeben müssen, weil ein alter Knacker am Steuer gepennt hatte. Aber er hatte seinen Frieden mit diesem Thema gemacht. Er war Zahntechniker geworden. Ein Beruf, den er mochte und der ihm ein gutes Einkommen sicherte. Und überhaupt verstand er nicht, was der Unfall mit dem Mord an Jens Flade zu tun haben sollte. Einem Mann, den er nicht einmal kannte.

»Flade war in einen tödlichen Unfall verwickelt. Ein kleines Mädchen kam dabei ums Leben. Er konnte nichts dafür. Er war unschuldig, also gab es auch keinen Prozess und keine Strafe.«

»Und jetzt wurde er überfahren? ... Mit meinem Auto?« Wieder starrte Rodewald auf die Tischplatte. Dühnfort, der

Schweigen gut ertragen konnte, beobachtete den Mann, bis ein kleiner Ruck durch ihn ging. Die Augen weiteten sich. Nur eine Hundertstelsekunde, dann wurde das Gesicht unverbindlich glatt. Was war das gewesen?, fragte Dühnfort sich. »Herr Rodewald. Wenn Sie etwas loswerden wollen, dann ist jetzt ein guter Zeitpunkt dafür. Ein Geständnis wirkt sich strafmildernd aus.«

Der Mann richtete sich auf. »Muss ich mit Ihnen reden, oder kann ich den Mund halten? Ich muss nachdenken.«

»Sie müssen sich nicht selbst belasten. Ich nehme Sie jetzt vorläufig fest. Sie stehen im Verdacht, Jens Flade und Eugen Voigt getötet zu haben.«

Um ihn mit den Morden an Martina und Margarethe Hasler in Verbindung zu bringen, hatten sie nichts in der Hand. Doch Dühnfort war zuversichtlich, dass sich das rasch ändern würde. Er belehrte Rodewald über seine Rechte, ließ ihn mit einem Anwalt telefonieren und dann in die Haftzelle bringen.

Zwanzig Minuten später fuhr er durch eine Reihenhaussiedlung in der Nähe der U-Bahn-Endhaltestelle Neuperlach-Süd. Es war bereits dunkel. In den Häusern brannten Lichter, hinter Küchenfenstern standen Frauen und bereiteten das Abendessen zu. Dühnfort erreichte sein Ziel. Er hielt am Straßenrand und stieg aus. Der Bus, mit dem die Kollegen der Schutzpolizei gekommen waren, die bei der Durchsuchung halfen, stand auf dem Garagenvorplatz. Ginas alter Golf parkte auf der anderen Straßenseite vor dem Zugang zu einem Spielplatz.

Er klingelte. Sie ließ ihn ein. Seit dem Vormittag hatte er sie nicht gesehen. Nun freute er sich, als er in ihre Schokoladenaugen blickte, in denen sich allerdings Ungeduld und Verärgerung spiegelten.

»Wie kommt ihr voran?«

»Bis jetzt haben wir nichts. Aber mit Speicher und Keller haben wir grad erst angefangen. Meo hat Kamera und PC mitgenommen. Er guckt mal, ob Dateien der Postkarten darauf sind oder waren. Bis wir Rodewald festnageln können, wird es also noch etwas dauern. Und, was sagt er?«

»Nicht viel. Er denkt wohl darüber nach, ein Geständnis abzulegen. Jedenfalls hat er sich Bedenkzeit erbeten. Jetzt sitzt er in der Haftzelle und berät sich mit einem Anwalt. Langsam kommen wir zu einem Ende, und darüber bin ich froh.« Er fühlte Erleichterung bei dem Gedanken, diese langwierige Ermittlung endlich abzuschließen, und er freute sich auf eine Auszeit, auf zwei Wochen Ruhe, auf Tage ohne Tote, ohne Lügen und Ausflüchte, auf Tage ohne Gewalt. Auf Stille, auf Wind in seinen Haaren, den Geruch der Nordsee, auf Stunden mit Gina.

Schritte erklangen auf der Treppe. Ein Kollege kam die Stufen heruntergepoltert. In der Hand hielt er einen kleinen Metallkoffer. »Der lag auf dem Dachboden. Und im Fensterrahmen ist ein Einschussloch.«

Er reichte Gina die Box. Im Schaumstoff befand sich eine Aussparung für eine Pistole. Doch die Waffe fehlte. »Ich schätze mal, da lag die Beretta drin.«

Sie folgten dem Kollegen ins Dachgeschoss, in einen kleinen Raum mit holzverkleideten Dachschrägen. Das trübe Licht einer Deckenlampe beleuchtete einen Stapel Kartons und einige Regale mit ausrangierten Sachen. Der Kollege deutete auf den Rahmen des Dachflächenfensters. »Hier.«

Unterhalb des Griffes befand sich ein Einschussloch. Das Holz war abgesplittert. Gina zog eine Taschenlampe aus einer der zahlreichen Taschen ihrer Cargohose hervor und leuchtete in die Vertiefung. »Treffer. Das Projektil steckt drin. Jetzt wird es eng für Rodewald.«

Eine 9-Millimeter-Beretta hatte eine enorme Durchschlagskraft. Da blieb das Geschoss nicht einfach in einem Fensterrahmen stecken. Es sei denn, es hatte vorher etwas anderes durchschlagen. Dühnfort sah sich um und fand, was er suchte. Eintritts- und Austrittsloch des Projektils an einem der Kartons. Er öffnete ihn. Prallgefüllte Aktenordner. Der Schusskanal ging hindurch. »Warum hat Rodewald auf die Unterlagen geschossen?«

»Vielleicht ein Testschuss?«, meinte Gina.

»Ich beantrage jetzt den Haftbefehl.«

Gina begleitete ihn zum Auto. »Alles in Ordnung mit dir? Du wirkst so … irgendwie anders als sonst. Angespannt.«

Sie waren allein. Er nahm sie in den Arm, sog den vertrauten Ginaduft ein und fühlte sich getröstet. Etwas veränderte sich, verschob sich, verdrängte Altes, schaffte Raum für Neues. Er wusste nicht, was das war, was es werden würde. »Ich bin froh, wenn wir diese Ermittlung beendet haben. Vier Tote. Sinnlos gestorben, um einer Rache willen, die für mich nicht nachvollziehbar ist.« Er fuhr ihr durchs Haar. »Ich fahre jetzt. Wir sehen uns nachher. Oder gehst du heim?« Heim. Wie das klang. Heim. Das sollte bei ihm sein. Oder bei ihr. Jedenfalls mit ihr.

»Ich komme zu dir und bringe was vom Inder mit. Erst ein scharfes Essen und dann vielleicht eine scharfe Nummer?«

Sie setzte diesen frechen Blick auf, den er so sehr an ihr mochte. Dennoch sah er im Dunkel ihrer Augen diesen besorgten Funken glimmen. Sie gab sich immer flapsig, doch das war sie nicht. Gina war eine Frau mit sehr feinen Antennen, mit viel Gespür dafür, was in anderen vorging. Hinter dieser forschen Art verbarg sie ihre Empfindsamkeit.

Er zog sie kurz an sich und machte sich auf den Weg.

Vom Auto aus rief er Buchholz an und bat ihn, das Projektil zu sichern. Im Präsidium prüfte er, ob eine Waffe auf

Rodewald angemeldet war. Er hatte nicht einmal einen Schein dafür. Der Mann besaß eine illegale Waffe. Beziehungsweise hatte eine besessen. Denn sie war weg.

Dühnfort suchte Leyenfels auf. Der zeigte sich über den Durchbruch erfreut. »Um den Haftbefehl kümmere ich mich morgen, wenn klar ist, dass das Projektil aus der Waffe stammt, mit der Voigt erschossen wurde. Du hast Rodewald ja schon festgenommen. Das eilt also nicht.«

Dühnfort wandte sich zum Gehen. Doch Leyenfels stoppte ihn. »Der Personenschutz für Hilmer ist damit obsolet, und auch der für Frau Möbus. Hast du die Leute schon abgezogen?«

»Solange ich nicht hundertprozentig sicher sein kann, dass Rodewald unser Mann ist, werde ich das nicht tun.«

»Du bist dir also nicht sicher.«

»Mein persönlicher Eindruck spielt keine Rolle. Warten wir ab, bis wir wissen, ob das Projektil aus der Tatwaffe stammt.«

»Gibt es einen weiteren Verdächtigen?«

Dühnfort zögerte. War Languth wirklich außen vor?

»Dann ist das Verschwendung von Steuergeldern. Du weißt, was der Spaß kostet. Also ziehe deine Leute ab.«

»Auf die eine Nacht kommt es nicht an. Herrgott! Ich werde kein Risiko eingehen. Warten wir bis morgen. Dann haben wir Gewissheit.«

Widerwillig stimmte Leyenfels zu. Dühnfort ärgerte sich noch über diesen unbedingten Willen, Kosten zu sparen, als er auf dem Heimweg war und Moritz Russo sich telefonisch meldete. »Ich bin auf der Rückfahrt aus Garmisch. Rodewald war an dem Tag, als Flade ermordet wurde, mit seiner Freundin im Wellnesshotel Hubertus. Sie hatte für den Nachmittag ein Beautypackage gebucht. Was bedeutet, dass sie stundenlang gepeelt, massiert und runderneuert worden ist. Soll heißen: Sie war allein. Und er auch. Drei Stunden reichen ja, um von Garmisch nach München und zurück zu düsen und zwischenzeitlich einen Menschen zu überfahren.«

74

Gegen vier wachte Dühnfort auf. Gina lag neben ihm. Er spürte die Wärme ihres Körpers, lauschte ihren gleichmäßigen Atemzügen, erinnerte sich an weiche Rundungen, samtige Haut, nahm den leichten Geruch nach Schweiß und Schlaf wahr und fühlte sich angekommen, daheim.

Als es ihm nicht gelang, wieder einzuschlafen, stand er kurz vor fünf auf, suchte seine Kleidung zusammen und schlich ins Bad. In der Wohnung hing noch der Geruch nach Chicken Tandoori, das Gina mitgebracht hatte. Er hinterließ die Nachricht für sie auf dem Küchentisch, dass er schon ins Büro gegangen sei, und erinnerte sich dann an die Vienna-Teng-CD, die noch in der Schublade im Flur versteckt war. Er holte sie, legte sie dazu und ergänzte seine Nachricht um zwei Zeilen eines Songtextes. *The light in me will guide you home. All I want is to be your harbor.*

Es war noch finster, als er vor das Haus trat. Sein Atem kondensierte in der kalten Luft. Auf dem Weg zum Präsidium machte er einen Umweg über den Viktualienmarkt, um fürs Frühstück einzukaufen.

Während die Stadt noch im Erwachen begriffen war, herrschte hier schon reges Leben. Lieferwagen wurden entladen und die Marktstände mit *Viktualien* gefüllt. Unzählige Sorten von Wurst und Käse, Brot und Gebäck, Obst und Gemüse, Fleisch, Meeresfrüchten und Wildbret, Blumen und Kräutern und vielerlei mehr wurden in Kisten und Körben auf Stellagen und Regale gewuchtet. Dühnfort betrat die Schmalznudel und kaufte sich eine Auszogne zum Mitnehmen.

Die Luft in seinem Büro war trocken und überheizt. Er startete den PC, öffnete das Fenster und machte sich einen Cappuccino, während feuchte Kühle in das Zimmer drang.

In der Ablage lag nichts Neues. Auch die elektronische Ermittlungsakte wies keine neuen Einträge auf. Es wurde langsam kalt. Dühnfort schloss das Fenster und hörte die Turmuhr der Frauenkirche Viertel vor sechs schlagen. Während er frühstückte, dachte er an Rodewald. Zu welchem Ergebnis seine Überlegungen wohl geführt hatten?

Das Telefonat mit Russo fiel ihm wieder ein und das Wellnesshotel in Garmisch. Dort hatte Rodewald seine Scheidung gefeiert.

Feierte man so etwas?

Die Scheidung. War sie der Auslöser für die Taten gewesen?

Wenn ja, dann hatte Rodewald ganz sicher nicht gefeiert, dann musste ihm diese Scheidung zuwider sein, dann hatte er sicher versucht, sie mit allen Mitteln zu verhindern.

Er musste mit Rodewalds Frau sprechen. Doch das ging nicht um sechs Uhr morgens. Bis sieben würde er warten. Dühnfort suchte die Adresse von Ulrike Rodewald aus den Unterlagen heraus, öffnete dann das Mailprogramm und sah nach neuen Nachrichten. Es gab keine.

Die Scheidung ging ihm nicht aus dem Kopf. War Rodewalds Freundin Jana der Anlass für die Trennung? Hatte seine Frau ihn deswegen hinausgeworfen?

Der Unfall vor zwölf Jahren. Wenn Rodewald ihr Mann war, hatte er sich für zerstobene Lebensträume gerächt. Das Physikstudium, der Wunsch, wissenschaftlich zu arbeiten, das damit verbundene Renommee, der Status einer Professur, die er angestrebt hatte. Aus all dem war nichts geworden. Er war nur ein kleiner Angestellter. Ein Zahntechniker ohne Titel.

Dühnfort reckte sich und trank den letzten Schluck Cappuccino. Etwas stimmte nicht an diesem Gedankengebäude. Wenn Rodewald am Scheidungstag tatsächlich nicht gewusst haben sollte, dass Oberhausner drei Tage zuvor verstorben war, hätte er logischerweise mit seinem Honda von Garmisch nach Zorneding rasen müssen, um mit dem Verursacher seiner geplatzten Träume abzurechnen. Und noch etwas störte Dühnfort. Rodewald schien nicht von Unrast und Hass getrieben zu sein. Er wirkte eher verstört.

Das Telefon auf dem Schreibtisch klingelte. Buchholz meldete sich. »Hab mir fast gedacht, dass du auch schon da bist. Das Projektil hat dir wohl keine Ruhe gelassen.«

»Der ganze Fall lässt mir keine Ruhe.«

»Na, dann habe ich eine gute Nachricht für dich. Das Geschoss stammt zweifelsfrei aus der Waffe, mit der Voigt erschossen wurde.«

Endlich Fakten. »Gut. Dann bringen wir das heute zum Abschluss.«

»Das kostet dich was. Mindestens ein Weißwurstessen.«

»Abgemacht.«

Kurz nach acht ließ er Rodewald in den Vernehmungsraum bringen, eröffnete ihm, dass er den Status eines Beschuldigten erlangt hatte, und klärte ihn über seine Rechte auf. Rodewald bestand darauf, seine Aussage nicht ohne Anwalt zu machen. Doch dieser war bei Gericht und stand erst mittags zur Verfügung. Merde!

Gina rief an. »Sag nur, du bist ausgeschlafen.«

»Sagen wir so: Ich bin angenehm unausgeschlafen.«

»Danke für die CD.« Ihre Stimme wurde weich. »Was du dazugeschrieben hast, das ist sehr schön.«

»Habe ich mir von Vienna Teng geborgt. Gefühle in Worte zu fassen … Also, zu meinen Stärken gehört das sicher nicht.«

»Trotzdem schön. Ich überleg grad, ob ich ein eleganter Dreimaster bin oder doch eher ein Schaufelraddampfer.«

Dühnfort musste lachen.

»Wir machen jetzt mit Rodewalds Haus weiter. Da muss mehr zu finden sein als nur dieses Einschussloch.«

»Das Projektil stammt übrigens aus der Waffe, mit der Voigt erschossen wurde.«

»Prima. Dann läuft das endlich in die richtige Richtung. Bis später.« Sie verabschiedeten sich.

Alois sah kurz herein. Rodewalds Honda stand bei einem Händler in Warschau. Die Kollegen dort würden ihn sofort beschlagnahmen, sobald ihnen das Ersuchen schriftlich vorlag. Auf Polnisch. Darum wollte er sich nun kümmern.

Dühnfort rief Uli Rodewald an. Zu Hause war sie nicht, und auch auf dem Handy erreichte er sie nicht. Er hinterließ eine Nachricht auf der Mailbox mit der Bitte um Rückruf.

Wieder ging ihm der Gedanke durch den Kopf, dass Rodewald, wenn er von Oberhausners Tod nichts gewusst hatte, logischerweise erst nach Zorneding hätte fahren müssen. Wer weiß, vielleicht hatte er das ja getan. Dühnfort suchte die Telefonnummer von Oberhausner heraus. Inzwischen war es kurz vor neun. Nicht zu früh für einen Anruf.

75

Sanne stand in der Küche und überlegte, ob sie nun für eine Person decken sollte oder für zwei. Oder gar für vier? Sie war es einfach nicht gewohnt, Leibwächter zu haben.

Vor dem Haus parkte ein grauer Lieferwagen mit verspiegelten Scheiben. Darin hatten zwei Polizisten die Nacht verbracht. Wie im Fernsehkrimi. Der dritte, Martin Hartung, hatte auf ihrem Sofa geschlafen. Er putzte sich gerade die Zähne. Im Bad lief das Wasser. Bis er fertig war, räumte Sanne das Bettzeug vom Sofa und öffnete die Terrassentür, um zu lüften. Keine Sekunde später stand Hartung neben ihr. »Besser nicht.« Mit einem Ruck schloss er die Tür und zog die Gardine wieder vor. »Sie wollen doch keine Zielscheibe abgeben. Oder?« Im Mundwinkel haftete ein Zahnpastarest. Ein großer, blonder Kerl mit breiten Schultern. Das Holster mit der Waffe spannte über dem Hemd. Irgendwie war die ganze Situation beängstigend und lächerlich zugleich. Die Vorstellung, dass jemand plante, sie zu töten, blieb ein abstraktes Modell. Und doch schloss Hartung die Tür, als könnte jeden Augenblick ein Schuss die morgendliche Ruhe stören und sie getroffen zu Boden stürzen. Einfach lächerlich. »Wenn überhaupt, dann werde ich irgendwo heruntergestoßen«, erwiderte sie und versuchte ein Lächeln. »Kaffee oder Tee zum Frühstück?«

»Sie müssen sich keine Umstände machen.«

»Im Dorf gibt es keine Wirtschaft. Sie müssten nach Heimstetten fahren, um zu frühstücken.«

»Ja dann nehme ich das Angebot an«, sagte er lächelnd. »Ein Kaffee wäre nicht schlecht.«

»Und für Ihre Kollegen?«

»Die trinken auch Kaffee. Das ist nett von Ihnen.«

»Kann ich zum Bäcker? Alleine, meine ich.«

»Kein guter Plan. Ich werde Sie begleiten.«

Sanne seufzte. Wie lange sollte das noch dauern? Sie musste arbeiten, und dafür brauchte sie Ruhe.

Sie nahm die Jacke vom Haken und ging zum Bäcker. Hartung im Gleichschritt neben ihr, die Waffe unter der offenen Lederjacke für jedermann sichtbar. Genug Stoff für einen dreiwöchigen Dorfklatsch.

Gestern um diese Zeit hatte sie bei Vincent Becker die Wahrheit über Ludwigs Unfall erfahren. Seither fühlte sie sich erleichtert und vor allem frei. Die Zeit der Unsicherheit und Zweifel war vorüber. Das Einzige, woran sie im Moment zweifelte, war ihre Menschenkenntnis.

Sie schob die Ungeheuerlichkeit beiseite, dass Evelyn sie überwacht hatte, und unterdrückte den Gedanken an Thorstens Rache. Es tat weh. Was er getan hatte, war weder zu rechtfertigen noch zu verzeihen. Er hatte sie manipuliert, um sie zu zerstören. Unbändiger Hass verbarg sich darin. Und das erschreckte Sanne.

Als sie die Bäckerei erreichten, warf Hartung erst einen Blick durch die Scheiben und hielt ihr dann die Tür auf.

Mit zwei Tüten voller Semmeln und Brezen traten sie fünf Minuten später wieder ins Freie. Während sie auf den Weg zum Häuschen einbogen, klingelte Hartungs Handy. Das Gespräch dauerte nicht lang. »Gut. Dann packen wir zusammen.« Er legte auf und lächelte Sanne an. »Das war der Staatsanwalt. Die Kollegen haben ihn. Also den Mann, der es auf Sie abgesehen hatte. Wir rücken ab.«

Sanne war erleichtert. Und natürlich auch neugierig. Wer hatte ihr die Postkarte geschickt? Wer hatte sie mit seinem Schweigen am Telefon eingeschüchtert? Wer hatte Herrn Kater das Genick gebrochen, um ihr Angst zu machen?

Doch Hartung wusste es nicht. Er breitete die Hände aus. »Keine Ahnung. Ich denke, der zuständige Ermittler wird Sie informieren.« Er klopfte an das Seitenfenster des Lieferwagens, den sie mittlerweile erreicht hatten. Die Scheibe wurde heruntergelassen. »Einsatz beendet.«

Hartung holte seine Sachen aus dem Haus und gab Sanne zum Abschied die Hand. »Machen Sie es gut.« Sie drückte ihm eine der Semmeltüten in die Hand, sah dem Wagen nach und schloss die Tür, als er um die Ecke verschwand.

Und nun? Sie machte sich eine Tasse Tee und aß eine trockene Breze dazu. Die Stille im Haus, die sie bisher gesucht hatte, wirkte plötzlich schwer und lastend. Herr Kater fehlte ihr so.

Niklas hatte ihn gestern in seinem Garten beigesetzt und sogar ein kleines Holzkreuz auf das Grab gelegt. Vielleicht wäre es wirklich besser gewesen, die Wahrheit nicht zu kennen und zu glauben, Herr Kater sei treulos von dannen gezogen.

Nachdem sie die Küche aufgeräumt hatte, ging sie in die Werkstatt und begann mit ihrer Arbeit. Es fing wieder an zu regnen. Graue Schleier hingen über dem Garten, dem umgepflügten Feld, ließen den Wald verschwimmen. Irgendwann wurde die Stille unerträglich. Sanne stand auf, um das Radio aus der Küche zu holen. Im selben Moment klingelte es an der Haustür.

76

Das Telefonat mit Oberhausners Witwe war schwierig, um nicht zu sagen unmöglich. Die alte Frau war derart schwerhörig, dass Dühnfort es nicht schaffte, ihr verständlich zu machen, was er wollte. Er kündigte seinen Besuch an, war sich aber nicht sicher, ob sie das verstanden hatte, und schlüpfte in den Mantel, um sich auf den Weg nach Zorneding zu machen.

In den Regen mischte sich Graupel. Die Isar floss träggrau Richtung Norden. Durch ein Loch in der Wolkendecke drang für einen Augenblick die Sonne und brachte die Goldauflage des Friedensengels zum Leuchten. Auf der Autobahn herrschte dichter Verkehr. Vor dem Ostkreuz gab es einen Stau. Am späten Vormittag erreichte Dühnfort Zorneding und klingelte an der Tür eines Siedlungshäuschens, das inmitten eines verwilderten Gartens stand. Die Glocke war derart schrill und laut, dass Dühnfort zusammenschrak.

Schwere Schritte erklangen. Die Tür wurde geöffnet. Vor ihm stand ein Mann in mittleren Jahren. Er trug eine blaue Latzhose, kariertes Hemd und darüber eine graue Fleecejacke. Das Haar war schütter, das Gesicht wettergegerbt.

Dühnfort stellte sich vor. »Ich würde gerne Frau Oberhausner sprechen.«

»Was hat denn meine Mutter mit der Polizei zu schaffen?«

»Es geht um Arno Rodewald.«

»Ja und? Was is' mit dem?«

»War er in letzter Zeit mal hier?«

»Der Arno? Hier?« Oberhausners Kinn stieg in die Höhe.

»Sie meinen, ob er zur Beerdigung von meinem Vater gekommen ist? Er nicht. Aber seine Urschel. Die Uli.«

»Ulrike Rodewald war hier? Wann?«

»Sag ich doch. An dem Tag, als mein Vater beigesetzt wurde. Die ist die Dorfstraße runtergerast, dass ich gedacht hab, jetzt dreht sie durch und würde ihn glatt umbringen, wenn er nicht schon tot wär. Also meinen Vater, meine ich.«

»Ulrike Rodewald?«, fragte Dühnfort. »Das Mädchen, das damals hinten auf der Vespa gesessen hat, ohne Helm?«

»Genau die.« Oberhausner junior verschränkte die Arme vor der Brust. »Was ist mit der?«

»Sie ist damals bei dem Unfall verletzt worden. Hat sie Ihrem Vater deswegen Vorwürfe gemacht?«

»Vorwürfe? Sie sind gut.« Oberhausner schnaubte. »Ihr Leben hätt er zerstört. Besoffen wär er gewesen, und ins Gefängnis würd er gehören. Die kriegt in ihrem Leben nichts auf die Reihe. Und als Ausrede muss immer der Unfall herhalten. Und mein Vater als Sündenbock. Wahrscheinlich denkt sie, dass mein Vater jetzt auch noch schuld ist, dass der Arno sich hat scheiden lassen, die verdrehte Urschel.«

Dühnfort erfasste eine unheimliche Ruhe. »Sie kam also ins Dorf gerast. Am Tag der Beerdigung. Wann war das?«

Oberhausner junior nannte das Datum. Es war der Tag von Rodewalds Scheidung. Und Flades Todestag.

»Mit was für einem Auto?«

»Na, mit dem Japaner, den der Arno fährt. Toyota? Mitsubishi? Was weiß ich.«

»Honda«, sagte Dühnfort.

»Genau.«

Merde! Mist! Verdammte Scheiße! Sie hatten sich zu früh festgelegt.

Frauen morden anders und aus anderen Motiven. Die Tatausführungen sind typisch Mann. So viel zum Thema Täterprofil, dachte Dühnfort, während er zurück in die Stadt fuhr. Er wählte die Nummer von Ulrike Rodewald. Ans Handy ging sie nicht. Also probierte er es an ihrem Arbeitsplatz und erfuhr von einer Kollegin, dass sie krankgeschrieben war. Seit Wochen schon. Auch daheim ging sie nicht ans Telefon.

Kein Grund zur Panik. Dühnfort wählte Hartungs Nummer. Der meldete sich beinahe sofort.

»Hallo, Martin. Es gibt eine neue Entwicklung. Wir haben es mit einer Täterin zu tun. Ulrike Rodewald. Knapp eins achtzig groß, kräftige Statur. Kurze …«

»'tschuldige, wenn ich dich unterbreche. Aber die habt ihr doch schon eingebuchtet, oder? Jedenfalls hat Leyenfels uns abgezogen.«

Das ist nicht wahr! »Wann?«

»Vor zwei Stunden.«

»Der Teufel soll seine Krämerseele holen!« Dühnfort drückte das Gespräch weg und wählte die Nummer von Susanne Möbus. Nach dem vierten Klingeln meldete sich der Anrufbeantworter.

Dühnfort ließ die Seitenscheibe runter, hangelte im Fußraum nach dem Blaulicht und knallte es aufs Dach.

78

Als Sanne die Augen öffnete, sah sie erst nur Dunkelheit. Dann ein Streifen Licht. Er fuhr ihr direkt ins Hirn. Ihr Schädel wollte platzen. Pulsierende Schmerzen. Übelkeit. Trockner Mund. Würgereiz. Sie wollte sich aufrichten. Doch ihre Hände gehorchten ihr nicht. Etwas hielt die Handgelenke umklammert. Mit den Fingern ertastete sie ein festes Band. Adrenalin schoss durch ihren Körper.

Was war passiert?

Wo war sie?

Sie musste zusammengeklappt sein. Ihr war schwarz vor Augen geworden.

Wo?

An der Tür. Es hatte geklingelt. Uli war gekommen.

Uli!

Plötzlich war die Erinnerung da. Uli, den Tränen nahe. *Kann ich reinkommen? Arno ist verhaftet worden. Ich muss mit jemandem reden.*

Natürlich. Sie war vorangegangen. Dann war ihr schwarz vor Augen geworden.

Es roch nach Diesel. Auch die Beine waren gefesselt. Irgendwie schaffte sie es, sich aufzusetzen

Keine gute Idee. Tobende Qual in ihrem Kopf. Sie hob die zusammengebundenen Hände und ertastete eine Beule. Etwas Klebriges blieb daran haften. Sicher Blut.

Okay. Denk nach. Was ist passiert? Wo bist du?

Ihre Augen gewöhnten sich an die Dunkelheit. Schemenhaft nahm sie ihre Umgebung wahr. Ein Lieferwagen. Sie befand sich im Laderaum eines Lieferwagens. Wieso?

Wieso? Das ist doch klar. Denke logisch. Uli hat dich niedergeschlagen und in diesen Lieferwagen geschleppt.

Weshalb?

Blöde Frage. Weshalb hattest du drei Leibwächter?

Aber Hartung sagte doch, der Täter sei gefasst.

Arno ist verhaftet worden. Kann ich reinkommen? Ich muss mit jemandem reden.

Arno? Nein. Nicht Arno. Uli! Kapier das endlich. Uli hat dich auf ihre Liste gesetzt. Uli hat Jens und Martina umgebracht. Und nun wird sie das auch mit dir tun.

Nur über meine Leiche!

Bei diesem absurden Gedanken begann Sanne zu kichern.

Jetzt werde nicht hysterisch! Du musst hier raus, bevor Uli wieder auftaucht. Wo war sie überhaupt? Der Lieferwagen stand irgendwo. Kein Geholper. Kein Motorengeräusch.

Aufrichten konnte sie sich nicht. Dafür war der Wagen zu niedrig. Sanne schaffte es, sich umzudrehen und die Tür im Heck des Fahrzeugs zu ertasten.

Während ihre Finger noch über glatte Flächen glitten und eine Rille fanden, erklangen draußen Schritte. Die Wagentür wurde geöffnet. Blendendes Licht. Sanne kniff die Augen zusammen. Uli starrte sie an. In der einen Hand eine Pistole, in der anderen ein Teppichmesser. Sanne zuckte zurück.

»Bist du endlich wach. Ich dachte schon, ich hätte zu fest zugeschlagen und müsste dich die Treppen raufschleppen.«

»Uli, was soll …«

»Halt den Mund. Setz dich hin. Streck die Beine aus.« Mit einem Ruck schnitt sie das Klebeband durch, mit dem die Füße gefesselt waren. »Steig aus!«

Okay, dachte Sanne. Sie wird dich nicht erschießen. Sie will mit dir Treppen steigen. Irgendwo hoch hinauf, und dann wird sie dich hinunterstoßen. Du hast ein paar Minuten Zeit. Keine Panik. Versuch abzuhauen, wenn das irgendwie geht.

»Los! Raus mit dir!« Ulis Brauen schoben sich zusammen. An der Nasenwurzel erschien eine steile Falte. Sie würde das durchziehen. Warum nur?

Sanne stellte die Beine auf den Boden und richtete sich auf. Schwindel erfasste sie. Eine Welle Übelkeit überrollte sie. Krampfhaft erbrach sie sich. Kalter Schweiß bildete sich auf ihrer Stirn. Die Knie zitterten. Selbst wenn sich eine Gelegenheit dazu ergab, wie sollte sie in diesem Zustand davonlaufen? Bestenfalls würde ihr ein Davontorkeln gelingen.

»Und vorwärts. Da hinein.« Mit dem Kinn deutete Uli auf ein Gebäude, das wie ein Bürokomplex aussah. Wie ein verlassener Bürokomplex. Nirgendwo Anzeichen, dass hier Menschen arbeiteten. Auf dem verlassenen Parkplatz sammelte sich das Laub wirbelnd in den Ecken.

»Wenn du langsam mal die Güte hättest, deinen Arsch in Bewegung zu setzen. Diesen süßen kleinen Arsch. Den Thorsten so gerne bumsen würde und Arno sicher auch. Los jetzt!«

»Arno? Spinnst du?«

»Der fickt doch momentan alles, was nicht bei drei auf den Bäumen ist. Und jetzt halt die Klappe und tu, was ich sage. Oder denkst du, ich kann mit dem Ding nicht umgehen?«

Ehrlich gesagt ja, dachte Sanne, hütete sich aber, das auszusprechen. Wobei es mir lieber wäre, du könntest es. Wenn die Waffe nun einfach losging?

Ein Schritt nach dem anderen. Langsam und mit wackligen Knien stolperte sie auf das Haus zu. Trotzdem waren ihre Sinne geschärft. Ihr Blick scannte das Gebäude. Vier Etagen. Flachdach. Kein Mensch weit und breit. Jenseits des Parkplatzes eine Straße, dahinter eine erstaunlich grüne Wiese und ein Jägerstand. Rechter Hand ein Gebäudeflügel. Auf dem angrenzenden Areal erahnte Sanne weitere Häuser mit flachen Dächern. Sie befanden sich am Rande eines Gewerbegebietes auf einem Gelände, das vom Nachbarhaus aus nicht einzusehen war.

Uli wies auf eine zweiflügelige Tür aus Metall und Glas. »Mach auf!«

Sanne lehnte sich dagegen, die Tür schwang auf. Ein Vorraum mit Kunststeinboden. Zwei Lifte. Ein Treppenhaus mit einem Metallgeländer. Daneben saß jemand mit erhobenen Händen auf dem Boden.

Niklas!

Mit Klebeband waren seine Hände ans Geländer gefesselt, auch seine Füße waren damit umwickelt und der Mund verklebt. Sanne fuhr herum. Eine zu schnelle Bewegung. Sie war kurz davor, sich wieder zu erbrechen.

Uli lächelte und zuckte die Schultern. »Er kam dazu, als ich dich ins Auto geschleppt habe, und wollte den Helden spielen. Ziemlich dämlich. Mit dem beschäftige ich mich später. Und jetzt da rauf!« Mit der Waffe wies sie auf die Treppe.

Niklas' Augen funkelten zornig. Er zerrte an den Fesseln. Doch es gelang ihm nicht, sie zu lösen. Wütendes Gebrumm klang unter dem Klebeband hervor.

»Niklas. Es tut mir leid …« Ein Stoß in die Rippen ließ sie aufstöhnen.

»Halt die Klappe! Weiter geht es.«

Während Sanne Stufe um Stufe nach oben stieg, suchte sie fieberhaft nach einer Idee.

Sie musste versuchen, Zeit zu gewinnen! Doch was würde ihr das nützen? Niemand wusste, wo sie war. Die Polizei hielt Arno für den Täter. Ihn hatten sie verhaftet. Nicht Uli! Sie hatten Hartung und seine Leute abgezogen. Niemand würde nach ihr suchen. Oder nach Uli.

Niklas! Was würde Uli tun? Ihn doch nicht erschießen!

Doch, genau das wird sie tun. Sie hat Jens und Martina getötet. Sie schreckt vor nichts zurück.

Sie brauchte eine Idee.

Das Handy. Es steckte in der Tasche der Jeans. Durch den Stoff spürte sie bei jedem Schritt einen leichten Druck an der Hüfte. Irgendwie musste sie es schaffen, an das Handy zu gelangen.

Dühnfort schaltete das Martinshorn am Ortseingang von Paschkofen aus und bog auf den Weg ab, der am Gut vorbei zu Susanne Möbus' Haus führte. Ein Schwarm Krähen flog vor ihm über die Straße, Kies spritzte unter den Reifen.

Das Gebäude lag verlassen da. Er spähte durch die Fenster. Da war niemand. Die Tür am Haus schräg gegenüber stand offen. Ein zotteliger Hund saß auf der Schwelle. Sein Jaulen klang herzzerreißend.

Dühnfort zog das Handy hervor und rief Gina an. »Wir haben einen Scheißfehler gemacht. Nicht Arno Rodewald, sondern seine Frau.«

»Was? Ulrike Rodewald?«

»Ich erkläre es dir später. Susanne Möbus ist verschwunden. Gib ...«

»Die hat doch Personenschutz.«

»Irrtum. Leyenfels hat den abgezogen. Gib die Fahndung nach Ulrike Rodewald raus. Und gib die Handynummern von Susanne Möbus und Ulrike Rodewald an Meo. Er soll versuchen, sie zu orten.« Hoffentlich war wenigstens eines der Geräte eingeschaltet.

Er beendete das Gespräch und rief Alois an. »Das Haus auf der Postkarte, wo ist das?«

»Wir arbeiten daran.«

»Beeilt euch. Susanne Möbus wurde vermutlich entführt ...«

»Hat Hartung gepennt?«

»Gina wird dir das erklären. Wir müssen wissen, wo das verdammte Haus ist.«

Der Hund jaulte noch immer. Dühnfort überquerte den Weg. »Hallo. Ist jemand da?«

Nichts rührte sich. Dühnfort trat ein. Keine Menschenseele weit und breit. Der Mann, der gestern den Kater bestattet hatte, war ebenfalls verschwunden.

80

Sanne stolperte die Stufen hinauf. Ihr war übel und schwindlig. Nach Luft ringend blieb sie stehen.

»Los, weiter.« Ulrike hielt den Lauf der Pistole auf Sannes Bauch gerichtet. »Ob du zehn Sekunden früher oder später stirbst, macht keinen Unterschied.«

Ihre Augen waren kalt. So kalt. Diese Kälte. Dieser Hass. Woher kam er? Warum tat Uli das? Doch nicht, weil Arno sie verlassen hatte?

Alles drehte sich vor ihren Augen. Sie lehnte sich ans Geländer. »Mir ist so schwindlig. Gib mir einen Moment.«

Eine fuchtelnde Bewegung mit der Waffe. »Nein!«

Sanne konnte nicht weiter. »Bitte.«

In Ulis Gesicht ging eine Veränderung vor sich. Ein hochmütiges Lächeln erschien. Es schien ihr zu gefallen, dass sie gebeten wurde. Es stand in ihrer Macht, Gunst zu gewähren oder nicht. »Gut. Eine Minute. Ich will ja nicht, dass du einen Kreislaufkollaps kriegst.« Sie lachte. »Dass du so sterben wirst wie Ludwig, das hast du ja kapiert.«

Sanne gelang ein Nicken. »Aber ich bin nicht schuld an Ludwigs Tod. Es war ein Unfall.«

»Ja, ja. Das sagen alle. Die Hasler und Jens, und Martina sowieso. Niemand hat Schuld.«

»Es stimmt aber. Ludwigs Mutter … Sie hat mich bespitzelt. Es gibt ein Überwachungsvideo, das beweist, dass ich unschuldig bin.«

»Ach, was Besseres fällt dir nicht ein, um deinen Kopf zu retten? Ein Überwachungsvideo. Ausgerechnet. Womöglich in 3D und Dolbysurround.« Uli lachte.

»Es stimmt aber. Die CD liegt bei einem Rechtsanwalt.«

»Hältst du mich echt für so bescheuert, auf eine derart dämliche Lüge reinzufallen? Du wirst sterben. So wie Ludwig.«

»Aber warum denn?«

»Warum? Das hat Martina auch gefragt. Und die alte Hasler. Nur Jens nicht. Schade. Da war ich ein wenig zu schnell.«

Die alte Hasler? Dühnfort hatte diesen Namen genannt. Hatte Uli auch sie umgebracht?

»Voigt hat auch nicht gefragt. Der Depp. Die Minute ist um. Weiter geht es.«

Voigt?

Uli war verrückt, total durchgeknallt. Unberechenbar. Im Treppenhaus war es eiskalt. Sanne stieg Stufe um Stufe empor. Besser, sie tat jetzt erst einmal, was Uli wollte. Irgendwie musste es ihr gelingen, Uli von der Existenz des Überwachungsvideos zu überzeugen.

Ein Absatz, und sie erreichten die dritte Etage.

Schon die dritte! Nur noch eine. Und dann?

»Evelyn hat mir misstraut, sie dachte, ich würde Ludwig schlagen. Deshalb hat sie eine Überwachungskamera …«

»Halt endlich dein Lügenmaul! Ich weiß, was du getan hast. Und du weißt es auch. Und wenn du dir noch tausend Geschichten ausdenkst – heute ist Schluss damit.«

Uli würde ihr nicht glauben. Niemals. Und wenn sie tausendmal die Wahrheit sagte. Was sollte sie tun? Sie musste an ihr Handy gelangen. Doch wie? Sie blieb stehen. »Ich muss mal …«

»Dann mach in die Hose.«

»Kann ich nicht kurz da hinter der Säule?« Mit zitternder Hand wies Sanne auf einen Pfeiler. »Bitte.« Vielleicht half das Bitten wieder.

Ulis Augen wurden schmal. »Das gefällt mir, wenn du bitte sagst. Du hochmütige Kuh. Immer hast du auf mich herabgesehen und dich für etwas Besseres gehalten. Und dabei bist du nur ein echtes Miststück. Eine, die sich immer durchlaviert und davonkommt. Sogar als du Ludwig aus dem Bett geworfen hast, hast du das geschafft.«

Jens. Martina. Keiner der beiden war schuld. Doch Uli dachte das. Sie fühlte sich von allen missachtet. Warum? Nicht grübeln. Reden. Rede mit ihr. Versuche sie in ein Gespräch zu verwickeln und umzustimmen.

»Das stimmt doch nicht. Ich habe dich immer für eine toughe Frau gehalten. Hilfsbereit und engagiert. Weshalb sollte ich dich von oben herab behandeln?«

»Jetzt tu doch nicht so. Hilfsbereit und engagiert.« Sie spuckte die Worte aus. »Weil ich hässlich bin und entstellt. Ein Krüppel. Deshalb!«

Sanne war so baff, dass ihr tatsächlich der Mund offen stehen blieb. Gut, Uli war keine Schönheit. Ihre Figur war robust und kräftig, das Gesicht flächig und die Augen zu klein. Uli war eine Frau wie Tausende andere auch. Nicht hässlich. Nicht schön. Durchschnitt eben.

81

Alois startete den Internetbrowser und rief Facebook auf. Gestern hatte er gemeinsam mit Meo darüber gebrütet, wie sie herausfinden sollten, wo das Foto entstanden war, das die Postkarte von Susanne Möbus zierte. Kollegen fragen, Gewerbegebiete abklappern, das Bild an alle Polizeidienststellen mailen und die Streifenkollegen darauf ansetzen. Auch Google Maps und Google Street View nutzten sie. Als sie bis Dienstschluss keinen Anhaltspunkt gefunden hatten, schlug Alois vor, das Bild bei Facebook einzustellen. Er hatte dort über sechshundert Freunde, Meo beinahe ebenso viele. Ein Dominoeffekt, wenn nur ein Teil der Freunde die Aufnahme verbreitete. Ganz legal war das nicht. Aber Meo schrieb nicht dazu, worum es wirklich ging. Er verpackte die Aktion als Gewinnspiel. Wer herausfand, wo die Aufnahme gemacht wurde, konnte einen Brunchgutschein für den Bayerischen Hof gewinnen, den Meo von einer Tante zum Geburtstag geschenkt bekommen hatte. Als ob er jemals einen Fuß in dieses Nobelhotel setzen würde.

Nachdem er sich eingeloggt hatte, las Alois die eingegangenen Nachrichten. Nichts Konstruktives. Gina kam herein. Donnernd fiel die Tür hinter ihr ins Schloss. »Schitt. Rodewalds Frau ist unser Mann.«

Alois musste grinsen. »Schon gehört.«

Während sie sich ans Telefon hängte und die Fahndung nach Ulrike Rodewald herausgab, griff Alois zum Telefon und wählte Meos Nummer. Besetzt. Kurz darauf probierte er es noch einmal. Nun meldete Meo sich. »Hast du schon einen Plan, wo sich das Haus befindet? Susanne Möbus ist verschwunden. Wir sollten zackig herausfinden, wo das ist.«

»Ein Gewerbegebiet. Ziemlich sicher im Münchner Speckgürtel. Ich habe schon karierte Augen vom Google-Maps- und Street-View-Gucken.«

»Hast du schon Feedback von deinen Facebook-Freunden?«

»Dutzendfach. Kein Treffer. Ich guck mal, vielleicht gibt es was Neues.«

Gina beendete ihr Gespräch und stellte sich an die Magnetwand mit dem vergrößerten Ausdruck der Postkarte. Daneben hing eine Landkarte von München und Umgebung.

Alois las die neuen Kommentare bei Facebook.

Viel Erfolg!, schrieb eine Mascha.

Vorratsdatenspeicherung gescheitert. Und jetzt infiziert ihr Bullen fb? Piss off!, schrieb ein MrX.

Sieht aus wie ein Gewerbegebiet.

»Super! Darauf sind wir auch schon gekommen. Halten die uns für doof?« Alois klickte die Seite weg.

»Was ist los?« Gina stand noch immer vor der vergrößerten Postkarte.

»Nichts.« Alois zoomte Google Maps heran. »Scheiße. Wie sollen wir das schaffen? Gewerbegebiete rund um München gibt es wie Sand am Meer.«

»Aber nicht alle mit Jägerstand. Sag mal, das Grün hier auf unserem Ausdruck, ist das auf der Originalkarte auch so kräftig?«

Was hatte Gina jetzt mit dem Grün? Alois schob den Stuhl zurück und stellte sich neben sie. »Das ist so. Richtig sattes Grün.«

»Komisch.« Gina zog wieder einmal die Unterlippe unter die Schneidezähne. »Die Aufnahme wurde im Herbst gemacht. Da, guck.« Sie deutete auf den Ausdruck. »Jede Menge Laub auf dem Parkplatz. Nur die Wiese ist so grün wie ein sorgsam gepflegter englischer Rasen.«

Stimmt. Gina hatte recht. Sie hatten einen Anhaltspunkt. »Ein Fußballplatz!«

»Eher Golfplatz. Wetten?«

Dass ihr so etwas auffiel. Wow! »Okay. Du guckst nach Golfplatz, ich nach Fußballplatz.«

Die Tür ging auf. Meo kam rein, den offenen Laptop haltend. »Wir haben es. Das Gewerbegebiet von Egmating.«

Gina gesellte sich zu ihnen. »Gibt es da einen Golfplatz?«

»Einen Golfplatz?« Meo stellte den Laptop ab und verkleinerte den Kartenausschnitt. »Jo! Einen Golfplatz gibt es. Street View war da noch nicht. Aber man erkennt es auch in Maps gut. Und hier grenzt das Gewerbegebiet Ost an. Wenn man das ranzoomt, erkennt man den Parkplatz, und das muss das Gebäude sein, von dem aus fotografiert wurde. Paschkofner Straße 3. Das Haus steht leer. Es soll abgerissen werden, hat jemand bei Facebook gepostet. Ich hab das schon geprüft und mit der Gemeindeverwaltung telefoniert. Stimmt.«

82

Sanne war so baff, dass es einen Augenblick dauerte, bis sie auf Ulis Worte reagieren konnte. »Du bist doch kein Krüppel«, brachte sie schließlich hervor.

»Ach? Woher willst du das wissen? Hast du dich je für mich interessiert? Hast du dich je gefragt, weshalb ich nur Hosen trage, niemals Röcke oder Kleider oder Shorts? Nie einen Badeanzug. Weißt du, wie das ist, wenn man eine Ausgestoßene ist? Keine Ahnung hast du.«

Bleib dran. Bleib am Ball. Hier kannst du Zeit gewinnen! Und vielleicht mehr.

Sanne suchte Blickkontakt und fröstelte. Verbitterung und Hass lagen in diesen Augen, wie Stahl. »Natürlich ist mir das aufgefallen. Ich dachte, du trägst gerne Hosen, und du bist nicht die Einzige, die sich nicht gerne im Bikini zeigt.«

Ein bitteres Lachen war die Antwort. »Echt. Dachtest du das?«

»Hosen stehen dir doch gut ...« Meine Güte, worüber redeten sie hier eigentlich?

»Spar dir das Gesülze. Wie ein Kerl schau ich in Hosen aus. Früher habe ich nie welche getragen. Nicht mal Jeans.«

»Früher?«

»Ja. Früher! Bevor Arno mich überredet hat, auf seiner scheiß Vespa mitzufahren. Und bevor mich ein seniler Alter zum Krüppel gemacht hat.«

Arno und der Rollerunfall. Davon hatte er beim Sommerfest des KIT mal gesprochen. Uli hatte sich dabei das Bein gebrochen. Das war doch kein Drama. Obwohl ... Es war ein offener Bruch gewesen.

»Da! Sieh dir das an. Dann hast du einen Grund zu kotzen!« Uli stellte den Fuß auf einen Mauervorsprung, bückte sich und zog mit der linken Hand das Hosenbein hoch.

Unwillkürlich zuckte Sanne zurück.

Wulstige Narben zogen sich über den Unterschenkel bis zum Knie. Schreckliche Narben, wie Sanne sie noch nie gesehen hatte. Ausgefranste Wülste, lila verfärbt. An einer Stelle nässend und rot entzündet.

Nach so vielen Jahren? Weshalb war das nicht verheilt? In der Tat sah das Bein entstellt aus, ekelerregend und abstoßend. Sanne wollte ein mitfühlendes Wort sagen. Doch das blieb ihr im Hals stecken, als sie bemerkte, wie Uli ihre Narben betrachtete.

Verzückt, beinahe zärtlich.

Wie ein Schlag traf Sanne die Erkenntnis, was Uli getan hatte. All die Jahre. Sie hatte dafür gesorgt, dass die Narben nie ganz verheilten, dass sie immer hässlicher wurden, immer entsetzlicher, und Arnos Schuldgefühle immer größer. So hatte sie ihn an sich gebunden. Bis er sich aus dieser Hölle von Ehe befreit hatte. Jetzt verstand sie Arnos Bemerkung vom Sommerfest, als er ziemlich angetrunken gewesen war. *Das ist eine fatale Beziehung ... eine Falle ...*

Und nach der Scheidung war Uli ganz durchgedreht.

Krank. Sie war krank. Psychisch krank.

Sie war total irre.

Panik stieg in Sanne auf, eine Welle, die sie mitriss. Nie und nimmer würde sie Uli davon abhalten können, das zu tun, was sie vorhatte. Sie aus dem Fenster zu stürzen, sobald sie oben angelangt waren. Sie musste die Notrufnummer wählen. Mit gefesselten Händen! Sie musste das schaffen ... Und dann Uli in ein Gespräch verwickeln, aus dem hervorging, was hier los war und wo sie sich befand.

Wo war sie denn?

Eine lähmende Angst griff nach ihr.

Sie schüttelte sie ab. »Ich muss mal …« Langsam ging sie zur Säule, ohne Uli aus den Augen zu lassen. Die starrte noch immer auf ihr Bein, strich mit den Fingerspitzen über Wülste und Schrunden. Die Waffe in der anderen Hand.

Sanne verbarg sich nicht ganz hinter dem Pfeiler. Uli sollte nicht denken, sie wolle abhauen. Vorsichtig schob sie die Fingerspitzen in die Hosentasche. Hoffentlich dachte Uli, dass sie am Gürtel herumnestelte. Die Tasche war zu eng für beide Hände. Es gelang ihr nur, die Fingerspitzen hineinzuschieben, doch das reichte, um das Handy zu erfassen und langsam herauszuziehen. Es war nicht eingeschaltet. Mist! Mist! Mist! Ihre Finger ertasteten den Einschaltknopf. Sie drückte ihn. Das Gerät rutschte ihr aus der Hand und fiel scheppernd auf den Boden.

Uli fuhr herum. »Was hast du da?« Sie entdeckte das Handy. Mit der flachen Hand schlug sie Sanne ins Gesicht. Ein Schmerz wie Feuer.

»Drecksfotze!« Knirschend zerbrachen Glas und Kunststoff unter den Sohlen der Stiefel. »Du hältst mich wohl für blöd. Wie alle. Du unterschätzt mich. Wie alle! Ein dummer Fehler. Ein ganz dummer Fehler.«

83

Dühnfort kuppelte aus und ließ den Wagen leise ausrollen. Ja. Das war es. Er erkannte die Schranke, die nun geöffnet war, den Müllcontainer, den Parkplatz. Ein grauer Lieferwagen stand in der Nähe des Eingangs. Google Maps sei Dank und Alois, für seine glorreiche Idee, die sozialen Netzwerke zu nutzen.

Niemand war zu sehen. Keine Bewegung. Kein Laut, außer dem gleichmäßigen Streichen des Windes durch die kahlen Äste.

Dühnfort nahm seine Dienstwaffe aus dem Holster und entsicherte sie. Im Schutz der Büsche, die ihm lediglich einen Hauch von Deckung gaben, näherte er sich dem Fahrzeug. Die Tür am Heck war nur angelehnt. Er spähte hinein und entdeckte Blut auf dem grauen Velours des Innenraums. Reste von Klebeband lagen auf dem Asphalt. Keine Frage, hier war er richtig.

Die wenigen Schritte bis zum Zugang des Hauses legte er in geducktem Laufschritt zurück, spähte durch das Glas und entdeckte niemanden. Einen Moment überlegte er, ob er das Eintreffen des angeforderten SEK abwarten sollte. Doch es ging um jede Minute. Lautlos schob er die Tür auf und trat ein. Stille. Kälte. Der Geruch nach feuchtem Putz. Ein Vorplatz. Eine Bewegung. Ein Mann saß neben der Treppe. Susanne Möbus' Nachbar. Seine Hände waren an das Geländer gefesselt. Er rüttelte daran. Dumpfe Töne klangen aus dem verklebten Mund. Dühnfort ging vor ihm in die Hocke, zog das Klebeband vom Mund und flüsterte: »Wo sind die beiden?«

»Oben. Sie sind raufgegangen. Sie ist bewaffnet. Ich wollte Sanne helfen …«

Dühnfort löste die Handfessel. »Den Rest schaffen Sie allein, und dann gehen Sie hier raus. Immer an der Hauswand entlang und durch das Gebüsch aufs Nachbargrundstück. Und versuchen Sie nicht, den Helden zu spielen.«

Im Haus war es weiterhin still. Dühnfort zog das Handy aus der Tasche, wählte die Nummer der Einsatzzentrale und forderte mit noch immer gesenkter Stimme bei Berentz einen Löschzug und Notarzt an. Für alle Fälle. »Kein Blaulicht, kein Signalhorn. Sie sollen auf dem Nachbargrundstück auf ihren Einsatz warten und das Sprungtuch vorbereiten. Wo bleibt das SEK?«

»Erreicht in sechs Minuten den Einsatzort«, sagte Berentz.

Der Nachbar hatte seine Fußfessel gelöst und stand auf. Ein Kerl von einem Mann, der Dühnfort überragte. Dunkle Haare bis über die Schultern. Holzfällerhemd. Zögernd blieb er stehen und sah die Treppe hinauf.

»Vergessen Sie es. Wir machen das. Sie verschwinden jetzt hier, und zwar genau so, wie ich es Ihnen gesagt habe.«

Ein Geräusch von oben, weit entfernt, wie sandiges Quietschen, gefolgt von einem metallischen Schlag. Eine Tür war ins Schloss gefallen. Eine Tür aus Metall. Das Flachdach. Sie waren auf dem Dach!

84

Die Tür fiel donnernd hinter ihnen ins Schloss. Sie standen auf dem Dach. Eine graue Wolkenschicht hing tief über der Landschaft. Der Wind griff nach Sannes Haaren, wehte sie ihr ins Gesicht. Kälte drang durch den dünnen Pullover. Sie begann zu zittern. Ob vor Angst oder Kälte wusste sie nicht. Es machte auch keinen Unterschied.

Unter ihr der verlassene Parkplatz, Ulis Wagen, der umgefallene Müllcontainer. Jenseits der Straße das grüne Areal eines Golfplatzes. Hier oben hatte Uli die Aufnahme gemacht. Sie hatte das alles lange geplant.

Würden dies die letzten Bilder sein, die sie sah?

Angst setzte sich hinter das Brustbein wie ein kalter Stein.

Würde Uli sie stoßen oder zwingen, selbst zu springen?

Ein Ziehen in Oberschenkeln und Kniekehlen.

Nein. Selbst springen würde sie nicht. Uli musste sie schon runterschubsen oder erschießen. Erschießen war aber ganz sicher nicht das, was Uli plante.

Sie will, dass ich so sterbe wie Ludwig. Durch einen Sturz. Sie will das nicht selbst tun.

»Hier lang!« Uli wies auf mehrere Container aus grauem Metall, die am Rande des Daches standen. Klimaanlage? Lüftung? Was zerbrach sie sich den Kopf. Es war egal.

Sanne konnte sich nicht bewegen. Ihre Beine versagten. Ihr Verstand weigerte sich, auch nur einen Schritt zu tun.

»Warum? Sag mir wenigstens, warum du das tust?« Regen setzte ein. Erste Tropfen trafen ihr Gesicht.

»Warum? Ich hätte dich für intelligenter gehalten. Kommst du wirklich nicht darauf?«

Was ging nur in diesem kranken Hirn vor sich?

Antworte etwas! Sanne, antworte! So kannst du Sekunden gewinnen. Uli fühlt sich von allen missachtet. Will sie Aufmerksamkeit? Die wird sie bekommen. Doch nur, wenn sie erwischt wird. Oder sich stellt. Nein. Es geht ihr um etwas anderes. Sie bringt Leute um, die in den Tod eines anderen verstrickt sind. Schuldlos. Leute, die nicht bestraft wurden. Sie will Gerechtigkeit. Wofür?

»Gerechtigkeit. Es geht dir um Gerechtigkeit«, stieß Sanne hervor.

Ein Lächeln verzerrte Ulis Gesicht. »Sieh mal an. Du bist die Erste, die das versteht. Erstaunlich. Dich habe ich immer für die Egoistischste auf meiner Liste gehalten. Plötzlich so viel Einfühlungsvermögen. Woher das wohl kommt? Vermutlich liegt es an meiner neuen Freundin Beretta.« Mit dem Lauf der Waffe fuhr Uli sich über die Wange. Eine beinahe zärtliche Geste. »Sie macht dir Angst, nicht? Sie beflügelt deine Kreativität, dein beschissenes Leben irgendwie zu retten. Sie gehört übrigens Arno. Hat er mit dem Haus von seinem Onkel geerbt.«

Regen lief über ihr Gesicht. Der Pulli wurde nass. Sanne fror. Die Kälte drang bis in ihre Knochen.

Du musst reden! Sag etwas!

Gerechtigkeit. Wofür? Der Unfall. Natürlich. Damit musste es zusammenhängen. War der Verursacher nicht bestraft worden? Es hatte sicher einen Prozess gegeben. Doch was war schon Gerechtigkeit? Sie lag im Auge des Betrachters. In diesem Fall in einem kranken Auge. Uli fühlte sich ungerecht behandelt. »Der Mann, der den Unfall verursacht hat … Ist er nicht bestraft worden?«

»Doch. Natürlich. Allerdings hatte Justitia an diesem Tag ihre Augen fest verbunden. Eine Geldstrafe von tausend Mark für ein ruiniertes Bein, ein ruiniertes Leben. Ist das gerecht?

Sag! Ist das gerecht?« An Ulis Strickmütze perlten die Regentropfen ab, ebenso an der Steppjacke. Ihr Atem fing sich kondensierend in der kalten Luft.

»Nein. Natürlich nicht. Das ist nicht gerecht.« Regen drang durch Pullover und Jeans und mit ihm die Kälte. Sanne presste die Kiefer aufeinander, um nicht mit den Zähnen zu klappern. Sah sie denn niemand hier oben auf dem Dach stehen? Rief denn niemand endlich die Polizei? Doch der Regen umgab sie wie ein Schleier, nahm die Sicht auf die Häuser des nahen Dorfes.

Für einen Augenblick ließ Uli die Waffe sinken. »Nicht gerecht. Schön, dass du das auch so siehst. Tausend Mark. Nicht für mich. Für einen wohltätigen Zweck. Kein Schmerzensgeld. Der Kerl hatte nichts. Der hat mir das Leben ruiniert und hat seines weitergelebt, als wäre nichts geschehen.«

»Und warum bringst du dann nicht den um, sondern rächst dich an Unschuldigen?« Die Worte waren raus, kaum dass Sanne sie gedacht hatte.

Ein rollendes Lachen entstieg Ulis Kehle und schüttelte sie. »Schöner Vorschlag. Die liebe Sanne erstellt eine Todesliste. Klasse.« Mit dem Handrücken wischte sie sich über das Gesicht, und Sanne wusste nicht, ob es Regentropfen oder Lachtränen waren. »Das ist süß, und deshalb verrate ich dir etwas: Das wollte ich. Doch dummerweise ist er mir zuvorgekommen. Ist einfach abgekratzt und hat es mir vermasselt. Ich bin nur noch rechtzeitig zu seiner Beerdigung gekommen.«

»Der Unfall war vor zehn Jahren ...«

»Zwölf. Zwölf Jahre, fünf Monate und zehn Tage.«

»Gut. Dann eben zwölf. Warum erst jetzt? Warum ich? Warum überhaupt?« Sanne stieß die Worte hervor. Angst wich Wut. Sie wollte wissen, weshalb sie in dieser Lage war, in welche abstrusen Gedanken Uli sich verstiegen hatte.

85

Dühnfort erreichte keuchend die vierte Etage und fluchte still, dass er nicht mehr für seine Kondition tat. Am Ende des Flurs entdeckte er eine steile Treppe, die zu einer Metalltür führte: der Zugang zum Dach.

In wenigen Minuten würde das SEK eintreffen. Sein Handy vibrierte. Eine SMS von Gina. *Wir sind da. Wo bist du?*

Wir, das waren Gina, Alois und Arno Rodewald. Wenn sie verhandeln mussten, dann war vermutlich er es, der Ulrike überzeugen konnte, aufzugeben. Wobei Dühnfort nicht glaubte, dass sie aufgeben würde. Vier Morde. Lebenslänglich. Vielleicht sogar Sicherungsverwahrung. Sie mussten mit allem rechnen. Sogar damit, dass sie sich von der Polizei erschießen lassen würde. *Suicide by cop.*

Er wählte Ginas Nummer und sprach mit gesenkter Stimme. »Ich bin im Haus. Vierte Etage. Die beiden sind auf dem Dach. Kannst du sie sehen?«

»Ja. Sie stehen zwischen dem Zugang zum Haus und den Aufbauten der Klimaanlage. Sie scheinen zu reden. Ulrike hat eine Waffe in der Hand. Also unternimm nichts, bevor die Jungs vom SEK da sind. Die müssen jeden Augenblick kommen. Besser, du gehst wieder runter.«

»Erst wenn die Kollegen da sind.«

»Pass auf dich auf.«

»Mache ich. Habt ihr einen Mann gesehen? Groß, langhaarig. Holzfällerhemd.«

»Ja. Er hat mir gesagt, dass du drinnen bist.«

»Gut.« Dühnfort legte auf. Der Holzfäller war aus der Schusslinie und spielte nicht weiter den Helden. Mit leisen

Schritten nahm Dühnfort die Stufen zur Tür und legte seine Hand auf die Klinke. Draußen pfiff der Wind und pladderte der Regen. Vorsichtig schob er die Tür einen Spaltbreit auf.

Etwa sechs Meter von ihm entfernt entdeckte er sie. Ulrike rechts, halb abgewandt. Susanne Möbus ihr gegenüber. Sie sprachen. Gut gemacht, dachte Dühnfort. Halte sie hin, rede mit ihr. Zwei Minuten noch, und dann werden wir ihr zeigen, mit wem sie es zu tun hat.

86

»Du willst wirklich wissen, warum? Das ist doch ganz einfach. Weil du zu den Davongekommenen gehörst, genau wie der Oberhausner, der Suffkopf, der mein Leben zerstört hat. Ihr laviert euch durch, ihr lügt und betrügt, ihr schleimt rum und heischt nach Mitleid und bekommt es. Weil ihr hübsch seid, so wie du. Verrate mir doch mal, was du tun musstest, damit du ohne Prozess davongekommen bist. Musstest du mit dem Staatsanwalt in die Kiste? Ja?«

Sanne stand wie erstarrt. Woher kam all dieser Hass? Instinktiv spürte sie, dass sie sich jedes Wort der Verteidigung sparen konnte. Uli würde ihr nicht glauben, weil sie ihr nicht glauben wollte. Selbst wenn sie ihr hier und jetzt Evelyns Überwachungsvideo zeigen könnte, würde das nichts ändern.

»Oder einer ist erfolgreich, wie Jens«, fuhr Uli fort. »Der überfährt ein kleines Mädchen, und was passiert? Nichts. Und das nennt sich Rechtsstaat. Der Herr Architekt ist bekannt, hat Beziehungen. Da regelt man das unter sich. Oder man macht auf alt und gebrechlich und ist außerdem seit Menschengedenken in der CSU, wie der Oberhausner. Unter Parteifreunden kann man schon mal verhandeln. Geldstrafe reicht doch. Oder man ist ohnehin gestraft genug. Da hat die Justiz dann Mitleid. Arme Martina. Wie muss sie sich fühlen, nachdem sie ihre Freundin ersäuft hat. Arme Frau Hasler. Welch ein Schlag, ein solches Unglück erleben zu müssen.« Ulis zynischer Tonfall änderte sich abrupt. »Nachsicht mit den Tätern. Keine Gnade mit den Opfern. Da kriege ich das Kotzen!«

Uli schien den Regen nicht zu bemerken. Wie weggetreten spuckte sie die Worte aus, ihre Tirade aus Hass und Vorurteilen.

Sanne spürte ihre Hände nicht mehr, die Beine wurden taub vor Kälte. Wasser lief aus den Haaren in den Nacken und in den nassen Pulli. Die Jeans klebte kalt auf der Haut.

Ulis Gesicht war bleich, die Lippen grau. Doch in ihren Augen brannte ein fanatisches Feuer. Mit fuchtelnder Hand spie sie Wort um Wort aus. Sanne hoffte verzweifelt, dass Uli wirklich mit der Pistole umgehen konnte und sich nicht aus Versehen ein Schuss löste.

»Keine Sau hat mich gefragt, wie es mir geht. Das Abi konnte ich nach etlichen OPs und Rehas vergessen. Die Prüfungen waren vorüber. Selbst wenn ich es im Folgejahr noch einmal versucht hätte, wäre es für den Arsch gewesen, denn ich wollte Medizin studieren. Chirurgin wollte ich werden. Hast du das gewusst?«

Sanne schrak zusammen. Was sollte sie sagen?

»Hast du das gewusst?«

Es war etwa anderthalb Jahre her, auf einer Geburtstagsfeier, da hatte Arno von Ulrikes Traum gesprochen, Medizin zu studieren. Er war ziemlich angetrunken gewesen. *Bei ihren Noten war das aber nicht drin. Auch schon vor dem Unfall nicht. Sie retuschiert da ihre Erinnerungen ganz schön. Es ist ja auch einfacher, dem alten Oberhausner die Schuld zu geben, als auf das eigene Versagen zu gucken. Für alles, was ihr im Leben missglückt, muss der Unfall als Rechtfertigung herhalten. Ich kann es nicht mehr hören. Lange halte ich das nicht mehr aus.*

Einige Monate später hatte Arno sich von Uli getrennt und sie gebeten, auszuziehen. Denn das Haus gehörte ihm. Er hatte es von einem Onkel geerbt.

»Ob du das gewusst hast!«

»Arno hat mal davon gesprochen.«

»Arno. Aha. Hat er dir auch gesagt, dass man als Chirurgin stundenlang stehen muss? Hat er das?«

Sanne schüttelte den Kopf.

»Muss man aber. Und eines kann ich mit diesem Scheißbein garantiert nicht: stundenlang stehen. Hast du es jetzt verstanden?«

Sanne hätte am liebsten gebrüllt: Nein! Das kann man nicht verstehen! Nicht, wenn man geistig gesund ist. Warum hast du im Jahr darauf das Abi nicht nachgeholt? Warum hast du nicht etwas anderes studiert? Warum übernimmst du keine Verantwortung für dich selbst? Was ist in deinem Leben derart schiefgelaufen, dass du deine Wunden nicht verheilen lässt, dass du den Menschen, der dich geliebt hat, in Schuldgefühlen gefangen gehalten hast, bis er es nicht mehr ertragen konnte? Das ist krank, krank, krank. Du gehörst in die Klapse.

Sie biss sich auf die Lippe und setzte einen mitfühlenden Blick auf. Sie würde alles sagen, um heil von diesem Dach zu kommen. »Es tut mir so leid. Das wusste ich nicht.«

Ein verächtlicher Zug erschien um Ulis Mund. »Du bist eine solche Heuchlerin, Sanne, und eine ganz miese Schauspielerin. Denkst du echt, du kannst deinen Arsch retten, indem du mir Honig ums Maul schmierst? Du unterschätzt mich schon wieder. Das solltest du nicht.« Sie lächelte. »Und es wird auch nie wieder vorkommen. Wenn du jetzt so nett wärst ...« Mit der Waffe wies sie auf die Kante des Daches. »Es sind nur ein paar Schritte.«

87

Wo blieb das SEK? Sechs Minuten waren um.

Die einen Spaltbreit geöffnete Tür gab ihm Deckung. Dühnfort hielt seine Waffe im Anschlag.

Ulrike Rodewald hob die Beretta. »Wenn du jetzt so nett wärst. Es sind nur ein paar Schritte.«

Er musste handeln. Die Frauen standen etwa zwei Meter voneinander entfernt. Wenn er Ulrike aufforderte, die Waffe wegzuwerfen, würde sie auf Susanne Möbus schießen. Wenn er wartete, bis die beiden an der Kante des Daches angekommen waren, konnte Ulrike Susanne mit einem Stoß in die Tiefe befördern. Wenn die Situation weiter eskalierte, musste er tun, was Alois getan hatte. Nothilfe leisten. Er musste den richtigen Moment erwischen. Langsam schob er die Tür weiter auf und brachte sich in Position.

Ulrike Rodewald sah er von schräg hinten. Susanne Möbus stand mit gefesselten Händen seitlich vor ihr. Der Regen lief ihr aus den Haaren, ihre Kleidung war durchnässt. Wenn sie den Kopf einige Grad drehte, würde sie ihn bemerken.

»Nein! Ich gehe keinen Meter. Ich werde nicht vom Dach springen. Du musst mich erschießen.« Sie wirkte erstaunlich bestimmt und konzentriert.

Ulrike schnellte vor, versetzte Susanne einen Stoß vor die Brust. Sie stolperte zurück.

»Du tust, was ich sage.« Der nächste Stoß.

Susanne stolperte wieder zwei Schritte zurück, bevor sie sich fing. »Ich springe nicht.«

»Doch! Genau das wirst du tun.« Ulrike hob die Waffe an Susannes Kopf.

Merde!

»Einen Schritt. Los!«

Die Mündung der Waffe klebte an ihrer Stirn. Susanne trat einen Schritt zurück.

Wo blieb das SEK?

»Noch einen. Für Ludwig!«

Zögernd folgte ein weiterer.

Nur noch zwei Meter bis zur Dachkante.

»Na, geht doch. Und einen für deinen Helden da unten.«

Susanne blieb stehen. Verzweifelt sah sie sich um. Dühnfort hob die linke Hand. Ihre Blicke trafen sich. Energisch riss er die Hand nach unten. Hoffentlich verstand sie.

Susanne ließ sich fallen, knallte auf den Boden.

Dühnfort schoss. Ulrike sackte zusammen. Die Beretta glitt ihr aus der Hand. Dühnfort rannte aufs Dach. Ulrike rollte sich stöhnend auf den Bauch, hangelte nach der Waffe. Er erreichte sie vor ihr, kickte sie außer Reichweite und hob sie auf.

Blut schoss pulsierend aus einer Wunde am Oberschenkel. Er sicherte die Waffe, steckte sie in den Hosenbund. Ulrike Rodewalds Gesicht war weiß. Sie klapperte mit den Zähnen. Der Schock. »Scheißkerl! Das wirst du büßen!« Sie trat nach ihm. Er wich aus, sicherte seine Heckler & Koch, schob sie ins Holster und riss den Gürtel aus seiner Hose. »Halten Sie still.«

Sie trat weiter um sich. »Ich muss das abbinden. Oder wollen Sie verbluten?« Es gelang ihm, das Bein zu fassen.

Sie zerrte an seinem. Er verlor das Gleichgewicht, knallte auf den Boden und in eine Lache Blut. »Herrgott! Jetzt beruhigen Sie sich.«

Endlich gab sie auf. Ob Einsicht oder Blutverlust, es war egal. Endlich gelang es ihm, den Gürtel um den Oberschenkel zu legen. Er zog ihn zu, so fest er konnte. Der Blutstrom wurde schwächer. Er trat an die Dachkante.

Unten stand die Feuerwehr mit dem Sprungtuch bereit. Daneben der Notarztwagen. Die Busse des SEK erreichten im selben Moment den Parkplatz. »Ich brauche einen Arzt. Aber pronto«, rief er hinunter.

Der Einsatzleiter der Feuerwehr hob ein Megafon an den Mund. »Ist schon unterwegs. Ihre Kollegen bringen ihn rauf.«

Ulrike Rodewald lag zusammengekrümmt wie ein Embryo auf dem Boden und wimmerte. Susanne Möbus rappelte sich auf. Schwankend kam sie auf die Beine.

Regen fiel unaufhörlich. Es war zu Ende.

88

Kurz vor fünfzehn Uhr stoppte Dühnfort vor einem Hochhaus in Neuperlach. Nur zehn Gehminuten von dem Reihenhaus entfernt, in dem Ulrike Rodewald mit ihrem Mann zehn Jahre lang gelebt hatte.

Gina schlug die Beifahrertür zu. Alois stieg aus seinem Mini. Zu dritt fuhren sie mit dem Lift nach oben.

Bis die Fälle gerichtsfest waren, gab es noch jede Menge Arbeit. Vier Tote. Jede Tat musste ihr nachgewiesen werden.

Die Formulare, mit denen sie den Honda aus Warschau bekommen würden, waren ausgefüllt und übersetzt. Eine erste Vernehmung Ulrike Rodewalds lag hinter Dühnfort. Er hatte sie auf der Krankenstation im Gefängnis Stadelheim geführt.

Der Auslöser für die Morde war tatsächlich die Scheidung gewesen. Anderthalb Jahre hatte Ulrike sie hinausgezögert, im Glauben, Arno würde zu ihr zurückkehren. Bis zuletzt hatte sie das gehofft, bis der Richter die Ehe als geschieden erklärt und Arno Arm in Arm mit seiner Freundin das Gericht verlassen hatte. Eine Art Damm musste in ihr gebrochen sein, der bis dahin all diesen Hass zurückgehalten hatte. Danach hatte es kein Halten mehr gegeben. Sie war aus dem Gericht gestürmt und zu ihrem Auto gerannt. Doch das streikte.

Die Schlüssel fürs Haus besaß sie noch. Ein Taxi brachte sie dorthin, sie holte Arnos Honda aus der Garage und fuhr nach Zorneding, um endlich abzurechnen. Doch das eigentliche Ziel ihrer Rache, Karl Oberhausner, war verstorben. Sie kam zu seiner Beisetzung. Ihr Rachedurst blieb ungestillt. Die über Jahre angestaute Wut suchte ein Ventil.

Der Lift erreichte die achte Etage. Dühnfort zog Ulrike

Rodewalds Wohnungsschlüssel hervor und öffnete die Tür. Müllgeruch schlug ihm entgegen. Er machte Licht. Plastiktüten voller Abfälle lagen im Flur und in der Küche. Alois hielt sich die Hand vor die Nase. »Toller Saustall.«

Ein Zimmer. Küche. Bad. Balkon.

Woher kannte Ulrike Flade? Hatte sie die Tat geplant, oder war sie im Affekt erfolgt? Die Klärung dieser Fragen würde entscheiden, ob sie in seinem Fall wegen Mord oder Totschlag angeklagt wurde. In dieser Wohnung waren Antworten zu finden. Auch für die Mordfälle Oberdieck, Hasler und Voigt.

Wie war Voigt auf Ulrike gekommen? Der Honda war auf Arno zugelassen. Folgerichtig musste Voigt seinen Erpressungsversuch bei Arno gestartet haben und nicht bei Ulrike.

»Na, was grübelst du?« Gina strich ihm über die Falten an der Nasenwurzel.

Er liebte diese Geste. Ihre kühlen Finger an seiner Haut. Er liebte auch diesen Blick. »Ich frage mich, wie Voigt auf Ulrike gekommen ist. Er muss mit Arno Kontakt aufgenommen haben. Der Wagen war auf ihn zugelassen.«

»Gute Frage. In ihrer Vernehmung hat sie doch zugegeben, dass sie noch die Schlüssel zu Arnos Haus hat und der größte Teil ihrer Sachen noch dort ist. Vielleicht war sie da, um etwas zu holen, als Voigt angerufen hat.«

»Genau in diesen Minuten? Das wäre schon ein arger Zufall.«

»So etwas passiert. Außerdem ... so durchgedreht wie die ist, würde ich ihr zutrauen, dass sie jeden Tag Stunden im Haus verbracht hat, um ihrer kaputten Ehe nachzutrauern. Schließlich war sie ständig krankgeschrieben und seit Wochen nicht bei der Arbeit. Wir werden es herausfinden.«

Ginas Überlegung schien ihm plausibel. Wieder einmal war er zu ungeduldig. Morgen würden sie mehr wissen.

Ulrike Rodewald war geständig. Sie würden Antworten auf alle Fragen erhalten. Ihr Anwalt forderte eine psychiatrische Untersuchung. Leyenfels, mit dem Dühnfort wegen des Abzugs der Personenschützer aneinandergeraten war, hatte nichts dagegen.

Leyenfels hatte sich dahinter verschanzt, dass noch immer die Staatsanwaltschaft Herrin des Verfahrens war und entschied, welche Mittel eingesetzt wurden. Schließlich hatte zum Zeitpunkt des Abzugs der mutmaßliche Täter in Haft gesessen. Es hatte keinen Grund gegeben, weiter unsinnige Kosten zu verursachen.

Mutmaßlich. Genau. Wir konnten nicht sicher sein. Dein Geiz hätte Susanne Möbus beinahe das Leben gekostet, hatte Dühnfort Leyenfels angeblafft.

»Seht euch das mal an.« Alois stand vor einem Tisch und blätterte in einer Kladde. »Von diesen Heften gibt es einige.« Er reichte es Dühnfort.

Eingeklebte Zeitungsartikel über den Unfall, bei dem Steffi Schünemann gestorben war. Ulrike Rodewald hatte sie mit Randbemerkungen versehen. *Eine Lügnerin!* Ein Pfeil führte zu Martinas Foto. *Und ein Phantom-LKW.* Ein Absatz in einem Artikel war rot eingekreist, in dem es um den Lastwagen ging.

Dühnfort blätterte weiter. Fotos von Martina beim Verlassen des Krankenhauses. *Schäme dich, Lügnerin!* Eine Aufnahme von Martina in Begleitung ihrer Eltern beim Betreten der Polizeiinspektion. *Nichts als Lügen, Lügen, Lügen!!!* Ein Bild am See. Eine Gruppe junger Leute. Martina mittendrin. *Du genießt das Leben, als wäre nichts passiert. Aber nicht mehr lange!* Ein Foto vom Haus in der Gabelsbergerstraße. *Warum bist du nicht verreckt?* Der Tonfall der Kommentare wurde zunehmend hassgeladener.

»Sie hat Martina verfolgt, und nicht nur sie.« Alois hielt

ein halbes Dutzend ähnlicher Hefte in der Hand. »Jens Flade, Susanne Möbus, Margarethe Hasler, auch der Lehrer, der jetzt in Frankfurt wohnt, und sogar dein potenzieller Selbstmordkandidat. Unser Ermittlungsansatz war richtig.«

Dühnfort schlug das Heft zu. »Wir hätten uns nicht auf einen Mann festlegen sollen. Das war ein Fehler.«

»Aber nichts hat auf eine Frau hingedeutet«, warf Gina ein. »Sogar unser Fallanalytiker war davon überzeugt, dass wir einen Mann suchen. Was ist eigentlich mit Heinen? Weiß der schon Bescheid?«

»Ich bin noch nicht dazu gekommen, ihn zu informieren.«

Dühnfort reckte sich. Ein Wirbel knackte. Sie hatten sich zu früh festgelegt, und er fragte sich, ob sie sich von einem Vorurteil hatten leiten lassen.

Und dann war da noch der Schuss, den er abgegeben hatte.

Gina riss ihn aus seinen Gedanken. »Wir überlassen jetzt Buchholz diese Wohnung. Okay?«

»Guter Plan. Aber Ulrikes Buchhaltung nehmen wir mit.« Alois klemmte sich die Hefte unter den Arm.

89

Kaum war Dühnfort in seinem Büro angekommen, klingelte das Telefon. Marion Höffken war dran. »Heigl will dich sprechen, kannst du kurz raufkommen?«

»In fünf Minuten?«

»Ich sag es ihm.«

Erst brauchte er einen Espresso. Cremig lief der Giamaica in die vorgewärmte Tasse. Dühnfort rührte zwei Löffel Dark-Muscovado-Zucker hinein und trank den Kaffee in kleinen Schlucken. Danach fühlte er sich besser. Entspannter.

Für einen Augenblick. Dann war der Schuss wieder da.

Er war danebengegangen. Und doch auch nicht. Dühnfort fuhr sich übers Kinn. Er war kein guter Schütze. Wenn Ulrike Rodewald ihre Waffe nicht hätte fallen lassen oder wieder an sie gelangt wäre, hätte es ein Blutbad gegeben.

Wenn er richtig getroffen hätte, wäre sie jetzt tot.

Wie Helmbichler.

Alois hätte getroffen. Vielleicht war es ja gut, dass nicht er auf dem Dach gewesen war. Und doch … Wieder wollten die Bilder jener Nacht in ihm aufsteigen. Der Friedhof. Ein Jogger überholte ihn. Knirschender Kies unter seinen Füßen. Helmbichler. Das Messer.

Dühnfort gab sich einen Ruck und ging nach oben. Marion Höffken wies auf die Tür zum Büro. »Er erwartet dich.«

Leonhard Heigl stand am Fenster und sah hinaus in den dunkel werdenden Tag. Das Sakko hatte er abgelegt, das weiße Hemd war zerknittert. Als Dühnfort eintrat, drehte er sich um. »Tino. Gute Arbeit. Gratuliere.«

»Danke.«

»Setz dich doch.«

Heigl nahm am Schreibtisch Platz. Dühnfort auf dem Stuhl davor. Wie früher in der Schule, wenn man zum Direktor gerufen wurde. »Was gibt es?«

»Erst mal die Pressekonferenz. Wir brauchen eine Sprachregelung wegen des Schusses.«

»Eine Sprachregelung? Ich habe in Nothilfe geschossen.«

»Eben. Schon wieder Nothilfe. Das wird die Presse uns vorwerfen. Ich sehe schon die Schlagzeile: *Wie ballerwütig ist die Münchner Kripo?*«

»Du willst das schönreden? Dafür gibt es keinen Grund. Aber wenn du meinst, dann lass dir was einfallen. Ich bin nicht mit dabei. Ich habe zu tun.«

»Ich hätte dich aber gerne bei der PK am Tisch sitzen. Schließlich hast du den Fall erfolgreich zu Ende geführt.«

»Nicht ich allein. Das Team. Und noch sind wir nicht fertig. Bis das alles abgeschlossen ist, wird es noch Wochen dauern. Ich habe alle Hände voll zu tun, und für Euphemismen bin ich der falsche Mann. Wozu haben wir Pressesprecher? Sollen die sich eine *Sprachreglung* einfallen lassen. War es das?« Dühnfort schob den Stuhl zurück.

»Nein. Eine Sache noch.« Heigl lehnte sich zurück. »Es gibt eine Anfrage vom LKA. Man würde dich gerne ausleihen. Für ein Jahr.«

Dühnfort war überrascht. »Welche Abteilung?«

»Die OFA. Boos hat dich empfohlen. Eine seiner Mitarbeiterinnen geht in Mutterschutz und dann in Elternzeit. Bis sie zurückkommt, ist auch die neue Planstelle durch. Wenn es dir dort gefällt, könntest du dauerhaft wechseln. Wenn nicht, kommst du wieder zu uns. Du bist gut, meint Boos. Finde ich auch, und deshalb wäre es mir lieber, wenn du bei uns bleibst. Andererseits …«

Fallanalyse. Täterprofile erstellen. Sich in die Gedanken-

und Gefühlswelt eines Täters einzufühlen, einen Tatablauf so präzise wie möglich zu rekonstruieren und zu interpretieren, das hatte durchaus seinen Reiz. »Andererseits?«

Heigl beugte sich vor. »Tino, wir sind nicht blind und taub. Dass zwischen dir und Gina eine Beziehung besteht, ist natürlich im Haus aufgefallen. Dass das dienstrechtlich gesehen problematisch ist, muss ich dir hoffentlich nicht erklären. Ihr solltet beruflich und privat langsam mal auseinanderdividieren. Sie hat ein Angebot von Thomas Wilzoch, habe ich gehört. Also entscheidet euch. Im Weihnachtsurlaub habt ihr Zeit dazu. Danach will ich wissen, ob Gina künftig Altfälle bearbeitet oder du zur OFA gehst.«

»Gut.« Dühnfort stand auf.

»Und zur Pressekonferenz kann ich dich nicht überreden?«

»Nein.«

»Ich könnte dein Erscheinen anordnen.«

»Dann tu das.«

Heigl zuckte die Schultern. »Und du bist dann in einer dringenden Angelegenheit außer Haus.«

»Könnte passieren.«

Heigl lächelte. »Also gut.«

90

Sanne lag in der Badewanne. Bereits zum dritten Mal ließ sie heißes Wasser nachlaufen, und trotzdem fror sie noch immer. Die Kälte hatte sich in ihren Körper gefressen und wollte sich nicht vertreiben lassen.

Einzig ihr Kopf glühte. Der tobende Schmerz war durch drei Paracetamol einigermaßen gebändigt. Die Platzwunde am Hinterkopf hatte der Notarzt versorgt, der sie zur Beobachtung ins Krankenhaus schicken wollte. Sie hatte sich geweigert. Sie wollte heim. In sichere vier Wände, in Ruhe und Abgeschiedenheit. Zu Herrn Kater. Doch dann fiel ihr ein, dass er tot war. Uli hatte ihn umgebracht. Hemmungslos hatte sie geheult und sich wie ein hysterisches Kind aufgeführt, bis Niklas die Sache in die Hand genommen hatte. *Ich kümmere mich um sie. Wenn sich ihr Zustand nicht stabilisiert oder verschlechtert, bringe ich sie ins Krankenhaus.* Niklas, der Zahnarzt, der alte Möbel restaurierte, hatte geklungen wie der Chefarzt einer Klinik.

Niklas. Der Highlander. Nur zu dumm, dass er kein Breitschwert besaß. Ein albernes Kichern stieg in ihr auf, als sie sich vorstellte, wie er damit gegen eine Irre mit Pistole antrat.

Die Albernheit versiegte sofort wieder. Es gab keinen Grund zu lachen. Noch einmal ließ sie heißes Wasser nachlaufen, bis der Überlauf gurgelte.

Sie fühlte sich müde und zerschlagen und gleichzeitig aufgewühlt und wie im Adrenalinrausch. Wenn sie die Augen schloss, sah sie Ulrikes Augen, hörte ihre Worte. *Weil du zu den Davongekommenen gehörst!* Also schloss sie die Augen nicht, sah dennoch Bilderfetzen, die durch ihren Kopf jagten wie Stroboskoplichter. Abgehackt. Hektisch. *Meine Freundin Beretta*. Die Waffe an ihrer Stirn.

Wenn Dühnfort nicht geschossen hätte, wäre ich jetzt tot.

Die Badezimmertür öffnete sich. Niklas kam herein, einen Becher in der Hand. »Wird es dir langsam warm?«

Sie schüttelte den Kopf. »Ich bin ein Eisklotz.«

»Nicht mehr lange. Ich habe dir einen heißen Eggnog gemacht.«

»Einen was?«

»Ei, Sahne, Whiskey.«

»Klingt pervers.«

»Hilft aber und schmeckt.« Er setzte sich an den Wannenrand und reiche ihr den Becher über den Berg von Badeschaum hinweg.

Sie trank einen Schluck. Süß, warm, cremig und unverkennbar Whiskey.

»Es ist besser, wenn du aus der Wanne steigst. Ein warmes Bad erweitert die Blutgefäße, Alkohol auch, und das könnte in Kombination zu einem Kreislaufkollaps führen.« Er nahm ihr den Becher aus der Hand. »Ich habe den Kaminofen im Wohnzimmer eingeheizt. Soll ich dir was Warmes zum Anziehen holen?«

Sie sagte ihm, wo Jogginghose und Fleecepulli lagen, und wo die dicken Socken. Er brachte alles und verschwand in der Küche.

Ihre nassen Klamotten lagen auf dem Boden vor dem Waschbecken, daneben die silbrige Wärmefolie, die der Notarzt ihr gegeben hatte.

Wieder vertrieb sie Bilder. Darin hatte sie ja Übung. Ludwig. Thorsten. Nein, jetzt nicht. Eines nach dem anderen. Erst warm werden. Erst diesen Tag verdauen. Erst kapieren, was geschehen war. Alles auf einmal war zu viel. Es war wie ein Strudel, der sie in die Tiefe ziehen wollte. Sie kämpfte dagegen an, stemmte sich hoch und stieg aus der Wanne.

Ein paar Minuten später saß sie dick vermummt auf dem Sofa, den Becher mit dem Eggnog in der Hand, die Füße hochgezogen. Hamlet lag vor dem Kaminofen. Und einen Augenblick dachte sie, dass Herr Kater sich deshalb nicht blicken ließ. Herr Kater. Er fehlte ihr so sehr. Wie hatte Ulrike das nur tun können? Wieder traten ihr Tränen in die Augen.

Der Eggnog zeigte Wirkung, ihr wurde warm, der Alkohol stieg ihr zu Kopf, sie wurde ruhiger. Der Orkan, der in ihr tobte, schwächte sich auf Sturmstärke ab. Nach einigen weiteren Schlucken war er zu einem lauen Lüftchen geworden.

Niklas kam herein und setzte sich zu ihr. Gemeinsam starrten sie ins Feuer, das hinter der Scheibe brannte. Irgendwann fiel Susanne der Satz über das Schicksal ein, den Niklas gesagt hatte: *Wie soll man weiterleben mit dem Wissen, dass unser Leben der Willkür einer Macht unterworfen ist, auf die wir keinen Einfluss haben und die jederzeit zuschlagen kann? Man kann sie nicht besänftigen, nicht bändigen, nicht friedlich stimmen. Weder durch Glauben noch Opfergaben noch Wohlverhalten. Sie macht uns ohnmächtig, und dagegen kämpfen wir an, indem wir nicht an das Schicksal glauben wollen. Wir suchen Erklärungen.*

Das hatte er zwar im Zusammenhang mit Evelyn gesagt, doch er hatte etwas anderes gemeint. Etwas, das mit ihm zu tun hatte, mit seinem Entschluss, alles aufzugeben und in einen ehemaligen Schweinestall zu ziehen, um alte Möbel zu restaurieren. Sie fragte ihn danach.

Er lachte. »Du bist eine gute Beobachterin.« Doch dann wurde er ernst. »Du hast recht. Ich habe auch mich gemeint. Es hat eine Sekunde in meinem Leben gegeben, die alles verändert hat. Ein Wink des Schicksals mit dem Zaunpfahl. Es war ein schöner Sommertag. Ich war mit dem Auto unterwegs nach Salzburg zu einer Tagung. Kurz vor Bad Aibling ist mir ein Geisterfahrer entgegengekommen. Ein alter Mann. Wie er mich angesehen hat ... Diesen Blick werde ich nie vergessen, obwohl er nur eine Tausendstelsekunde gedauert haben kann. Panische Hilflosigkeit. Ich konnte gerade noch das Steuer herumreißen, bin dann zwischen zwei Lastern auf der rechten Spur hindurchgeschossen, da waren vielleicht drei Millimeter Luft dazwischen, und bin auf dem Standstreifen irgendwie zum Stehen gekommen. Der Fahrer hinter mir hat das nicht geschafft. Sein Auto ging bei dem Unfall in Flammen auf. Vater, Mutter und zwei Kinder waren auf der Stelle tot. Und der alte Mann auch. Von einer Minute auf die andere.

Natürlich stand ich unter Schock, aber ich war plötzlich so klar im Kopf wie niemals zuvor. *Tu dies, mach das. Mach was aus dir. Werde Zahnarzt, da verdienst du gut.* Immer habe ich getan, was von mir erwartet wurde, und nie das, was ich wollte. Doch wenn man glücklich werden will oder wenigstens einigermaßen zufrieden, dann darf man nicht gegen sich leben. Seit ich das nicht mehr mache, geht es mir gut. Beim nächsten Treffen mit dem Schicksal bin ich mir nichts schuldig.«

Sich nichts schuldig zu sein, dieser Gedanke gefiel Sanne.

»Ruhe dich aus. Vielleicht kannst du ein wenig schlafen.« Niklas stand auf und ging aus dem Zimmer. Sie hörte ihn in der Küche rumoren, lehnte sich zurück und schloss die Augen. Das Feuer knisterte. Irgendwann klingelte es an der Tür. Sie wollte nicht aufstehen, wollte niemanden sehen, mit niemandem reden. Außer vielleicht mit Niklas. Sie hörte Schritte im Flur, dann das Quietschen der Haustür, gedämpfte Stimmen. Die Wohnzimmertür öffnete sich. Thorsten kam herein.

Thorsten!

Müdigkeit und Lethargie wichen schlagartig. Sanne fuhr hoch. So etwas von unverfroren. »Was willst du hier?«

Er blieb stehen, hob die Hände wie zur Beschwichtigung. »Sehen, wie es dir geht. Du läufst einfach weg und meldest dich tagelang nicht. Ich habe mir Sorgen gemacht.«

»Du willst sehen, wie es mir geht? Du? Du hast dir Sorgen gemacht? Sorgen!«

Er lächelte unsicher. »Ich verstehe nicht …«

»Oder geht es dir nicht in Wahrheit darum, dich zu vergewissern, dass es mir beschissen geht? Das willst du jetzt mit eigenen Augen sehen. Oder? So ist es doch! Hat die Gehirnwäsche funktioniert? Geht es der bösen Sanne mies? Diese Sanne, die die Unverfrorenheit gehabt hat, dich tollen Kerl zurückzuweisen!« Der letzte Rest von Müdigkeit wich aus ihrem Körper, machte einer nie gekannten Wut Platz.

»Was ist denn mit dir los?« Er kam auf sie zu, wollte neben ihr Platz nehmen.

»Untersteh dich!«, fauchte sie ihn an.

Er setzte diesen besorgten Blick auf, den er so gut draufhatte. »Du scheinst psychisch etwas angeschlagen zu sein. Ich verstehe ja, dass es schwierig ist, mit dieser schrecklichen Wahrheit …«

»Wahrheit!« Sie sprang auf. »Lügen. Nichts als Lügen hast du mir aufgetischt. Ich habe dir nie erzählt, dass ich an Ludwigs Tod schuld bin. Du hast meine Freundschaft und mein Vertrauen ausgenutzt, um mich zu manipulieren. Das war deine kleine, beschissene Rache, weil ich dich nicht will. Ich habe den Artikel gelesen. Ich weiß, wie du das gemacht hast! Und jetzt hau ab und lass dich nie wieder blicken!«

Geduld und Freundlichkeit verschwanden aus Thorstens Gesicht. Der Blick wurde hart, seine Stimme gefährlich leise. »Du denkst wohl, Freundschaft ist eine Einbahnstraße.« Er kam auf sie zu. Sie wich zurück. »Immer nur nehmen,

nehmen, nehmen. Immer nur du, du, du.« Wieder trat er einen Schritt näher, wieder trat Sanne einen zurück, spürte die Wand im Rücken, sah die Verachtung in Thorstens Augen, nahm den Geruch nach Altenheim wahr, der aus seinen Klamotten stieg, und hörte das Knirschen seiner Zähne, als er die Kiefer aufeinanderpresste. Ihr Herz begann zu rasen. Eine Hand legte sich auf seine Schulter. Er fuhr herum. Niklas stand da. »Zeit, zu gehen.«

Thorsten musterte den Highlander. Alle Muskeln spannten sich. An seinem Hals traten die Sehnen hervor. Einen Augenblick befürchtete Sanne, er würde eine Schlägerei anfangen. Doch offenbar erkannte er seine körperliche Unterlegenheit. Der Blick kehrte zu Sanne zurück. »Und ich habe mal geglaubt, du wärst etwas Besonderes. Doch du bist nur eine kleine Schlampe.« Auf dem Absatz machte er kehrt. Niklas folgte ihm. Donnernd krachte die Haustür ins Schloss. Sanne ließ sich auf das Sofa fallen und war kurz davor, in Tränen auszubrechen.

Niklas kam herein. »Geht es dir gut?«

Sie nickte.

»Wer war das denn?«

»Ein Schatten der Vergangenheit. Ich erkläre es dir später.« Sie hatte jetzt keine Kraft mehr dafür.

»Ruh dich aus.« Leise zog er die Tür hinter sich zu. Während Sanne sich auf dem Sofa ausstreckte, fand ihr Herz langsam zum normalen Takt zurück. Wie hatte sie sich nur so in Thorsten täuschen können? Wenn Niklas nicht gewesen wäre, wer weiß, vielleicht wäre Thorsten handgreiflich geworden.

Niklas. Schon zum zweiten Mal an diesem Tag hatte er sich für sie eingesetzt. Ganz Highlander eben. Sie musste schmunzeln und schämte sich gleichzeitig, als sie an ihre erste Begegnung dachte. Sie war so unfreundlich gewesen. Es tat ihr leid. Niklas war nett. Mehr als nett. Diese Ruhe, die er ausstrahlte und die sie so magisch anzog. Kam sie daher, dass er nicht gegen sich lebte, sich nichts schuldig blieb? Sie sah seine honigbraunen Augen vor sich und schlief ein.

Irgendwann schreckte sie aus einem wirren Traum hoch. Niklas saß neben ihr und betrachtete sie. Liebevoll, beinahe zärtlich. »Ich habe versucht, etwas zu kochen …«

Sie setzte sich auf und bemerkte, wie hungrig sie war. »Lass mich raten. Einen Haggis?«

»Ein Haggis … Was ist das?«

»Gefüllter Schafsmagen. Das schottische Nationalgericht. Sag nur, das kennst du nicht?«

»Schottisch?« Ratlos zog er die Brauen hoch. »Wie kommst du darauf?«

»War nur so eine Idee.«

Fragend sah er sie an. Sie musste einfach grinsen. »Also gut: Hat denn außer mir noch niemand den Highlander in dir gesehen?«

»Den Highlander?« Lachend legte er seinen Arm um ihre Schultern und zog sie näher an sich. »Mit Breitschwert und Fellumhang?«

»Vor allem ohne Breitschwert.«

»Ach so.« Belustigte Funken sprühten einen Moment lang in seinen Augen, dann wurde sein Blick wieder weich und zärtlich. Mit dem Zeigefinger fuhr er die Form ihrer Lippen nach, bis sie sich öffneten und sie sich von ihm küssen ließ. Der Dreitagebart kratzte. Natürlich. Ein Highlander.

91

Im Gandl herrschte reger Betrieb. Alois sah sich um, während Tino Gina aus dem Mantel half und Meo sich bereits an den Tisch setzte, den Tino reserviert hatte.

Es war laut und für Alois' Geschmack ein wenig zu bohemien. Lange würde er ohnehin nicht bleiben. Um acht kam Evi mit Simon, um ihn abzuholen. Plötzlich fragte er sich, ob das eine gute Idee war. Seine Kollegen wussten zwar, dass er einen Sohn hatte, doch zu sehen bekommen hatten sie ihn noch nicht. Genauso wenig Evi.

Er hatte ihr versprochen, einen Blick in die neue Wohnung zu werfen. Sicherlich war dort vor dem Umzug einiges zu tun. Heute Nacht konnten die beiden bei ihm schlafen. Simon in dem kleinen Zimmer, das Alois eigens für ihn eingerichtet hatte, wenn er mal bei ihm war, und Evi konnte seinetwegen das Bett haben. Er schlief auch auf dem Sofa gut.

»Was darf es denn sein?« Die Bedienung sah in die Runde. Tino bestellte Rotwein und das Lammcarré, Gina nahm den gebratenen Lachs und ein Glas Pinot Grigio. Alois hatte Lust auf ein Bier und dazu das Entrecote. Und Meo fragte, ob es denn Pommes gäbe. Gab es nicht. Er bestellte Kartoffelgratin und Steak.

»Wie war eigentlich die Pressekonferenz?«, fragte Gina.

»Weiß nicht.« Tino zog die Schultern hoch. »Ich hatte zu tun.«

Beide sahen Alois an. »Ich auch. PKs, damit könnt ihr mich jagen.« Alois war froh, dass er nicht mit dabei gewesen war. Er hasste diesen Auftrieb, diese Wichtigtuerei. Klar, sie hatten gute Arbeit geleistet. Das war ihr Job. Aber sich aufplusternd vor den Journalisten aufzubauen, bei denen man eh nie sicher sein konnte, ob sie das alles nicht anders sahen als die Polizei, also vor denen die tollen Ermittler raushängen zu lassen, das war nicht so sein Ding.

Mit Sicherheit war Tinos Schuss Thema gewesen. Nothilfe. Schon wieder. Ballerten die Münchner Bullen nur noch rum? Konnten sie es nicht anders?

Ein Highlight war dieser Schuss nicht gewesen. Das ließ sich nicht leugnen. Unwillkürlich musste Alois schmunzeln. Wenn er geschossen hätte, dann läge Ulrike Rodewald jetzt auf einem der Stahltische der Weidenbach im Institut für Rechtsmedizin.

Das Schmunzeln verschwand. Gut, dass er nicht auf dem Dach gewesen war. Gut, dass er nicht hatte schießen müssen. Helmbichlers ungläubiger Blick, den würde er sein Leben lang nicht vergessen. Ein Menschenleben ausgelöscht zu haben ... Er reckte sich. Es war Nothilfe gewesen. Er hatte nicht anders handeln können. Und trotzdem spürte er, dass irgendwas sich änderte. Tief in ihm drinnen geschah etwas, das sich seiner Kontrolle entzog. Und das machte ihm ein wenig Angst.

Die Bedienung brachte die Getränke. Sie stießen an.

Natürlich drehte sich das Gespräch in null Komma nichts um den Fall. Buchholz und sein Team waren noch mit der Wohnung beschäftigt und sicherten Beweismittel. Ab Montag würden sie alles abarbeiten und alles fein säuberlich aufdröseln. Und wenn das erledigt war, hatte Tino ein Weißwurstfrühstück für die ganze Soko angekündigt. Tino und Weißwürscht. Alois musste grinsen. Das war beinahe so, als ob er Espresso trinken würde statt grünen Tee.

Gina schob sich eine Haarsträhne hinters Ohr. »Was ich mich schon die ganze Zeit frage: Wie ist Ulrike eigentlich an das Handy von Frau Freude gelangt?«

Tino stellte das Glas ab. »Sie arbeitet mit Languth beim

KIT. Vielleicht hat sie ihn am Arbeitsplatz besucht und dabei eine offene Wohnungstür entdeckt.«

Sie stießen an, und dann drehte sich das Gespräch weiter um den Fall. Irgendwann ging die Tür auf, kalte Luft schwappte herein. Alois blickte auf. Evi war da. Und Simon. Suchend sah er sich um und lief zum Tisch, als er Alois entdeckte.

»Papa! Papa!«

Alois schob den Stuhl zurück und stand auf. Gina guckte, und auch Tino. Sie wussten doch, dass er einen Sohn hatte.

Simon schmiss sich an ihn ran. »Morgen gehen wir ins Museum. Hat die Mama gesagt. Kommst du mit?«

»Na klar. Was gucken wir uns denn an?«

»Flugzeuge natürlich. Weil ich will nämlich Pilot werden.«

»Ah. Pilot. Nicht mehr Polizist?«

Die Stirn des Jungen runzelte sich nachdenklich. Dann erschien ein Lachen und entblößte eine Zahnlücke. »Erst Polizist, dann Pilot. Is' doch okay.«

»Das ist also deiner?« Gina sah ihn an.

»Klar. Und das ist Evi.« Sie sah gut aus. Wie immer. Auch wenn sie so etwas Unglamourös-Bodenständiges an sich hatte. »Und das sind meine Kollegen Gina und Meo, und das ist der Tino, mein Chef.«

Tino stand auf und reichte Evi die Hand.

»Bist du auch bei der Polizei?«, fragte Simon Gina.

»Meinst du, Frauen können keine Polizisten sein?«

Nachdenklich neigte er den Kopf. »Höchstens vielleicht Polizistinnen.«

Gina lachte.

»Grüß dich, Lois.« Evi umarmte ihn kurz. Eine scheue Berührung. Ein flüchtiger Hauch. Ein Duft, der ihm so vertraut erschien.

»Setzt euch doch.« Tino schob zwei freie Stühle vom Nachbartisch heran.

Alois wusste nicht, ob er das wollte. Dass sie hier so zusammensaßen, als würde sie zu ihm gehören, die Evi.

Sie blickte ihn an, und er erkannte, dass sie wusste, was er dachte. »Wir wollten den Lois nur abholen, und der Bub muss auch bald ins Bett.«

Plötzlich schämte er sich. »Das passt schon.«

»Wir machen auch nicht lang«, sagte Gina. »Wir müssen morgen früh raus.«

Alois half Evi aus dem Mantel. Simon kraxelte auf einen Stuhl und erzählte mit roten Backen von Doppeldeckern und Propellerflugzeugen. Gina verwickelte Evi in ein Gespräch. Tino saß am Rand, und ab und an fing Alois einen Blick auf, in dem so etwas wie Neid lag.

92

Im Morgengrauen weckte Gina ihn. Dühnfort drehte sich auf die andere Seite. Er wollte weiterschlafen. Doch sie knabberte an seinem Ohr. »Aufstehen.«

»Wieso denn? Es ist Samstag.«

»Ich habe eine Überraschung für dich.«

»Um diese Zeit?«

»Hm.«

»Was ist es denn?«

»Wir gehen frühstücken.«

»Jetzt?«

»Du bist doch sonst der Frühaufsteher. Und es ist auch ein besonderes Frühstück.«

Ihm fiel wieder ein, dass sie gestern Abend im Gandl zu seiner großen Verwunderung gesagt hatte, sie müssten heute früh raus. Zu einem Frühstück also. Und wieso war sie überhaupt hier? War sie nicht nach Hause gefahren, in ihre WG?

»Wieso bist du nicht in deinem Bett?«

»Um dich abzuholen. Zu einem Frühstück. Habe ich das nicht schon erwähnt?«

Inzwischen war er wach. »Doch, kann sein. Ich würde es nicht ausschließen.«

Gina trug eine Multifunktionshose und einen Fleecepulli. Damit wollte sie zu einem Frühstück? Er rieb sich die Augen und ging ins Bad.

Als sie das Haus verließen, war es halb sieben. Wo gab es um diese Zeit Frühstück? Außer in der Schmalznudel. Doch das wäre keine Überraschung.

»Wir nehmen meinen Wagen.« Gina wies auf ihren Golf,

der am Straßenrand parkte. »Und keine weiteren Fragen. Lass dich einfach überraschen.«

»Ganz wie du willst.« Er setzte sich auf den Beifahrersitz. Sie durchquerten die noch ruhige Stadt und fuhren auf die Autobahn Richtung Salzburg. Im Radio lief ein Morgenprogramm. Der Wetterbericht kündigte zur Abwechslung einmal einen schönen und sonnigen, wenn auch frostigen Tag an. Gegen Abend war mit Schneefällen zu rechnen. Dann Verkehrsfunk und Musik.

Alois und Evi gingen ihm durch den Kopf. Sie war auf bodenständige Art schön, und charmant obendrein. Auf Dühnfort wirkte sie wie die Frau, die zu Alois passte, die ihm den Rückhalt geben könnte, den er brauchte. Und doch waren sie kein Paar. Das Leben schrieb seltsame Geschichten. Und Simon war ein netter Junge. Ein Junge, wie er gerne einen hätte.

Allmählich wurde es heller. Bei Holzkirchen verließen sie die Autobahn. Als sie den Tegernsee erreichten, hing ein fahlrosa Schimmer über den brombeerfarbenen Bergsilhouetten. Ein Bild, wie von Gabriele Münter gemalt.

Gina fuhr am Westufer entlang Richtung Bad Wiessee. Das Wasser lag dunkel im Tal, eine Nebelbank zog darüber. Über ihnen standen blasse Sterne am milchigen Himmel. In Bad Wiessee folgte Gina einem gewundenen Weg bergauf zu einem Hotel mit Restaurant. Es sah vielversprechend aus. Dühnfort war inzwischen richtig hungrig. Gina parkte.

»So, da wären wir.« Sie machte den Kofferraum auf und holte etwas hervor.

Einen Rucksack.

»Heute musst für dein Frühstück etwas tun.«

Dühnfort schwante Unheil. »Sag nicht, dass ich jetzt auf einen Berg keuchen soll.«

»Nein. Auf keinen Berg, das derpackst du nicht. Da müssen

wir erst an deiner Kondition arbeiten. Aber bis zur Aueralm schaffst du es. Anderthalb Stunden durchs Zeiselbachtal. Dann sind wir da.«

Er fügte sich in das Unvermeidliche. Zeiselbachtal. Das klang eigentlich eben. Alm allerdings nicht.

Gina zog ein Bündel Kleidung aus einer Tasche. Fleeceshirt, Funktionshose und -jacke. Dazu reichte sie ihm die Wanderstiefel ihres Vaters. »Die müssten dir passen. Ihr habt dieselbe Größe.« Dühnfort zog sich im Auto um und bekam zur Stärkung einen Energieriegel und einen Isodrink. Gina schulterte den Rucksack, und los ging es. Zuerst über eine Brücke, unter der ein Bach rauschte. Vermutlich besagter Zeiselbach. Seine Augen gewöhnten sich rasch an das Zwielicht. Die Luft war schneidend kalt. Der Bach rauschte links des Weges, der in einer gemächlichen Steigung bergan führte. Anderthalb Stunden. Das schaffte er mit links.

Gina schritt gleichmäßig neben ihm aus. Sie sprachen kaum. Langsam wurde ihm warm, kam er ins Schwitzen. Irgendwann begannen die Oberschenkelmuskeln zu brennen. Nach einer Kehre wurde der Weg steiler und ihm noch wärmer. Er dampfte.

Wie lange noch?

Das fragte er sich nach der nächsten Kehre wieder. Inzwischen war es hell geworden. Ein pastellblauer Himmel spannte sich über den dunklen Wipfeln. Felsen lugten zwischen Moospolstern hervor. Das Rauschen des Baches hatte sie verlassen.

Als sie, auf seinen Wunsch hin, kurz Rast machten, umfing ihn eine nie gehörte Stille. Eine Stille, die es nicht einmal auf dem Meer gab.

Nach einer Weile setzte Gina sich wieder in Bewegung. Steine knirschten unter ihren Stiefeln. Er folgte ihr. Die anderthalb Stunden mussten um sein. Ihm war heiß. Sein Atem ging keuchend, die Muskeln schmerzten. Er war hungrig. Einzig die Vorstellung, auf der Alm gleich ein Haferl Kaffee zu bekommen oder mit Glück sogar einen Cappuccino, hielt ihn in Gang. Eine weitere Kehre. Sie verließen den Wald. Linker Hand zog sich eine Wiese bergan, und darauf stand ein Holzhaus, die Alm. Endlich. Dühnfort folgte Gina über eine Abzweigung, die auf der Holzterrasse vor der Alm endete.

Kein Mensch weit und breit. Ein Schild an der Tür. *Heute geschlossen*. Das konnte doch nicht wahr sein.

»Wir frühstücken hier.« Gina legte den Rucksack ab und holte zwei Fleecedecken hervor. »Setz dich und genieß die Aussicht.«

Im Tal lag blaugrün der Tegernsee. Dunkle Wälder. Helle Felsen. Eine schroffe Bergsilhouette, über der sich der Himmel spannte. Klar und blau. In der Ferne eine Dunstglocke, unter der München liegen musste.

Gina setzte sich neben ihn. Nichts war zu hören. Hier oben herrschten Ruhe und Frieden. Eindrücke, die denen, die er auf dem Meer so intensiv empfand, nicht unähnlich waren. Nun verstand er Gina. Das hatte sie gemeint. Nur war Segeln weniger anstrengend. Er umarmte sie. Sie küssten sich.

Schweigend saßen sie auf der Bank, genossen die Stille und die Aussicht. Langsam, beinahe tröpfelnd setzte ein Gespräch ein. Über das Zusammenziehen. Über die Wohnung. »Ich verstehe, dass du aus deiner nicht rauswillst«, sagte sie. »Der Friedhof passt einfach zu gut zu deiner melancholischen Grundstimmung. Und die mag ich ja an dir. Also sollten wir sie nicht gefährden.« Da war es wieder, ihr freches Grinsen.

»Und du brauchst Leute um dich. Ich eher weniger. Wie lösen wir das nun?«

»Halten wir einfach die Augen auf und lassen es auf uns zukommen. Es wird sich ergeben. Wenn wir beide es wollen.«

Eine Einstellung, die er teilte. Dann erzählte er ihr von Boos und dem Angebot, für ein Jahr zur OFA zu wechseln.

»Willst du das denn?«

»Ich weiß es noch nicht. Lass uns das auf Sylt besprechen. Jetzt habe ich ehrlich gesagt einen wahnsinnigen Hunger, und wenn ich mich recht erinnere, sollte es ein Frühstück geben.«

»Stimmt. Jetzt, wo du es sagst, fällt es mir auch wieder ein.« Zwei Sommersprossen verschwanden in der Falte an der Nasenwurzel.

Er half ihr den Tisch zu decken, holte Tupperdosen mit belegten Broten und zwei Holzbretter aus dem Rucksack hervor. Seine Finger wurden steif vor Kälte. Weiß stieg der Atem in die klare Luft. Lange hatte er sich nicht so glücklich und frei gefühlt. So leicht.

»Schön ist es hier, und du hast dir so viel Arbeit gemacht.« Er nahm sie in den Arm. »Jetzt noch einen Kaffee, und dann ist das nicht mehr zu toppen.«

»Kein Problem. Ich habe alles dabei.« Gina zog eine Thermoskanne mit heißem Wasser und ein Glas Instantkaffee aus dem Rucksack hervor.

Ungläubig starrte er darauf.

»Richtiger Kaffee war alle. Das ist alles, was da war.«

»Instantkaffee?«

»Mensch, Tino. Das eine oder andere Zugeständnis muss man im Leben einfach machen.«

Sieh nichts Böses. Hör nichts Böses. Sag nichts Böses.

Inge Löhnig

Sieh nichts Böses

Kriminalroman

978-3-548-61319-2

Der Münchner Kommissar Konstantin Dühnfort ist glücklich wie nie zuvor. Gerade ist er mit Gina von der Hochzeitsreise zurückgekehrt, die beiden freuen sich auf ihr erstes Kind.

Doch ein überraschender Fund reißt Dühnfort aus seiner privaten Idylle. An einem nebligen Novembertag spüren Leichensuchhunde bei einer Polizeiübung den halbverwesten Körper einer jungen Frau auf. Neben ihr liegt eine kleine Messingskulptur – ein Affe, der seinen Unterleib bedeckt. Seine Bedeutung: Tu nichts Böses. Dühnfort findet heraus, dass es sich um eine seit Jahren vermisste Frau handelt. Er stößt auf einen weiteren ungeklärten Mord und kommt so einem niederträchtigen Rachefeldzug auf die Spur, der noch lange nicht beendet ist.

Lesen Sie, wie der Roman beginnt.

1

Seit sie vor zwanzig Minuten ins Auto gestiegen war, hatte Doro Gutsch schon so ein Gefühl. Es würde kein guter Tag werden, denn heute war Ronja so eigensinnig wie eine Primadonna, mit ganz eigenen Vorstellungen von der Choreographie. Unwillkürlich baute sich das Bild von Ronja im Tutu vor Doro auf, und sie musste grinsen. Aber es stimmte schon, in gewisser Weise glichen sie einem tanzenden Paar. Sie waren ein eingespieltes Team, in dem eine führte, nämlich sie, Doro, und eine folgte, und das war Ronja. Doch manchmal wollte die Border-Collie-Hündin ihre Grenzen ausloten, und ausgerechnet heute schien es wieder einmal so weit zu sein. Ronja hatte Doros Kommando zum Einsteigen in die Transportbox erst beim vierten Mal befolgt. Die Götter wussten, weshalb, denn sie fuhr gerne Auto. Sie liebte es geradezu.

Regentropfen pladderten gegen die Windschutzscheibe. Doro hielt nach dem Weg zum Treffpunkt Ausschau, der hier irgendwo an der M4 zwischen München und Gauting abzweigen musste. Nach einer Weile entdeckte sie ihn, bog auf den Waldweg ein und fuhr tiefer in den Forstenrieder Park.

Hoffentlich besann Ronja sich und erkannte den Ernst der Lage. Wenn sie durch die Prüfung fiel … Das wollte Doro sich gar nicht erst ausmalen und konzentrierte sich auf die holprige Fahrspur, die ihre ganze Aufmerksamkeit erforderte.

Vorgestern war ein Unwetter mit Schneeregen über dem Münchner Süden niedergegangen, und die Spuren waren noch nicht beseitigt. Äste und Zweige lagen im Weg, und die zahlreichen Pfützen waren mehr als knöcheltief.

Mit einer kleinen Verspätung erreichte Doro als Letzte die Brache am Rand des Preysing-Geräumts. Die anderen Teams waren schon eingetroffen. Mike mit Grizzly. Anne mit ihrem Labrador Spike. Charlie mit Cleo und Rob mit Dude, einem Islandspitz. Außerdem Christian Zach, den alle nur Groucho nannten, der Ausbildungsleiter und heute ihr Prüfer.

Doro grüßte in die Runde und öffnete die Transportbox. Mit einem freudigen Bellen sprang Ronja heraus.

»Bei Fuß!« Diesmal gehorchte Ronja sofort und sah mit gespitzten Ohren zu Doro hoch. Als Hütehund war sie von Natur aus auf Lob und Anerkennung ihres Menschen erpicht und versuchte daher normalerweise zu gefallen. »Braves Mädchen. Mach uns heute keine Schande, ja?« Doro kraulte Ronja das Fell. »Wenn du unbedingt herumzicken musst, spar dir das für morgen auf. Heute ist es schlecht. Glaub mir.«

Über den Wipfeln der Bäume spannte sich ein grauer Himmel. Es hatte aufgehört zu regnen, und der Geruch nach Schnee lag in der Luft, obwohl der November erst ein paar Tage alt war.

Mit den Stiefeln versank Doro sohlentief im Matsch. Sie zog ihre Strickmütze mit der Aufschrift *Polizei* tiefer in die Stirn und den Reißverschluss an der Allwetterjacke hoch. Um nichts in der Welt hätte sie mit einem der Kollegen tauschen wollen, die Büroluft atmen mussten.

Doro liebte ihren Beruf als Hundeführerin bei der Polizeihundestaffel München. Die Schreibtischarbeit hielt sich in Grenzen, dafür gab es frische Luft, so viel sie wollte. Ihr Alltag war nicht von ödem Verwaltungskram, langwierigen Verhören und endlosem Schreibkram geprägt, sondern von reichlich Bewegung beim Training und der Ausbildung der Hunde und während der Einsätze. Auch wenn diese manchmal erschütternd, oft traurig und gelegentlich auch eklig waren. So wie letzte Woche, als Ronja die Leiche eines Selbstmörders aufgespürt hatte, die sich bereits in einem fortgeschrittenen Verwesungsstadium befand.

Ronja war auf das Auffinden von Leichen und Leichenteilen trainiert. Auf menschliche Überreste aller Art, vorausgesetzt, wenigstens ein Fitzelchen Gewebe befand sich noch daran oder vom Verwesungsgeruch getränkte Kleidung. Etwas, das die charakteristischen Duftstoffe angenommen hatte und absonderte.

Und diese Fähigkeiten musste Ronja heute unter Beweis stellen, am besten fehlerfrei.

Mike kam näher, reichte ihr einen Thermobecher Tee und fragte sie, ob sie nervös war. Natürlich war sie aufgeregt. Alle waren angespannt, wenn die jährliche Prüfung anstand, bei der die Hunde nicht nur versteckte Proben aufspüren, sondern auch zeigen mussten, dass sie aufs Wort gehorchten und Kommandos korrekt ausführten. Ronja stand noch immer brav bei Fuß. Doro befahl Platz, und sie setzte sich. Offenbar hatte sie verstanden, wie wichtig dieser Tag war. Erleichtert lobte Doro Ronja.

Groucho legte unterdessen mit Anne und Charlie die Proben im Gelände aus, die er beim Institut für Rechtsmedizin besorgt hatte. Natürlich keine Proben von Toten, sondern von Stoffen, die mit Toten in Berührung gekommen waren. Stücke von Sargunterlagen und Leichenhemden, aber auch menschliches Blut.

Anschließend wurden Streichhölzer gezogen. Doro und Ronja waren als Zweite dran. Zuerst startete das Team Mike und Grizzly, der auf Kommando die Nase senkte und in engen Schleifen hochkonzentriert das ihm zugewiesene

Areal absuchte, wobei Mike ihn mit Stockzeichen dirigierte. Meter für Meter ging es voran. Groucho beobachtete jeden Schritt und jedes Kommando, und es dauerte nur eine Viertelstunde, bis Grizzly vor einem Findling anschlug, sich flach auf den Boden legte und so anzeigte, dass er die ›Leiche‹ gefunden hatte. Erstklassige Arbeit. Groucho war zufrieden. Das Team erhielt die volle Punktzahl. Mike belohnte Grizzly mit einem Leckerli und reichlich Lob. Für die Hunde war es ein Spiel, und am Ende gab es die erhoffte Belohnung.

»Und nun Doro mit Ronja. Für euch habe ich die Fläche jenseits der Brache, Richtung Osten vorgesehen.« Groucho nickte ihr zu, und Doro gab Ronja den Befehl: »Such!« Folgsam senkte Ronja die Nase und ging los. Nah bei Fuß folgte sie dem Zeichen des Teleskopstocks, den Doro benutzte. Zehn Minuten ging das gut, und sie war stolz auf die Konzentration, mit der Ronja bei der Sache war, als sie den Rand einer kleinen Lichtung erreichten und die Hündin plötzlich den Kopf hob und Witterung aufnahm. Ein Zittern lief durch ihren Körper, und dann stürmte sie laut bellend los, hinaus auf die freie Fläche. »Bei Fuß!«, brüllte Doro und hörte den Seufzer, den Groucho hinter ihr ausstieß.

»Bei Fuß!«

Doch Ronja hörte nicht. Sie rannte auf eine Buche zu, die der Sturm umgerissen hatte.

»Bei Fuß! Ronja. Willst du wohl!« Doch die Hündin war nicht zu halten.

Das Erdreich um den umgestürzten Baum war weiträumig aufgerissen, Wurzeln ragten in die Luft, der herausgerissene Ballen hatte einen Krater hinterlassen. Zehn Meter davor blieb Ronja unter einem Wurzelrest stehen, der senkrecht in die Luft ragte, bellte wie eine Irre und warf sich flach auf den Boden.

2

Freud und Leid lagen manchmal unglaublich nah beieinander. Dieser Gedanke begleitete Kriminalhauptkommissar Konstantin Dühnfort, seit er und Gina am vergangenen Sonntag von ihrer Hochzeitsreise aus Venedig zurückgekehrt waren.

Sie hatten die Koffer noch nicht ausgepackt, als Ritas Anruf kam. Ihr Lebenspartner Georges war nach langer Krankheit gestorben. Nicht unerwartet, aber dennoch überraschend. Also hatten sie ein paar Tage Urlaub genommen und waren zur Beisetzung ins Elsass gefahren.

Seit über dreißig Jahren lebte Dühnforts Mutter Rita dort in einem zweihundert Jahre alten Gutshof, in dem Georges bis zu seinem Ruhestand einen Weinhandel betrieben hatte und Rita bis heute die ausgebaute Scheune als Atelier nutzte. Sie war eine bekannte Malerin, und in den vergangenen anderthalb Jahren waren Georges und sie regelmäßig zwischen München und dem Elsass gependelt. Sie, um eine Ausstellung vorzubereiten, und er, um seine Krebserkrankung behandeln zu lassen.

Vorgestern hatten sie ihn auf dem Dorffriedhof bestattet und einen Birnbaum auf seinem Grab gepflanzt, so wie er es sich gewünscht hatte. Dühnfort wäre es am liebsten, wenn Rita sich entschließen könnte, ganz nach München zu ziehen. Doch sie wollte bleiben. »Ich lass Georges nicht alleine«, hatte sie gesagt. »Ich will sehen, wie der Baum auf seinem Grab wächst und erste Früchte trägt, und euer München geht mir nach vier Wochen auf die Nerven. Zu hektisch, zu laut, zu oberflächlich. Was soll ich dort unter all den Wichtigen und Schönen? Ich könnte sie nur beim Tanz ums Goldene Kalb ein wenig stören. Was mir – ich gebe es ja zu – doch eine gewisse Freude bereiten würde. Aber ich male schon lange keine Menschen mehr.«

Die gewalttätige Seite der Natur war zu ihrem Thema geworden. In großformatigen Gemälden fing sie diese Kraft ein, die die menschliche Bedeutung zu einem Nichts zermalmte.

Und nun grübelte Dühnfort während der Rückfahrt über die Frage, wie er seiner Mutter einen Umzug schmackhaft machen könnte. Das Gutshaus war zu groß für sie, und sie war mit Mitte siebzig zu alt, um dort alleine zu leben. Weitab vom nächsten Nachbarn und vom Arzt und einer Einkaufsmöglichkeit. Wenn sie stürzte, wer würde es bemerken? Ihr Galerist war hier und Gina und er und bald das Enkelkind. Außerdem hatte sie in München Freunde, die zwar für zwei Jahre in New York lebten, doch diese Zeit war beinahe um.

Gina räkelte sich auf dem Beifahrersitz. Sie war eingedöst, kurz nachdem sie den Rhein überquert hatten, und reckte sich nun. »Was? Schon Ulm. Da bist du aber tief geflogen.«

»Sollen wir Rast machen?«

»Meinetwegen nicht. Aber wir sollten wechseln. Du sitzt jetzt fast schon drei Stunden hinterm Steuer.«

»Ich kutschiere euch beide auch noch den Rest der Strecke, wenn wir vorher Pause machen.«

»Schwangere dürfen Autofahren. Du musst mich nicht schonen.«

Das wusste er doch. Aber er tat es gerne. Am liebsten würde er sie auf Händen tragen, und irgendwie konnte er es noch immer nicht so ganz glauben, dass sein größter Traum sich erfüllte und er Vater wurde.

Die erste Phase der Schwangerschaft mit morgendlicher Übelkeit und Stimmungsschwankungen war vorüber, und die Aufregung und Freude, Eltern zu werden, war einer ruhigen Erwartung und Gelassenheit gewichen. Seit der Hochzeitsreise ruhte Gina in sich, und manchmal erschien sie ihm wie ein weiblicher Buddha, nicht wegen des Bauches, der Woche für Woche sichtbarer wurde, sondern wegen des in sich gekehrten Lächelns. In den letzten Tagen war ihm aufgefallen, dass sich ihre Sommersprossen vermehrt hatten und ihr Teint einen Schimmer wie Porzellan angenommen hatte. Feinstes Bone China – vielleicht bildete er sich das ja auch ein – und als Kontrast dazu ihre widerspenstigen dunklen Haare. Sie war so schön wie noch nie.

Am nächsten Rastplatz tauschten sie die Plätze. Während der Fahrt unterhielten sie sich über die Einrichtung des Kinderzimmers und ob es wirklich nötig war, sich jetzt schon nach einem Krippenplatz umzusehen. Gina hatte sich erkundigt. Die Wartelisten waren endlos.

Kurz vor Mittag erreichten sie München. Mittlerweile hatte es zu nieseln begonnen. Als sie in der Pestalozzistraße vor dem Haus parkten, ging der feine Regen in einen Graupelschauer über, und sie sahen zu, dass sie nach oben in die Wohnung kamen. Im Flur stand noch Ritas Hochzeitsgeschenk. *Das Meer bei Locquémeau.* Zwei Quadratmeter tobender Atlantik. Eine apokalyptische Stimmung am Ende der Welt. »Das Bild ist euch irgendwann über«, hatte sie gesagt. »Vielleicht müsst ihr es ab und zu umdrehen.«

Dühnfort stellte den Koffer im Flur ab und schaltete die Espressomaschine in der Küche ein. »Ich mache uns schnelle Spaghetti mit Pesto.«

»Gute Idee. Ich habe Hunger wie ein Wolf.« Gina kam mit der Post herein. »Habe ich dir eigentlich schon gesagt, dass Thomas uns den Fall Ellen Reitmeier auf den Tisch gelegt hat?«

Thomas Wilzoch war Ginas Chef, und mit ›uns‹ meinte sie ihren Kollegen Holger Morell und sich. Das Team für ungeklärte Altfälle der Münchner Polizei. Von den Medien gerne auch als Spezialisten für Cold Cases bezeichnet.

»Ich glaube nicht.«

»Und was sagst du dazu?«

Was sollte er schon sagen? Dass es ihm nicht recht war, dass ausgerechnet sie sich den einzigen Fall vornahm, den er in seiner Zeit als Ermittler bei der Mordkommission München nicht aufklären konnte? Ein Raubmord an einer Rentnerin, die zurückgezogen gelebt und deren Leiche man erst eine Woche nach der Tat gefunden hatte. Keine Zeugen und ein spurenarmer Tatort. Dennoch hatten sie DNA des Mörders gefunden. Ellen Reitmeier musste ihn selbst hereingelassen haben. Nach vier Monaten waren die Ermittlungen festgefahren. Schließlich hatten sie alle Kontaktpersonen zum DNA-Test gebeten. Viele waren es nicht. Niemand weigerte sich, doch der Täter war nicht dabei gewesen. Es musste sich also doch um einen Fremden handeln.

Natürlich war der Fall Reitmeier Dühnforts offene Wunde, und das lag nicht an seiner Eitelkeit oder daran, dass er glaubte unfehlbar sein zu müssen. Es lag an der Gewissheit, dass ein Mörder frei herumlief. Er hatte nun mal diesen Glauben an Gerechtigkeit und den Willen, jeden Täter hinter Gitter zu bringen. Und es war ihm sehr wohl bewusst, dass es an seinem Vater lag, dem brillanten Strafverteidiger, dem es in seiner aktiven Zeit viel zu oft gelungen war, Kriminelle vor Strafe zu bewahren oder wenigstens für ein mildes Urteil zu sorgen. Der Erfolg seines Vaters und seiner Kollegen war für Dühnfort ein steter Ansporn, ihnen die

Arbeit so schwer wie möglich zu machen. Gerichtsfeste Beweise, eine schlüssige Kausalkette, ein Wort für Wort überprüftes Geständnis.

»Was ich dazu sage? Hoffentlich findet ihr einen neuen Ermittlungsansatz.« Dühnfort gab die Spaghetti ins kochende Wasser. »Es ärgert mich natürlich, dass der Täter noch frei ist, obwohl ich nicht glaube, dass wir damals etwas übersehen haben.«

»Das ist nun mal so in unserm Beruf. Manche Fälle lassen sich kaum aufklären. Vor allem, wenn es so wie hier ist und Täter und Opfer sich nicht gekannt haben. Mal sehen, wie weit wir damit kommen. Ab morgen lege ich jedenfalls die Füße auf den Schreibtisch und lese Akten und Akten, und dann lese ich Akten.« Sie gab ihm einen Kuss.

»Und lass sie schön dort oben liegen. Keine Verfolgungsjagden mehr wie im Fall Weber.«

»Ich schwöre.« Sie hob die rechte Hand, gab ihm einen weiteren Kuss, und er erwiderte ihn. Seine Hand glitt über ihren Bauch. Es fühlte sich so gut an, ihr Kind darin zu wissen. Anfang fünfter Monat. In ein paar Wochen könnten sie seine Bewegungen spüren.

Eine großartige Zeit lag vor ihnen. Obwohl seine Eltern seit Jahrzehnten geschieden waren und er seine Differenzen mit seinem Vater ausgetragen hatte, verdankte er ihm doch das Wertvollste, das man einem Kind geben konnte: eine schöne und glückliche Kindheit voller Liebe und Achtung. Sie war das Fundament, auf dem sein Leben stand, und er freute sich darauf, all das an sein Kind weiterzugeben.

Das Nudelwasser kochte über, und gleichzeitig klingelte sein Smartphone. Gina machte sich los und nahm den Deckel vom Topf, während er zum Handy griff. Leonhard Heigl meldete sich, sein Vorgesetzter. »Hallo, Tino. Wo erwische ich dich da?«

»Wir sind gerade zurückgekommen.«

»Sehr schön. Ich brauch dich. Die Teams von Russo und Stahl sind vollauf mit einem Dreifachmord in Pasing beschäftigt. Ich kann ihnen nicht noch eine Ermittlung aufs Auge drücken. Ihr werdet also übernehmen, und wenn du von Anfang an dabei bist, ist das sicher das Beste.«

»Gut. Worum geht's?«

»Ein Leichenfund im Forstenrieder Park. Kirsten und Alois sind schon unterwegs und Buchholz mit seinen Leuten ebenfalls. Ich informiere die Weidenbach. Du musst dich also nur noch ins Auto setzen.«

Inge Löhnig

Deiner Seele Grab

Kriminalroman.
Taschenbuch.
Auch als E-Book erhältlich.
www.list-taschenbuch.de

Denn es ist böse.

Ein Mörder, der sich selbst als Samariter bezeichnet, sucht in München nach Opfern. Sein Ziel: alte Menschen. Was treibt diesen verblendeten Erlöser an? Glaubt er, Gutes zu tun?
Auf der Suche nach ihm gerät Kommissar Konstantin Dühnfort auf die Spur der geheimnisvollen Elena, die nur eines will: Rache. Sind sie und der Samariter ein Team? Plötzlich ist sie verschwunden. In seiner Not provoziert Dühnfort den Mörder gezielt ...

List

Inge Löhnig

Gedenke mein

Kriminalroman.
Taschenbuch.
Auch als E-Book erhältlich.
www.list-taschenbuch.de

Endlich ein Fall für Gina Angelucci

Gina Angelucci, die Partnerin des Münchner Kommissars Dühnfort, arbeitet in der Abteilung für Cold Cases in München: Sie löst Mordfälle, die seit Jahren nicht geklärt werden konnten. Ein besonders tragischer Fall erschüttert sie zutiefst. Vor zehn Jahren verschwand die kleine Marie, ihre Leiche wurde nie gefunden. Der Vater hat Selbstmord begangen, die Mutter sucht bis heute nach ihrer Tochter. Gina ahnt, dass ihre Kollegen damals die falschen Fragen stellten. Ist Marie womöglich noch am Leben? Gina folgt einer Spur, die zu unendlichem Leid führt ...

List

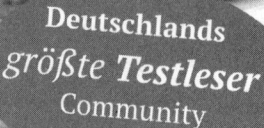